일러두기

1. 번역에 쓰인 원전은 2013년 중국 장강문예출판사에서 출간한 '얼웨허 문집' 제1판을 사용했다.
2. 맞춤법과 띄어쓰기는 한글 맞춤법과 외래어 표기법에 따랐다.
3. 한자는 우리말로 표기하고, 꼭 필요한 경우에만 괄호 속에 원음을 병기해 이해하기 쉽도록 했다.
   예 : 다이곤多爾滾(도르곤)
4. 인명과 지명은 우리말로 표기했다. 단, 이미 굳어진 표현은 원지음을 존중했다.
   예 : 나찰국羅刹國(러시아). 이후에는 '러시아'로 표기
5. 본문 중의 괄호 안에 뜻을 풀이한 것은 모두 옮긴이의 설명이다.

【전면개정판】

건륭황제

인류 역사상 최대의 제국을 지배한 위대한 황제

1

얼웨허 역사소설

홍순도 옮김

더봄

小說 乾隆皇帝：二月河

Copyright ⓒ 2013 Eryuehe
Korean Translation Copyright ⓒ 2015 by theBOM Publishing co.

Korean edition is published by arrangement with Eryuehe
小說《乾隆皇帝》出刊根據與原作家二月河的約屬於theBOM出版社. 嚴禁無斷轉載複製.

소설《건륭황제》의 저작권은 원작자 얼웨허와의 독점계약에 의해 출판사 '더봄'에 있습니다.
저작권법에 의해 한국 내에서 보호를 받는 저작물이므로 무단전재와 복제를 금합니다.

건륭황제 1권

개정판 1판 1쇄 인쇄   2016년 5월 13일
개정판 1판 1쇄 발행   2016년 5월 18일

지은이   얼웨허(二月河)
옮긴이   홍순도
펴낸이   김덕문

펴낸곳   더봄
등록번호   제399-2016-000012호
주소   경기도 남양주시 별내면 청학로중앙길 71, 502호(상록수오피스텔)
대표전화   031-848-8007   **팩스** 031-848-8006
전자우편   thebom21@naver.com
블로그   blog.naver.com/thebom21

ISBN 979-11-86589-53-3 04820
ISBN 979-11-86589-52-6 04820(전18권)

책값은 뒤표지에 있습니다.

청나라 최전성기를 이룩한
대제국 황제의 이야기

중국에서 '역사소설의 황제'로 불리는 얼웨허二月河의 '제왕삼부곡'帝王
三部曲 시리즈 중 마지막인 《건륭황제》의 주인공 건륭은 할아버지 강희,
아버지 옹정과는 여러 가지로 다른 점이 많은 황제였다. 무엇보다 두 선
대 황제와는 달리 순탄하게 제왕의 자리에 올랐다. 어린 나이에 등극하
여 황제의 지위를 위협받은 강희와는 달리 안정된 권력을 누렸고, 아버
지 옹정이 그랬던 것처럼 형제들 간의 피비린내 나는 권력투쟁도 없었
다. 일찍이 강희의 눈에 들어 후계자 교육을 받았던 그는 황제가 될 운
명을 타고 난 사람이었던 것 같다. 성격적인 면을 봐도 강희와 옹정처럼
깐깐하거나 혹독하지 않았고 온화한 편이었다. 즉위한 이후 관대한 정
치를 강조한 것은 아버지 옹정의 혹독하고 잔인한 통치를 옆에서 지켜
보면서 그 부작용과 폐단을 뼈저리게 느낀 탓도 있겠으나 그의 타고난
성격이 가장 큰 영향을 미쳤다고 볼 수 있다. 또한 대단한 호색한이었다

는 사실 역시 그를 두 선대와 확연하게 구분 짓게 만드는 두드러진 특징이다. 이런 개인적 특징은 소설에서도 잘 묘사되어 있는데, 야사野史이기는 하지만 처남 및 신하의 부인들과 정을 통했다는 것은 당시로서도 쉽게 받아들이 어려운 일이었다.

그 정도면 성군聖君이라기보다는 혼군昏君이라고 비난 받을 가능성이 더 높은 황제였다. 하지만 '강건성세'康乾盛世라는 말에서 보듯 그는 두드러진 업적이 많은 상당히 괜찮은 황제였다. 옹정 때까지만 해도 다소 흔들리던 청나라를 확고한 반석 위에 올려 놓았고, 정치를 비롯해 경제와 문화 등 거의 모든 면에서 괄목할 만한 발전을 이루었다. 옹정 때보다 국가의 재정을 10배나 더 늘어나게 한 것이 이를 뒷받침해준다. 그의 재위 시절 중국이 인류 역사상 최대의 제국으로 올라섰다는 중국 역사학계의 평가는 따라서 괜한 허세가 아니다. 21세기 중국이 건륭시대의 영광을 꿈꾸는 것도 바로 그런 이유에서다.

각론으로 들어가면 더욱 분명해진다. 우선 그는 당시 극단적으로 표출되던 만주족과 한족 대신들의 갈등을 조정하면서 내치를 다지는 절묘한 용병술을 펼쳤다. 주변 소수민족과 국가들을 상대로 한 대규모 정복 사업은 그를 바탕으로 가능했다. 중국 역사상 최대의 도서 편찬 사업인 《사고전서》四庫全書를 완성한 것도 결코 간과해서는 안 될 건륭의 업적이다. 《사고전서》는 《영락대전》이나 《고금도서집성》과는 비교할 수조차 없을 만큼 방대한 백과사전이다. 이외에 그는 당시 이미 2억 명 전후에 이르렀던 백성들을 잘 먹고 잘 살게 하는 기적을 일궈냈다. 또한 '풍류황제'라는 별칭에 어울리게 건륭 시절 중국의 문화는 전성기를 구가했다.

그러나 공功만큼 과過도 적지 않았다. 특히 말년에 이르러서는 자신에 대한 신격화가 점점 심해졌다. 이는 주변 소수민족과 국가를 대상으로 열 번 싸워 모두 이겼다는 자부심을 담은 별칭 '십전노인'十全老人에 대한 애착이 지나칠 정도였다는 사실에서도 잘 알 수 있다. 그러다보니 갈수록 독선과 아집에 빠지게 되었다. 나중에는 간신奸臣과 현신賢臣도 구분하지 못했다. 중국 역사상 최악의 부정축재자로 불리는 화신和珅을 사위로 삼고 무조건 총애하며 믿었다는 것은 그가 말년에 어느 정도로 초심을 잃었는지를 잘 말해준다.

이뿐만이 아니다. 그는 《사고전서》를 편찬하는 과정에서 엉뚱하게 문자옥文字獄을 일으켜 수많은 목숨을 앗아버리기도 했다. 또 제국 밖에도 세상이 있다는 사실을 인정하지 않은 채 폐관쇄국閉關鎖國 정책을 실시해 청나라가 더욱 발전할 수 있는 기회를 스스로 걷어찼다. 이후 세계 최강대국 중국은 서서히 몰락의 길로 접어들기 시작했다.

흔히 '물극필반'物極必反이라는 말을 한다. 모든 사물이 극성기에 이르면 이후에는 반드시 쇠락의 길로 진입하게 된다는 뜻이다. 맹자가 말한 일치일란一治一亂, 즉 한 번의 치세가 있으면 한 번의 대혼란이 온다는 이론과 일맥상통하는 말이다. 건륭의 시대가 그랬다. 그의 시대는 중국 역사상 가장 찬란한 부와 문화를 이룩하였으나 절정에 도달한 후로는 쇠락의 시기에 접어들었다. 때문에 중국 역사학자들 중 일부는 '강건성세'를 '강건성쇠'康乾盛衰라는 우스갯소리로 표현하기도 한다.

총 6부로 구성된 《건륭황제》는 대청제국의 전성기와 몰락의 시대에 대한 방대한 기록으로서 전작인 《강희대제》와 《옹정황제》를 합친 것에 버금갈 정도의 분량이다. 작가 얼웨허가 1992년부터 시작해 무려 8년이라는 장구한 세월 동안 집필을 이어간 것은 기나긴 건륭 연간에 어마어마하게 많은 인물과 사건들이 어우러진 복잡다단한 이야기가 있었기 때문이나. 그리기에 이 작품은 대작이 많은 중국에서도 흔히 볼 수 없는 대작 중의 대작이다.

작가 얼웨허가 살고 있는 허난河南성의 유력지 허난르바오河南日報가

'성세盛世의 비가悲歌'라는 말로 정곡을 찌른 《건륭황제》는 솔직히 단숨에 독파하기 쉽지 않은 대작이다. 하지만 소설로서의 재미도 크거니와 다시 세계의 중심으로 부상하고 있는 중국의 사회, 문화, 역사에 대한 배경지식과 제왕의 통치철학에 대해서도 배울 수 있다는 점에서 통독의 가치는 크다고 생각한다. 강호제현들의 질정을 기다리면서 이야기에 빠져들어 보시기를 권한다.

2016년 5월, 베이징 우거寓居에서

홍순도

성세盛世의 화려함과
낙하落霞의 애절한 이야기

작가 얼웨허는 '제왕삼부곡' 시리즈를 발표하기 시작한 1985년부터 대단원의 막을 내린 1999년까지 20세기의 마지막 15년을 고스란히 강희, 옹정, 건륭 세 황제와 함께 보냈다. 그를 통해 얼웨허는 한자漢字로 무려 5백만 자에 달하는 '제왕삼부곡' 시리즈를 완성함으로써 중국 문학사에 커다란 발자취를 남겼다. 독자들은 시공을 자유롭게 넘나들며 수백 년 전의 역사를 생생하게 재현해 낸 작가의 기백과 글재주에 감탄할 따름이다.

문학적인 측면에서 볼 때 얼웨허의 '제왕삼부곡'은 갈수록 성숙한 세련미를 자랑하는가 싶더니 《건륭황제》에 이르러 완연히 농익은 향기를 발산한다. 소설 속 인물의 말을 빌리자면 강희는 창세지조創世之祖이고, 옹정은 입국지조立國之祖이며, 건륭은 개업지주開業之主이다. 그렇듯이 《건륭황제》 역시 얼웨허의 '제왕삼부곡' 중에서도 편폭이 가장 크고 작가가 가장 심혈을 쏟은 역작이다.

작가 얼웨허가 역사를 해부함에 있어서 특히 가상한 점은 여러 제왕들을 바라보는 시각이다. 소설《건륭황제》는 오늘을 사는 우리에게 중국 최전성기의 화려함을 보여준다. 그 과정에서 그는 결코 자신의 사사로운 감정에 얽매여 제왕을 의도적으로 미화하거나 매도하지 않았다. 제왕들을 무조건 칭송하지도 않았을 뿐 아니라 예리한 칼날을 마구 휘둘러 기분 내키는 대로 잘라내지도 않았다. 처음부터 끝까지 냉정한 시각으로 역사를 직관하고 투시하는 자세로 일관했다. 천하의 군주라도 인간세상의 연화煙火를 먹고 사는 인간이라는 데 초점을 맞췄다. 때문에 작품 속에서 제왕들은 유아독존의 군주이기 전에 할머니를 보면 응석도 부리고 아들의 죽음 앞에선 눈물도 보일 줄 아는 인간으로 그려졌다. 또한 역사적인 사실에 입각하여 특별한 시대를 산 평범하지 않은 인물들을 무대 위로 끌어내 생생하게 살려냈다.

건륭황제는 자신의 부친인 옹정과도 닮지 않았고, 조부인 강희와도 다른 인물이다. 비록 선대의 두 황제를 우상과 표본으로 받들고 따라가는 노력을 보이긴 했지만 강희와 옹정에 비해 건륭은 자기 나름대로의 통치철학을 구현했다.

옹정이 비명에 죽고 그 보위를 승계할 때 건륭의 나이는 스물다섯 살이었다. 그런 면에서 어린 나이에 집정한 강희와는 달리 순조롭게 정권을 승계 받은 행운아였다. 그는 조부와 부친 세대를 두루 걸치며 어릴 적부터 권력의 암투를 보면서 어깨 너머로 통치 방법을 배웠다. 대권을 둘러싸고 벌어지는 집안싸움을 먼발치에서 지켜보며 지혜로운 대응책을 익혔고, 안安과 위危, 득得과 실失, 승勝과 패敗를 앞두고 현명하게 대처했던 선제들의 권모술수를 터득했다. 결코 평범하지 않은 그의 성장기는 그에게 큰 포부를 심어주었고, 꿈과 야망을 갖게 했다. 따라서 건륭은 청나라의 극성시대를 열어갈 큰 꿈을 안고 옹정 때의 폐정을 혁신할 정책을 실시하였다. 탐관오리들과의 전쟁을 치르면서 용단을 내려 탐묵貪墨에 연루된 측근대신들을 주살함으로써 이치쇄신에 대한 단호한 의지를 보이기도 했다.

성격적인 면에서도 건륭은 제왕의 자질이 넘쳤다. 문무를 겸비하고 지혜와 용맹을 구비했으며 성격도 건전하고 자유로운 편이었다. 옹정처럼 편집증을 보이지도 않았을 뿐더러 매사에 침착하고 멋과 풍류를 알았다. 이런 성격은 '위정이관'爲政以寬이라는 그의 통치술과도 일맥상통한다.

그러나 그의 긍정적인 성격들은 불행하게도 부패한 봉건제왕의 한계를 넘지 못하는 데 일조하고 말았다. 풍류를 절제하지 못하고 고굉대신인 외삼촌의 부인과 간통하여 사생아를 낳기도 했고, 변방에 출몰하는 비적이었던 여자를 후궁으로 들이기까지 했다. 여인을 둘러싸고 전개되는 사건과 민간에 잘 알려지지 않은 궁중의 비화들은 다른 사람들의 사생활을 엿보고 싶어 하는 인간의 심리와 맞물려 드라마나 영화 못지않게 흥미진진하다.

결국 순조롭게 출발했던 건륭의 시대는 망망대해에서 암초와 풍랑을 만나게 된다. 날로 더해만 가는 토지겸병과 탐관오리들의 비리와 부패는 독버섯처럼 퍼져 갔다. 그로 인해 국가는 속으로 병들어 훗날의 비극을 잉태했다. 결국 말년의 건륭은 화신和珅과 같은 간악한 자들의 허와 실을 간파하지 못하고 현신賢臣들을 배척하면서 그의 제국은 급격히 쇠락의 길로 접어들게 되었다.

이렇듯 소설 《건륭황제》는 오늘을 사는 우리에게 한 나라가 흥망성쇠의 길을 걷는 과정을 적나라하게 묘사함으로써 멸망으로 치날을 수밖에 없었던 대제국의 역사를 극명하게 보여준다. 얼웨허는 장장 2천년의 세월을 지속해온 중국 봉건사회가 본격적으로 피폐해가는 마지막 백년의 모습을 서산으로 넘어가기 직전 붉게 물든 낙하落霞의 현란함에 비유했다. 그런 면에서 《건륭황제》는 어떻게든 살아남으려고 몸부림을 쳤지만 결국엔 거대한 변화의 물결에 밀려 역사의 피안으로 사라지고 만 중국 최전성기의 장엄한 대서사시이면서 눈물겨운 비가悲歌이기도 하다.

《건륭황제》는 총 6부로 구성되어 있다. 제목은 각각 풍화초로風華初露, 석조공산夕照空山, 일락장하日落長河, 천보간난天步艱難, 운암풍궐雲暗風闕, 추성자원秋聲紫苑이다. 제목만 봐도 처량하고 비극적인 기운이 갈수록 짙어지는 걸 알 수 있다. 이 또한 작가의 역사적인 시각과 깨달음이라고 할 수 있겠다.

-중국 〈허난르바오〉河南日報 기사 인용

乾隆元年八月吉日

건륭 원년인 1736년 26세 때의 건륭제

1711~1799. 청나라 6대 황제. 옹정제의 넷째아들로, 25세 때인 1735년 제위에 올라 60여 년 동안 황제로 군림하면서 청나라 최대 전성기를 이룩했다. 17세기 중반 강희제로부터 시작된 청나라의 번성은 옹정제를 거쳐 18세기 건륭제 시대에 이르러 최고의 황금기를 맞는다. 강희, 옹정, 건륭 3대 134년에 걸친 이 시기를 흔히 '강건성세'康乾盛世라고 부른다. 18세기 서양이 산업혁명과 계몽주의로 급변하는 시기였다면, 중국은 건륭제라는 걸출한 황제에 의해 또 다른 의미의 새로운 시대를 맞이하고 있었다.

장친왕莊親王 윤록允祿

1695~1767. 강희제의 열여섯째 아들. 1722년 아버지 강희제의 붕어와
형인 옹정제의 즉위 과정에서 벌어진 형제간의 권력투쟁을 지켜보면서 정쟁에
참여하지 않았다. 그로 인해 건륭제 치세 기간에는 총리사무대신을 지내는 등
황실의 최고 원로로 예우를 받았다. 호는 애월주인愛月主人이다.

장조張照

1691~1745. 강소성 누현婁縣 사람으로, 청나라 때의 대신이다.
자는 득천得天이고, 호는 경남涇南, 시호는 문민文敏이다. 강희 48년(1709)에
진사進士가 된 후 형부상서, 무정묘강내신撫定苗疆人臣, 무연전武英殿 수서처修書處
행주行走 등을 역임했다. 시인, 서예가로 유명한데 동기창, 안진경의 서체를 익힌
그의 글씨는 강희, 옹정, 건륭 모두로부터 사랑을 받았다. 특히 건륭제는
그와 함께 글과 희곡 등에 대해 담론하기를 좋아했는데, 건륭제 초기에는 황제의
뜻을 받들어《월령승응》月令承應 등의 빼어난 희곡을 지어 올리기도 했다.

1부 풍화초로風華初露

1장
도대道臺를 살해한 부대府臺의 하극상

입추가 지난 지 한참이나 되었음에도 불구하고 더위는 전혀 수그러들 기미를 보이지 않았다. 몇 차례 비가 내리긴 했으나 땅거죽에 습기나 조금 보태줬을 뿐 더위를 가셔주기에는 역부족이었다. 비가 그치고 날이 갠 뒤에는 여전히 태양이 작열했고 불덩이 같은 열기에 땅바닥은 솥바닥에 달라붙은 누룽지처럼 바짝 말라 터졌다. 역도驛道에서는 뜨거운 먼지가 밀가루처럼 피어올랐다. 지나다니는 사람들의 얼굴에는 더위에 지친 기색이 역력했다. 덕주부德州府의 아문衙門은 성 북쪽의 운하 가까이 있었고 아문에서 가까운 거리에 부두가 있었다. 평소에는 사람들로 북적거리는 곳이었으나 날씨 탓인지 이날은 유난히 조용했다. 그럼에도 불구하고 가지런히 늘어선 가게들은 문을 활짝 열어놓고 있었다. 물론 드나드는 손님은 별로 보이지 않았다.

부두 동쪽에 있는 오래된 객잔 역시 주인인 신申씨와 일꾼 서너 명이 웃통을 벗어던진 채 문간방에 앉아 냉차를 마시면서 수다를 떨고 있었다.

"이봐, 소식 들었는가?"

일꾼 한 명이 부채질을 하면서 좌중의 동료들을 향해 입을 열었다. 부채를 쥐지 않은 다른 손으로는 갈비뼈가 앙상한 앞가슴을 문지르면서 땀에 쩐 시커먼 때를 벗겨내고 있었다. 그리고는 다시 천천히 말을 이었다.

"어제 덕상德祥닭집에서 형제들끼리 대판 싸움을 했다지 않은가. 참 가관도 그런 가관이 없었다는 거야. 둘째와 셋째가 합심해 맏이를 개패듯 두들겨 팼다지 뭔가. 내가 소식을 듣고 갔을 때는 세 놈이 모두 홀라당 벗은 채 피투성이가 돼 마당에 널브러져 있더군. 그건 그렇고 그 놈들 마누라는 제법 쓸 만하던 걸? 둘째네 마누라 젖통은 희고 탐스러운 것이 그냥 흐흐……. 셋째네 마누라도 바짓가랑이를 허벅지까지 걷어 올렸는데 꽤나 먹음직해 보였어."

일꾼은 마치 사흘 굶은 사람이 고깃덩어리를 발견하기라도 한 것처럼 꿀걱 하고 크게 군침을 삼켰다. 그러자 대나무를 깐 의자에 반쯤 드러누운 채 부채질을 하던 주인 신씨가 웃음을 터뜨렸다.

"이봐 소로자小路子, 그러지 말고 위로하는 척 하면서 다가가지 그랬어. 그년의 가랑이 사이에 대가리를 처박고 냄새라도 맡아보지 그랬냐고!"

소로자라고 불린 사내가 히죽히죽 웃음을 흘리면서 도리질을 했다.

"농담이라도 그런 소리는 하지 마세요. 잘못 건드렸다가 여편네가 들러붙기라도 해봐요. 그 등쌀에 제가 제 명에 못 살 겁니다. 신 어른처럼 풍채 좋으신 분이 올라타야 방아를 찧는 맛도 나이죠! 아니면 호랑이도 때려잡는다는 우리 학郝 둘째형님이 올라가 찔러주든지. 셋째여편네가 군살을 드르르 떨면서 좋아할 것 같은데요!"

문어귀에 앉아 있던 둘째형님 학씨가 부채로 소로자의 머리를 쿡 쥐어박았다.

"자식아, 나는 저번에 너를 보러 왔던 네 어머니가 좋더라. 어때, 내 아들 하지 않을래?"

학씨의 한마디에 좌중에서 한바탕 폭소가 터져 나왔다. 신씨는 웃다가 사레까지 들렸는지 목을 잡고 캑캑거리기까지 했다. 한참 뒤 그가 자리에서 일어나 앉더니 층층이 겹친 뱃가죽을 쓸어내리면서 한숨을 지었다.

"덕상닭집은 백년 전통의 맛집인데 자손들 때문에 다 망하게 생겼구먼. 덕주배계德州扒鷄(중국의 전통 닭요리 전문점)의 전통을 이어가야 할 사람들이 자기 본분도 모르고 허구한 날 저 지랄을 하고 싸우니 큰일 났어. 예로부터 '불이 나면 애새끼와 마누라를 팽개치고 닭 삶는 가마부터 들어낸다'는 것이 덕주배계의 전통 아닌가. 망나니 자식들이 따로 없구먼. 두고 봐, 저치들이 나중에는 송사까지 할 거라고! 관청에 가서 서로 물고 뜯겠지."

좌중의 사람들이 신씨의 진지한 말에 잠시 입을 닫았다. 덕주배계는 산동성은 말할 것도 없고 천하에 명성이 자자한 음식이었다. 직예성, 하남성에서도 고관 귀족들의 연회 상차림에 빠지지 않고 오르는 음식이었다. 해마다 가을철에는 1000여 마리씩 쾌마 편으로 황궁에도 보내지고는 했다. 그렇게 유명한 덕상닭집이 지금 망하기 일보직전이었다. 하기야 형제끼리 하루가 멀다 하고 골백번도 더 싸우니 그럴 만도 했다. 모두가 재산 분쟁 때문이라고 할 수 있었다. 신씨가 한참 시간이 흐른 뒤 거칠고 무거운 숨을 길게 내뱉으면서 입을 열었다.

"조상 덕에 그만큼 먹고 살면 형제끼리 물고 뜯고 싸울 시간에 선산이나 제대로 돌볼 일이지! 송사를 하면 뾰족한 수가 있을 줄 아는가 봐?

유 태존劉太尊이 어떤 사람인지 설마 아직도 모르는 것은 아니겠지? 어부지리 챙기는 재미에 세상 모든 사람들이 날마다 송사 놀음을 했으면 하고 바라는 어르신이 아닌가 말이야. 덕상닭집 사람들은 잘못 걸렸어. 유 태존은 그 가게를 통째로 삼켜버리려고 들 거야!"

신씨가 말을 마치고는 소로자에게 지시했다.

"뒤뜰 우물에 담가놓은 수박이나 한 통 가져와. 손님도 없는데 시원한 수박이나 먹자."

소로자는 신씨의 말을 기다리기라도 했는지 좋아서 펄쩍펄쩍 뛰면서 뒤뜰로 향했다. 그렇게 여럿이 둘러앉아 시뻘건 즙을 뚝뚝 떨어뜨리면서 수박을 먹고 있을 때였다. 뒤뜰의 옆문이 열리는 소리와 함께 중년의 사내가 모습을 드러냈다. 서른 살을 넘긴 듯한 나이의 사내였다. 희고 모난 얼굴에 눈이 작았으나 굵고 긴 머리채를 허리춤까지 드리운 모습은 무척이나 인상적이었다. 푹푹 찌는 날씨임에도 장포 차림에 허리띠까지 두른 모습도 무척이나 두드러져 보였다. 하지만 왼쪽 뺨에 있는 동전 크기의 검은 점과 그 위로 돼지털을 연상케 하는 털 뭉치가 삐죽 나와 있는 모습은 보는 이의 눈살을 찌푸리게 만들었다.

신씨가 사내를 알아보고는 허허 웃으면서 일어섰다. 이어 연거푸 수박 트림을 하면서 말했다.

"서이瑞二 나리시군요. 개도 혓바닥을 빼물고 헐떡거리는 이 더위에 점잖게 차려 입으시고 어디 외출하십니까? 갈 때 가시더라도 이리 와서 수박 한 쪽이라도 드시고 가세요. 찬 우물에 담가 둬서 그런지 시원한 게 그저 그만입니다!"

"됐소, 먹은 걸로 하겠소. 그런데 우리 하賀 나리께서 부대府臺(부府의 최고 책임자인 지부知府를 뜻함)아문을 방문하시겠다고 하네. 부근에 어디 가마를 빌려주는 곳이 없는가? 나는 가마나 불러와야겠네."

서이라고 불린 사내가 음침한 미소를 지으면서 대답했다. 그때 옆문 저편에서 누군가가 고개만 내밀고 소리를 질렀다.

"서이, 하 나리의 먹이 다 떨어져가니 올 때 두어 개 사오라고."

서이도 고개를 돌려 큰 소리로 대답했다.

"알았어, 조서曹瑞. 여기 시원한 수박이 있으니 하 나리께 좀 갖다 드려!"

신씨 등은 서이의 말에 서로를 번갈아 쳐다보며 어안이 벙벙해진 표정을 지었다. 엎어지면 코 닿을 곳에 있는 부대아문을 두고 가마를 찾으니 그럴 만도 했다. 사실 서이 등은 이미 한 달째 신씨의 객잔에 머무르고 있었다. 그러면서 "장사를 한다"는 등 허풍을 떨어놓고는 상인들과 왕래하는 모습은 단 한 번도 보여주지 않았다. 게다가 은銀 2전二錢짜리 허름한 방에 묵으면서 하루 세 끼를 푸성귀와 두부만 먹었다. 어떻게 보면 북경으로 과거시험 보러 가는 가난한 효렴孝廉보다도 더 곤궁한 처지라고 해도 좋았다. 그런 사람들이 갑자기 "하 나리!" 운운하면서 부대아문을 '방문'한다고 하니 신씨로서는 놀라지 않을 수 없었던 것이다. 서이는 신씨 등의 의중을 꿰뚫어 보기라도 한 듯 히죽 웃으며 말했다.

"사실 우리 하 나리는 산동성 제남濟南의 양저도糧儲道(식량의 관리나 운송을 담당하는 관리. 총독이나 순무의 관리를 받음)라오. 악嶽 순무의 명령을 받고 이곳 덕주로 국고 낭비 실태를 조사하러 내려온 거였소. 며칠 내로 용무를 마치고 성省으로 돌아가실 거요. 그리 알고 이제부터라도 잘 모시시오. 푸짐한 상을 내리실 테니 말이오."

"아이고!"

신씨가 놀란 나머지 외마디 소리를 지르면서 벌떡 일어났다. 그런 다음에도 한참 동안이나 멍하니 있었다. 그러다 황급히 실눈이 될 정도로 얼굴 가득 웃음을 띤 채 다시 입을 열었다.

"이거, 이거…… 높으신 나리를 몰라보고 큰 실례를 했습니다. 이 누추한 가게에 그런 귀하신 분이 오셨을 줄은 꿈에도 몰랐습니다. 어쩐지 그제 꿈에 저승에 계신 부모님이 나타나 못난 자식이라고 그렇게 욕을 하시면서 '네놈은 눈이 엉덩이에 붙었냐!'라고 난리를 치시더군요. 가마는 얼마든지 있습니다. 대문에서 두어 발자국 가면 가마를 빌려주는 곳이 있습니다. 아니, 아니지. 날도 더운데 나리께서 직접 걸음을 하실 필요가 어디 있겠습니까. 이봐 학씨, 어서 일어나 하 나리께서 타고 가실 가마를 불러오라고."

신씨가 소맷자락을 움켜쥐고 의자를 닦는 시늉을 했다. 이어 서이에게 자리에 앉기를 권했다. 이어 황급히 장삼을 찾아 입으면서 소로자를 불렀다.

"어서 달고 시원한 수박을 가져오지 않고 뭘 해? 하 나리께도 한 접시 썰어 올려!"

일꾼들은 신씨의 분부에 따라 즉각 부산스럽게 움직였다. 그 사이 신씨는 달리 할 말이 없었음에도 서이와 어색한 대화를 나누면서 시간을 때웠다. 곰방대 하나도 채 다 못 태울 정도의 시간이 흘렀다. 어느새 4인용 죽교竹轎가 객잔 문 앞에 당도했다. 서이는 만족스럽게 고개를 끄덕이면서 자리에서 일어났다.

그러나 그가 하 도대道臺(총독이나 순무 아래 기관인 도道의 책임자를 의미. 보통 지부인 부대보다는 높음)에게 아뢰러 들어가기도 전에 동쪽의 옆문이 열렸다. 이어 조서를 앞세우고 하 도대가 느릿느릿 모습을 드러냈다. 하 도대는 팔망오조八蟒五爪(다섯 개의 발톱을 가진 여덟 마리의 이무기)가 수놓인 관포 위에 설작雪雀 무늬가 있는 보복을 껴입고는 팔자걸음으로 천천히 걸어 나왔다. 관모 꼭대기에서는 남색의 유리 정자頂子가 눈부신 빛을 내뿜고 있었다.

신씨 등은 그 모습을 보고 상황이 더욱 실감나는지 바로 땅에 납작 엎드렸다. 이어 황송한 표정으로 중얼거리듯 말했다.

"그동안 도대 나리를 몰라 뵙고 깍듯이 모시지 못한 죄를 부디 용서해 주십시오. 대단한 나리를 곁에 모시면서 아직껏 제대로 문안인사 한번 올리지 못한 점도 하해와 같은 아량으로 널리 이해해주십시오."

하 도대가 신씨 등의 말에 온화한 어투로 대답했다.

"몰랐으니 그럴 수도 있는 거지. 그만 일어나게. '죄'는 이럴 때 운운하는 것이 아니네. 사람들이 알아보면 귀찮으니 일부러 신분을 숨겼던 거야. 덕분에 한 달 동안 편히 있지 않았는가? 조서, 내일 이들에게 은 스무 냥을 상으로 내리도록 하게."

하 도대의 나지막한 음성에서는 위엄과 인자함이 동시에 묻어났다. 그러나 가끔 기침을 하고 가래가 그렁그렁 끓는 것을 보면 몸 상태는 많이 안 좋은 것 같았다. 수척한 얼굴에 피곤한 기색이 역력했다. 그는 곧 객잔 문을 나서며 가마에 올라탔다.

"가마를 들게. 부대아문으로 가세. 서이, 자네는 먼저 가서 유강劉康에게 내가 방문할 것이라고 전하게."

수레가 멀어지자 신씨가 그 모습을 멍하니 바라보면서 말했다.

"어쩐지 어딘가 모르게 귀티가 난다고 생각했어! 역시 높은 사람은 뭐가 달라도 달라. 도량이 넓다니까! 애초에 들어올 때부터 장사꾼 같지는 않았어. 아니나 다를까 내 안목이 틀림없었어!"

소로자가 신씨의 말에 입을 비죽거리면서 웃었다.

"신 육숙六叔(여섯째삼촌)께서는 저 하 나리가 시골 서당의 훈장 같다고 하지 않았어요? 다 늙어빠진 수재秀才가 서당에 들어박혀 애들이나 가르치지 무슨 일로 비실대면서 밖에 기어 나왔느냐고 비웃었잖아요?"

신씨는 소로자가 정곡을 찌르는 말을 하자 말문이 막혔다. 바로 부채로 그의 엉덩이를 때리면서 나무랐다.

"그 주둥이 다물지 못해? 내가 언제 그런 망할 소리를 했어? 됐어, 시끄러워. 허튼소리 그만 하자고. 학씨는 애들을 데리고 하 나리의 방을 안팎으로 깨끗하게 청소하게. 그리고 소로자 너는 고기와 생선, 채소 몇 가지 등 먹을 만한 것들을 사와. 장씨네 가게에 가서 통닭도 두어 마리 사고. 하 나리께서 돌아오시면 푸짐하게 한 상 차려 올려야지! 저 앞 객잔에 이 년 전인가 새우새끼만 한 말단 관리가 묵어간 적이 있었는데 그걸 가지고 얼마나 눈꼴이 시도록 자랑질을 해대던지 원. 우리 객잔에는 도대 나리가 투숙하셨으니 깃발이라도 내걸어야겠지?"

신씨가 말을 마치더니 두툼한 배를 흔들면서 득의양양한 표정으로 방안에 들어갔다.

그러나 하 도대를 극진히 대접하려던 신씨의 성의는 수포로 돌아가고 말았다. 하 도대가 이제나저제나 기다려도 좀처럼 모습을 보이지 않더니 자시가 다 되어서야 가게로 돌아온 것이다. 놀랍게도 지부 유강劉康이 한 무리의 아역, 막료들과 함께 그를 호위하고 같이 왔다. 아마도 가마를 타지 않고 밤길을 걸어오느라 늦은 모양이었다. 유강과 하 도대는 객잔에 도착한 다음 다른 사람들은 문 앞에서 대기하게 하고는 뜰 안으로 들어갔다. 결국 신씨 등이 공들여 마련한 음식은 유강을 따라온 아역 등의 배를 불리는 데 사용되고 말았다.

바로 그때 점심 때 차가운 수박으로 배를 채운 다음 더위를 못 참고 저녁나절에는 시원한 우물물로 목욕을 했던 소로자는 완전 생고생을 하고 있었다. 측간을 들락거리느라 그야말로 정신이 없었던 것이다. 배탈이 난 것이 분명했다. 그는 배에서 천둥번개 소리가 나고 창자가 찢어질 듯 아프다는 것이 무엇을 말하는지 알 것 같았다. 눈앞에는 별이 번쩍거리고 다리도 후들거렸다.

그는 서둘러 생강 두 쪽을 씹어 삼켰다. 그러나 아무런 효과도 없었다. 그래도 하 도대가 도착하자 아픈 몸을 애써 지탱하면서 그가 사용할 목욕물 두 통을 지게에 진 채 뜰 안으로 들어갔다. 그의 눈에 윗방에서 얘기를 나누는 유강과 하 도대의 모습이 보였다. 또 뜰 입구에는 부대아문의 아역 이서상李瑞祥이 서 있는 모습이 눈에 들어왔다. 그는 목욕물을 가져다 놓은 다음 측간에 갈지 말지를 한참이나 고민했다. 뜰 동쪽에 있는 측간으로 가려면 이서상이 지키고 있는 뜰을 가로질러 가야 하는 탓이었다. 소로자는 한참 생각한 끝에 하 도대에게 방해될 것이 두려워 측간에 가지 않기로 했다. 대신 아픈 배를 부여안은 채 방으로 돌아와 침대에 드러누웠다. 이를 악물고 억지로 참으려니 얼굴색까지 새파랗게 질릴 정도였다.

그러나 유강은 소로자의 급한 사정을 아는지 모르는지 좀처럼 물러갈 기미를 보이지 않았다. 그는 급기야 더 이상 참을 수 없는 지경에 이르자 할 수 없이 배를 끌어안은 채 뒤뜰로 황급히 달려갔다. 이어 우물가의 무밭 고랑에 쭈그리고 앉아 시원하게 내갈겼다. 그러고 나니 조금은 살 것 같았다. 그리고는 고개를 들어 하늘을 봤다. 하늘에는 어느새 먹장구름이 짙게 덮여 있었다.

한 줄기 찬바람이 불어왔다. 소로자는 몸을 흠칫 떨었다. 저 멀리서 마치 수레바퀴가 굴러가는 듯한 우렛소리가 들려왔다. 그는 서둘러 바지를 추슬러 입고는 저리고 기운 빠진 다리를 조심스레 움직이면서 무밭에서 나가려 했다. 바로 그때였다. 갑자기 뭔가 깨지는 소리가 터져 나왔다. 동쪽 윗방에서 나는 소리였다. 소로자는 걸음을 멈추고 귀를 기울였다. 잠시 후 하 도대의 목소리가 바람을 타고 들려왔다.

"자네는 자존심도 없는 사람인가? 사내가 이리 못나게 굴어 어디에 쓰겠나! 오늘 저녁 밤이 새도록 여기 죽치고 있을 거라면 마음대로 하게. 나는 피곤해서 눈을 붙여야겠네! 내가 깰 때까지 앉아서 기다릴 거라면 그때 가서 계속 싸우도록 하지!"

'우리 같은 사람들이나 치고받고 싸우는 줄 알았더니 높은 사람들도 싸우는구나?'

소로자는 눈이 둥그레졌다. 곧이어 강한 호기심이 동하는 것을 어쩌지 못했다. 그는 자신도 모르게 번쩍이는 번갯불을 빌어 살금살금 윗방 창문께로 다가갔다. 이어 뽕나무 아래 바위에 걸터앉아 귀를 쫑긋 세우고 한참을 기다렸다. 그러나 방 안에서는 더 이상 아무런 소리도 들리지 않았다. 그는 참다못해 일어서서는 침을 묻혀 창호지에 구멍을 냈다. 그리고는 눈을 가느다랗게 좁힌 채 안을 들여다봤다.

방 안은 어두침침했다. 탁자 위에서는 꺼지기 일보 직전인 기름등잔이 콩알만 한 불꽃을 펄떡이면서 푸르스름한 빛을 발하고 있었다. 괜히 으스스한 느낌이 드는 분위기였다. 그가 자세히 살펴보니 하 도대는 온돌 위에 눈을 지그시 감고 누워 있었다. 유강 따위는 안중에도 없는 표정이었다. 두 수행원인 조서와 서이는 등을 돌리고 서 있었기 때문에 얼굴이 보이지 않았다. 반면 유강은 한 손으로 반지르르한 이마를 만지고 다른 손으로는 신경질적으로 부채질을 하면서 방 안을 서성이고 있었다.

"저도 도대 나리와 길게 싸우고 싶은 생각은 없습니다."

유강이 한참 침묵이 흐른 뒤 입을 열었다. 드디어 방도를 생각해냈다는 듯 턱을 치켜들고 바라보는 그의 얼굴에 오만한 표정이 번졌다. 또 눈으로는 하 도대를 노려보고 있었다. 그가 입가에 냉혹한 미소까지 띠우면서 느릿느릿 말을 이었다.

"그쪽은 제남 도대이고, 저는 덕주 지부입니다. 우리는 그야말로 바닷물과 우물처럼 경계가 뚜렷합니다. 서로 얽힐 건더기가 전혀 없다고요. 그런데 어찌해서 하 도대께서는 불원천리하고 찾아와 저를 괴롭히는 겁니까? 국고의 빚이라면 어느 곳에 가더라도 없는 것이 이상할 정도가 아닙니까? 그리고 공금 횡령도 정도의 차이일 뿐이지 한 푼도 안 뜯어먹은 관리가 세상 어디에 있습니까? 도대체 하 도대께서는 왜 나 유아무개를 물고 늘어지느냐 이 말입니다. 툭 까놓고 말씀하십시오. 도대체 저의가 뭡니까?"

하 도대는 눈을 뜨지 않았다. 그저 건성으로 부채를 두어 번 부치고는 대답을 했다.

"어쩌면 자네 말은 한마디도 들어볼 만한 가치가 없는 걸까. 꼭 마치 내 주머니가 비어 있기 때문에 자네 유강의 목을 옥죈다는 뜻으로 말하는 것 같군. 전 성의 식량과 재정을 통괄하는 내가 급전이 필요하다고 자네를 찾아왔을 것 같은가? 덕주는 원래 국고 빚이 없었네. 적어도 삼 년 전 자네가 부임하기 전까지는 말일세. 그러나 불과 삼 년 만에 덕주 부아문의 국고 은은 십삼만 냥이나 줄었지. 자네는 화모火耗(관리들에게 바치는 사적인 부가세)로 나간 돈이라 하나 내가 볼 때는 분명 돈 먹는 벌레가 따로 있어. 그러니 나는 자네를 탄핵할 수밖에 없어. 자네, 방금 세상천지에 탐관오리가 아닌 관리가 없다고 했지? 진짜 사내라면 옹정황제폐하의 면전에서 그 말을 그대로 다시 해보게. 나는 조정에서 나온 한 마리의 고양이에 불과하다네. 남의 것을 훔쳐 먹는 쥐새끼들을 잡는 것이 유일한 취미이자 임무인 고양이라는 말일세. 조정의 양렴은養廉銀(지방관들에게 청렴을 유지하기 위해 지급한 특별수당)을 타먹는 고양이가 구석에 웅크리고 쥐새끼와 평화롭게 지내는 것이 말이 된다고 생각하나?"

"지부를 삼 년 하면 은 십만 냥이 생긴다고 합디다. 그런 것을 보면 나는 청백리에 속하네요! 우리 그러지 말고 사내답게 툭 터놓고 얘기합시다. 얼마나 필요합니까?"

유강이 하 도대의 밀에 성글맞은 표정으로 물었다. 하 도대는 기가 막

힌다는 표정으로 대꾸했다.

"나는 그런 사람이 아니야."

"삼만?"

"……"

"오만?"

"……"

"육만! 더 이상은 안 됩니다!"

유강이 손사래를 치자 온돌에 누워있던 하 도대가 바로 흥! 하고 콧방귀를 뀌면서 말했다.

"나는 일 년에 받는 양렴은만 해도 육천 냥이야. 밥 먹고 살기에는 충분하다고. 나에게 줄 육만 냥이 있으면 관속에 가지고 들어가 쓰도록 하게!"

하 도대의 말이 뜻하는 바는 칼로 무 자르듯 분명했다. 더 이상 타협할 여지가 없었다. 유강은 말문이 막혀버렸다. 방 안에는 또다시 무거운 침묵이 감돌았다.

소로자는 두 사람이 다투는 광경을 넋 놓고 보느라 배가 아픈 것도 까맣게 잊어버리고 말았다. 그때 갑자기 번갯불이 번쩍했다. 그러더니 굵은 빗방울이 떨어지기 시작했다. 순간 소로자는 배탈이 나서 고생한 것이 나쁜 일만은 아니었다는 생각이 들었다. 은근히 기쁘기도 했다. 배탈 덕분에 안목을 넓힐 수 있었던 것이다. 그가 어서 들어가 신씨 등의 앞에서 허풍 섞어 신나게 떠들 생각을 하면서 발걸음을 돌리려던 찰나였다. 그는 바로 그 자리에 못 박힌 듯 굳어지고 말았다. 방 안 한 귀퉁이에서 조서와 서이가 이상한 행동을 하는 것을 본 것이다. 특히 창가 쪽으로 등을 돌리고 서 있던 조서의 행동이 이상했다. 서이의 손에서 자그마한 종이봉지 하나를 받아들더니 탁자 위에 있던 찻잔에 조심스럽게 털어 넣는 것이었다. 이어 아무 일도 없었던 듯 주전자의 물을 찻잔에 가득 따라 두어 번 젓더니 여전히 눈을 감고 있는 하 도대에게 다가갔다. 조서가 말했다.

"하 나리, 시원하게 냉차 한 잔 마시고 주무세요."

'저거 혹시 독약 아닌가? 저 놈들이……!'

소로자는 하마터면 비명을 터뜨릴 뻔했다. 삽시간에 온몸에 식은땀이 쫙 흘렀다. 자기도 모르게 그 자리에 바위처럼 굳어져 꼼짝도 할 수 없었다. 소로자의 마음과는 달리 영문을 전혀 모르는 하 도대는 천천히 상체를 일으키고는 찻잔을 잡았다.

"찻잔을 박살내도 물러갈 생각을 하지 않으니 나는 냉차라도 마시고 속을 다스려야겠네."

하 도대가 서릿발처럼 차갑게 말하고 나더니 찻잔 안의 물을 단숨에 들이마셨다. 이어 형형한 눈빛으로 유강을 바라보면서 말했다.

"나는 어려서부터 성현의 책을 읽고 공맹의 도를 따라온 대쪽 같은 사람이야. 열세 살에 동생童生, 열다섯 살에 생원生員, 스무 살에 효렴孝廉이 됐어. 또 스물한 살에는 선제를 모시는 진사進士가 됐다고. 옹정황제를 십삼 년 동안 모시면서 관리로서의 부침을 거듭했으나 자네같이 철면피한 사람은 처음 보네! 오늘날에야 나는 비로소 한 가지 도리를 터득하게 됐어. 소인배가 끝까지 소인배일 수밖에 없는 이유는 본인이 소인배라는 사실을 수치스러워하지 않기 때문이라는 이치 말이네. 자네는 공금을 횡령한 것도 모자라 나까지 끌어들이려고 수작을 떠는데, 그런 허튼짓거리는 그만두게. 내 말대로 하면 큰 처벌도 작게 만들 수 있네. 가서 스스로를 탄핵하는 글을 진심으로 써오게. 그리고 그대가 삼킨 검은 돈을 전부 토해내도록 하게. 내 말에만 따라준다면 이위李衛 총독 앞에서 내가 자네를 위해 몇 마디 해줄 수 있네. 어……, 아이고 배야!"

하 도대가 한참을 말하다 말고 갑자기 고통스러운 비명을 지르면서 배를 움켜잡았다. 이어 당장이라도 숨이 넘어갈 것처럼 한참을 헐떡거리더니 고개를 돌려 분노에 가득 찬 눈으로 조서를 매섭게 노려봤다. 눈에서는 불이라도 뿜어져 나올 것 같았다. 그러나 입에서는 말이 나오지 않았다. 그저 거친 숨만 몰아쉴 뿐이었다.

때맞춰 한줄기 번갯불이 방 안을 훑고 지나갔다. 백지장처럼 창백해진 하 도대의 얼굴에서는 콩알만 한 식은땀이 줄줄 흘러내렸다. 그가 한참동안 두 수행원을 노려보더니 입술 사이로 힘겹게 말을 내뱉었다.

"자네……, 자네들이 나에게 마수를 뻗칠 줄은 정말 몰랐네."

"그래, 하로형賀露瀅!"

조서가 흥! 하고 냉소를 터트리면서 불경스럽게도 하 도대의 이름을 불렀다. 이어 거만한 어조로 덧붙였다.

"우리는 이제 더 이상 당신 꽁무니를 따라다니기가 싫어졌소. 내년 오늘은 당신의 제삿날이 될 거요!"

조서가 말을 마치자마자 바로 손짓을 했다. 서이가 기다렸다는 듯 굶주린 맹수처럼 하 도대에게 달려들었다. 곧이어 두 사람은 하로형의 입에 식탁보를 쑤셔 넣은 채 죽을힘을 다해 목을 졸랐다. 서이가 맥없이 발버둥 치다가 마지막 숨을 몰아쉬는 하 도대의 눈을 똑바로 쳐다보면서 징글맞게 웃었다.

"다들 주인 잘 만나 신세 고친다는데, 우리는 당신 때문에 거지가 다 됐다고. 당신 같은 청백리를 한 번만 더 모셨다가는 식구들 다 굶어 뒈지게 생겼어……."

꽈르릉!

우렛소리가 크게 울려 퍼졌다. 자그마한 마을 객잔에서 벌어진 참극에 하늘도 노한 것일까. 귀청을 째는 듯한 요란한 우렛소리가 깊고 무거운 구름층을 가르면서 줄지어 터졌다. 그 소리가 얼마나 컸는지 주변의 오래된 벽에서 흙가루가 떨어져 내리더니 소로자의 목덜미를 간질였다. 퍼붓듯 내리는 큰비는 사나운 채찍처럼 뽕나무를 때리기 시작했다. 모진 광풍에 흔들리는 뽕나무의 소리는 마치 혹형에 몸부림치는 죄인의 신음소리처럼 소름 끼치게 울려 퍼졌다…….

"허리띠 풀어."

소로자는 물에 빠진 생쥐 꼴이 되고도 자리를 뜰 생각을 하지 않았다. 계속해서 찢겨진 창호지 틈에서 눈을 뗄 수가 없었다. 방 안에서는 이서상이 하 도대의 허리띠를 풀어 대들보에 매고 있었다. 땀범벅이 된 유강은 독극물이 남아 있는 찻잔을 물로 씻고 있었다. 그가 안색이 파리하게 질린 채 경황없이 말했다.

"목숨이 붙어 있을 때 서두르라고. 혓바닥을 내밀지 않으면 내일 검시할 때 곤란해질 수 있어."

유강 등은 허겁지겁 하 도대의 축 늘어진 몸을 일으켜 세웠다. 이어 둥그렇게 고리를 지은 허리띠에 목을 걸쳐 놓았다. 하 도대의 발이 곧 바닥에서 떴다. 그렇게 하 도대는 마지막 숨을 거두고 말았다.

소로자는 찬 빗줄기가 채찍처럼 다시 어깨를 후려쳐서야 흠칫 제정신이 들었다. 그제야 스멀스멀 두려운 생각이 들었다. 엄청난 광경을 목격했으니 어찌 그렇지 않겠는가. 그가 본 모든 것들은 꿈이 아니었다. 그제야 그의 뇌리에서는 어서 빨리 도망가야 한다는 생각이 떠올랐다. 그는 그러나 자리를 뜨려다 다시 고개를 돌렸다. 방 안이 다시 소란스러웠던 것이다.

그가 마지막으로 들여다본 광경은 기가 막혔다. 조서가 하 도대의 관복을 벗기고는 자신이 입고 있었던 것이다. 심지어 관모까지 쓰고 있었다. 얼마 후 변경을 다 마친 그가 유상에게 말했다.

"우리에게 약속한 돈이 아직 일만 오천 냥 남아 있어요. 목숨 걸고 한 일이니 혹시라도 떼먹을 생각은 하지 말아요. 빨리 돈을 맞춰줘요. 아니면 재미없어질 테니……."

서이가 조서에 이어 입을 열었다.

"뒷모습이 하로형과 비슷하기만 하면 되니까 그만 하면 됐어. 우리가 이문二門까지 바래다드리죠."

소로자는 더 이상 머물러 있을 수 없었다. 뻣뻣하게 굳어진 두 다리를 조심스럽게 옮겨놓으면서 벽에 찰싹 붙어 살금살금 그 자리를 떴다. 귓전에 다시 유강의 목소리가 들려왔다.

"명심해! 내일 내가 재판정에 앉아 있을 거라는 사실을 말이야. 누가 뭐라고 호통을 치고 위협을 가해도 하 도대는 틀림없이 자살한 거라고 말해야 해. 알았지? 이 작자가 써놓은 것은 다 태워버려, 어서!"

소로자는 창가를 벗어난 뒤에야 겨우 안도의 한숨을 토해낼 수 있었다. 그러나 가슴은 사슴새끼라도 품은 듯 쉴 새 없이 쿵쾅거렸다. 갑자기 큰 충격을 받은 탓인지 귀도 멍멍해졌다. 그는 자신도 모르게 손을 배로 가져가 만져봤다. 통증은 더 이상 느껴지지 않았다. 다만 안팎이 허한 것이 금세 쓰러질 것처럼 온몸에 기운이라곤 없었다. 그때 담벼락 너머로 서이의 고함소리가 들려왔다.

"하 도대께서 지부 어른을 배웅하신다!"

소로자는 애써 몸을 가누면서 대문께로 발걸음을 옮겼다. 옆문 쪽에서부터 서이가 등불을 높이 치켜들고 앞장서서 지부 유강을 안내하는 모습이 보였다. 이서상은 유강에게 우산을 씌워주면서 옆에서 따라오고 있었다. 가짜 하로형 역시 유강을 따라 옆문 앞의 골목까지 왔다. 소로자는 금세라도 튀어나올 것 같은 가슴을 꼭 붙잡았다. 그때 유강의 목소리가 들려왔다.

"그만 걸음을 멈추십시오, 도대 나리. 심신이 조금 피곤해 보이시는데 편히 주무십시오. 하관下官은 내일 아문에서 다시 뵙겠습니다."

가짜 하로형은 알아듣지 못할 목소리로 우물거리며 대답하고는 부랴부랴 방 안으로 들어갔다. 소로자는 살인을 저지르고도 아무렇지 않은 듯 행동하는 그 철면피한 모습을 보자 머리털이 쭈뼛 섰다.

학씨는 사람들이 다 흩어지자 일꾼들을 데리고 난장판이 된 술자리를 치우기 시작했다. 신씨는 학씨의 불평을 뒤로 한 채 소로자의 방을 기웃거렸다. 소로자는 놀란 사슴처럼 눈을 부릅뜨고 침대에 벌렁 드러누운 채 천장에 시선을 박고 있었다. 신씨는 사람이 들어왔는데도 아무 반응도 없는 그를 보고 농담을 건네려고 했다. 그러다 갑자기 이상한 느낌이 드는지 그에게 가까이 다가갔다.

"왜 그래, 소로자? 얼굴이 누렇게 떴네? 배탈 났다고 들락거리더니 귀신이라도 만난 거야?"

"육숙, 저는 괜찮아요."

소로자는 흐리멍덩한 눈빛으로 자리에서 일어나 앉았다. 이어 초점 잃은 눈빛으로 촛불만 멍하니 바라봤다. 그러다 한참 후에야 떨리는 목소리로 다시 말했다.

"그저 머리가 좀 아플 뿐입니다. 엉덩이 드러내놓고 찬바람을 맞았더니……."

그러나 신씨가 보기에 소로자의 낯빛은 정상이 아니었다. 그가 걱정스런 표정으로 입을 열었다.

"아니야, 그게 아니야. 꼭 뭔가에 홀렸거나 아니면 크게 놀란 것 같은데?"

신씨가 그렇게 고개를 갸우뚱하고 있을 때였다. 학씨가 들어서더니 말했다.

"주인 어른, 방금 생각이 나서 하는 말인데, 하 도대가 머무는 방에 비가 몇 군데 새는 것 같았어요. 워낙 점잖은 분이라 말을 안 해서 여태 몰랐다지만 알고서야 모른 척 할 수는 없지 않겠어요? 이 비는 곧 그칠 모양새가 아닌데……."

신씨가 그러자 무릎을 쳤다.

"그래 맞아! 하마터면 또 그냥 지나칠 뻔 했어. 지부 어른이 이제 나갔으니 도대 나리는 아직 깊은 잠에 들지 않았을 거야. 자네가 가서 도대 나리에게 사정 얘기를 아뢰고 오늘밤은 불편하신대로 이쪽 정방에서 주무시는 것이 어떻겠냐고 여쭤보게."

"잠깐만!"

소로자가 갑자기 괴성을 질렀다. 안색이 점점 더 새파랗게 질려가는 모습이 심상치가 않았다. 학씨가 나가려다 말고 흠칫 놀라 돌아서더니 말했다.

"귀신이라도 본 거야? 깜짝 놀랐잖아!"

그러자 신씨도 기다렸다는 듯 말을 받았다.

"안 그래도 내가 그 얘기를 하려던 참이었어. 멀쩡하던 아이가 배탈 났다면서 측간을 들락거리더니 저 지경이 됐지 뭔가? 아무래도 이상해 보이는데, 자기는 괜찮다고 하는군. 만에 하나 이 아이에게 무슨 불상사라도 생기면 내가 무슨 면목으로 고향에 홀로 계신 우리 형수님을 뵙겠어?"

신씨가 말을 마치더니 크게 한숨을 내쉬었다. 진짜 걱정이 되는 표정이었다.

"이리 못 와요?"

학씨가 다시 돌아서서 나가려고 할 때였다. 소로자가 발까지 동동 구르면서 고함을 질렀다. 이어 맨발로 온돌에서 뛰어내리더니 거구의 학씨를 방 안으로 잡아끌었다. 그 모습이 결연해 보이기까지 했다. 소로자는 무슨 영문인지 몰라 어안이 벙벙해 있는 신씨와 학씨를 뚫어지게 바라보는가 싶더니 드디어 큰 결심을 한 듯 이빨 사이로 내뱉었다.

"육숙, 우리는 큰 재난에 휘말려들었어요. 자칫 잘못하면 살인사건에 연루되게 생겼다고요!"

2장
살인사건의 증인

신씨는 살인사건이라는 말에 충격을 받았는지 그만 온돌에 털썩 주
저앉고 말았다. 그 사이 소로자는 약간 진정이 됐는지 찻잔을 들어 꿀
꺽꿀꺽 냉차를 들이켰다. 그리고는 긴 숨을 토해냈다. 곧이어 유강이 하
도대의 수행원과 결탁해 하로형을 살해한 사실을 자신이 본 그대로 신
씨와 학씨에게 들려줬다. 그가 다시 몇 마디를 덧붙였다.

"방금 유강을 배웅하러 나갔던 하 도대는 진짜 '하 도대'가 아닙니다.
조서가 죽은 하 도대의 옷을 입고 변장한 거예요! 하 도대는 대들보에
목이 매달려 있어요. 이미 숨이 끊어졌다고요!"

신씨와 학씨는 소로자의 말에 기절초풍할 정도로 놀랐다. 조금 전까
지도 해도 말을 주고받았던 사람이 죽었다니, 그것도 피살당했다니 도
무지 믿어지지 않는 모양이었다. 두 사람은 두려움에 가득 찬 시선으로
소로자를 뚫어져라 바라봤다. 그렇게 제자리에 그대로 굳어져 버린 두

사람의 모습은 비바람에 떠는 창밖의 뽕나무처럼 음산하고 서글퍼보였다. 자시가 넘은 시각이라 더욱 그런 듯했다.

축축한 바람이 방 안으로 휘몰아쳐 들어왔다. 신씨가 온몸을 부르르 떨면서 따지듯 물었다.

"아이고, 하느님! 그게 사실이야? 설마 헛것에 홀린 것은 아니겠지?"

소로자가 학씨를 힐끗 쳐다보면서 말했다.

"믿고 안 믿고는 육숙 마음이에요. 나도 이 모든 것이 그냥 악몽이었으면 좋겠어요. 학형은 나보다 담이 크니 동쪽 상방으로 가서 창문으로 들여다봐요! 나는 두 번 다시 그곳에 갈수 없을 것 같아요."

소로자의 말을 들은 학씨가 묵묵히 칠흑 같은 창밖을 내다봤다. 이어 말없이 바짓가랑이를 걷어 올리고 우비를 걸쳤다. 그리고는 서쪽 문간 방에 아직 불이 켜져 있는 걸 보더니 내뱉듯 고함을 질렀다.

"거기 누구야? 오포午砲가 울린 지가 언젠데 아직도 자지 않고 뭘 해?"

학씨의 닦달에 문간방의 불은 곧 꺼졌다. 주인 신씨의 군살이 가득한 얼굴에는 수심이 가득했다. 그는 몇 가닥 안 되는 머리카락을 매만지면서 한숨을 지었다.

"이제 끝장이야. 이래봬도 이 객잔은 내가 오 대째 물려받은 조상들의 가업이야. 그런데 내 대에 와서 망하게 생겼어! 이를…… 이를 어쩌면 좋아? 천지신명께 맹세하지만 나는 지금까지 검은 돈이라고는 한 푼도 먹은 적이 없어! 나쁜 마음을 품은 적도 없어! 가끔 투숙객이 잠자다 죽는 경우가 있어도 나는 그들의 물건에는 손도 대지 않았어. 한 푼도 손대지 않고 고스란히 그 집 식구들을 찾아 돌려줬다고. 그것도 동네방네 수소문해가면서 말이야. 그런데 어쩌다 이런 억울한 일을 당할 수가 있어?"

울먹울먹하던 신씨는 급기야 옷섶을 늘어 눈물을 닦았다. 그리고는 계속 말을 이었다.

"소로자 너는 현장을 봤을 때 즉시 소리를 질러 우리를 불렀어야 했어. 우리가 전부 달려 들어가 범행 현장을 잡았더라면 일이 훨씬 쉽게 풀렸을 것 아니야!"

소로자가 황급히 입을 열었다.

"저는 너무 놀라서 완전히 얼어붙어 버렸어요. 그런데 지금 곰곰이 생각해보니 그때 소리를 지르지 않은 것이 오히려 잘한 일인 것 같아요. 생각해 보세요, 우리가 알게 되면 그자들이 우리를 내버려뒀겠어요? 어떻게든 함께 처치하려고 했을 거예요. 증인을 없애야 하니까. 지금도 심장이 터져버릴 것 같아요!"

그때 현장을 보러 갔던 학씨가 온몸이 푹 젖은 채 돌아왔다. 그의 안색은 소로자의 말이 진짜라는 것을 증명이라도 하듯 새파랗게 질려 있었다. 학씨는 뚫어지게 자신을 바라보는 신씨를 향해 굳은 표정으로 고개를 끄덕여 보였다. 이어 이를 악물었다.

"저것들이 진짜 하늘 무서운 줄 모르고 날뛰고 있네요. 지금 방 안에서 서류를 태우면서 하 도대의 짐을 챙기고 있더군요!"

그래도 혹시나 하는 마음으로 요행을 바랐던 신씨는 학씨의 말을 듣고는 비명에 가까운 신음소리를 냈다. 그리고는 자리에 털썩 주저앉았다가 바로 튕기듯 일어났다.

"우리 대여섯이 쳐들어가 저것들을 붙잡아 아문에 끌고 가자고. 지금은 그 방법밖에 없어!"

평소에 자기주장이 강하고 잔꾀가 많은 소로자는 신씨가 호들갑을 피우는 사이 이성을 완전히 회복한 것 같았다. 신씨의 말에 학씨가 바로 호응하려는 기미를 보이자 황급히 제지했다.

"그건 절대 안돼요! 그것들은 보나마나 한통속이에요. 관아에서는 오히려 우리에게 덤터기를 씌울 수 있어요. 그자들이 우리를 물고 늘어지면 큰일이에요. 우리 객잔이 강도 소굴이라면서 금전을 탐내 관리를 죽였다고 모함하면 어떻게 할 거예요? 우리 목이 떨어지는 것은 시간 문제라고요!"

소로자의 말에 신씨와 학씨 두 사람은 눈만 크게 뜬 채 입을 다물고 말았다. 그들이 그렇게 어찌할 바를 몰라 좌불안석일 때 바깥 복도 쪽에서 발걸음 소리가 들려왔다. 세 사람은 일제히 경계하듯 바깥 동정에 귀를 쫑긋 세웠다. 발걸음 소리의 주인공은 곧바로 신씨 등이 있는 방문을 열고 들어왔다. 본채의 서쪽 방에 묵고 있던 손님이었다. 이름은 전도錢度로, 제남으로 가는 길에 덕주를 지나간다고 말한 바 있었다. 그는 비단 장포와 마고자를 정갈하게 차려 입은 모습을 하고 있었다. 신씨가 의아한 말투로 물었다.

"전 나리, 이 시간에 어쩐 일이십니까?"

"계산하고 나갈까 해서 말이야."

전도는 체구가 땅딸막하고 대춧빛 얼굴에 팥처럼 작은 눈이 무척 영리한 인상을 주는 사람이었다. 그는 말을 마치고는 장포자락을 살짝 치켜들고 신씨의 맞은편 의자에 다리를 꼬고 앉았다. 이어 신씨가 건네주는 차를 한 모금 마시더니 시무룩하게 말했다.

"오늘 이 객잔에서 생긴 일을 본의 아니게 다 듣게 됐어. 급한 일로 제남으로 가는 사람이 이런 곳에서 발목 잡힐 수는 없지 않겠나?"

전도가 말을 끝내고는 손가락으로 머리 위의 천장을 가리켰다. 세 사람은 천장을 쳐다보고 나서야 영문을 알 수 있었다. 그곳 문간방과 서쪽 방은 윗부분이 막히지 않고 일부가 트여 있었기 때문에 전도는 본의 아니게 그들의 대화를 전부 엿듣게 됐던 것이다. 세 사람은 긴 한숨을 토해냈다. 그렇다고 가겠다는 손님을 아무 이유 없이 억지로 붙들어 놓을 수도 없는 노릇이었다. 신씨가 길게 한숨을 내쉬었다.

"좋을 대로 하십시오. 그런데 비바람이 이렇게 거센데 가실 수 있겠습니까?"

전도가 허허로운 웃음을 지으면서 대답했다.

"비바람이 아니라 칼바람이 몰아쳐도 당장 이곳을 떠야겠어. 삼십육계 줄행랑이 상책이 아니겠는가. 솔직히 말하면 나는 형법을 담당하는 막료 출신이야. 하남성의 전문경 중승中丞 밑에서 몇 년이나 있었지. 그래서 잘 아는데 이런 사건은 적어도 이삼 년은 질질 끌게 돼 있어. 지금 여기 남아 있다가는 조금도 득이 될 것이 없으니 얼른 뜨는 것이 상책이야. 나는 제남에서 입지를 굳히기 위해 현 하남성 손孫 순무巡撫의 추천서도 갖고 왔어. 잘하면 여러분이 이 난관에서 무사히 빠져나오도록 도와줄 수도 있어. 그러니 내 갈 길을 막지 말라고."

전도의 말을 듣자마자 소로자의 눈이 반짝 빛을 내뿜었다. 이어 그가 말했다.

"척 보기에도 나리께서는 먹물을 많이 드신 분 같았어요. 맞아요! 삼십육계 줄행랑이 상책이에요. 우리도 괜히 사건에 얽혀 곤욕을 치르느니 도망가 버리는 편이 낫지 않을까요?"

전도가 소로자의 말에 피식 웃었다.

"말처럼 쉬운 것은 없다네, 이 친구야! 자네들은 이 사건과 무관하네. 자네들은 말 그대로 그저 증인일 뿐이야. 도대가 '자살'했다고 증명하면 그걸로 끝나는 일이라고. 그런데 여기서 도망가 버리면 '죄가 무서워' 도망갔다는 누명만 쓰게 될 걸? 유강 그 자식이 은근히 바라던 대로 해주는 꼴이야. 자네들이 도망가면 그자는 얼씨구나 좋다 하고 모든 죄를 자네들에게 덮어씌울 걸세."

과연 노련한 형벌 담당 막료 출신다운 분석이었다. 곧 신씨 등은 마치 구세주라도 만난 듯 전도에게 달라붙어 대책을 마련해달라고 졸랐다. 그러나 전도는 갈 길이 급하기 때문에 길게 머무를 수 없다면서 기어이 자리를 박차고 일어났다.

"학씨, 가서 전 나리의 짐을 꾸려드려. 방값은 받지 마."

전도가 신씨의 말에 그건 안 될 말이라면서 돈을 꺼냈다. 그러자 신씨가 애걸하듯 돈을 도로 집어넣게 했다. 그리고는 말했다.

"어찌 됐든 소인들에게 방향을 제시해주시지 않았습니까. 소인의 집에 노새 한 마리가 있으니 전 나리께서 타고 가십시오. 다리라도 덜 아프게 말입니다. 소인의 자그마한 성의라고 생각하시고……."

"음……."

전도가 손으로 턱을 잡은 채 눈알을 굴렸다. 잠시 생각한 그는 입을 열었다.

"자네들이 이 사건으로부터 완전히 자유로워지는 방법은 없는 것 같네. 다만 두 가지만 명심하게."

전도가 느릿느릿 발걸음을 떼어놓으면서 다시 천천히 입을 열었다.

"우선 유강은 자네들을 이 사건에 끌어 들이려는 의도는 없을 것이네. 다만 그들이 이 객잔을 떠날 때까지 하 도대가 '살아있었음'을 증명해달라고 부탁하려는 생각은 가지고 있을 거야. 자네들은 판결이 내리기 전에 이 점을 '증명'해주는 것이 좋겠네. 그러나 또 하 도대가 평소에 두문불출하는 편이어서 그 정체를 잘 모른다는 식으로 자네들을 위한 탈출구를 남겨 놓는 것도 꼭 필요할 걸세. 그 다음으로 하 도대가 '자살'한 것에 대해 자네들은 믿을 수도, 믿지 않을 수도 없다는 애매한 입장을 천명해야 하네. 이 점을 꼭 명심하게. 곤장을 몇 대 맞는 한이 있더라도 말일세. 워낙 예사로운 사건이 아닌지라 언젠가는 조정에 알려질 거야. 그때를 대비하라는 뜻이네. 손바닥으로 하늘을 가릴 수는 없는 법이니까."

전도가 다시 말을 이었다.

"이 두 가지만 지키면 큰 문제는 없을 것 같네. 돈이 있으면 아문의 아래 위를 찾아가 인사치레라도 해놓으면 금상첨화일 테고."

신씨와 소로자는 전도의 말에 연신 고개를 끄덕였다. 그때 학씨가 짐을 노새에 다 실어놓았다고 알려왔다. 그 말이 떨어지기 무섭게 전도는 신발 끈을 고쳐매더니 장대비가 쏟아지는 어둠 속으로 빠르게 사라졌다.

제남은 덕주부에서 300리 정도밖에 떨어져 있지 않았다. 전도는 홀몸에 행낭도 별로 없는 데다 기운이 센 노새가 잠시도 쉬지 않고 전속력으로 달려준 덕분에 이튿날 새벽 동트기 전에 제남에 도착할 수 있었다. 그러나 그는 서둘러 총독아문으로 달려가지 않았다. 대신 길에서 한참을 서성이며 뭔가를 열심히 생각했다.

'덕주에 큰 인명 사고가 났으니 성에서 조사차 관리를 파견하지 않을 수 없을 거야. 내가 형벌을 담당한 막료 출신인 것은 이위 총독도 잘 알고 있으니 이 시점에 이 총독을 찾아간다면 새로 온 사람의 능력을 시험해본다는 핑계로 나를 덕주에 파견할 수도 있어. 바보가 아닌 이상 일부러 골칫덩어리를 끌어안을 이유가 뭐가 있나?'

전도는 그런 생각이 들자 더 이상 망설이지 않고 총독아문 맞은편에 있는 객잔으로 들어갔다. 날은 이미 뿌옇게 밝아오고 있었다.

그는 객잔에서 사흘 동안 머물면서 부근의 유명하다는 명승지를 두루 구경하고 다녔다. 그 사이 덕주부에서 발생한 사건은 제남에도 떠들썩하게 소문이 났다. 하 도대가 죽은 이유에 대해서도 말이 많았다. 정신이 온전치 못해 자살했다는 설이 있는가 하면 대들보에 목매 죽은 귀신이 붙었다면서 가당치 않은 소리를 하는 자들도 있었다. 심지어 전생에 지은 악업의 인과응보 때문이라고 이죽대는 이들도 있었다. 물론 하로형의 죽음은 사인이 불분명하고 석연치 않은 구석이 있다는 주장도 있었다. 찻집을 비롯해 술집, 저잣거리는 말할 것도 없고 사람들이 모인 곳이면 으레 덕주부 인명 사건에 대한 소문들로 요란했다. 그러나 전도는 그런 얘기에 전혀 귀를 기울이지 않았다. 총독 이위와 순무 악준岳浚이 이미 공동으로 주장을 올렸을 뿐 아니라 안찰사아문에서 다른 사건의 심의를 전부 뒤로 미뤘다는 소문도 있었으나 그는 크게 신경을 쓰지 않았다. 그 사이 얼사臬司아문의 객이량喀爾良이 직접 덕주로 가서 사건 심의를 마쳤다는 소식도 들려왔다. 그제야 전도는 하남성 순무의 추천서를 지니고 총독아문을 찾았다. 약 15분 정도 기다린 뒤 안에서 소식이 들려왔다.

"전 선생은 공문결재처 밖에서 접견을 기다리시오."

전도는 아역을 따라 좁고 긴 통로와 꼬불꼬불한 회랑을 지나 한참을 걸어갔다. 이윽고 서쪽 화원의 월동문 입구에 다다랐다. 공문결재처 안에서 끊어졌다 이어졌다하는 말소리와 함께 간간이 기침소리가 흘러나왔다. 이위가 안에서 손님과 얘기 중인 것 같았다. 전도를 안내한 아역은 까치발로 들어가 뭐라고 전하더니 곧 다시 나와 말했다.

"총독 대인께서는 전 선생께 화청에서 차를 마시면서 기다리시라고 하셨습니다. 악 순무와 탕湯 번대藩臺(순무 직속의 번사아문 책임자)와 함께 일을 논의하고 계시거든요!"

전도는 약간의 돈을 넣은 붉은 봉투를 슬그머니 아역에게 건네줬다. 이어 말했다.

"걱정 말고 나가서 일 보게. 나는 여기서 기다리고 있을 테니."

아역은 그러나 붉은 봉투를 도로 밀어주면서 목소리를 낮춰 말했다.

"이 총독 휘하에서 일하려면 이런 것을 사절하는 것은 기본입니다."

전도는 히죽 웃으면서 물러가는 아역의 뒷모습을 쳐다봤다. 갑자기 감동의 물결이 밀려들었다. '내 노력으로 얻은 것이 아니면 풀 한 포기도 그저 가지지 않는다'고 한 이위의 말이 거짓말이 아니라는 사실을 알 수 있었던 것이다. 세간에서 이위의 청렴하고 강직한 성품에 대해 칭송이 자자한 것도 다 그만한 이유가 있는 것이 분명했다.

전도가 잠시 생각에 잠겨 있을 때였다. 공문결재처 안에서 작별인사를 하는 소리가 들려왔다. 곧이어 두 명의 관리가 앞서거니 뒤서거니 하면서 공문결재처를 나오는 모습이 보였다.

둘 다 나이는 마흔 살 가량 되어 보였다. 한 사람의 관모에는 2품의 산호정자, 다른 사람의 관모에는 푸른 보석정자가 달려 있었다. 두 사람의 뒤로 중간 정도의 키에 긴 얼굴을 한 사내가 모습을 드러냈다. 팔자 눈썹이 숯검정처럼 짙고 세모눈에서는 가끔 불꽃처럼 강렬한 빛이 뿜어져 나오는 사람이었다. 얼굴만으로도 주변 사람을 압도할 것 같은 위엄이 있었다. 전도는 가슴이 쿵쿵 뛰기 시작했다. 천하에 명성이 드높은 '모범총독'이자 황제의 성총을 한 몸에 받는 이위 총독을 눈앞에서 직접 보자 감개가 무량했던 것이다.

"운하를 뚫는 일은 서둘러서 백로白露(24절기의 하나로, 처서處暑와 추분秋分 사이의 절기. 양력 9월 9일 무렵)가 되기 전에 완성하도록 하게."

이위는 한쪽에 서 있는 전도를 일별하더니 두 관리를 향해 격의 없는 농담을 건넸다. 이어 다시 작별의 말을 덧붙였다.

"밑구멍 빠지도록 한번 잘해봐! 북경에 들어가면 폐하의 면전에서 이 상판대기에 광채가 나게 말이야!"

이위는 두 사람이 월동문을 나서자 바로 전도를 향해 손짓을 했다.

"전 선생인가본데, 왜 그러고 서 있나? 어서 들어오게!"

전도는 생각보다 편하게 대해주는 이위를 대하자 긴장이 많이 풀렸다. 곧 조심스럽게 따라 들어가 이위가 자리하기를 기다렸다. 이어 예의를 갖춰 인사하고는 손 순무의 추천서를 공손히 받쳐 올렸다. 그리고는 황송한 미소를 지으면서 말했다.

"손 순무께서 소인에게 총독 대인께 안부를 전해달라고 신신당부하셨습니다. 총독 대인의 존체가 염려되신다면서 빙편氷片과 은이銀耳를 두 근씩 소인 편에 보냈습니다."

이위가 편지를 뜯으면서 말을 받았다.

"손국새孫國璽 그 자식 잘 먹고 잘 싸고 있겠지? 그 밖에 또 뭐라고 씨부렁거리던가? 음, 글 솜씨는 많이 늘었는데?"

전도는 이위의 말을 통해 짧은 순간에 그의 호쾌한 성품을 가늠해낼 수 있었다. 그러자 편하게 말할 수 있는 여유도 생겼다.

"손 순무께서는 총독 대인께 욕설을 퍼부었습니다. 발로 걷어차면 깨갱하면서 넘어갈 늙은 말라깽이 삽살개라고 했습니다. 소금덩이 저리 가라 할 정도로 구두쇠 중의 구두쇠라고도 했습니다."

"그래?"

이위가 놀란 듯 눈을 휘둥그렇게 뜨더니 돌연 고개를 뒤로 젖히면서 크게 웃었다. 급기야 기침까지 하면서 말했다.

"좋았어! 욕 한번 질펀하게 잘했어. 자식이 그래도 내 몸을 걱정해 주다니, 인간의 탈은 썼군!"

이위가 호탕하게 웃더니 곧 추천서를 펼쳐들었다. 그러나 모르는 글자가 너무 많은 듯했다. 바로 추천서를 탁자 위에 엎어버렸다.

"읽어봤자 자네를 내 밑에 막료로 들여보내고 싶다 뭐 그런 뜻 아니겠어? 알았어. 손국새 체면이면 그 정도는 충분하지."

"감사합니다, 총독 대인."

"일러둘 것이 있어."

이위가 손사래를 쳤다. 얼굴에서는 언제 그랬냐는 듯 웃음기가 말끔히 사라졌다. 곧이어 그가 지엄한 표정으로 천천히 또박또박 말했다.

"내가 세운 규칙은 온 천하에 다 알려졌을 거라고 생각하네. 다시 한 번 말하지만 내 밑에 들어오는 사람은 일단 성실해야 하네. 나는 낫 놓고 기역자도 모르는 왕무식쟁이라 이 점을 특별히 강조하네. 혹시라도 내 약점을 노리고 글 장난이라도 쳤다가는 변명할 여지도 없이 내 손에 죽을 줄 알아. 둘째, 자네 녹봉은 월 이백오십 냥이네. 막료에게 이 정도의 대접을 해주는 총독은 그리 많지 않을 거네. 돈이 모자라면 더 요구해도 돼. 그러나 아문의 얼굴에 먹칠하는 일은 없어야겠네. 나는 인내심이 부족해서 누굴 차근차근 가르쳐서 사람 만드는 재주는 없어. 잘못을 저지른 자는 가차 없이 없애버리지. 나는 거지 출신이라 무식하거든. 내 좌우명은 '선소인, 후군자'先小人, 後君子(처음에는 철저히 따지고 요구하나 결정된 후에는 충실히 약속을 지키는 것을 이름)이네. 듣기 거북한 말을 이쯤 해놨으니 설마 뒤통수치는 일은 안하겠지?"

전도가 바로 자리에서 엉거주춤 일어나 정색을 하면서 대답했다.

"동옹東翁(이위의 호), 동옹의 그런 사람됨을 경배해마지 않았기에 가르침을 받고자 불원천리하고 찾아온 것입니다. 심려하지 마십시오. 지켜보면 아시겠지만 전도는 진정한 사내대장부입니다!"

두 사람이 한참 말을 주고받을 때였다. 갑자기 아역이 들어와 아뢰었다.

"밖에 열댓 살 가량 되는 소년이 뵙기를 청합니다. 내정內廷에서 소주蘇州 지역으로 공단貢緞(조정에 공물로 보낼 비단을 일컬음)을 독촉하기 위해 파견 나온 사람이라 합니다."

"명함은? 어디 보세."

"총독 대인, 지니고 다니는 것이 불편해 명함은 없다고 합니다."

"그래? 이름도 말하지 않던가?"

"성은 부찰富察씨이고, 이름은 부항傅恒이라고 하더군요."

이위가 아역의 말을 듣는 순간 흠칫 놀라며 벌떡 일어섰다. 그리고는 황급히 말했다.

"어서 안으로 모셔, 어서……."

말을 채 끝맺기도 전에 이위의 입에서 갑자기 기침이 터져 나왔다. 그 바람에 그는 자신도 모르게 몸을 웅크렸다. 곧 오장육부를 도려내듯 심한 기침이 한바탕 지나갔다. 이위의 손수건에서는 놀랍게도 시뻘건 피가 잔뜩 묻어나왔다. 이위는 누가 볼세라 황급히 손수건을 움켜쥐면서 가쁜 숨을 몰아쉬었다.

"부항이라면 보친왕의 처남이야. 그러니 내 절반의 주인인 셈이지. 전 선생, 오자마자 일을 시켜서 안됐소만 얼른 방 청소 좀 하게. 나는 영접 나갔다 올 테니."

전도는 이위의 부탁대로 서둘러 차방茶房에 차를 준비시켰다. 동시에 아역들과 함께 탁자를 닦고 바닥을 쓸면서 분주하게 청소를 시작했다. 그렇게 책상 위에 어지러이 널려 있는 문서들도 겨우 다 정리해 치웠을 때였다. 밖에서 이위의 웃음 머금은 말소리가 들려왔다.

"폐하께서는 신의 마누라가 만든 신발을 참 즐겨 신으십니다. 모양새는 소주에서 만든 것보다 볼품이 없지만 발이 그렇게 편하실 수가 없다고 하셨습니다. 그렇지 않아도 몇 켤레 만들어 놓고 원단元旦(설날)에 제가 입경할 때 가지고 가려 했었는데, 여섯째어르신께서 오셨으니 마침 잘 됐습니다."

이위는 쉴 새 없이 떠들며 아래 위에 눈부신 흰색 비단 옷을 입고 자색 술이 달린 마고자를 껴입은 소년 부항을 앞세우고 안으로 들어섰다.

전도는 순간 눈앞이 환해지는 느낌을 받았다. 부항의 모습은 말 그대로 옥으로 다듬은 듯 말쑥했다. 허리춤에는 장밋빛 와룡대臥龍袋를 차고 있었고, 신고 있는 신발은 깨끗이 씻어 색이 바랜 천으로 된 것이었다. 그의 청아하고 수려한 얼굴에서는 새까만 눈동자가 보석처럼 반짝거렸다. 또 날렵한 몸매, 날아갈 듯한 자태는 바람에 한들거리는 옥수玉樹처럼 보는 이의 시선을 사로잡았다. 전도는 부지불식간에 '이 분의 누나는 선녀 뺨칠 정도로 고울 거야'라는 생각을 하지 않을 수 없었다. 전도가 그렇게 넋을 잃고 부항을 바라보는 사이 이위는 가례家禮를 올리려고 부산을 떨었다. 부항이 황급히 그런 이위를 말렸다.

"그만 두시오, 건강도 여의치 않은 사람이 뭐 그런 예의까지 갖추려고……."

부항이 말을 마치고는 내내 자신을 바라보는 전도에게 눈길을 돌렸다. 전도에게 관심이 가는 모양이었다. 바로 입을 열어 물었다.

"지난번에는 보이지 않더니, 이 사람은……?"

전도가 눈치 빠르기로 둘째가라면 서러울 사람답게 황급히 허리를 숙이면서 대답했다.

"소생은 전도라고 합니다. 전당錢塘(지금의 절강성浙江省 일대) 전목왕錢穆王(당나라 이후 오대십국五代十國 시기의 왕)의 26세손입니다. 이 총독을 보필하기 위해 이제 막 도착했습니다. 아무래도 아랫것인 만큼 가례家禮를 올리지 않을 수 없습니다. 그러니 소인이 동옹 어른을 대신해 문안인사 올리겠습니다!"

전도가 말을 끝내기 무섭게 무릎을 꿇고 절을 했다. 이어 일어나서 다시 읍을 했다. 이위는 그 모습을 지켜보면서 빙긋이 웃고 있었다.

"아주 영리한 친구로군. 이걸 상으로 줄 테니 받게."

부항이 흐뭇한 듯 소매 속에서 금싸라기 한 줌을 꺼내 전도에게 건넸다. 그리고는 고개를 돌려 이위에게 물었다.

"덕주 사건은 어찌 됐소? 아, 혹시라도 오해는 마시오. 내가 그대의 정무에 간섭하려는 것은 아니오. 폐하께서 이 일에 각별한 관심을 보이시기에 물어보는 거요. 지금까지 빚을 진 관리가 자살했다는 소리는 들어 봤어도 빚을 재촉하기 위해 나간 관리가 자살했다는 소리는 금시초문이거든. 폐하께서는 이미 이부吏部와 형부刑部에 사인을 철저히 규명하라는 조서를 내리셨소. 열일곱째마마를 통해 나에게도 서찰을 보내셨소. 산동성을 거쳐 오면서 이 사건의 자초지종을 알아보라고 말이오. 나는 그대의 답변을 듣고 북경으로 돌아갈 것이오."

이위가 잠시 침묵을 지키다가 입을 열었다.

"이 사건은 탕균형湯鈞衡이 맡았습니다. 저도 뭔가 이상하기는 합니다. 탕균형과 유강은 여러 차례에 걸쳐 증인들의 진술을 받아냈더군요. 저도 그걸 읽어봤는데, 매번 증인들의 진술이 일치하더군요. 얼사아문과 지부아문에서 함께 검시를 한 결과도 똑같습니다. 목을 매 죽은 것은 틀림이 없다는 겁니다. 창문과 출입문도 안으로 잠겨 있었기 때문에 아무래도 타살로 보기는 힘들다고도 했습니다. 그러나 죽은 이는 생전에 대인관계가 상당히 원만했다고 합니다. 원한관계에 얽혀 그 압박으로 자살한 것 같지는 않습니다. 처음에는 유강을 잠깐 의심해보기도 했습니다. 하로형이 그 사람의 빚을 독촉하러 갔으니까요. 하지만 산동성 번고에서 올린 보고서에 의하면 덕주부의 빚은 고작 삼천 냥에 불과합니다. 은 삼천 냥을 못 갚아 사람을 죽일 리는 없다고 생각합니다. 더욱 중요한 것은 덕주부의 아역들과 객잔 사람들이 하아무개가 죽기 전에 아무런 이상이 없었을 뿐 아니라 사건 당일 저녁 유강을 직접 대문 밖까지 배웅했다고 일관되게 증언했다는 사실입니다. 아무튼 얼사아문에서는 자살로 사건을 종결지으려고 서두르는 것 같습니다만 제가 증인들을 한 번 더 만나본 후에 결정해도 늦지 않다고 말리고 있는 중입니다."

전도는 이위가 다른 사람이라면 쉽게 놓쳤을 세세한 부분까지 면밀하게 분석한다고 생각했다. 과연 명불허전이라는 탄복이 절로 터져 나왔다. 그가 뭔가를 잠시 생각하더니 천천히 입을 열었다.

"총독 대인, 결례인 줄 압니다만 한마디만 끼어들게 해주십시오. 이번 사건에는 의문스러운 점이 많습니다. 그러므로 절대 성급하게 종결해서는 안 됩니다. 소인도 제남으로 오는 길에 들은 바가 있습니다만 아무리 생각해도 자살로 보기에는 미심쩍은 부분이 많습니다. 물론 타살로 단정 짓기에는 증거가 부족해 보입니다. 여섯째어르신께서도 폐하께 상주하실 때 조금 더 지켜보고 결론을 내리는 것이 좋겠다고 말씀드리면 될 것 같습니다."

이위가 전도의 제안에 화답했다.

"그래, 바로 그거야. '자살로 보기에는 미심쩍고 타살로 단정 짓기에는 증거가 부족'하다고 잠정적으로 결론을 내리는 것이 바람직할 것 같네. 새로 들어온 막료가 속빈 강정은 아니로군!"

부항 역시 고개를 끄덕였다. 전도를 바라보는 눈빛이 무척이나 부드러웠다. 아니나 다를까, 그가 말머리를 돌려 전도에게 물었다.

"자네는 이력이 어떻게 되나?"

전도가 상체를 깊이 숙이며 대답했다.

"소생은 옹정 육 년에 납연納捐(기부금 형식의 돈을 내고 관직을 사는 것)한 감생監生입니다."

"감생도 과거시험을 볼 수 있지 않은가?"

부항이 고개를 갸우뚱거렸다. 이어 바로 자리에서 일어섰다. 그리고는 다시 입을 열었다.

"내일 북경으로 출발해야 하니 그만 객잔으로 가봐야겠소. 당장 속 시원한 결과가 나오는 것도 아니니 말이오. 얼마 뒤면 우리 또 만나게 될 것이니 오늘은 그냥 보내주오."

그러자 이위도 말했다.

"급한 일 없으시면 며칠 더 묵어가시지 그러십니까? 그런데 또 만날 거라는 것은 무슨 말씀입니까?"

부항은 그러나 이위의 질문에는 대답을 하지 않았다. 그저 손가락으로 머리 위를 가리킬 뿐이었다. 그는 더 이상 다른 말은 하지 않고 밖으로 나갔다.

그로부터 한 달 후 과연 내정으로부터 정기廷寄(청나라 조정의 공문서. 명발明發과는 달리 비밀리에 보냄)가 이위 등에게 날아왔다. 이위를 직예 총독으로 임명하고 산동 총독아문은 순무 악준이 대신 맡아보게 한다는 내용의 어지御旨였다. 총독아문은 삽시간에 들끓기 시작했다. 이위에게 축하인사를 하기 위해 사람들이 움직이기 시작한 것이다. 이 때문에 얼굴 도장을 찍기 위해 할 일 없이 총독아문에 들락거리는 이들도 적지 않게 생겨났다. 이위는 처음에는 문지방이 닳아터지도록 밀려드는 사람들을 모두 접견하느라 무진 애를 썼다. 정신도 바짝 가다듬었다. 그러나 끝내 '투항'을 하고 막료를 대신 내보냈다. 이때 전도는 아직 인사人事에 익숙지 않았다. 사람들의 얼굴도 채 익히지 못하고 있었다. 각 아문으로 공문서를 나르는 업무를 맡게 된 것은 다 그 때문이었다. 매일같이 이위의 8인 대교에 앉은 채 제남의 각 아문으로 행차한 것 역시 그랬다. 그럴 때면 그의 기분은 그야말로 날아갈 듯했다.

그렇게 보름 정도 지난 어느 날이었다. 전도는 성 동쪽에 있는 주전사鑄錢司에 다녀오던 도중 안찰사아문 앞을 지나게 됐다. 갑자기 가마가 휘청거렸다. 그는 무슨 영문인지 몰라 창밖을 내다봤다. 창문 밖으로 머리에 흰 천을 두른 중년 여자가 눈에 들어왔다. 그녀는 한 손에 하나씩

아이의 손을 잡고 가마를 막아서고 있었다. 그리고는 하염없이 눈물을 쏟았다. 이어 옆구리에 끼고 있던 보퉁이를 머리 위로 들어 올리더니 가마 앞에 털썩 무릎을 꿇었다. 동시에 심장을 도려내는 듯한 처절한 목소리로 오열을 터뜨렸다.

"아이고 이 대인, 대공무사大公無私(매우 공평하여 사사로움이 없다)한 이 총독 대인! 부디 이 민부民婦의 한을 풀어주십시오. 이년은 억울해서 죽고 싶은 심정뿐입니다!"

느닷없이 닥친 상황에 전도는 흠칫 놀랐다. 삽시간에 온몸에 식은땀이 돋았다. 청나라 제도에 따르면 지방관들 중에서 총독, 순무 등의 봉강대리封疆大吏만 여덟 명이 메는 커다란 대교를 탈 수 있었다. 그런데 그는 그런 신분이 결코 아니었다. 그저 이위가 전근 명령을 받고 내무를 정리하느라 경황이 없는 틈을 타 가마꾼에게 용돈을 찔러주고 그의 허락도 없이 한껏 호사를 누렸던 것이다. 그 자체만으로도 제도를 위반한 일이었다.

그러나 더욱 큰 문제는 따로 있었다. 옹정 2년에 내린 조서에 따르면 왕공귀족이나 문무백관을 막론하고 가마를 막고 억울함을 호소하는 사람이 있을 때는 일률적으로 가마를 세우고 접견을 해야 했다. 옹정은 이 관례를 '영구불변'의 제도가 될 것이라고 강조하기까지 했다.

8인 대교를 타는 재미에 흠뻑 빠져 이런 비상사태가 일어나리라고는 꿈에도 생각지 못했던 전도는 당황하지 않을 수 없었다. 급기야 이마와 콧등에서 식은땀이 줄줄 흘러내렸다. 아무 대책도 마련하지 못한 채 가마는 천천히 내려앉기 시작했다. 그러나 불이 발등에 떨어진 이상 마음을 다잡고 불똥을 끄는 것 외에는 달리 방법이 없었다. 그는 짐짓 태연한 척하면서 수레에서 내렸다. 이어 천천히 주위를 둘러봤다. 이미 몰려든 구경꾼들로 발 디딜 틈 없는 상황이 전개되고 있었다. 그가 황급히 손사래를 치면서 가마꾼들을 향해 지시했다.

"자네들은 가마를 메고 먼저 들어가도록 하게. 나는 천천히 걸어가면 되니까."

가마꾼들은 전도의 난감한 사정을 누구보다 잘 알고 있었다. 그의 말이 끝나기 무섭게 빈 가마를 메고 빠른 걸음으로 현장을 떠났다.

"아주머니, 나는 이 총독이 아니에요. 그러나 이 총독을 가장 가까이에서 모시는 사람은 맞아요. 억울한 사연이 있는 것 같은데, 어찌해서 얼사아문으로 가서 호소하지 않고 여기서 이러는 겁니까?"

전도가 미소를 머금은 채 여자를 일으켜 세웠다. 여자는 그제야 어느 정도 마음의 안정을 찾는 듯했다. 이어 흐느끼기 시작했다.

"이 천한 것은 하리賀李씨라고 합니다. 절강성 영파寧波사람입니다."

전도는 여자의 말을 듣자 곧바로 머릿속을 스쳐가는 것이 있었다. 이 여자가 바로 하로형의 안사람이라는 사실을 직감한 것이다. 남편의 사인을 도저히 믿을 수가 없었기 때문에 제남까지 달려온 것이 분명했다. 전도는 구경꾼들이 겹겹이 몰려들자 길게 지체해봐야 좋을 게 없다고 판단했다.

"여기는 오래 있을 곳이 못 됩니다. 그러니 나를 따라 총독아문으로 갑시다. 총독 대인을 뵙고 속 시원히 털어 놓는 것이 어떻겠어요?"

하리씨는 전도의 권유에 눈물을 글썽인 채 고개를 끄덕였다. 전도는 순무아문의 담벼락을 따라 곧바로 총독아문으로 와서는 모자 셋을 정당이 아닌 서재로 데려갔다. 이어 안도의 웃음을 지으면서 말했다.

"누추하지만 잠깐 앉아 기다리세요."

그러나 하리씨는 앉으려 하지 않았다. 계속 몸을 낮춰 예를 갖추면서 말했다.

"이 천한 것은 손님으로 초대받아 온 것이 아닙니다. 총독 대인께 대신 전해주십시오. 총독 대인께서 나와 주시지 않으면 이년은 밖에 나가 북을 울리는 수밖에 없다고요."

여자는 행동거지가 단정했다. 태도가 비겁하지도, 무례하지도 않았다. 전도는 그 모습을 보면서 여자가 하로형의 부인이 분명하다는 생각을 다시 한 번 하지 않을 수 없었다.

"잠깐만 앉아 기다리시오, 하 부인. 내 추측이 틀림없다면 부인은 제남의 양저도로 있던 하 도대의 유인儒人이 아니신가요? 그게 사실이라면 부인은 고명誥命이 있는 사람입니다. 그런데 어찌 제가 부인을 계속서 있게 할 수 있겠어요?"

여자는 첫눈에 자신의 신분을 알아낸 전도를 바라보면서 의아한 표정을 지었다. 이어 고개를 끄덕이고는 자리에 엉덩이를 붙이면서 물었다.

"그건 어찌 알았습니까? 우리 영감님의 지인이십니까?"

전도는 대답이 궁한 나머지 대충 고개를 끄덕였다. 그리고는 밖으로 나가 아역에게 귀엣말을 몇 마디 건넸다. 아역은 곧 대답과 함께 물러갔다. 그가 다시 자리로 돌아와 한숨을 쉬면서 말했다.

"하 도대와는 그저 얼굴 한 번 본 사이일 뿐이에요. 그러나 비보를 접하게 되니 참으로 안타깝네요. 듣기로 하 도대는 자결했다고 하더군요. 그런데 부인은 어찌 된 연유로 가마를 막고 억울함을 호소하시는 것입니까?"

사실 여자는 조금 전 안찰사아문을 찾아갔다가 찬밥 대접을 받고 쫓겨났던 터였다. 때문에 전도의 극진한 예우에 더욱 슬픔이 복받쳤다. 그예 굵은 눈물이 양 볼을 타고 하염없이 흘러내렸다. 그녀가 구슬피 흐느끼면서 말을 이었다.

"어르신께서 알고 계신대로 저는 하로형의 안식구입니다. 그러나 제 남편은 절대 자살한 것이 아닙니다. 누군가가 먼저 극약을 먹인 후에 죽음에 이르도록 만든 것이 틀림없습니다!"

여자가 눈물을 훔치면서 말했다.

"뭐라고요?"

전도는 크게 놀란 척하면서 자리에서 벌떡 일어났다. 그러나 곧 다시 눌러 앉았다. 이어 조금 떨리는 목소리로 말했다.

"부인, 인명은 하늘에 달려 있습니다. 절대 사람 목숨을 가지고 함부로 말하는 게 아니에요. 그런 도리는 알고 있을 줄로 믿습니다!"

전도의 말이 끝나자 하리씨가 바로 부들부들 떨리는 손으로 가지고 온 보자기를 풀었다. 안에는 온갖 잡동사니들이 가득했다. 여자가 다시 옷가지와 물건들을 헤집더니 아래쪽에서 관복과 신발을 꺼내 탁자 위에 올려놓았다.

"이것이 바로 타살이라는 사실을 증명하는 증거물입니다. 살인범은 바로 유아무개 지부인 것으로 확신합니다!"

3장
옹정황제의 급작스런 최후

전도는 마음이 갑갑해졌다. 정신도 혼란스러웠다. 그래서 괜히 옷가지들을 뒤적여보는 척했다. 그러나 별다른 이상은 없어 보였다. 그는 고개를 돌려 하리씨를 바라봤다. 순간 두 사람의 눈빛이 허공에서 딱 부딪쳤다. 전도가 어색한 표정으로 속내를 감추면서 물었다.

"하 도대의 옷가지들인가 보군요?"

"그렇습니다……."

하리씨가 고개를 숙이면서 눈물을 훔쳤다. 이어 덧붙였다.

"신씨의 객잔에서 관청의 검사가 끝났다면서 보내온 옷가지들입니다. 우리 집 양반은 성격이 강직하고 대쪽 같았습니다. 그 어떤 어려운 상황에서도 한숨 쉬는 모습을 본적이 없습니다. 하늘이 무너져도 그것을 이불 삼아 덮고 잘 정도로 평생 두려움이라고는 모르는 사람이었습니다. 지금껏 재물을 탐하지도 여색을 가까이 하지도 않았습니다. 그런데 무슨 상심이 깊어 그런 죽음을 택했겠습니까? 옷가지들을 가져온 사람은 소로자라는 청년이었습니다. 이것저것 물어봐도 아무것도 모른다고 하더이다."

하리씨가 한참을 말하다 말고 침을 꿀꺽 삼켰다. 얼굴이 눈물로 흠뻑 젖었으나 그녀는 애써 웃음을 지으며 천천히 말을 이어갔다.

"하늘이 도우셨는지 소로자라는 청년은 비를 맞고 심한 감기가 걸려 그만 몸져눕고 말았습니다. 가지고 온 옷 보퉁이도 흠뻑 젖었기에 옷들을 꺼내 밖에 널었지요. 그랬더니 이게 웬일입니까? 온 동네의 쉬파리들이 모두 몰려와 옷가지에 들러붙는 것입니다. 아무리 쫓아도 소용없더라고요. 그래서 뭔가 수상해 자세히 살펴봤더니 옷깃을 비롯해 팔꿈치, 조복朝服의 뒤 잔등과 어깨에 핏자국이 덕지덕지 묻어있지 않겠습니까. 닦아낸 흔적은 있었으나 깨끗하게 닦아내지 못했던 것입니다. 어르신, 이 모자에도 혈흔이 있지 않습니까? 범인이 허둥대다가 모자에 묻은 혈흔은 깜빡한 것이 틀림이 없습니다!"

전도는 자신도 모르게 눈을 크게 뜬 채 하 도대의 유품들을 살펴봤다. 하리씨가 그런 그를 힐끗 쳐다보더니 입술을 지그시 깨물고는 다시 입을 열었다.

"저는 대들보에 목을 맨 남자는 못 봤습니다. 그러나 전에 사촌 여동생이 목을 매 죽은 모습은 본 적이 있습니다. 보기에 흉하기는 했어도 깔끔한 것이 혈흔은커녕 가래도 끊지 않았습니다. 하도 이상해 파리떼가 달라붙은 옷가지를 움켜쥐고 정신없이 방 안으로 바로 달려 들어갔습니다. 그랬더니 때마침 혼미해 있던 소로자가 갈라 터진 입으로 이런 말을 하더군요. '하 도대 나리……, 저는…… 하 도대 나리가 억울한 죽음을 당했다는 것을…… 압니다. 다만 힘이 없어…… 구해드리지 못했을 뿐입니다'라고 말입니다."

다시 하리씨가 말을 멈췄다. 온몸의 피가 거꾸로 솟는지 얼굴이 빨개졌다. 그녀는 하지만 끝까지 말을 이어가는 것은 잊지 않았다.

"그 말을 듣고 나니 주체할 수 없는 힘이 마구 솟구치더군요. 그래서 시어머님께 이 사실을 알리고 일가친척들 중에서 우리 집 양반과 용모나 체형이 비슷한 사람을 데려왔지 뭡니까? 그날 저녁 그 사람에게 관복을 입혀 어두운 등불 밑에 세워놓고 제가 소로자를 흔들어 깨웠습니다. 소로자는 겨우 눈을 뜨더니 갑자기 귀신이라도 본 것처럼 비명을 질렀습니다. 그리고는 허둥지둥 침대 밑에 숨어드는 것이었습니다. 공포에 질려 죽어라 두 손을 비비면서 애걸복걸하더군요. 자신은 우연히 유강 등의 범행 현장을 목격했을 뿐이라고, 그때는 뒷일이 두려워 감히 어찌할 바를 몰랐노라면서…… 그러니 귀신이 돼 이렇게 괴롭히지 말고 돌아가 달라면서 울더군요."

하리씨는 더 이상 말을 잇지 못했다. 결국 머리를 부여잡고 가슴이 터질 듯한 오열을 터트렸다. 두 아이도 어미의 양 어깨에 매달려 하염없이 울었다. 전도는 그 광경을 말없이 지켜봤다. 창피하기도 하고 처량한 생각도 들었다. 한참 후 그가 고개를 끄덕이면서 말했다.

"옷가지들은 다시 검사해보도록 하겠습니다. 다행히 증인이 생겼으니 자칫 미궁에 빠질 뻔했던 사건이 실마리를 찾은 셈이네요. 그러면 소로자도 이번에 같이 왔습니까?"

전도의 말에 하리씨가 숨넘어갈 듯 흐느끼고는 띄엄띄엄 말했다.

"소로자는……, 그날 저녁 도망갔습니다. 설상가상으로 불쌍한 어머님이 쓰러지는 바람에 경황이 없어 뒤쫓아 가지도 못했습니다. 이후 저는 영파寧波에서 제남으로 간 다음 다시 덕주로 와서 신씨 객잔 사람들을 수소문했습니다. 그러나 그 사람들은 그림자도 보이지 않았습니다. 얼사아문에 고소장을 냈더니, 이년이 사는 게 귀찮아 자살한 남편을 놓고 흥정을 하려 든다면서 저더러 돈에 미쳤다지 뭡니까. 세상천지에 이렇게 억울한 일이 어디 있습니까! 저는 바깥양반이 십사 년 동안 관직에 몸담고 계신 동안 혹시라도 사심을 품을까 우려해 늘 귀띔했던 사람입니다. 혹시 검은 돈을 받고 손을 더럽히는 날에는 그날로 우리 모자가 멀리 떠나버릴 거라고요. 물론 그 양반은 그럴 사람도 아니었습니다. 그런데 이런 제가 진짜 미치지 않고서야 억울하게 죽은 남편을 두고 말도 안 되는 흥정을 하겠습니까! 아이고 원통해라……."

하리씨가 말을 마치고는 남편이 남겨놓은 유품을 움켜쥐었다. 그리고는 가슴을 치면서 울먹였다.

"여보, 영감! 뭐라고 말씀 좀 해 보세요. 살아서 인걸人傑이었으니 죽어서도 귀웅鬼雄이 됐으련만 어찌해서 아무런 영험도 보이지 않고 이토록 사람을 괴롭히는 거예요……."

"부인, 상심이 지나치면 몸을 상하기 쉽습니다. 내가 밖에서 다 들었어요."

하리씨의 말이 다 끝날 때쯤 이위가 갑자기 문 앞에 나타났다. 한참 전부터 문 밖에서 모든 얘기를 다 들은 듯했다. 그래서일까, 그의 안색은 우울하고 창백했다. 그가 갈라진 목소리로 무겁게 입을 열었다.

"살인을 저질렀으면 목숨으로 갚아야 하는 것은 당연지사죠. 부인이 말했듯 그 범인은 절대 법망을 피해가지 못할 거예요. 이 사건은 이미 내 손을 떠났으나 나는 반드시 총독서리인 악준에게 지시해 재수사를 하도록 할 것입니다. 북경에 간 뒤 폐하께 주명奏明하고 반드시 공정한 판결이 이뤄지도록 힘쓸 거요."

하리씨가 눈물범벅이 된 채 어안이 벙벙한 표정으로 이위를 바라봤다. 그러자 전도가 그녀를 향해 황급히 말했다.

"이분이 바로 이 총독이세요."

"아이고 이 총독 대인!"

하리씨가 두 아이를 잡아끌면서 털썩 무릎을 꿇었다. 그러나 굵은 눈물만 뚝뚝 떨어뜨릴 뿐 한동안 아무 말도 하지 못했다. 하로형의 유품을 뒤적여보는 이위의 표정은 침통했다. 나중에는 못내 갑갑한 듯 주먹으로 자신의 가슴을 쥐어박으면서 길게 한숨을 토해내기까지 했다.

"부인, 유일한 증인인 소로자가 도망갔다 하니 이 사건은 당장은 종결 짓기 어려울 것 같네요. 그러나 분명한 것은 내가 이 사건의 진상을 끝까지 파헤치고 말겠다는 거예요. 집에 돌아가 노모를 잘 모시고 아이들을 키우면서 참고 기다려보세요. 무슨 실마리가 보이면 즉각 사람을 보내 알릴 테니까요. 여기는 오래 머무를 곳이 못 됩니다."

이위가 말을 마치더니 밖에 있는 아역을 불러들여 다시 분부를 내렸다.

"부인을 모시고 장방帳房(재무를 보는 기구)에 가서 은 삼백 냥을 꺼내 드리도록 하게. 그 돈은 내 녹봉에서 제하도록 하고. 그리고 전 막료는 내일 믿을 만한 사람을 두어 명 보내 하 부인을 안전하게 집까지 모셔다 드리도록 하게."

전도는 하리씨를 떠나보낸 뒤 이위가 있는 공문결재처로 달려갔다. 이위의 얼굴 표정은 그다지 좋아 보이지 않았다. 안락의자에 비스듬히 누워 연신 마른기침을 하고 있었다. 바쁘게 들어서는 전도를 힐끔 쳐다보고는 눈까지 감았다. 전도가 황급히 다가가 위로를 했다.

"이 사건은 처음부터 동옹의 소관이 아니었습니다. 지금껏 종결을 짓지 못한 것은……."

"됐네. 내가 아무리 명성이 크고 위망이 높아도 무슨 쓸모가 있나? 산동山東과 양강兩江(지금의 강소江蘇, 강서江西, 안휘安徽 지역) 지역의 관리들은 내가 북경에 간다는 소식을 듣고 완전 잔치분위기인데. 자네도 여기

저기 아문을 기웃거리면서 봤겠지만 그자들은 지금 좋아서 어쩔 줄을 모르지 않던가. 덕주 지부 유강은 장친왕莊親王의 가노 출신이자 악준의 문생이니 작정하고 숨기려고 하면 무슨 일을 덮어 감추지 못하겠나? 내가 사람을 덕주로 파견해 조사해 봤더니, 그 사이에 벌써 삼천 냥의 국고 빚을 다 갚았더라고. 동작이 재빠른 데는 따를 사람이 없지. 흥, 누가 형벌을 담당하는 막료 출신이 아니랄까봐!"

이위가 차갑게 내뱉었다. 전도는 형벌을 담당하는 막료라는 말에 뜨끔했다. 그러나 곧 자신을 지칭하는 것이 아님을 알고 황급히 말했다.

"진실은 언제든지 드러나게 돼 있습니다. 각 아문의 관리들이 좋아하는 이유는 이 총독이 떠난다고 그러는 것이 아니라 덕분에 자기들도 관직이 한 등급씩 올라가게 됐다고 그러는 것입니다. 평소에 악감정이 있어서 그런 것은 아닌 것 같으니 너무 마음 쓰지 마십시오."

"자네 말도 일리가 있으나 내 말도 맞네. 자나 깨나 '청렴'을 부르짖으면서 숨통을 조이던 자가 떠나간다니 앓던 이를 뺀 듯 속이 후련하겠지. 그자들이 한숨 돌리게 됐다면서 좋아할 법도 하지. 국가 돈으로 배를 불리던 호시절이 양렴은 제도 때문에 다 사라지니 이제는 사람 목숨이 달린 사건까지 조작해 돈 좀 만들어 보겠다? 흥! 뛰는 놈 위에 나는 놈 있다는 말은 못 들어봤나봐?"

이위가 냉소를 터트렸다. 얼굴에는 일전을 불사하겠다는 굳은 의지가 떠오르고 있었다.

이위는 행낭을 간단하게 꾸렸다. 이어 채평蔡平과 전도 두 막료만 데리고 길을 떠났다. 몸이 대단히 허약해진 탓에 부두까지는 난교暖轎에 앉아 가서 배에 올랐다. 그가 운하運河를 통해 북경의 조양문朝陽門 밖의 부두에 도착했을 때는 시일이 꽤 지난 어느 날이었다. 어느덧 계절은 늦은 가을이 돼 있었다. 배에서 내리자마자 골수를 파고드는 추위에 절로 몸이 움츠러들었다. 이위는 어둠이 내려앉기 시작한 동직문을 바라봤다. 잿빛 전루^{箭樓}가 구중천을 가르면서 우뚝 솟아 있었다. 날이 아직 완전히 어두워지지 않았는데도 부두 여기저기에는 이미 등불이 보이기 시작했다. 운하에는 남북을 오가는 각양각색의 배들이 줄지어 떠다니고 언덕 위에는 인파가 북적거렸다. 이위는 역관에 여장을 풀고 잠깐 휴식을 취하고 난 다음 전도를 불러들였다.

"자네를 보니 마치 난생 처음 시골에서 진^鎭 구경을 나온 시골영감 같구먼. 천자의 발밑에 와 보는 것은 처음인가? 채평에게 시내 구경 좀 시켜달라고 하게. 감기 기운만 없다면 나도 콧구멍에 바람을 좀 넣겠는데 말이야!"

전도는 이위의 말에 너무 좋은 나머지 입이 귀에 걸린 채 절을 했다.

"감사합니다, 동옹 대인! 볼거리가 참 많은 것 같습니다. 그러면 채평과 한 바퀴 돌고 오겠습니다."

전도는 말을 마치자마자 흥이 도도한 모습으로 어깨를 들썩이면서 나가려고 했다. 그때 이위가 다시 그를 불러 세웠다.

"밖에 너무 오래 있지는 말게. 내가 내일 폐하를 배알하고 상주할 일이 한두 가지가 아니니 자네들이 간략하게 상주 목록을 짜줘야 할 것이네. 그리 알고 가보게."

이위는 전도가 물러가자 바로 장정옥^{張廷玉}과 악이태^{鄂爾泰}에게 사람을 보내 자신이 북경에 도착했다는 사실을 전하도록 했다.

이위가 저녁을 먹고 나서 청염^{青鹽}으로 양치를 하고 있을 때였다. 역승이 종종걸음으로 달려 들어오더니 입을 열었다.

"장정옥과 악이태 두 재상께서 총독 대인을 찾아오셨습니다."

이위는 황급히 입을 닦았다. 이어 관포를 입을 겨를도 없이 부랴부랴 밖으로 뛰쳐나갔다. 장정옥과 악이태 두 재상은 똑같이 1품 대신이라는 사실을 말해주는 붉은 정자를 드리운 관모를 쓰고 계단을 오르고 있었다. 둘 다 환갑을 바라보는 나이라 그런지 체구만 약간 차이가 날 뿐 모습이 비슷했다. 장정옥이 아무렇게나 신발을 끌고 달려 나오는 이위를 보고는 악이태에게 말했다.

"저 친구 허둥대는 모습 좀 보시게나. 나이를 얼마나 더 먹어야 점잖아지려는지!"

악이태가 그 사이 다가온 이위를 향해 말했다.

"이보게, 우개又玠(이위의 호)! 자네 모습을 보면 꼭 바쁜데 시끄럽게 찾아왔다면서 내쫓으러 나오는 사람 같네."

"무슨 그런 말씀을!"

이위가 특유의 익살스런 웃음을 지으면서 두 사람을 방으로 안내했다. 정신을 바짝 가다듬은 모습이 전혀 몸이 아픈 사람 같지 않았다. 그가 차방에 차를 주문한 다음 다시 말을 이었다.

"저는 그저 조금 더 가까이 가서 두 분 재상의 이마에 고랑이 몇 개 더 생겼는지를 확인하고 싶었을 뿐입니다."

세 사람은 이위의 말에 고개를 뒤로 젖히면서 크게 웃었다. 오랜만에 만나 담소를 나누는 모습이 겉보기에는 절친한 친구 같았다. 그러나 사정을 잘 아는 사람들은 그들 사이에 깊은 골이 패어 있다는 것을 알고 있었다. 그 옛날 장정옥의 동생 장정로張廷璐가 순천부順天府 공시貢試의 주시험관을 맡았을 때였다. 당시 그는 응시생들로부터 뇌물을 받고 문제를 팔아넘긴 일이 있었다. 그런데 그만 부시험관인 양명시楊名時가 그 사실을 알고 말았다. 양명시는 바로 행동에 나섰다. 한밤중에 이위를 찾아가 공원貢院을 봉쇄할 것을 요청한 것이다. 이위는 두말없이 양명시의 손을 들어줬다. 결국 장정로의 모든 죄상은 들통이 났고, 옹정의 어

지에 따라 채소시장 골목에서 요참에 처해지는 횡액을 당했다. 장정옥
과 이위의 사이는 사실 그 일 때문에 많이 데면데면해졌다. 교분이 지
극히 두텁던 이위와 양명시 역시 얼마 못 가 관계가 소원해지기 시작
했다. 이위가 양강 총독 시절 과감히 총대를 메고 추진한 '화모귀공'火耗
歸公 정책이 양명시를 비롯한 관료들의 심기를 불편하게 만든 탓이었다.
악이태 역시 이위를 그다지 좋아하지 않았다. 어지를 받고 절강성의 국
채환수 상황을 조사하러 갔다가 이위의 계략에 말려들어 3개월 동안이
나 아무런 소득도 없이 빈손으로 북경에 돌아온 일이 있었던 탓이었다.

　물고 물린다는 말처럼 장정옥과 악이태의 사이에도 전혀 알력이 없
지는 않았다. 얼마 전 상서방대신上書房大臣 마제馬齊가 낙향하면서 빈자
리가 생겼을 때였다. 악이태는 장정옥이 당연히 자신을 천거해줄 줄 알
았다. 그러나 장정옥은 그렇게 하지 않았다. 비밀리에 자신의 문생을 추
천하는 행보를 보였다. 당연히 두 사람의 관계도 데면데면해졌다. 물론
악이태는 만주 귀족 출신인 데다 전쟁터에서 맹위를 떨친 공신이었기
때문에 나중에 자신의 실력으로 재상 반열에 오르기는 했다. 그럼에도
악이태는 계속해서 장정옥에 대한 감정의 응어리를 풀지 못하고 있었
다…….

　이렇게 세 사람 사이에는 공적으로 혹은 사적으로 얽히고설킨 매듭
이 있었다. 각자 마음속으로는 생각도 빤했다. 하지만 관계官界에서 온
갖 풍파를 겪으면서 닳을 대로 닳은 사람들답게 희로애락을 쉽게 얼굴
에 드러내지는 않았다. 더구나 옹정은 당쟁에 무척 민감한 사람이었기
때문에 그 누구도 감히 대놓고 패거리를 지어 대립할 엄두를 내지 못
하고 있었다. 아무려나 이위가 한참 다정한 얘기를 나누다 갑자기 정색
을 하며 물었다.

　"폐하의 존체는 어떠하신지요? 부항 어르신께서 입경하신 다음에 폐

하로부터 주비를 받았는데, 턱밑에 자그마한 혹이 나서 불편하시다고 하셨습니다. 어디 용한 의사가 없나 수소문해봤지만 이렇다 할 사람이 없네요."

악이태가 두 손을 맞잡은 채 공수를 하면서 말했다.

"폐하의 존체는 강녕하신 편이네. 단지 이월부터 서남 지역의 개토귀류改土歸流가 여의치 않아 폐하의 심경이 불편하실 뿐이야. 음, 나하고 형신衡臣(장정옥의 호)이 찾아온 이유는 자네하고 상의할 것이 있어서네. 직예 총독으로 발령이 났어도 서둘러 부임하지 말고 우선 고북구古北口(만리장성의 북쪽 관문)로 가서 직예 총독의 신분으로 군사를 검열하는 것이 어떻겠나? 필요한 군수품은 없는지 검열 결과를 폐하께 주명하는 것이 시급한 것 같아."

서남쪽의 귀주貴州성은 원래부터 묘족苗族과 요족瑤族이 잡거한 지역이었다. 때문에 예전부터 토사土司, 토관土官, 토목土目(원元나라 때부터 변방 지역 부족 우두머리에게 수여한 관직)들이 세습통치를 해오고 있었다. 명의상으로는 조정이 관할권을 가지고 있었으나 실제로는 먼 곳의 물이 가까운 곳의 불을 끄지 못하는 것처럼 조정의 영향력이 크게 미치지 못하고 있었다. 토사들끼리 이익 다툼을 하는가 하면 그 지역을 경유하는 상인과 조정 관리들도 봉변을 당하기가 일쑤인 탓에 한마디로 말도 많고 탈도 많은 지역이었다. 조정에서는 점점 문제가 심각해지자 급기야 옹정 4년에 악이태를 파견했다. 귀주성의 토사 제도를 폐지하고 중앙집권 형태의 청廳, 주州, 현縣을 설치해 내지와 똑같은 정책을 시행하기로 한 것이다. 이것이 이른바 '개토귀류' 정책이었다. 실제로 장광사張廣泗, 합원생哈元生 등 조정 신하들은 거칠고 험악한 묘족의 변방 지역에 직접 찾아가 수년 동안 열심히 노력한 끝에 3000리의 영토에 여덟 개의 청, 주, 현을 설치하는 데 성공하기도 했다. 거의 귀주성 땅의 절반을 중앙에 귀속시킨 것이다. 그러나 지난해 12월부터 엉뚱하게 이 지역에서 "묘왕苗王이 환생했다"는 요언이 난무하더니 민란이 발발하고 말았다. 이성을 잃은 묘족들은 조정 관리들을 마구잡이로 내쫓으려 했고, 급기야 올해 2월에는 귀주성 전체가 봉화에 휩싸이고 말았다. 옹정으로서는 여태까지 쏟아 부은 심혈이 물거품이 돼버렸으니 심기가 불편할 수밖에 없었다.

"두 분 중당의 뜻이 그러시다면 저 이위가 당연히 폐하의 우려를 덜어드려야죠."

이위가 무의식적으로 앞가슴을 쓸어내리고는 탄식을 터트렸다. 이어 다시 덧붙였다.

"당시 서남 지역에 청을 설치한다고 했을 때 저는 상서방에 서찰을 보냈죠. 묘족들은 성질이 포악하고 용맹한 데다 찹쌀떡처럼 끈끈하게 한 곳에 들러붙기를 좋아하는 습성이 있기 때문에 그리 호락호락한 상대가 아니라고요. 그러니 진정으로 패기 있고 배짱이 좋은 사람을 파견해야 한다는 의견을 피력했었죠. 제가 두 분 재상께 뭐라고 하는 것은 아니지만 사실 두 분이 파견한 사람들이 어떤 인간들인가요? 총병 한훈韓勳부터 평월平越 지부 주동계朱東啓, 청평淸平 지현 구중탄邱仲坦에 이르기까지 모두 겁쟁이에 사리사욕 챙기기에만 급급한 자들이었어요. 우선 한훈은 명색이 총병이라는 사람이 삼천 병마를 이끌고 가서 묘족들의 반란을 먼발치에서 구경만 하다 돌아왔어요. 평월 지부 주동계는 묘족들을 착취할 때는 팔팔하게 날뛰다가 정작 반란을 진압하라고 하니까 병을 핑계로 관직에서 물러나지 않았나요? 청평 지현 구중탄은 묘족들이 아문으로 쳐들어오자 부하들에게는 '한 발도 물러서서는 안 된다'라고 으름장을 놓더니 정작 본인은 측간 간다면서 슬그머니 종적을 감추고 말았다죠? 나중에 파견된 장광사와 합원생 역시 둘이 의기투합해

대적해도 시원찮을 판국에 서로 잘난 척하면서 다투기만 했으니 엉어터질 수밖에요. 휴! 더 말해봤자 속에서 불만 납니다."

이위가 말을 마치고는 장정옥과 악이태를 쓸어봤다. 사실 그에게는 입 밖에 내지 않은 더 큰 불만이 있었다. 때는 장광사와 합원생이 갈등을 빚으면서 무기력하게 지리멸렬해지려고 할 무렵이었다. 그러자 다급해진 장정옥과 악이태는 엉뚱하게 시사詩詞와 가부歌賦에 능통한 재주꾼인 장조張照를 귀주성에 흠차대신欽差大臣으로 파견할 것을 옹정에게 제안했다. 달변인 장조로 하여금 장광사와 합원생 사이를 조율하도록 하겠다는 심산이었다. 이렇게 해서 장정옥의 문하생도, 악이태의 지인도 아닌 일개 글쟁이 장조가 흠차대신으로 묘족들의 반란 현장에 투입됐다. 두 재상이 자신들의 문생을 추천하기 싫어 대타로 파견한 장조는 애초부터 잘못 꿰어진 단추와 같은 존재였다. 아니나 다를까, 팔자에 없는 흠차대신으로 간 장조는 장광사와 합원생 사이를 더욱 틀어지게 만들었다. 10만 천병天兵도 우두머리가 없으면 오합지졸에 불과한 것처럼 조정의 노력은 처음부터 실패가 예고된 것이라고 해도 좋았다.

장정옥은 입을 다물고 묵묵히 생각에 잠겨 있다가 한숨을 지으면서 말했다.

"우개의 말이 맞네. 이번에는 내 책임이 커. 집집마다 환락이 넘쳐나는 것 같으나 속사정을 들여다보면 누구에게나 다 어려운 사연이 있다는 말은 하나도 틀린 데가 없네!"

악이태가 그러자 즉각 말을 받았다.

"나도 책임이 있네. 이 문제는 형신 어른 혼자 떠안고 자책할 일이 아니야. 우개, 우리 둘은 이미 스스로를 탄핵하는 밀주문을 올렸다네. 조정에서 조만간 상응한 죄를 물을 것이야. 사태가 이 지경에 이른 이상 군사를 재성비해 다시 붙어보는 수밖에 없어. 그런데 자네 생각에는 누구를 주장으로 내보내는 것이 좋겠는가?"

악이태가 말을 마치고는 이위를 응시했다. 장정옥의 시선 역시 이위를 향했다. 두 사람은 모두 이위가 장광사와 합원생 중에서 한 사람을 추천할 것으로 짐작하고 있었다. 그러나 이위의 답변은 둘의 예상을 완전히 벗어났다. 전혀 의외의 말이 나온 것이다.

"저에게 추천하라고 하시면 저는 악종기岳鍾麒를 밀어보고 싶습니다."

각자 다른 생각을 품고 있던 세 사람은 그 대목에서 모두 멋쩍게 웃어버리고 말았다. 그렇게 얘기가 이어지고 있을 때였다. 갑자기 밖이 한바탕 소란스러워졌다. 세 사람은 영문을 몰라 어안이 벙벙한 표정을 지었다. 그때 양심전養心殿 태감 고무용이 빠른 걸음으로 방 안에 들어섰다. 그의 낯빛은 마치 죽은 사람처럼 핏기가 하나도 없었다. 그러나 행동은 날렵했다. 곧바로 대청 중앙으로 걸어가 남쪽을 향해 똑바로 서더니 목소리를 한껏 끌어올렸다.

"어지를 말하겠노라. 장정옥과 악이태 두 재상은 엎드려 어지를 받들라!"

세 사람은 '어지'라는 소리에 깜짝 놀라 벌떡 일어섰다. 이위 역시 황급히 일어나 한쪽으로 물러났다. 장정옥과 악이태는 반사적으로 장포 자락을 잡고 털썩 무릎을 꿇었다. 그리고는 머리를 조아렸다.

"신 장정옥, 성유를 경청하옵니다!"

"신 악이태, 성유를 경청하옵니다!"

"장친왕莊親王 윤록允祿, 과친왕果親王 윤례允禮, 보친왕寶親王 홍력弘曆, 이친왕怡親王 홍효弘曉의 명을 받고 성유聖諭를 전한다. 장정옥과 악이태는 급히 원명원에 가서 폐하를 알현하라. 이상!"

"어지를 받들겠사옵니다, 폐하!"

두 사람은 일제히 머리를 조아렸다. 고무용은 다른 말없이 바로 물러

가려고 했다. 하지만 평소에 고무용과 허물없는 사이인 이위의 행동이 훨씬 더 빨랐다. 바로 고무용을 낚아채듯 팔꿈치를 잡아 세워놓고는 웃는 듯 마는 듯한 표정으로 물었다.

"이런 개뼈다귀 같은 놈아, 눈깔은 폼으로 달고 다녀? 이 어르신도 여기 있는데 네놈 눈에는 안 보이는 거야? 하늘이라도 무너진 거야? 도대체 무슨 일로 그렇게 심각한 척하고 난리야?"

고무용은 즉각 제발 한 번만 봐달라는 표정을 지었다. 이어 바로 팔을 빼내더니 종종걸음으로 뛰쳐나갔다. 그러나 너무 경황없이 서둘렀는지 문지방에 걸려 넘어지면서 계단 밑으로 데굴데굴 굴러 떨어지고 말았다. 어디 크게 부러지기라도 할 법한 상황이었다. 하지만 그는 얼마나 급했던지 벌떡 일어나더니 먼지 터는 것도 잊어버리고 말 위에 올라타고는 힘껏 채찍을 날리면서 순식간에 사라지고 말았다!

악이태와 이위는 큰 변고가 생겼다는 사실을 직감적으로 느낄 수 있었다. 지난 30년 동안 어지를 전하러 온 태감이 그 정도로 수선을 떤 경우는 한 번도 없었으니까 말이다. 장정옥 역시 낯빛이 하얗게 변했다. 그러나 그는 악이태나 이위와는 달리 침착한 모습을 유지했다. 두 조대^朝^代의 황제를 보필하면서 수많은 정변을 겪었던 사람은 역시 어디가 달라도 달랐다. 그가 곧 추호의 망설임도 없이 큰 걸음으로 밖으로 나가더니 계단 위에서 힘껏 소리를 질렀다.

"역승 어디 있나? 잘 뛰는 말 어디 없나? 노새라도 좋아!"

역승이 부름을 받자마자 허겁지겁 달려 나와 머리를 조아리면서 아뢰었다.

"황공하오나 이곳은 수로 역관이온지라 말이나 노새는 없습니다. 그러나 오늘 저녁 다행히도 석탄을 운송하는 손님이 뒷방에 묵고 있사옵니다. 모르기는 해도 그 사람에게 노새가 몇 필 있는 것 같았습니다……."

"있으면 끌고 오면 되지 무슨 군소리가 그리 많은가?"

장정옥의 초조한 목소리는 갈라지고 있었다. 역승은 행여 지체할세라 발뒤꿈치가 땅에 닿지 않을 만큼 빠르게 후원으로 달려갔다. 이어 노새 두 마리를 끌고 나와서는 울상을 한 채 말했다.

"안장도 없이 뼈가 앙상한 잔등에 어찌 타시려고 그러십니까……."

장정옥과 악이태는 아무런 대꾸도 없이 노새 위에 올라탔다. 더불어 약속이나 한 듯 짧게 시선을 교환하고는 바로 고삐를 잡아당겨 뛰쳐나 갔다. 두 사람을 수행했던 가인과 호위 친병들 역시 뒤를 따르며 사라졌 다. 이위는 그런 두 사람의 뒷모습을 한참 동안 쳐다보다 아차! 하는 표 정을 지으면서 시계를 꺼내봤다. 이미 술시戌時가 끝나고 해시亥時가 가 까워오는 시각이었다. 마침 그때 채평과 전도는 밖에서 놀다가 역관으 로 돌아오고 있었다. 그들은 눈앞에 벌어진 광경을 보고 어리둥절한 채 놀란 가슴을 쓸어내리면서 상방으로 올라갔다. 이위는 의자에 몸을 맡 긴 채 멍하니 생각에 잠겨 있었다. 전도는 머뭇거리면서 이위에게 뭐라 고 말을 붙여보려고 했으나 결국 마른 침만 꿀꺽 삼켜버리고 말았다.

원명원圓明園은 창춘원暢春園 북쪽에 자리 잡고 있었다. 서직문과는 40 여 리 떨어져 있는 곳으로 옹정이 즉위하기 전 강희황제가 상으로 내 린 원림이었다. 더위를 유난히 싫어한 옹정은 그곳의 호수를 너무나도 좋아했다. 호수의 이름도 '복해'福海라고 해서 대단히 상서로웠다. 그는 급기야 옹정 3년에 조서를 내려 원명원을 봄, 여름, 가을 세 계절에 청 정聽政을 하는 장소로 정했다. 그리고는 원림 밖에 여러 조서朝署들을 두 고 안에는 광명정대전光明正大殿을 설치했다. 정전 동쪽에는 그 외에 근 정친현전勤政親賢殿도 자리하고 있었다. 장정옥과 악이태는 목덜미에 땀 이 흥건하도록 70리 길을 달려 불과 한 시간 만에 원명원에 도착했다.

궁문 앞에 다다르자 고무용高無庸과 조본전趙本田 두 태감이 10여 명의 어린 내시들을 데리고 나와서는 이제나 저제나 목을 빼고 기다리는 모습이 보였다. 장정옥과 악이태는 고삐를 태감에게 던져주면서 물었다.

"폐하께서는 어디 계신가?"

"행화춘관杏花春館에 계십니다."

고무용은 대답이 끝남과 동시에 유리등을 들고는 부지런히 앞서 걸었다. 악이태는 다시 뭔가 묻기 위해 입을 벌리다가 그만 다물어버렸다. 고무용이 자신들을 거들떠보지도 않고 정신없이 앞서 가는 일은 지금껏 없었던 일이기 때문이었다. 더욱 불길한 예감이 그의 뇌리를 스치고 지나갔다. 그러나 더 길게 생각할 겨를도 없었다. 이미 윤록允祿, 윤례允禮, 홍력弘曆, 홍효弘曉 등 네 명의 친왕이 궁전 입구로 마중 나오는 모습이 보였던 것이다. 네 사람의 안색은 잔뜩 굳어져 있었다. 장정옥과 악이태 두 재상은 황급히 무릎을 꿇고 문안 인사를 올리고는 조심스레 물었다.

"폐하께서 심야에 신들을 궁으로 부르셨사온데, 무슨 급한 사건이라도 있으신 겁니까?"

"사실은 우리 넷이 상의 끝에 궁여지책으로 가짜 조서를 꾸며서 자네들을 부른 걸세."

윤록이 한 글자씩 또박또박 끊어 말했다. 장정옥과 악이태는 생각지도 못한 말에 크게 놀라 아무 말도 하지 못했다. 윤례가 침통한 어조로 덧붙였다.

"폐하께서는 이미 붕어하셨네. 들어가 보면 알 것이네. 우리는 현장을 손끝 하나 건드리지 않고 그대로 보존하고 있네."

그 말에 장정옥은 넋을 잃고 악이태를 바라봤다. 이내 그의 다리가 후들후들 떨리기 시작했다. 핏기가 사라진 낯빛은 창호지가 무색할 만큼 창백해졌다. 아무 말도 나오지 않았고, 머릿속 역시 백지장처럼 하얘

지며 아무 생각도 들지 않는 듯했다. 겨우 정신을 차린 장정옥과 악이태는 도둑고양이처럼 주춤주춤 궁전 안으로 발길을 옮기다 눈앞에 벌어진 광경을 보고 다시 한 번 못 박힌 듯 그 자리에 굳어지고 말았다.

높다란 문지방 옆에는 피가 흥건히 고여 있었다. 드문드문 이어진 핏자국을 따라가 보니 저만치 땅바닥에 여자 시신 한 구가 똑바로 누워 있는 것이 보였다. 뭔가 할 말이 남아 있는 듯 입술이 반쯤 열려 있었다. 또 눈가에는 눈물자국이 얼룩져 있었다. 자세히 보니 가슴팍에 섬뜩한 상흔이 있었다. 궁전 안의 다른 물건은 모두 제자리에 있었다. 그저 의자 하나만 넘어진 상태였다. 탁자 위의 쟁반에는 호두알 크기의 자홍색 환약이 한 알 놓여 있었다. 척 봐도 도가에서 특별히 만든 환약이라는 것을 알 수 있었다. 황제 침상 앞의 장면은 더욱 충격적이었다. 혈흔이 낭자한 가운데 옹정황제가 침대 머리에 살짝 기댄 채 굳어 있었다. 그의 턱밑에는 흉기로 찌른 듯한 흔적이 있었다. 손으로는 가슴팍을 찌른 비수를 힘껏 움켜잡고 있었다!

두 사람은 마치 악몽 속을 헤매고 있는 느낌이었다. 다리에 힘이 빠져서 자꾸만 주저앉아 버릴 것 같았다. 그러나 둘은 애써 정신을 차리고 한 걸음씩 옹정에게 다가갔다. 불과 전날까지만 해도 자상한 미소로 신하들을 접견했던 옹정은 마치 잠이 든 듯 눈을 감고 있었다. 표정에서는 분노나 경악, 슬픔이나 고통 같은 것이 전혀 보이지 않았다. 그것이 보는 사람들을 더욱 아연하게 만들었다. 장정옥은 극도의 고통이 밀려와 금세라도 터질 것만 같은 가슴을 부여잡은 채 몸을 숙여 옹정을 유심히 바라봤다. 그는 왼손을 힘껏 움켜쥐고 있었다. 장정옥은 감히 그 손을 펴볼 엄두는 못 내고 촛불을 가까이 옮겨서 자세히 살펴봤다. 손 안에는 돌로 만든 장명쇄長命鎖(자물쇠 장식품)가 들어 있었다. 장정옥이 그 모습을 보고 고통으로 일그러진 표정을 짓고 있을 때였다. 저쪽에서 악이태의 숨죽인 다급한 목소리가 들려왔다.

"형신, 이리로 와 보게!"

장정옥은 황급히 촛불을 들고 악이태 쪽으로 다가갔다. 청옥靑玉으로 만든 책상 위에는 피로 쓴 글이 한 줄 있었다.

절대 교인제喬引娣를 욕되게 하지 말라! 후하게 장례를 치러주라!

장정옥과 악이태는 옹정황제의 최측근 신하였다. 거의 매일이다시피 그의 곁을 지켜온 사람들이었다. 피로 쓴 글씨가 옹정이 최후의 순간에 남긴 절필이라는 것을 한눈에 바로 확인할 수 있었다!

"정사情死인 것 같네!"

악이태가 입속으로 우물거리듯 말했다. 장정옥은 이를 악문 채 눈에 힘을 주면서 강조했다.

"절대 밖으로 발설해서는 안 되겠네."

장정옥이 말을 마치고는 천천히 손가락으로 단약을 가리켜 보였다. 그리고는 더 이상 아무 말도 하지 않았다. 곧 두 사람은 눈짓으로 말을 대신하면서 함께 궁전 밖으로 나왔다. 장정옥이 밖에서 넋이 나간 듯 멍하니 줄을 서 있는 네 명의 친왕을 향해 입을 열었다.

"안으로 들어가십시다. 고무용, 자네는 문 앞을 지키고 서 있게. 궁인, 시위 그 누구를 막론하고 절대 안의 말을 엿듣게 해서는 안 되네."

네 친왕은 차례로 궁전 안으로 들어갔다. 마치 죽은 사람을 놀라게 할 세라 조심하듯 저마다 발소리를 죽였다. 그리고는 천천히 두 재상을 뒤따라 궁전 서남쪽 모퉁이로 향했다. 촛불을 응시하는 장정옥의 눈빛이 형형하게 빛났다. 한참 후에야 그가 천천히 입을 열었다.

"친왕 선하늘께 아룁니다. 궁전 내 여러 상황으로 유추해볼 때 이는 분명 비빈이 군주를 살해한 경우입니다. 그러나 성명하시고 인의로우신 폐하께서는 이 비빈을 괴롭히지 말라고 혈조血詔를 내리셨습니다. 그러니 우리로서는 추궁도, 규명도 해서는 안 된다고 생각합니다."

장정옥의 어조는 유난히 준엄했다. 그가 다시 입술을 지그시 깨문 다음 말을 이었다.

"우리는 모두가 사서史書를 읽을 만큼 읽었다고 자부하는 사람들입니다. 지금 가장 중요한 것은 사직社稷의 안위입니다. 신의 어리석은 생각으로는 보위 승계가 시급합니다. 때문에 황급히 건청궁乾淸宮에 가서 전위傳位 유조遺詔를 열어보는 일이 무엇보다 시급합니다. 새로운 군주가 즉위하셔야 모든 일이 가닥을 잡을 수 있다고 생각합니다. 그렇지 않을 경우에는 또 다른 재앙이 우려됩니다!"

장정옥의 말에 윤록이 공감한다는 어조로 말했다.

"장상의 주장은 실로 이치에 맞는 말이네. 그러나 선례에 따르면 유조를 낭독할 때는 여러 왕공들이 다 자리에 있어야 마땅하지 않은가? 그네들을 다 부르려면 시간이 걸릴 테니 날이 밝은 뒤에 건청궁에서 유조를 발표하는 것이 어떻겠나?"

장정옥이 윤록의 말에 갑자기 서릿발처럼 차가운 표정을 지었다. 그리고는 차분하게 의견을 말했다.

"이는 분명 보통의 변고가 아닙니다. 예의범절이라는 것은 때와 경우에 따라 다소 변동이 있을 수 있습니다. 지금은 새로운 군주가 즉위하기 전까지 이곳 행화춘관의 정전을 봉한 다음 태감과 궁녀들의 바깥출입을 전면 금지시키는 것이 무엇보다 중요합니다. 새로운 군주가 즉위하시면 모든 것을 어지에 따라 처리해야 마땅할 것입니다."

좌중의 의견이 거의 모아졌을 때는 인시寅時가 다 됐을 무렵이었다. 윤록 일행은 그러자 마음이 놓이는지 먼저 말을 타고 자금성으로 돌아갔다. 장정옥은 그제야 허벅지 사이에 극심한 통증을 느꼈다. 이를 악물었으나 통증은 가실 줄을 몰랐다. 아니나 다를까, 손으로 만져보니 허벅지에는 피가 질펀했다. 장시간 안장도 없는 노새를 타고 달려오면서 생긴 상처에서 흐른 피인 듯했다. 말에 올라타는 악이태 역시 힘겹기는 장정옥과 크게 다를 바 없었다. 곧 수십 명의 호위들은 장정옥과 악이태를 따라 일제히 말에 올랐다. 그들은 곧이어 북경에 있는 모든 왕공王公들과 패륵貝勒들에게 소식을 전하기 위해 혹독한 찬바람이 몰아치는 어둠 속으로 사라졌다.

4장
건륭황제의 등극

네 친왕과 두 재상은 날이 희뿌옇게 밝아올 때에야 대내大內(황제가 거처하는 곳)로 돌아왔다. 그처럼 이른 새벽인데도 군기처와 상서방을 찾은 사람들은 적지 않았다. 장정옥과 악이태의 접견을 기다리는 부하 관리들과 지방에서 술직 차 올라온 외관들까지 족히 수십 명은 되는 듯했다. 그들은 모두 서화문 밖에서 냉기를 참으면서 새벽별을 바라보고 있었다. 말에서 내린 장정옥은 이위의 관교를 발견하고는 문지기 태감에게 분부를 내렸다.

"즉각 이위를 불러들이게. 나머지 관리들은 모두 아문으로 돌아가 있으라고 하게."

장정옥은 사람들과 더불어 무영전武英殿의 쪽문을 거쳐 융종문隆宗門을 지나 천가天街로 들어갔다. 건청문 정문에서 통로를 따라 북으로 걸어가자 멀리 등불이 휘황찬란한 건물이 보였다. 여덟 명의 건청궁 시위들이 장검에 손을 얹은 채 돌계단 위에 꼿꼿이 서 있었다. 또 열두 명의 태감들은 금빛 찬란한 수미좌須彌座 앞에 손을 드리우고 시립해 있었다. 궁전 안에서는 64개의 대접 굵기의 붉은 촛불이 꿈틀대는 용처럼 타오르고 있었다. 장정옥 일행 일곱 명은 곧 돌계단 아래에 일자로 늘어서 대전을 향해 삼궤구고三跪九叩의 대례를 올렸다. 이어 장정옥이 일등 시위 장오가張五哥를 발견하고는 손짓으로 불렀다.

"어지가 계시네."

장정옥은 말을 마치자마자 옹정황제가 오성五城의 병마를 동원할 때 쓰던 금패金牌 영전令箭을 높이 치켜들면서 확인할 것을 요구했다.

"물론 장상을 못 믿는 것은 아닙니다. 그러나 이는 규칙입니다. 폐하의 전위 조서가 있는 궁전이라 각별히 신경을 쓸 수밖에 없습니다."

장오가가 웃음 머금은 얼굴을 한 채 말했다. 나이가 일흔을 바라보는 그는 대내에서는 모르는 사람이 없는 오래 된 시위였다. 강희 46년에 시위로 들어온 이후부터 28년 동안이나 굳건히 자리를 지키고 있는 인물이었다. 그 사이 다른 시위들은 수없이 물갈이가 되고는 했다. 그러나 그만은 달랐다. 수십 년을 하루같이 대내에서 충성을 다했다. 장오가는 금패 영전을 받아들고 등불 밑으로 가서 유심히 살펴봤다. 과연 그 위에는 금으로 쓰인 간단한 글씨가 새겨져 있었다.

如朕親臨
짐이 왕림한 듯이 대하라.

장오가는 차갑고 노란 빛을 발하는 금패를 확인한 다음 황급히 장정옥에게 되돌려줬다. 이어 소매를 길게 휘둘러 땅에 박으면서 한쪽 무릎을 꿇었다. 소매가 펄럭이는 소리가 새벽의 찬 공기를 가르면서 유난히 크게 울려퍼졌다.

"선제 옹정황제의 유명遺命을 받들라."

장정옥이 천천히 입을 열었다. 이어 떨리는 목소리로 내용을 읽어 내려가기 시작했다.

"내각 총리대신이자 영시위내대신 겸 상서방 행주行走대신 장정옥과 악이태는 건청궁 시위와 합동으로 전위 유조를 개봉해 낭독한다. 이상!"

"신 장오가……, 어지를 받들어 모시겠사옵니다……."

장오가가 한쪽 무릎을 꿇은 채 장정옥의 말을 듣다 말고 갑자기 허물어지듯 땅에 길게 엎드렸다. 이어 한참 후에야 비로소 떨리는 목소리로 물었다.

"폐하께서…… 붕어崩御하신 것입니까? 그제 장상을 만났을 때도 장상께서는……."

장오가의 양 볼이 심하게 푸들거렸다. 곧 혼탁한 눈물이 쭈글쭈글한 두 눈에 가득 고였다. 금방이라도 오열을 터뜨릴 것 같은 모습이었다. 장정옥이 황급히 목소리를 낮춰 말했다.

"여기는 울어서는 안 되는 곳이오. 훌쩍거릴 때도 아니고. 예를 잃지 마시오. 마음을 다잡으시오! 어서, 어지를 받들어 움직이세!"

"예……."

장오가가 소맷자락으로 눈물을 닦으면서 일어났다. 이어 침착한 어조로 입을 열었다.

"친왕 전하들께서는 이 자리에 대기하고 계십시오. 신이 두 분 재상과 함께 유조를 꺼내오겠습니다."

전위 유조는 '정대광명'正大光明이라는 글씨가 쓰여 있는 건청궁의 편액 뒤에 놓여 있었다. 그 관례는 여덟 살에 즉위해 61년 동안 전 대륙을 훌륭하게 이끌어온 명군 강희황제가 말년에 태자 윤잉胤礽을 두 번씩이나 폐위시키는 아픔을 겪은 것과 관련이 있었다. 아예 태자 제도를 없애기 위해 과거 누구도 사용하지 않은 방법을 강구해낸 것이다. 옹정황제는 아버지 강희황제보다 더했다. 즉위 초에 조서까지 내려 그 관례를 '영구불변'의 제도로 규정했다. 그럼에도 불구하고 옹정황제의 여덟째와 아홉째 아우, 또 아들인 홍시弘時는 대권을 포기하지 않았다. 급기야 섶을 지고 불속으로 뛰어드는 화를 자초하기도 했다. 바로 그 때문에 홍시가 죽고 난 다음 건청궁은 아무나 출입하지 못하는 장소가 됐고 나중에는 신성시되기까지 했다. 전위 유조를 지키려면 그럴 수밖에 없었다. 장정옥과 악이태가 장오가와 함께 그 건청궁 안으로 들어가려고 할 때였다. 갑자기 누군가가 그들을 저지했다.

"잠깐만!"

장정옥을 비롯한 세 사람은 일제히 고개를 돌렸다. 셋을 부른 사람은 다름 아닌 보친왕 홍력이었다. 용무늬 조복을 차려 입은 그의 얼굴은 어둠 속에서 잘 보이지 않았다. 그저 관모에 달린 열 개의 동주東珠만 반짝일 뿐이었다. 스물다섯 살의 그는 언제 봐도 단정하고 깔끔한 차림에 빈틈이 없는 것으로 유명했다. 그로 인해 늘 실제 나이보다 훨씬 어려 보였다. 심지어 주위에서는 열여덟 살 정도밖에 돼 보이지 않는다고 하기도 했다.

홍력이 장정옥의 앞으로 다가갔다. 그의 눈두덩은 얼마나 울었는지 통통 부어 있었다. 흰 얼굴에는 수심이 깊었다. 옹정은 슬하에 아들 열을 뒀다. 그러나 살아남은 아들은 고작 넷이었다. 그나마 홍시는 스스로 화를 자초해 자결을 명받았다. 결과적으로 셋밖에 남지 않았다. 셋 중 한 명인 홍주弘晝는 강희황제의 황손들 백여 명 중에서 가장 정치에 뜻이 없는 사람이었다. 매일같이 매를 조련하거나 새 조롱을 들고 다니면서 노는 데만 정신이 팔려 있었다. 연 며칠 세수도 안 하고 다닐 정도였으니 더 말할 나위가 없었다. 옹정은 이 홍주 때문에 꽤나 속을 썩였다. 당연히 후계자가 되기는 어렵다고 봐야 했다. 또 막내는 아직 세 살도 안 된 젖먹이였다. 결국 유조에는 보친왕 홍력을 보위 승계자로 한다는 내용이 들어 있을 것이 자명할 터였다. 장정옥과 악이태는 그런 홍력의 말을 듣고 흠칫 놀란 듯 황급히 그를 향해 돌아서면서 물었다.

"무슨 분부 말씀이 계십니까, 넷째마마(홍력의 항렬은 형제들 중 넷째였음)?"

"홍주도 불러 함께 어지를 들어야 할 것이 아닌가. 우리는 둘 다 선제의 혈육이네. 이처럼 큰일에 홍주가 자리에 없어서는 안 되지."

홍력이 미간을 좁히면서 말했다. 이어 좌중을 쓸어봤다. 그의 눈빛은 나이에 어울리지 않게 노련하고 예리했다. 장정옥은 홍력의 말에 속으로는 부질없는 짓이라고 생각했다. 그러나 겉으로는 그런 생각을 내색하지 않은 채 상체를 굽히면서 대답했다.

"천만번 지당하신 말씀입니다. 신이 소홀했습니다. 장오가, 여기에서 사다리를 놓고 준비할 동안 그대는 빨리 건청문 시위를 시켜 다섯째마마를 모셔 오도록 하시게."

장정옥이 말한 '사다리'는 다른 것이 아니었다. 네모난 나무상자 몇 개를 말하는 것이었다. 옹정황제가 남긴 전위 유조는 벽에 높이 걸린 '정대광명'이라는 편액 뒤에 숨겨져 있었다. 당연히 누구도 맨몸으로는 꺼낼 수 없었다. 그래서 훗날 유조를 꺼낼 때를 대비해 층층이 높이가 다른 나무상자를 몇 개 만들어뒀던 것이다. 다시 말해 나무상자들을 계단처럼 쌓아놓으면 '정대광명'의 편액까지 닿을 수가 있었다. 악이태는 한쪽에 물러서서 사람들이 '사다리' 쌓는 모습을 멍하니 바라봤다. 어제 오전까지만 해도 옹정황제는 원명원에서 그와 장정옥을 접견하면서 두 시간 동안이나 서남 지역 묘족들의 반란을 진압하는 문제와 관련한 논의를 한 바 있었다. 종실 황친들 중에서 병법에 일가견이 있는 사람을 골라 흠차대신 장조와 교체해야겠다는 말을 하기도 했다. 그 와중에 불가佛家의 선종禪宗에 대한 얘기도 나왔다. 그때 옹정황제는 아주 의미심장한 말을 입에 올렸다.

"장조는 짐이 하사한 '득의거사'得意居士라는 호를 달고 다니면서도 짐의 마음을 얻지 못했어. 그러니 그보다 더 큰 유감이 어디 있겠나? 책을 몇 수레나 읽었다는 사람이 인생은 어차피 한 바탕 꿈이요, 모든 것은 공허한 존재라는 도리를 깨우치지 못했네. 개인적인 은원恩怨으로 부하들을 쥐락펴락하려고 했으니 패할 수밖에 더 있겠어?"

악이태는 옹정황제의 그 말소리가 아직도 귓전에 생생하게 들려오는 듯했다. 그런데 그랬던 폐하께서 세상을 떠나셨다니……, 이제는 더 이상 용안과 음성을 들을 수 없게 됐다니! 그가 그렇게 비감한 생각에 젖어 있을 때였다. 다섯째패륵 홍주가 술이라도 몇 항아리 마신 것처럼 비틀거리면서 건청궁 쪽에서 모습을 드러냈다. 머리는 산발인 데다 의관도 엉망이었다. 아니나 다를까, 가까이에서 본 그의 얼굴은 누렇게 떠 있었다. 눈두덩 역시 시뻘겋게 부어 있었다. 그는 홍력과 동갑이었으니 아직은 젊은 나이였다. 못 생긴 얼굴도 아니었다. 그러나 지나치게 꾸미지 않은 탓에 겉보기에는 홍력보다 훨씬 나이가 들어 보였다. 또 주변 사람들에게 주는 느낌도 홍력과는 완전히 하늘과 땅 차이였다. 장정옥은 홍주가 혹시라도 울음을 터트릴세라 황급히 다가가서는 부드러운 어조로 말했다.

"패륵마마, 아직 대국이 안정된 상태가 아닙니다. 그러니 만사가 제자리를 잡을 때까지는 슬픔을 자제하셔야 합니다. 이친왕과 나란히 서서 유소 낭녹을 대기하십시오."

장정옥의 말이 끝나자 장오가 다가가서 아뢰었다.

"모든 준비가 완료됐습니다. 두 분 재상께서는……."

장정옥과 악이태 그리고 장오가 세 명은 모두의 이목이 집중된 가운데 무거운 발걸음을 천천히 옮기면서 계단으로 향했다. 이어 나무상자를 한 층씩 딛고 올라갔다. 과연 '정대광명'의 편액 밑에 철사로 단단히 고정시킨 자단나무 함이 있었다. 장오가 조심스럽게 그것을 꺼내 열쇠로 열었다. 곧 속에서 묵직하고 반짝반짝 빛나는 바둑통 크기의 금궤가 모습을 드러냈다. 장오가는 다시 그 금궤를 정중하게 장정옥에게 건넸다. 장정옥은 이제 막 탯줄을 끊은 갓난아이를 받아 안듯 숨을 죽인 채 금궤를 받아들고는 천천히 나무상자에서 내려왔다. 그리고는 붉은 돌계단 위에서 악이태를 힐끗 쳐다보고 나서 금궤를 다시 장오가에게 건넸다. 이어 두 재상은 허리춤에서 금으로 된 열쇠를 꺼내들었다. 금궤의 정면에는 열쇠구멍이 두 개 있었다. 두 재상은 열쇠구멍에 금 열쇠를 꽂고 동시에 양쪽으로 가볍게 손목을 꺾었다. "찰칵!" 하는 소리와 함께 뚜껑이 열렸다. 안에는 노란비단으로 겉봉을 싼 조서가 고이 놓여 있었다. 장정옥은 여전히 숨을 죽인 채 조심스레 조서를 꺼내 손바닥에 올려놓고는 악이태와 장오가에게 보여줬다. 이어 나지막한 목소리로 말했다.

"이는 한어漢語와 만주어滿洲語 두 가지 언어로 된 국서이네. 국어(만주어를 의미함)로 된 부분을 악상이 읽게. 한어로 된 내용을 내가 읽겠네."

말을 마친 장정옥이 곧 몇몇 친왕들에게 말했다.

"지금부터 선황의 전위 유조를 낭독하겠노라. 모두들 무릎을 꿇고 경청하시오!"

"만세!"

만주어는 청나라 조정에서 국어로 정해진 언어였다. 따라서 만주어를 모르는 만주족은 상서방에 들어갈 수 없었다. 그러나 청나라가 건국한

지도 이미 91년이나 지나 있었다. 음식과 복식 등이 모두 한족들에 의해 동화된 마당에 만주어를 아는 만주족은 새벽하늘의 별처럼 희소할 수밖에 없었다. 그래서였을까, 몇몇 왕공들은 만주어로 낭독하는 악이태의 입만 멀거니 쳐다볼 뿐이었다. 한 마디도 알아듣지 못하는 듯했다. 그러나 홍력만은 그렇지 않았다. 연신 머리를 조아리면서 만주어로 중얼거렸다. 드디어 악이태의 낭독이 끝났다. 그러자 장정옥이 다시 조서를 받아들었다. 이어 카랑카랑한 목소리로 읽어 내려갔다.

봉천승운황제조왈奉天昇運皇帝詔曰:
넷째황자 홍력은 인군人君으로서의 모든 자질을 두루 갖췄다. 그런 바 보친왕 홍력에게 보위를 승계하노라. 홍력은 하늘의 뜻을 받들어 대청大淸의 명운을 짊어지고 나가도록 하라!

-옹정 원년 8월

모두가 짐작했던 대로였다. 좌중의 사람들은 일제히 머리를 조아렸다.
"신들은 선제의 유명을 높이 받들어 모시겠사옵니다!"
"나라에는 하루라도 군주가 없어서는 안 됩니다."
장정옥은 왕공들이 순순히 유조의 뜻을 받들고 나서자 적이 안도했다. 마음 한구석에 아슬아슬하게 매달려 있던 돌덩이가 안전하게 내려앉은 느낌이었다. 잠시 후 그가 천천히 말을 이었다.
"선제의 어체御體를 아직 봉안奉安하지 못한 상태입니다. 보친왕께서는 즉각 즉위하시어 이에 따른 모든 대정大政을 주지해 주십시오."
장정옥은 말을 마치자마자 땅에 엎드려 소리죽여 어깨를 들썩이는 홍력을 부축해 일으켰다. 곧 건청궁 안팎은 바빠지기 시작했다. 삽시간에 사다리를 치우고 어좌를 바로 놓고 그동안 내려앉은 먼지를 털어내느라 그야말로 한바탕 소란을 떨었다. 한참 후 모든 것은 제자리를 찾았다. 궁궐 안은 차츰 안정을 되찾았다. 날은 이미 완전히 밝아 있었다.

홍력은 건청궁 중앙에 위치한 수미좌에 앉았다. 얼굴에는 여전히 슬픔을 주체하기 힘든 표정이 어려 있었다. 교룡蛟龍이 똬리를 튼 형태의 용좌는 세 사람이 족히 앉을 수 있을 정도로 넓고 컸다. 홍력은 자신도 모르게 그것을 손으로 어루만졌다. 황금색 비단의 촉감이 매끄럽고 차가웠다. 이어 중앙에 자리를 잡고 앉았다. 아니나 다를까, 양쪽의 단향나무 손잡이는 너무 멀어 손이 닿지도 않았다.

'예전에 부황父皇께서 이 자리에 앉아 계신 모습을 봤을 때는 위엄 있고 부럽다는 느낌을 받았었어. 그런데 정작 직접 앉아보니 높고 먼 곳에 홀로 붕 떠 있는 듯 외롭고 쓸쓸한 느낌뿐이군. 평소에 가까운 사이였던 장정옥과 악이태, 그리고 여러 숙왕叔王들 역시 갑자기 매우 낯설게 느껴져.'

홍력은 그처럼 어색한 느낌이 든다는 생각을 하다 말고 정신을 바짝 차렸다. 갑자기 쇠방망이에 뒤통수를 얻어맞은 듯했다. 자신이 이제는 더 이상 '보친왕'이 아니라는 것을 깨달았던 것이다.

'그래, 이제부터는 내가 천하를 두루 통치하는 하늘 아래 최고의 일인자가 된 것이야!'

홍력은 자신의 현재 위치에 대한 생각을 하자 얼굴이 달아오르고 가슴이 급하게 뛰었다. 그러나 한참 후 침착한 눈빛으로 어좌 앞에 예를 갖추고 서 있는 대신들을 바라보면서 입을 열었다.

"모두들 뜬눈으로 밤을 지새웠을 텐데 그만 일어나게!"

"성은이 망극하옵니다……."

"아바마마께서 이런 천근의 중임을 내 어깨에 내려놓으실 줄은 정말이지 몰랐네."

홍력이 천천히 말했다. 이어 떨리는 어조로 다시 덧붙였다.

"아바마마의 존체가 불안한 것은 어제오늘의 일이 아니었어. 벌써 오래 전인 육 년 전부터였네. 몸이 더웠다 차가웠다를 반복했었지. 여러 가지 방도를 강구해봤지만 허사였어. 며칠 전 원명원에서 아바마마께서는 내 손을 꼭 잡으시면서 이번에는 신열이 내릴 기미를 보이지 않는다고 낙루하셨네…… 혹시라도 이대로 몸져눕기라도 하면 대신들과 합심해 정무를 온건히 처리해나가라고 말씀하셨지. 그 음성이 아직도 귓가에 여전한데 아바마마는 이제 선제가 되셨으니 이 얼마나 비통한 일인가? 내 이 슬픔을 어찌 주체해야 할 지 모르겠네."

홍력이 말을 마치고는 다시 눈물을 흘렸다. 그의 말은 황제의 즉위 연설치고는 사실 다소 생뚱맞은 감이 없지 않았다. 처음부터 끝까지 옹정황제의 건강에 대한 심금을 울리는 말만 했으니 말이다. 그러나 장정옥과 악이태는 홍력의 말 속에 숨은 뜻을 짐작할 수 있었다. 홍력은 선제가 '급사'한 것이 아니라 오랜 투병생활 끝에 천수天壽를 누린 것이라고 말하고 있는 것이었다. 다시 말해 행화춘관의 섬뜩한 광경은 완전히 지워버리고 영원히 비밀에 붙이자는 뜻이었다. 장정옥이 눈치를 채고 한마디 끼어들려고 할 때였다. 악이태가 먼저 입을 열었다.

"부디 슬픔을 자제하시옵소서, 폐하. 선제께서는 천하를 두루 다스린 지가 십 년 하고도 삼 년이 지났사옵니다. 향년 오십팔 세이면 천수를 누리신 것이옵니다. 선제께서는 성조聖祖(강희)의 뜻을 이어받아 근정애민勤政愛民하시고 조건석척朝乾夕惕하시어 천고에 길이 빛날 업적을 이룩하신 성군이시옵니다. 신의 어리석은 생각으로는 조상들의 성례成例(이전의 관례)에 따라 묘호廟號를 내리시고 용혈龍穴에 봉안하시는 것이 급선무라고 생각되옵니다."

홍력이 악이태를 힐끔 쳐다보더니 입을 열었다.

"선제를 모셨던 사람들은 모두 수릉守陵(능묘를 지키는 일) 보내도록 하게."

홍력은 악이태가 콕 집어 말한 것은 아니었으나 "조상들의 성례에 따르자"라고 한 말 속의 숨은 뜻을 알 수 있었다. 태조 누르하치, 태종 황태극의 성례를 따르려면 행화춘관에서 벌어진 일을 잘 알고 있는 태감과 궁녀들은 모두 한꺼번에 죽여 없애야 마땅했다. 즉 옹정황제가 급사했다는 소문이 새나가지 않도록 근원을 철저히 없애버리자는 것이 악이태의 생각이었다. 홍력 역시 악이태처럼 옹정황제의 사인이 세상에 알려지는 것을 원치는 않았다. 그러나 악이태처럼 잔인하게 할 생각까지는 없었다. 그래서 선제를 옆에서 모시던 사람들을 모두 수릉 보내라는 말을 한 것이었다. 홍력은 이후부터는 아예 '나'를 '짐'으로 바꿔 칭했다.

"공자는 충효와 예의염치를 강조했지. 이는 궁극적으로는 천하는 인仁에 귀속돼야 한다는 뜻을 천명한 것이네. 짐이 사람들에게 인애를 베풀면 그 사람들 역시 짐을 배신하지 않을 것이 아닌가. 행화춘관의 진상을 발설하는 자에 대해서는 국법과 가법의 제재가 뒤따를 것이거늘 어찌 세조와 성조의 성유를 어겨가면서까지 순장殉葬제도를 회복할 수 있겠는가?"

악이태는 입을 열자마자 보기 좋게 훈육을 당한 꼴이 돼버렸다. 순간 그의 얼굴이 벌겋게 달아올랐다. 그는 황급히 상체를 숙이면서 자신의 생각을 바로 거둬들였다.

"실로 신의 좁은 식견이 불러온 치졸한 발상이었사옵니다. 폐하의 훈회는 천만 지당하시옵니다!"

홍력이 그러자 고개를 끄덕이면서 말을 받았다.

"자네 말도 영 일리가 없는 것은 아니네. 이 일은 자네가 맡아서 더 고민해 보도록 하게. 지금은 그것보다 더 중요한 일이 몇 가지 있네. 일단 선제의 묘호를 서둘러 정해야겠네. 또 짐의 연호年號도 정해야 할 걸세. 백관들을 소집해 안팎에 선포하고 예부의 주도로 국상을 치르고 나면 조정은 안정 국면에 들어갈 것이네."

장정옥은 악이태의 옆에서 잠자코 듣고만 있으면서 줄곧 감복하지 않을 수 없었다. 강희황제가 손수 훈육한 황손이라 그런지 다른 사람들과는 확실히 달랐던 것이다. 일의 경중을 따져 조리 있게 지시하는 모습은 정무를 하루 이틀 처리해온 솜씨가 아니었다. 장정옥은 이처럼 자신이 머릿속에 떠올리는 생각들이 빈틈없이 홍력의 입에서 나오는 것을 보면서 처음에는 무척이나 놀랐으나 곧이어 기쁨을 감추지 못했다. 황제로서의 첫 시험대를 무난히 통과하는 모습이 그렇게 대견해 보일 수가 없었다. 그가 곧 한 발 앞으로 나서면서 절을 올리고 아뢰었다.

"폐하께서는 실로 주도면밀하시옵니다. 묘호와 연호를 정하는 것은 시간이 그리 걸리지 않을 것이옵니다. 신이 곧 육부와 순천부 각 아문의 주관主官들을 불러 어지를 받들게 하겠사옵니다."

"그런 일은 모두 이위에게 맡기도록 하게. 고무용, 가서 이위를 불러 오게."

홍력이 고무용을 향해 지시를 내렸다. 이어 장정옥에게 고개를 돌리며 말했다.

"장정옥, 자네는 여기 남아 묘호와 연호를 정하도록 하게."

말을 마친 홍력이 고개를 돌려 황친들에게 물었다.

"다섯째숙부, 열일곱째숙부 그리고 세 아우, 자네들은 어떻게 생각하나?"

홍력의 질문에 윤록이 황급히 대답을 했다.

"폐하의 말씀에 전적으로 공감하옵니다. 신들은 달리 드릴 말씀이 없사옵니다."

궁전 내의 분위기는 일사천리로 흘러갔다. 처음에는 한없이 무거웠던 기운이 차츰 가벼워지고 있었다. 아무려나 이미 두 명의 황제를 모신 장정옥은 묘호를 정하는 데는 이골이 났다고 할 수 있었다. 그가 고개를 숙이고 한참 생각하더니 아뢰었다.

"신이 짤막하게 정리해 보았사옵니다. 부족한 부분은 폐하와 여러 왕공들께서 지적하시고 보충해주시는 것이 어떨까 하옵니다."

홍력이 고개를 끄덕였다. 그러자 장정옥이 또박또박 끊어 말하기 시작했다.

"선제는 기품이 훌륭하시고 어질고 지혜로우셨습니다. 게다가 도량이 하해 같으시고 성총이 뛰어나신 분이었사옵니다. 그러니 선제의 시문諡文을 '경천창운건중표정문무영명신의예성대효지성'敬天昌運建中表正文武英明信毅叡聖大孝至誠으로 정하는 것이 어떨까 하옵니다."

장내의 신하들은 모두 어안이 벙벙한 눈치를 보였다. 아무리 관문官文이라지만 지나친 칭송은 오히려 어색하지 않느냐는 생각인 듯했다. 그러나 반론을 제기하는 신하는 없었다. 악이태 역시 '섣불리 말하느니 입을 봉하고 있는 게 낫다'는 판단을 했는지 장정옥과 입씨름할 생각조차 하지 않았다. 다른 사람들도 악이태와 비슷한 생각을 한 듯 일제히 맞장구를 치면서 고개를 끄덕였다. 한마디로 아무도 이의를 다는 사람은 없었다.

"짐도 무난하다고 생각하네."

홍력이 입을 열었다. 이어 몇 마디를 덧붙였다.

"그러나 선제께서는 일생동안 가난하고 약한 자들을 가엾이 여기시어 수많은 선정을 베푸셨어. 그러니 '관인'寬仁 두 글자를 보태 성덕을 드높이 칭송하는 것이 좋겠네."

옹정은 즉위 13년 동안 이치吏治 쇄신에 전력 투구해온 황제였다고 해도 좋았다. 원리원칙에 치중하고 형률에 유난히 준엄한 황제로 정평이 나 있었다. 그것은 자타가 두루 공인하는 바였다. 그뿐만이 아니었다. 그는 타고난 성정이 매 발톱처럼 날카롭고 당한 것은 반드시 갚아줘야 직성이 풀릴 정도로 각박했다. 그래서 곤욕을 치른 관리들이 적지 않았다. 그 사실은 옹정 스스로도 인정한 성격상의 취약점이었다. 그런데 홍력은 그 성정을 애써 달리 해석하면서 억지로 '관인'이라는 두 글자를 붙이려 하고 있었다! 신하들은 내키지 않았으나 그저 고개를 끄덕여 새로 즉위한 군주의 비위를 맞춰주는 수밖에 없었다. 장정옥 역시 '신의'信毅 앞에 '관인'이라는 두 글자를 보태면서 덧붙였다.

"이는 시호의 글이옵고, 묘호는 폐하께서 정해주시옵소서."

홍력이 잠시 생각하더니 대답했다.

"짐이 생각해봤는데, '세종'世宗 황제라고 칭하는 것이 좋겠네."

단도직입적으로 자신의 주장을 말하는 홍력의 태도는 단호하기 이를 데 없었다. 말을 마치고 좌중을 쓸어보는 눈빛에도 비수 같은 날카로움이 묻어나고 있었다.

장정옥은 홍력이 태어난 이후부터 성장하는 모습을 한시도 빼놓지 않고 줄곧 지켜봐온 사람이었다. 당연히 홍력을 마냥 온화하고 총명한 소년인 줄로만 알고 있었다. 그러나 용좌에 앉은 홍력은 완전히 다른 사람이었다. 그는 순간적으로 홍력이 옹정보다 더 까다로운 군주가 될 것이라는 생각이 뇌리를 스치는 것을 어쩌지 못했다. 장정옥은 그런 생각이 들자 감히 홍력의 시선을 받지 못하고 조용히 고개를 숙였다. 가슴속에서는 그가 젊은 시절부터 지켜온 좌우명 하나가 조용히 떠올랐다. 그것은 '바른 말 만 마디보다 한 번의 침묵이 소중하다'는 것이었다. 그가 그 생각을 하고 있을 때 마치 그의 속을 들여다본 듯 홍력의 말이 그의 귓전을 때렸다.

"사실 짐의 비위를 맞추기는 그리 어렵지 않을 거네."

홍력이 입꼬리를 올리면서 웃는 듯 마는 듯한 표정으로 태감이 받쳐 올린 우유 잔을 잡은 채 말했다.

"짐이 가장 경배하는 분은 조부님이신 성조 마마이시네. 그리고 가장 예를 다해 우러르는 분은 선제이신 세종 마마시네. 짐 역시 이 두 분과 마찬가지로 경천법조敬天法祖(하늘을 공경하고 조상의 도를 따름), 인애어하仁愛御下(어짐과 사랑으로 뭇 사람을 다스림)를 중히 여긴다네. 인자仁者는 곧 하늘이야. 또 하늘 천天은 '건乾'자와 통하니 짐은 연호를 '건륭乾隆'이라 정할까 하네. 여러분 중에는 두 조대, 심지어 세 조대째 황제를 모시게 된 노신老臣들도 있네. 짐의 뜻을 받들어 대청의 극성시대를 열어나가게 도와주기를 바라네. 또 짐을 성조에 버금가는 일대 명군으로 청사靑史에 길이 남게 받들어준다면 결코 자네들의 공로를 잊지 않을 것이네. 벼슬과 공명, 재화를 아끼지 않고 내릴 것이네."

홍력이 말하는 바는 분명했다. 그것은 바로 차기 황제인 건륭이 등극 이후 펼쳐나갈 치세에 대한 선언이기도 했다. 홍력이 입에 올린 '경천법조'는 성조 강희황제의 성품을 일컫는 말이라고 할 수 있었다. 또 부황을 예로 우러른다는 것은 곧 아들로서의 효를 다하겠다는 뜻이었다. 한마디로 가혹한 정치를 펼친 부황을 본받지 않고 성조를 따라 배워 인仁과 효孝를 치세의 근본으로 삼겠다고 선언한 것이었다. 좌중의 신하들은 건륭의 굳은 결심을 듣고 나서 즉각 적이 안도하는 표정을 보였다. 그도 그럴 수밖에 없었다. 까칠한 옹정황제 밑에서 13년 동안이나 전전 긍긍하면서 숨죽여 지내왔으니 말이다. 일부 신하들은 '인'과 '효'라는 말에 아마도 격세지감마저 느꼈을 터였다. 그들은 건륭의 말이 떨어지기 무섭게 일제히 머리를 조아리면서 만세를 외쳤다.

"건륭황제 만세, 만만세!"

건륭은 신하들의 만세 소리를 듣자 가슴속 저 깊은 곳에서 뜨거운 피가 용솟음쳐 올라오는 느낌을 받았다. 만감이 교차하면서 가슴이 뭉클한 표정도 지었다. 그가 곧 힘주어 고개를 끄덕이면서 말했다.

"오늘은 의정議政하기 위해 모인 자리가 아니니 서둘러 선제의 장례 준비부터 착수하도록 하세. 장정옥!"

"예, 폐하."

"짐이 말하는 내용을 자네가 어지로 작성하게."

"예, 폐하!"

건륭이 허리를 곧게 세우고 숨을 고른 다음 천천히 말을 이었다.

"인자人子로서 효를 다하는 것은 천자나 서민이나 다를 바 없네. 성심성의껏 예를 갖춰야 하지. 고로 짐은 천자의 거상居喪 기간을 심상心喪 삼 년, 예상禮喪 이십칠 일로 하는 옛 제도가 불합리하다고 생각하네. 충효를 치세의 근본으로 삼겠다는 사람이 솔선수범하지 않고 어찌 천하를 훈육할 수 있겠나? 그런 취지에서 짐은 과거 관례를 바꾸려 하네. 건청궁 처마 밑에 영붕靈棚(영구를 안치해두는 막)을 만들고 선제의 염습과 입관식을 치를 거네."

건륭이 아연한 좌중의 시선을 아랑곳하지 않고 말을 이었다.

"그러나 짐은 천자로서 거상을 핑계로 정무에 소홀할 수는 없네. 이는 곧 아바마마의 뜻을 어기는 꼴이 되기 때문이네. 효를 다한다면서 오히려 불초를 저지르면 안 되지. 따라서 짐은 심상 삼 년 동안에도 건청궁에서 여느 때와 마찬가지로 정무를 볼 것이네. 번잡한 예의범절은 이군왕履郡王 윤도允裪가 맡아 처리할 것이네. 이렇게 하면 군국대사를 그르치지도 않고 짐이 아들로서의 효를 다할 수 있으니 일석이조가 아니겠나."

건륭의 말은 한 마디로 상중에 정무를 본다는 뜻이었다. 천자의 거상 기간을 27개월에서 27일로 바꾼 것은 사실 옹정 때 장정옥의 뜻에 따라 수정한 것이었다. 그것은 황제의 거상 기간이 길어 정무에 차질이 생기지 않도록 미연에 방지하기 위한 조치였다. 건륭의 주장은 얼핏 듣기에는 거상 기일을 늘린 것 같았으나 사실은 그게 아니었다. 오히려 27일의 정식 거상 기간마저 없앤 격이라고 할 수 있었다. 학식이 뛰어나고 예의를 중요하게 여기는 장정옥은 속으로 건륭의 조치가 달갑지 않았다. 그러나 건륭의 말은 워낙 빈틈이 없었다. 뭐라고 반박하기도 쉽지 않을 듯했다. 그는 마른침을 꿀꺽 삼키면서 건륭의 뜻에 따라 어지를 작성하기 시작했다.

"짐이 갑자기 과업을 떠맡아서 여러 면을 충분히 고려하지 못했을 수도 있네. 장친왕 윤록, 과친왕 윤례를 총리왕대신으로 임명해 짐을 보좌하도록 하겠네. 두 친왕의 녹봉은 원래의 두 배로 상향 조절하네. 홍효와 홍주는 병부를 주관하도록 하게. 이위는 병부상서 직을 겸하면서 군무와 수도의 방위를 일괄적으로 책임지도록 하게."

건륭이 먹물이 덜 마른 초고를 들여다보더니 고개를 끄덕이면서 좌중을 향해 말했다. 이어 장정옥을 바라봤다. 그리고는 잠시 뭔가를 생각하더니 입을 열었다.

"장정옥과 악이태는 원직을 유지하도록 하게. 또 일등 도위都尉 직을 세습할 수 있도록 상을 내리네. 상서방과 군기처의 일상 업무도 겸해 보도록 하게. 인사 배정은 이렇게 하니, 알아들었는가?"

"예, 폐하! 성은이 망극하옵니다!"

좌중의 신하들은 일제히 머리를 조아렸다. 모두가 속으로 그에 대한 치하의 말을 생각하고 있을 때 건륭은 이미 용좌를 내려서고 있었다.

"이제 그만 물러들 가게. 물러들 가서 각자 맡은 바에 충실하면 되겠네. 짐은 건청궁에 있을 테니 무슨 일이 있으면 수시로 짐에게 상주하도록 하게."

좌중의 사람들은 곧 빠짐없이 물러갔다. 건륭은 다분히 미련이 남은 눈빛으로 어좌를 바라봤다. 이어 다시 다가가 어좌를 한 바퀴 돌고는 천천히 궁전을 나섰다. 궁전 입구를 지키고 서 있던 시위와 태감들은 요란하게 옷자락 스치는 소리를 내면서 일제히 무릎을 꿇었다. 건륭은 그들에게는 시선도 주지 않고 대충 손짓을 하고는 월대를 내려섰다. 홍효와 홍주가 건청궁 동쪽 복도에서 태감들을 지휘하면서 상복과 상모를 나눠주는 모습이 보였다. 두 사람은 건륭을 발견하자마자 상복과 상모를 한 아름 안은 채 종종걸음으로 달려와 무릎을 꿇었다. 두 사람 모두 얼굴 가득 처연한 빛이 감돌았다. 입을 실룩거리면서 뭔가 말하려다 결국 아무 말도 하지 못했다.

건륭은 눈처럼 새하얀 상복과 상모, 흰 종이로 도배한 건청궁 정문, 그리고 어디나 할 것 없이 바람에 나부끼는 흰 천과 흰 병풍들을 둘러봤다. 순간 그의 표정이 점점 굳어지기 시작했다. 비로소 슬픔이 밀려오는 모양이었다.

하늘에는 구름조각들이 나지막하게 드리워져 있었다. 가을바람은 소슬하기만 했다. 그 바람에 떠는 금박지와 은박지 소리는 마치 장송곡 같았다.

"아바마마……, 어찌 이렇게…… 떠나십니까……!"

건륭은 두 형제에게 몸을 맡긴 채 상복을 갈아입으면서 실성한 듯 중얼거렸다. 눈물도 흘리지 못하고 일을 수습하던 그는 이제야 시야가 흐려지기 시작했다. 곧이어 그는 눈앞의 현실이 믿기지 않는 듯 영구를 안치하기 위해 마련한 곳으로 두어 발자국 걸어갔다. 그러더니 갑자기 힘없이 스르르 주저앉고 말았다!

홍효와 홍주가 그 모습을 보고는 황급히 달려가 그를 부축해 일으켰다.

"아바마마……."

건륭황제는 망연자실한 표정으로 두 아우를 번갈아 쳐다봤다. 이어 갑자기 메마른 목소리로 포효하기 시작했다. 급기야 뜨거운 눈물이 양 볼을 타고 쏟아져 내렸다. 그가 한참 어깨를 들썩이면서 슬픔을 토해내는가 싶더니 애써 진정하면서 홍주에게 말했다.

"어지를 전하게. 육부구경, 주관들과 북경에 있는 이품 이상 신하들은 모두 짐을 따라 원명원으로 가서 선제의 영구를 모셔오도록……. 여기 남은 일은 이군왕이 알아서 지휘하도록 하게."

5장
건륭의 통치술

건륭황제는 1735년 8월 23일 정식으로 보위를 승계했다. 대행황제大行皇帝(세상을 떠났으나 아직 시호를 봉하지 않았을 때의 천자의 칭호)의 투병 과정과 사인을 상세하게 기술한 포고문 역시 온 천하에 공표됐다. 건륭제의 나이 스물다섯 살이었다. 가슴속에 패기를 담고 젊음의 기상을 한창 뽐낼 수 있는 나이라고 할 수 있었다. 실제로 그는 어릴 때부터 무예와 기마술을 익혀온 터라 근골이 매우 튼튼했다. 연 며칠 초상을 치르고 정무를 돌보느라 불철주야 바빴음에도 끄떡없었다. 여전히 삼경三更(자정)에 취침하고 오경五更(새벽 4시)에 기상해 상서방으로 나갈 수 있었던 것도 바로 그 튼튼한 신체 덕분이었다.

그에 반해 장정옥과 악이태는 덩달아 노구를 이끌고 힘겨운 나날을 보내야하는 횡액을 당했다. 홍효와 홍주를 비롯한 여러 형제들 역시 말할 것도 없이 잠시도 쉴 짬이 없이 바쁘게 일해야 했다. 모두가 여간 힘든 게 아니었다. 하지만 누구 하나 아무런 내색을 못하고 있었다. 그러다 건륭이 드디어 어지를 내렸다. 옹정이 승하한 지 일주일이 지났을 때였다. 황자들은 사흘에 한 번씩 교대로 영전을 지키고 숙왕들은 각자의 집에서 애도를 다하라는 내용이었다.

그러나 신분이 어디에도 해당되지 않았던 악이태와 장정옥은 여전히 노구를 잠시 누일 시간도 없이 바빴다. 다행히 상서방 및 군기처와 매우 가까운 융종문에 영붕을 설치했기 때문에 양쪽을 오가면서 다리를 혹사시키는 어려움만은 면할 수 있었다. 그 사이 건륭은 모비母妃인 유호록鈕祜祿씨를 황태후, 부찰富察씨를 황후로 책봉했다. 또 건륭 원년에 은과恩科 시험을 실시하고 전국에 대사면을 실시한다는 조서도 함께 내렸다. 9월 15일 삼칠일이 지나자 건륭은 옹정의 재궁梓宮(황제나 황후의 관)을 옹화궁雍和宮(옹정황제의 황자 시절 사저)에 봉안한 다음 3년 뒤 태릉泰陵에 안장키로 했다. 재궁을 옹화궁으로 옮기면서 사실상의 장례는 다 끝났다고 볼 수 있었다. 자금성 안팎에 있던 흰 병풍을 거둬들였고, 곧이어 황사黃紗 궁등宮燈을 내걸었다. 마침내 평온한 일상으로 돌아오는 듯했다.

9월 16일, 모처럼 휴가를 얻은 장정옥은 지칠 대로 지친 몸을 침대에 누인 채 전날 밤부터 이튿날 오후 신시申時까지 늘어지게 잠을 잤다. 자고 일어나자 삭신이 어디나 할 것 없이 뻐근하고 아팠다. 그럼에도 편한 옷차림에 간식으로 간단히 요기를 하고 나서는 서화원에 있는 서재 창가에 앉았다. 그가 손가는 대로 책 한 권을 꺼내 막 넘기려고 할 찰나였다. 갑자기 처마 밑에서 앵무새가 조잘거리는 소리가 들렸다.

"손님이 왔어요, 중당 어른! 손님이 왔어요, 중당 어른!"

"참으로 영특한 새로군."

돌연 어딘가 귀에 익은 목소리가 들려오는가 싶더니 주렴이 걷혔다.

이어 건륭이 불쑥 들어섰다. 장정옥은 생각지도 못했던 황제의 방문에 너무 놀라 눈이 휘둥그레져 잠시 동안 멍하니 바라만 봤다. 건륭이 그런 장정옥을 향해 미소를 지어보였다.

"자네는 한가한 것을 못 견디는 사람이 아니던가. 짐이 심심풀이 말동무나 해줄까 해서 찾아왔네."

건륭의 등 뒤로 부항과 홍효, 그리고 평군왕平郡王 복팽福彭이 따라 들어왔다. 모두 건륭의 절친이자 육경궁毓慶宮에서 함께 공부하던 사람들이었다. 그들은 건륭의 등 뒤에 두 손을 모으고 시립한 채 미소를 머금고 장정옥을 바라보고 있었다. 곧이어 편복 차림을 한 건륭이 상비죽선湘妃竹扇을 부치면서 장포 끝을 살짝 들고 자리에 앉았다. 그리고는 입을 열었다.

"서재가 조용하고 좋구먼. 다만 추색秋色이 지나치게 짙어 소슬한 기분이 드는 게 좀 아쉽긴 하네. 오면서 들러보니 악이태는 아직 꿈나라에서 헤매고 있더군. 그런데 이 집은 손님이 왔는데 차도 한 잔 내오지 않는 구두쇠가 주인가?"

장정옥은 건륭의 말에 그제야 제정신이 들었는지 땅에 엎드려 연신 머리를 조아렸다. 이어 황공한 표정으로 말했다.

"부디 신의 무례를 용서해주시옵소서, 폐하! 신은 십삼 년 동안 선제를 모셨지만 이런 일은 처음이옵니다. 그만 놀라서 결례를 범했사옵니다. 폐하께서 친히 신하들을 찾아 걸음하시는 경우가 어디 있겠사옵니까! 신은 숨이 넘어가는 줄 알았사옵니다!"

장정옥이 말을 마치자마자 연신 가인들에게 명령을 내렸다.

"어서, 어서 가서 땅속 깊이 묻어둔 설수雪水를 꺼내와 폐하께 맛좋은 차를 끓여 올리도록 해라!"

"설수로 차를 끓인다고? 좋지!"

건륭이 미소를 지으면서 고개를 끄덕였다. 그리고는 다시 몇 마디를 덧붙였다.

"이쪽 바깥방에서 설수를 끓이도록 하게. 물이 끓으면 짐에게 알리게. 짐이 손수 차를 만들어 줄 것이네. 보친왕부의 몇몇 태감은 차를 끓이는 솜씨가 이만저만 아니라네. 그네들도 짐이 손수 가르쳤다네! 자, 앉게, 하늘이 무너질 염려는 없으니 걱정 말고 다들 앉게! 오늘은 우리가 손님이니 군신의 예에 얽매이지 않도록 하세. 군신 간에 무릎을 맞대고 찻잔을 드는 일이 어디 흔하겠는가?"

건륭이 친절하게 주위 사람들에게 앉기를 권했다. 사람들이 막 자리에 엉덩이를 붙였을 때였다. 밖에서 설수 항아리를 파내던 태감 한 명이 숨넘어가는 소리를 내질렀다.

"아니 이게 뭐야!"

방 안의 사람들은 태감의 소리에 모두 흠칫 놀랐다. 장정옥이 화가 난 표정으로 창밖을 내다봤다.

"재상 어르신!"

어린 태감이 곧 손바닥에 축축한 흙을 한 움큼 받쳐 들고 흥분을 금치 못하면서 달려 들어왔다. 이어 싱글벙글 웃으며 아뢰었다.

"희한한 물건입니다. 자홍색 버섯이온데, 게 껍질처럼 딱딱합니다."

장정옥은 괜스레 소란을 피운다면서 혼낼 준비를 하고 있던 차였다. 그러나 순간 그의 두 눈이 갑자기 반짝였다. 곧이어 벌떡 일어나 태감의 손바닥을 자세히 들여다보더니 함성을 지르듯 큰 소리로 말했다.

"영지버섯이옵니다, 폐하! 폐하께서 누추한 신의 거처로 걸음을 하시니 하늘이 상서로움을……."

장정옥은 흥분을 감추지 못했다. 그러다 곧 입을 다물어버렸다. 갑자기 며칠 전 건륭이 하남 순무 손국새孫國璽의 주장에 "상서롭다는 망언으로 군주를 기만하려 든다"는 질책의 주비를 달았던 일을 생각해낸 것이다. 이어 어찌할 바를 모르는 표정을 지었다. 마치 잘못을 저질러놓고 처벌을 기다리는 어린아이 같았다. 건륭이 그런 장정옥의 속내를 넘겨짚었는지 사람 좋은 웃음을 지었다.

"물론 하늘이 내리는 상서로움이 없는 건 아니지. 천하가 흥하면 하도낙서河圖洛書(예언이나 수리數理의 기본이 된 책)가 나오고, 세상이 어지러우면 온갖 천재지변이 잇따르는 경우를 종종 보게 되니 말일세. 형신, 자네는 책을 다섯 수레나 읽은 사람이니 짐이 무조건 '상서'祥瑞라는 글자에만 민감한 것이 아니라는 사실을 알 거라고 믿네. 손국새가 '만 마리의 누에가 힘을 합쳐 고치를 하나만 짓는다'고 하기에 그런 것이 있으면 가져오라고 했더니 뜬소문이라고 하더군. 그리고 또 하는 말이 '벼 이삭한 줄기에 가지가 아홉 개다'라면서 상서로운 조짐이라 하더군. 짐이 산동에 갔을 때 논밭에 자주 가 봐서 아는데, 그런 벼 이삭은 '쭉정이'라고 해서 농민들이 제일 싫어하는 거였네. 아무튼 손국새처럼 가당치도 않은 말로 짐의 환심을 사려는 우매한 짓은 삼가라는 뜻이야!"

그러자 평군왕 복팽이 기다렸다는 듯 끼어들었다.

"폐하께서는 실로 성명하시옵니다. 폐하께서 이토록 현명하시니 천하의 복이 아닐 수 없사옵니다. 사서를 뒤져보면 이른바 '상서롭다'는 망언에 길들여진 황제치고 '속 빈 강정'이 아닌 경우가 없었사옵니다. 나중에는 신하들이 군주를 기만했다는 사실이 뻔히 들통났음에도 불구하고 어리석은 군주들은 여전히 그것에 집착했다고 역사는 적고 있사옵니다. '상서로운 조짐'이라는 망언은 백해무익하옵니다."

그러자 홍효가 가만히 있을 수 없었는지 한마디 거들었다.

"그렇기는 하지만 그것이 사실이라면 보고를 올려야 마땅하지. 오늘 같은 경우 폐하께서는 아무런 예고 없이 형신의 처소에 걸음을 하셨어. 그런데 영지버섯이 모습을 드러냈으니, 이는 하늘의 뜻이 아니고 무엇이겠는가.”

장정옥은 홍효의 말로 분위기가 더욱 되살아나자 희색이 만면한 얼굴을 한 채 말했다.

“여러 친왕 전하들께서 어찌 생각하실지 모르오나 아무튼 노신老臣은 폐하께서 행차하신 와중에 홀연 모습을 드러낸 영지버섯이 예사롭게 보이지 않사옵니다.”

건륭이 장정옥의 말에 농담기 가득한 어조로 말했다.

“그렇다면 이는 형신 자네의 가문이 번창할 조짐이네. 허나 짐과 함께 모습을 드러냈다고 하니 짐도 기분이 나쁘지는 않구먼.”

건륭은 말을 마치자마자 바로 지필묵을 가져오라고 시켰다. 곧 지필묵이 도착했다. 건륭은 장정옥과 부항이 양쪽에서 종이를 잡자 붓에 먹물을 듬뿍 찍어 글을 쓰기 시작했다. 용이 승천하듯 꿈틀거리는 힘찬 네 글자가 먹물을 함초롬히 머금은 채 순식간에 모습을 드러냈다. ‘자지서사’紫芝書舍라는 네 글자였다.

장정옥을 비롯한 좌중의 사람들은 모두가 이구동성으로 감탄사를 토했다. 건륭 역시 만족스러운 표정을 지은 채 휴대용 인장을 꺼냈다. 이어 말했다.

“짐의 옥새는 아직 만들고 있는 중이네. 그래서 선제께서 짐에게 하사하신 호를 새긴 인장을 임시로 휴대하고 다닌다네.”

건륭이 힘을 줘서 인장을 내리찍었다. 종이 위에 전자체篆字體의 네 글자가 선명하게 드러났다.

長春居士
장춘거사

건륭이 인장을 다시 소매 속에 넣고는 종이를 가리켰다.

"이건 형신에게 하사할 것이네."

건륭의 말에 사방에서 부러움 섞인 탄식소리가 한바탕 터져 나왔다. 장정옥은 머리를 조아려 감사를 표하고는 두 손으로 종이를 받들어 책상 위에 올려놓았다. 이어 어린 가인을 불러 준엄한 표정으로 분부를 내렸다.

"아무도 손을 못 대게 하거라. 내일 탕湯씨 표구사가 오면 내가 직접 표구하는 것을 지켜봐야겠어."

장정옥의 말이 끝나기 무섭게 이위가 방 안으로 들이닥쳤다. 그는 평소처럼 기척도 없이 벌컥 문을 밀고 들어서면서 너스레를 떨었다.

"장상, 오늘은 어쩐 일입니까? 집안에는 묵향이 넘치고 밖에서는 꼬마들이 난로에 부채질을 하면서 차를 끓이네요? 분위기가 그저 그만인데요? 어쩐지 발길이 자꾸 이쪽을 향한다 했더니……."

이위는 평소의 그답게 마구 떠들었다. 그러다 책상 앞에 앉아 있는 건륭을 발견했다. 당연히 못에 박힌 듯 그 자리에 굳어질 수밖에 없었다.

"왜 그러고 서 있나? 이위, 자네는 짐을 처음 보나?"

건륭이 얼굴에 미소를 머금고 말했다. 이위는 그제야 제정신이 번쩍 든 듯 황급히 엎드려 연신 머리를 조아렸다.

"신은 폐하를 지키는 누렁이온데 어찌 주군을 몰라 볼 수 있겠사옵니까! 다만 너무 놀라서 잠시 제정신이 아니었을 뿐이옵니다."

건륭이 그의 말을 받았다.

"그렇지 않아도 내일은 자네를 부르려고 했었는데, 마침 잘 됐군! 부항 아랫자리에 가 앉게."

그때 밖에서 어린 가인이 달려와서는 아뢰었다.

"재상 대인, 물이 끓었습니다."

어린 가인은 말을 마치기 무섭게 우선 쟁반에 앙증맞은 벽옥 찻잔 몇 개와 찻잎이 들어 있는 통을 받쳐 들고는 방 안으로 들어왔다. 장정옥은 황급히 쟁반을 받아 건륭의 면전에 받쳐 올렸다. 사람들은 건륭이 어떻게 차를 우려내는지 궁금한 표정으로 유심히 바라봤다. 곧 건륭이 찻잎을 조금 집어 들더니 말했다.

"이 벽라춘碧螺春은 최상급이 아닌 것 같네. 내일 짐이 벽라춘 중에서 제일 좋은 맛을 가진 여아女兒 벽라춘 한 봉지를 줄 테니 한번 마셔보게."

건륭이 조금 움켜쥔 찻잎을 찻잔마다에 약을 조제하듯 아주 조금씩 떨어뜨렸다. 곧 어린 가인이 기다렸다는 듯 설수 끓인 물을 주전자에 담아들고 들어왔다. 건륭이 익숙한 솜씨로 소매를 걷어 올리더니 직접 주전자의 물을 찻잔에 따랐다. 바싹 마른 찻잎은 미세한 소리를 내면서 물위에 서서히 떠오르기 시작했다. 건륭은 찻잎이 기지개를 켜는 모습을 유심히 지켜보면서 찻물 색깔을 확인했다. 이어 주전자를 들어 더운 물을 조금씩 더 부었다. 그제야 그가 만족스런 얼굴로 자리에 앉은 채 말했다.

"차를 우리는 물로는 새벽이슬이 최고야. 그 다음이 설수와 우수雨水라네. 물이 가벼울수록 색깔과 맛이 제격이지. 자네, 이 설수는 한 해 묵은 설수라고 했지? 설수는 술과 달라 그해의 것이 차를 우리는 데 더 좋은 법이라네."

장정옥은 연신 고개를 끄덕이면서 찻잔을 들여다봤다. 은은하게 우러난 물은 마치 호박처럼 맑고 아름다웠다. 그가 방안 가득 퍼진 향기를 코로 음미하면서 웃음 띤 얼굴을 한 채 말했다.

"신은 그저 갈증을 해소하기 위해 차를 마셨을 뿐 심오한 도리는 전혀 몰랐사옵니다. 같은 물, 같은 차에서 각기 다른 향이 날 줄은 정말 몰랐사옵니다!"

장정옥이 찻잔을 집어 들려고 하자 건륭이 황급히 말렸다.

"좀 기다려보게. 이 차는 반쯤 식었을 때 제 맛을 낸다네. 혀로 핥듯 조금씩 마셔야 또 진미를 알 수 있지. 자네처럼 갈증 해소가 목적이라면 냉수를 들이키는 것이 더 좋지. 지금 향을 맡아보게. 방금 전과는 또 다른 향이 날 걸세."

좌중의 사람들은 건륭의 말이 끝나자 숨을 죽인 채 코를 벌름거리면서 향을 음미했다. 과연 방금 전과 다른 향이 느껴졌다. 처음의 향이 짙고 농익은 것이었다면 나중의 향은 담백하고 유유했다. 마치 깊은 산골짜기에 홀로 핀 난초의 향처럼 폐부 깊숙이 청아한 기운을 느끼게 하는 향이었다. 이위는 믿기지 않는다는 듯 고개를 저으면서 말했다.

"폐하께서는 실로 학문이 연천淵泉하시옵니다. 차 한 모금 마시는 데도 이 같은 학문이 필요할 줄은 몰랐사옵니다. 실로 당목결설棠目結舌이옵니다!"

좌중의 사람들은 모두들 깜짝 놀랐다. 까막눈인 이위의 입에서 난생 처음 사자성어가 튀어나왔으니 그럴 만도 했다. 그것도 한껏 폼을 잡고 남들이 알아듣지 못할 유식한 단어를 사용했으니 더욱 그랬다. 그때 뭔가 감을 잡은 듯 부항이 입을 감싸 쥐고 말했다.

"이봐 우개, 폐하께 잘 보이려고 너무 무리하는군? 학문은 '연천하다'고 하지 않고 '연원淵源하다'고 하는 거야. 그리고 당목결설棠目結舌이 아니라 당목결설瞠目結舌(눈이 휘둥그레져 말을 못하는 것을 형용함)이 맞는 거네."

그러잖아도 건륭은 이위의 말을 듣고 어딘가 이상하다는 느낌을 받았으나 별로 개의치 않았다. 그러나 부항의 말을 듣고서는 푸웃! 하고 웃음을 터트리지 않을 수 없었다. 좌중의 사람들은 모두들 대청이 떠나가라 한바탕 크게 웃음을 터트렸다. 장례 기간에 쌓였던 음울한 분위기가 삽시간에 날아간 것 같았다.

"이위, 자네는 그러고도 무슨 배짱으로 아직도 책과 친하려 들지 않는 건가! 듣자 하니 자네는 부하들에게 욕도 질펀하고 맛깔스럽게 잘 한다면서?"

건륭이 웃어서 벌겋게 된 얼굴에 미소를 담은 채 물었다. 이위가 얼굴을 붉히면서 기가 한풀 꺾인 표정으로 대답했다.

"책과는 도무지 친해질 기미가 보이지 않사오나 욕하는 버릇은 많이 고쳐졌다고 생각하옵니다."

부항이 그러자 골려 주듯 말했다.

"고쳐지기는 뭘! 내가 보니 날로 더해가는 것 같던데! 자네 부하들은 하루라도 자네 욕을 안 먹으면 불안해한다면서? 욕을 밥 먹듯 먹는 사람일수록 승진도 빠르다는 설도 있더군. 지난번 내가 산동에 들렀을 때 자네 총독아문의 아역 한 명이 나에게 문안인사를 하더니 싱글벙글하더라고. 그리고는 자기가 곧 승진할 것 같다고 하는 거야. 그래서 내가 어찌 아느냐고 했더니 '저희 이 총독께서 소인에게 '우라질 놈, 썩 꺼지지 못해?' 하고 욕설을 퍼부으셨거든요!'라고 말하는 거 있지? 내가 그 말을 듣고 배꼽을 잡았다네."

부항의 말에 좌중에는 다시 폭소가 터졌다. 사람들은 한바탕 통쾌하게 웃고 나서 모두들 찻잔을 들고 조금씩 홀짝이기 시작했다. 입 안 가득 퍼지는 청아한 향이 평소에 마시던 차와는 전혀 달랐다.

"차는 수중군자水中君子라 하고, 술은 수중소인水中小人이라고 하네."

건륭이 차 한 모금을 마시고 나서 좌중을 둘러봤다. 담소를 나누던 사람들이 곧 입을 다물고 건륭의 말에 귀를 기울였다.

"짐은 원래부터 차를 즐기고 술을 좋아하지 않는다네. 여러분도 따라 줬으면 하는 바람이네. 그러나 군주가 군자를 가까이 하고 소인을 멀리 한다 해서 소인배를 전부 죽여 없애고 술집을 모조리 문 닫게 할 수는 없지 않은가. 왜냐하면 소인배가 없으면 군자도 없고, 술이 없었다면 이태백도 시와 인연을 맺지 못했을 테니 말일세."

건륭이 말을 마치더니 한 손에 찻잔을 들고 다른 손에는 부채를 쥔 채 자리에서 일어났다. 이어 천천히 발걸음을 옮겨 가을빛이 완연한 창밖을 내다봤다. 그리고는 다시 입을 열었다.

"공자는 중용지도中庸之道를 최고의 덕이라고 했네. 이 말은 되새길수록 의미가 새롭다네. 천하를 다스리는 데도 중용지도가 필요하지. 모든 것은 적당한 것이 좋네. 성조께서는 재위 육십일 년 동안 이를 잘 지켜 오셨지."

건륭이 좌중을 향해 의미심장하게 고개를 끄덕였다. 측근들에게 속마음을 털어놓고 허심탄회하게 얘기할 작정인 것 같았다. 좌중의 신하된 사람들 입장에서는 보좌를 제대로 할 수 있도록 황제의 뜻을 미리 짐작할 수 있는 중요한 기회라고 할 수 있었다. 사람들은 모두 허리를 곧게 펴고 귀를 기울였다. 그러자 건륭이 빙긋 웃으면서 말을 이었다.

"선제 즉위 당시에는 성조 말년 관리들의 권근倦勤(일을 하기 싫어함)으로 인해 민심이 멀어지고 이치吏治가 엉망이었지. 소인배들은 법 무서운 줄 모르고 설쳤네. 한마디로 모든 것을 새롭게 일으켜 세워야 할 시점이었지. 사회 곳곳에 만연된 나쁜 풍조를 시급히 바로잡고 새로운 기강을 확립해야 했네. 따라서 선제께서는 손수 총대를 메고 이치 쇄신에 앞장설 수밖에 없었다네. 그 기회를 틈 타 사욕에 눈 먼 자들이 폐하의 성심에 편승해 가혹한 혹정을 펼쳤지. 너그러움은 둘째치고 죄 없는 백성들마저 닦달하고 못살게 굴었어. 그랬으니 그 고초를 어디에 비선할 수 있겠나. 하남성의 전문경만 보더라도 국채 환수의 선구자랍시고 난장판을 만들지 않았는가. 황무지를 개간한 일만 봐도 그렇네. 여기저기 파헤쳐 개간이라고 해놓았으면 씨를 뿌리고 낟알을 거둬야 할 것이 아닌가. 손바닥만 한 땅뙈기라도 더 만들어 백성들의 주린 배를 채워주는 게 궁극적인 목표인데, 하남성에서는 낟알 한 톨 거두지 못했지 않은가. 급기야 굶주린 하남 백성들이 이위의 강남으로 몰려가 빌어먹는 신세가 되지 않았던가. 그야말로 뺨을 때려 살찐 척하는 격이지. 전문경이 청렴한 관리라는 사실은 짐도 인정하네. 그러나 그는 학정虐政으로 치적을 쌓으려 한 혹리酷吏에 불과하네!"

건륭의 두 눈에서 순간적으로 불빛이 번쩍이는 듯하더니 이내 사라졌다. 건륭은 옹정 2년에 하남으로 미행을 다녀온 후 옹정 앞에서 전문경을 비난한 적이 있었다. 그러나 본전도 건지지 못했다. 오히려 혹독한 꾸지람을 듣기만 했다. 좌중의 사람들은 이에 대해 어느 정도 알고 있었다. 그러나 11년이 지난 일인 만큼 기억에서 지워질 만도 한 일이었다. 그런데 건륭은 그 일을 생생하게 꼭 집어 들춰내고 있었다. 좌중의 사람들은 건륭의 기억력에 놀라지 않을 수 없었다. 건륭이 다시 입을 열었다.

"짐은 중용을 지향하는 사람이네. 관용과 혹정을 겸하는 정책을 펼칠 것이니 그리 알게. 지금의 문제는 정책이 너무 엄격한 것이네. 얼마나 무섭게 닦달했으면 물에 뛰어들고 목을 매어 자결한 관리들이 부지기수라고 하겠는가. 강녕江寧 직조織造로 있던 조인曹寅 일가로 말하자면 성조 때부터 어가를 호위하면서 혁혁한 공로를 세운 가문이야. 그런데 등잔불 밝힐 기름조차 남겨두지 않고 탈탈 털어 갔으니 어떻게 살아가라는 얘기인가!"

좌중의 다른 사람들은 건륭의 말에 별다른 반응을 보이지 않았다. 그러나 이위는 가슴이 철렁했다. 조인의 집을 압수수색할 당시 그가 양강 총독으로 있으면서 남경南京 지역을 관할했던 것이다. 건륭이 잠깐 이위의 얼굴을 쳐다보더니 다시 빙긋 웃으면서 말을 이었다.

"짐은 어느 누구의 책임을 추궁하자는 게 아니네. 오늘은 관맹지도寬猛之道에 대해 논하는 자리이지 않은가. 지금의 형세에서는 정통인화政通人和(어진 정치가 행해져서 백성들이 화목함)를 이루고 극성시대를 열어야 해. 그러려면 반드시 너그러움과 엄격함의 절충이 필요하네. 아바마마께서 성조의 관정寬政을 맹정猛政으로 바꾼 것도 같은 맥락에서지. 강함과 부드러움, 음과 양은 서로 조화를 이뤄야 하네. 짐은 성조의 법法과 부황의 마음을 본보기로 삼아 짐의 시대를 개척할 것이네. 소인배들이 등 뒤에서 뭐라고 지껄이든 그런 것 따위는 전혀 두렵지 않네."

건륭의 '관맹지도'에 대한 장황한 연설은 드디어 끝이 났다. 그러나 그 여운은 쉽게 사라지지 않았다. 좌중의 사람들은 각자 깊은 사색에 잠겼다. 그때 장정옥이 눈썹을 미간으로 모으면서 입을 열었다.

"신은 강산이 세 번 바뀌는 긴 세월 동안 상서방에 몸을 담았사옵니다. 그 사이 부모님 상을 두 번 당했으나 두 번 다 상중에도 근무했습니다. 몸져누웠던 며칠만 빼고는 거의 성조, 선제를 조석으로 모셨다고 해도 과언이 아니옵니다. 솔직히 신 역시 두 군주를 가까이에서 모시면서 성조는 관용하신 반면 세종께서는 지엄하시다는 생각을 했사옵니다. 하오나 신은 주군에 대한 변함없는 충정과 맡은 바 정무에 대한 진력을 신하의 근본으로 여기고 두 분 군주의 의견을 따라왔사옵니다. 또 이를 현능한 재상의 덕목으로 꼽았사옵니다. 오늘 폐하의 중용론을 듣고 나니 실로 막혔던 귀가 뻥 뚫리고 답답하던 마음이 시원해지는 느낌을 받았사옵니다. 폐하의 학문은 과연 아무도 범접 못할 경지에 이르렀사옵니다."

장정옥의 말에 좌중의 다른 사람들도 머리를 조아리면서 낯장구를 쳤다. 홍효는 속으로 늙다리가 아부 떠는 재주도 만만치 않다면서 혀를 찼으나 겉으로는 힘껏 고개를 끄덕였다. 반면 이위는 장화를 만지작거리면서 다른 생각을 하고 있었다. 사실 그의 장화 속에는 산동 순무 악준이 부하 관리 유강을 비호해 살인 사건을 허투루 처리했다는 내용의 탄핵안이 있었다. 그가 장정옥의 집을 찾은 것은 바로 그 때문이었다. 탄핵안을 그에게 전해주려 한 것이다. 그런데 건륭의 관맹지도를 들었으니 그로서는 감히 다른 얘기를 꺼낼 상황이 아니었다. 그저 공연히 마른기침만 내뱉을 수밖에 없었다.

"차나 한잔 얻어 마시면서 머리를 식혀갈 겸 찾았었는데 본의 아니게 한바탕 치세의 도리를 늘어놓고 말았군. 차 맛이 좋은데 어서 차나 마시지."

건륭이 자신이 너무 진지하게 분위기를 잡았다고 생각했는지 멋쩍은 표정으로 분위기를 돌리려고 했다. 좌중의 사람들은 건륭의 눈치를 보면서 찻잔을 집어 들고 홀짝거렸다. 잠시 후 건륭이 자리에서 일어나면서 입을 열었다.

"오늘 우리 군신이 흉금을 나누는 좋은 자리를 가졌네. 벌써 신시가 저물어가는군. 이제 슬슬 가봐야지."

장정옥은 건륭을 배웅하기 위해 함께 밖으로 나갔다. 이어 입을 열었다.

"방금 전 폐하의 말씀을 잘 다듬어 어지로 작성하시는 것이 어떻겠사옵니까? 내일 폐하의 어람을 거쳐 윤허를 내려주시오면 각 성의 학궁學宮에 정기廷寄 조서로 내려 보낼까 하옵니다. 눈앞의 급선무는 묘족들의 반란을 잠재우는 일이옵니다. 어제 양심전에서 폐하께서는 묘족들과의 싸움에서 조정이 패한 이유를 분명하게 분석하셨사옵니다. 묘족들은 사람 수가 많거나 무기가 대단해서 우위에 있는 것이 아니옵니다. 관군은 내부 불화, 흠차의 이기적인 욕심, 군사들의 단결 부족 때문에 일방적으로 얻어맞은 것이옵니다. 그러니 장조, 합원생, 동방董芳 등 상황을 이 지경으로 만든 장수들의 죄를 묻는 것은 대단히 지당하옵니다. 다만 흠차대신만 파견해서 이 일을 잘 처리할 수 있을까 하는 염려 때문에 아직 표票를 작성하지 못하고 있사옵니다."

건륭이 느릿느릿 발걸음을 떼어 놓으면서 고개를 끄덕이다가 갑자기 걸음을 멈췄다. 그리고는 물었다.

"무능한 흠차를 파직시키고 다른 능력 있는 관리를 파견하면 될 것이 아닌가?"

장정옥이 대답했다.

"장광사는 한번 패한 경험을 살리려고 하는 것 같사옵니다. 이번에는 사기도 충천해 있사옵니다. 수일 내에 반드시 묘족들의 반란을 잠재우고 말 것이라면서 군령장도 세워 놓았사옵니다. 그런데 폐하께서 그 위에 흠차라는 댓돌을 눌러놓으시면 장광사는 기를 펴지 못할 것이옵니다. 또 만에 하나 실수가 있어도 서로 책임을 떠넘기기 십상이옵니다. 신은 흠차를 파견하지 않는 것이 바람직하다고 생각하옵니다."

건륭이 시위들에게 말을 대기시키라고 명령을 내리고는 말했다.

"그러면 그렇게 하지. 오늘 저녁 자네가 공무를 볼 거라고 하니 내친 김에 국채환수 때 낙마 당했던 관리들의 명단도 작성하게. 쭉정이 속에도 낟알이 있는 법이니까. 예컨대 양명시 같은 경우에는 자타가 공인하는 청렴하고 유능한 관리가 아니던가. 다만 해마다 말썽을 부리는 운남성 이해洱海의 물길을 통제하면서 재정난에 시달리다 못해 국고에 손을 댄 것이 실수였지. 그가 하옥당한 지도 올해로 삼 년째가 아닌가. 바른말을 했다는 죄로 하옥당한 사이직史貽直도 서둘러 석방하고 중용해야 하네. 이처럼 억울한 옥살이를 하는 관리들이 더 없는지 잘 생각해보고 명단을 작성하게. 물론 짐은 무조건 '관대'하지만은 않을 것이네. 국채환수 작업 역시 중단하지 않을 것이고. 또 탐관오리들에게는 선제 때처럼 가차 없는 징벌을 내릴 것이네."

말을 마친 건륭은 날렵하게 말 잔등에 올라탔다. 올 때와 같이 홍효, 부항 등이 동화문을 거쳐 궁궐까지 호위했다. 이위는 끝내 장정옥을 찾아온 목적을 이루지 못하고 돌아가야 했다.

어느새 땅거미가 내려앉고 있었다. 그래서인지 하늘은 조금 흐려 보였다. 건륭은 무척 고단한 하루였음에도 기분이 매우 좋았다. 대내에 도착해서는 바로 수레를 물리친 다음 황후가 있는 익곤궁翊坤宮으로 걸음을 옮겼다. 옹정이 붕어한 이후 거상 때문에 부찰씨와 각방을 쓰고 있던 터라 갑자기 황후의 얼굴이 그리워졌던 것이다.

얼마 후 건청궁이 그의 시야에 들어왔다. 그새 어둠은 더욱 짙어졌고 가랑비가 보슬보슬 내리고 있었다. 궁인들은 궁등을 내거느라 바빴다. 바로 그때였다. 발걸음을 재촉하던 건륭의 귓가에 갑자기 은은한 거문고 소리가 들려왔다. 그가 자기도 모르게 귀를 기울이며 듣고 있노라니 뒤이어 여자의 노랫소리도 들려왔다. 거문고 소리와 절묘하게 어울리는 분위기 있는 목소리였다.

건륭은 아예 발걸음을 멈추고 그 자리에 서서 조용히 소리를 음미했다. 그 때 양심전의 어린 태감 진미미秦媚媚가 영항永巷 쪽에서 종종걸음으로 걸어오는 모습이 보였다. 건륭은 그를 발견하고는 정신을 차리고 물었다.

"무슨 일인가?"

"폐하께서는 언제부터 여기 계셨사옵니까?"

진미미가 깜짝 놀라면서 황급히 인사를 올렸다.

"황후마마께서 폐하와 함께 황태후마마께 문후를 올리러 가고 싶다고 하셨사옵니다. 소인에게 폐하께서 돌아오셨는지 알아보고 오라고 하셨사옵니다."

건륭이 알겠노라고 대충 대답하고는 궁문을 가리키면서 다시 물었다.

"저기는 어느 궁비의 처소인가?"

진미미가 대답했다.

"선제를 모시던 금하錦霞라는 궁녀의 방이옵니다. 나중에 '상재'常在로 승격이 됐사옵니다. 잊으셨사옵니까? 폐하, 작년에……."

거기까지 들은 건륭이 황급히 손사래를 치면서 진미미의 입을 막아버렸다.

"고무용에게 일러 내가 돌아왔다고 황후께 전해드리라 하게. 그리고 짐은 달리 볼일이 있으니 먼저 자녕궁으로 가 있으라고 하게."

건륭은 '금하'라는 말이 귀에 들어오자 갑자기 심장박동이 빨라지는 것을 느꼈다. 작년에 금하와의 사이에 있었던 가슴 두근거리던 일들이 떠올랐던 것이다.

옹정의 병환이 심해졌을 때였는데, 홍력은 직접 탕약을 달이면서 극진히 간호했다. 그러던 어느 날 그만 사달이 나고 말았다. 다소곳이 앉아 바느질에 골몰해 있던 금하의 아리따운 모습에 눈길을 빼앗기는 바람에 그만 약이 끓어 넘치는 줄도 몰랐던 것이다. 그때 두 사람은 끓어 넘치는 탕약을 꺼내느라 허둥대다가 엉겁결에 서로를 끌어안고 말았다. 또 언제는 좁다란 영항 골목에서 딱 부딪쳐 서로 입술이 닿을 뻔한 적도 있었다. 그 후부터 홍력은 때때로 금하의 함초롬히 젖은 눈매를 떠올렸다. 도발적이면서도 애교 섞인 입술이 그리워진 것은 인지상정이 아닐까……

건륭은 갑자기 가슴속에서 후끈한 열기가 피어오르는 것을 느꼈다.

급기야 서둘러 금하가 있는 방으로 발걸음을 옮겼다. 그러다 문득 자신의 신분이 예전과 같지 않다는 사실을 떠올리고는 잠시 주춤했다. 그때 은은한 거문고 소리와 함께 금하의 청아한 목소리가 다시 귓전을 간질였다.

> 만나자마자 또 천애天涯의 이별이라니, 이내 가슴에 한이 서리네.
> 동풍에 꿈이 사라질까 두려워 애써 자는 척하네.
> 창밖에 걸린 저 달은 무료해 하건만 여인은 잠들어 있네.
> 열린 장지문 사이로 나무에 가득 핀 배꽃이 차갑구나.

건륭은 애간장을 녹일 듯한 여자의 목소리를 듣자 도저히 솟구치는 욕정을 참을 수가 없었다. 그는 더 이상 주저하지 않고 성큼성큼 뜰 안으로 들어갔다. 그리고 소리의 진원지인 서쪽 편전으로 시선을 돌리자 등불 앞에서 거문고를 뜯고 있는 금하의 단아한 모습이 보였다. 그녀는 백옥같이 말쑥하고 갸름한 얼굴을 살짝 외로 꼬고 섬섬옥수로 거문고를 뜯고 있었다. 볼록한 젖무덤이 거문고 뜯는 몸짓에 따라 춤추고 있었다. 촛불 아래에서 거문고를 뜯는 그녀의 모습은 혼을 쏙 빼놓고도 남을 정도로 요염했다. 건륭은 솟구치는 욕정을 참지 못하고 살금살금 금하의 등 뒤로 다가가 그녀를 덥석 끌어안았다.

난데없는 봉변에 깜짝 놀란 금하는 몸부림을 치며 뒤를 돌아보려고 애를 썼다. 그러나 힘주어 껴안은 건륭의 품에서 도저히 빠져 나올 수가 없었다. 그녀는 살구씨 같은 눈을 동그랗게 치켜뜨고 뾰로통한 표정으로 고개를 비틀었다. 그러나 아무리 안간힘을 써도 등 뒤 사람의 얼굴을 볼 수는 없었다. 마침내 다급해진 금하가 마구 발길질을 하면서 낮은 목소리로 꾸짖었다.

"이거 놓지 못할까? 이마빡에 피도 안 마른 시위 놈아! 죽고 싶어? 내가 소리 지르는 날에는 너는 뼈도 못 추릴 줄 알아!"

건륭은 금하의 저항에도 아랑곳하지 않았다. 나중에는 금하의 옷 속으로 손을 쑥 집어넣어 포동포동한 젖무덤을 움켜쥐었다. 더 이상 참을 수 없었던 금하는 긴 손톱을 뒤로 뻗어 무작정 침입자의 얼굴을 할퀴었다. 건륭은 깜짝 놀라 안았던 팔을 풀고 한 발 뒤로 물러났다. 그러나 이미 볼에서 따끔한 통증이 느껴졌다. 얼굴을 만진 손에 피가 묻어났다. 그가 얼얼해진 뺨을 매만지면서 말했다.

"손톱이 너무 모질군. 짐의 얼굴을 이 정도로 할퀴어 놓다니."

"어머나, 폐하!"

금하는 그제야 자신을 안았던 사람이 건륭이라는 사실을 깨닫고는 비명에 가까운 소리를 내질렀다. 그녀는 너무나 놀란 나머지 낯빛이 창호지보다 더 창백해졌다. 건륭은 금방이라도 혼절할 것만 같은 그녀의 모습을 보고는 다가가 위로의 말을 건넸다.

"신분을 밝히지 않은 짐의 잘못이네. 자네를 탓하지 않을 것이니 그리 놀랄 것 없네."

건륭은 놀란 사슴처럼 눈을 동그랗게 뜨고 바르르 떨고 있는 금하를 다시 안으려고 팔을 벌렸다. 바로 그때였다. 건륭의 등 뒤에서 빗물을 밟으며 절벅거리는 발소리가 들려왔다. 이어 문 밖에서 고무용의 말소리가 들려왔다.

"진미미, 여기 있었어? 황태후마마께서 폐하를 모셔오라 하셨는데!"

그러자 진미미가 황급히 대답했다.

"폐하께서는 이 궁 안에 계십니다. 제가 들어가 아뢰겠습니다."

"일이 있어 오늘은 그만 가봐야겠네."

건륭은 흥이 깨져 적지 않게 실망한 듯 아쉬움이 역력한 표정을 지은 채 돌아섰다. 이어 대문 쪽으로 걸음을 옮기더니 이내 다시 되돌아와 금하의 볼을 핥으면서 음흉하게 웃었다. 그리고는 나지막이 말했다.

"며칠 후에 질펀하게 놀아 보자고. 알았지? 좋은 소식 기다려!"

건륭은 말을 마치고 대문 밖으로 나오자마자 틈새에 눈을 박고 안을 들여다보느라 여념 없는 고무용과 진미미를 발견했다. 그 모습을 본 건륭은 괘씸한 생각이 들어 즉각 뺨을 한 대씩 후려갈겼다.

"하늘에 금이라도 갔느냐? 어느 면전이라고 감히 돼지 멱따는 소리를 지르고 그래! 짐이 태후마마께 문후 올리러 가는 것을 잊었을까봐 그래? 체통머리 없이 기웃거리기는!"

건륭이 비를 맞으면서 자녕궁에 도착했을 때 황후 부찰씨는 무릎을 꿇고 태후의 등을 두드리고 있었다. 뭔가 재미있는 얘기를 나누고 있는 듯했다. 궁전 가득한 궁녀와 태감들은 건륭이 들어서자 일제히 무릎을 꿇었다. 황후 역시 온돌에서 내려와 몸을 낮춰 인사했다. 가을비가 추적대는 소슬한 날씨인 탓에 안에는 화로불이 피어오르고 있었다. 건륭은 훈훈한 열기를 느끼면서 황급히 우비를 벗어던지고 태후에게 예를 갖춰 인사했다. 그리고는 조심스럽게 말했다.

"강녕하셨습니까, 태후마마?"

황태후 유호록씨는 남자처럼 허허 웃으면서 대답했다.

"어서 자리하십시오, 폐하. 나는 지금 황후하고 신불神佛에 감사 참배를 드리는 일에 대해 얘기하고 있던 중입니다. 폐하가 걸음을 하셨으면 하고 바란 것도 이 때문입니다. 근래에 내가 꿈을 꿨는데……, 아니 그런데 폐하의 볼이 왜 이러십니까? 어디 긁힌 것 같기도 하고."

"별것 아닙니다. 조심성이 부족해 나뭇가지에 살짝 긁혔습니다."

건륭이 어색하게 대충 둘러댔다. 이어 바로 화제를 바꾸었다.

"태후마마께서는 무슨 좋은 꿈을 꾸셨는지요? 어서 말씀해 보십시오.

아들도 같이 즐거워하게 말입니다."

태후가 건륭의 닦달에 차 한 모금을 마시고 목을 축이더니 대답했다.

"꿈에 내가 대행황제를 따라 청범사淸梵寺로 갔었습니다. 향을 피워 기도를 하고 있노라니 옆에서 누군가가 이렇게 말하는 것 같았습니다, '보살님은 복이 있는 사람입니다. 고인이 되신 효장孝莊 태황태후보다도 더 유복하신 분이 어찌해서 불가에 귀의하시고도 여태껏 보시다운 보시를 하시지 않으시는 겁니까? 보시다시피 불신佛身에 도금된 금이 떨어져나가 볼썽사납게 됐습니다. 그냥 지나치지는 않으시겠지요?'라고 말입니다. 그 말을 듣고는 바로 주위를 둘러봤습니다. 그러나 아무도 없었습니다. 대행황제의 모습마저도 보이지 않지 뭡니까!"

태후는 말을 마치고는 눈물을 훔치면서 다시 입을 열었다.

"어쩌면 꿈에 나타나시고도 이 외로운 할망구에게 따뜻한 말 한마디 안 해 주시고 그냥 가실 수가 있다는 말입니까? 야속하기도 하시지!"

건륭이 황급히 대답했다.

"그것은 분명 길몽입니다. 《해몽서》解夢書에 따르면 절에 가는 꿈은 모두 길하다고 했습니다. 효장 태황태후마마께서는 칠십사 세까지 천수를 누리셨으니, 어머니는 반드시 백세까지는 누리실 겁니다! 불신에 도금하는 일은 아들이 알아서 하겠습니다."

태후가 그러자 한숨을 내쉬었다.

"열다섯에 입궁해 애신각라愛新覺羅 가문의 사람이 된 세월도 벌써 사십삼 년을 넘기고 있습니다. 그동안 겪어보지 못한 풍파가 없고 못 누려본 부귀영화가 없이 살아왔습니다. 이 나이가 돼서 더 이상 원하는 것은 없습니다. 그럼에도 내가 부처에 귀의해 더욱 열심히 기도하는 것은 아직 불교를 믿지 않는 황제를 위해서라고 해야 합니다. 그런데 폐하가 흔쾌히 불신에 도금을 해준다고 약속을 하시니 반갑고 고맙기 이를 데

없습니다. 내친김에 산문의 불전佛殿도 손봐줬으면 합니다. 선제의 재궁을 배웅하면서 청범사를 지날 때 보니 절들이 낡고 초라하기 이를 데 없더군요. 부처님의 음덕을 받아 오늘의 번영을 누리는데 꼭 부처님의 지적을 받고 보시를 해서야 되겠습니까? 부처님께서도 아마 엎드려 절 받는 격이라고 기뻐하시지 않을 것입니다."

건륭이 다시 황급히 말했다.

"그리 어려운 일이 아니니 심려 놓으십시오, 어머니. 청범사를 수리해 놓을 테니 가보시고 여의치 않은 곳이 있으면 소자에게 말씀해 주십시오. 어머니의 지시에 따라 불사에 전력을 다하겠습니다."

건륭은 말을 마치고는 황후 쪽으로 몸을 돌렸다. 그 순간 비명에 가까운 황후의 놀란 음성이 터져 나왔다.

"폐하, 나뭇가지에 긁혔다 하시어 그런 줄로 알았는데, 그게 아닌 것 같습니다. 이건 분명 손톱에 할퀸 자국입니다. 어찌된 일입니까?"

건륭이 당황해하면서 손으로 얼굴의 상처를 황급히 가렸다.

"오늘 장정옥의 화원에 갔다가 등나무가지에 긁혔다니까 그러네. 별것도 아닌 것을 가지고 호들갑을 떨고 그래?"

"그러지 말고 어디 한번 봅시다."

태후 역시 미심쩍었는지 돋보기를 들고 온돌에서 내려왔다. 이어 건륭의 볼을 유심히 살펴보더니 고개를 저었다.

"절대 나뭇가지에 긁힌 자국이 아닙니다. 이는 분명 사람의 손톱에 할퀸 자국입니다. 도대체 무슨 일이 있었는지 말씀해 보세요."

건륭은 계속 구차한 변명을 늘어놓으려 했다. 그러나 태후의 단호한 말투와 서늘한 눈빛에 그만 주눅이 들고 말았다. 고백을 하지 않을 수가 없었다.

"금하가 무례하게 구는 바람에……."

태후가 건륭의 말에 흠칫하더니 자리로 돌아가 앉았다. 시퍼렇게 굳어진 얼굴에 살의가 번뜩였다. 한참 후 태후가 무거운 입을 열었다.

"여우같은 년이 감히 어디에 손을 대? 필히 태비 반열에 오르지 못한 것 때문에 앙심을 품은 게야. 발칙한 것. 내 추측이 틀렸다고 생각하십니까, 폐하?"

6장
석방되는 양명시

"오냐오냐 해줬더니 아주 머리 꼭대기로 기어오르려고 드는군!"

태후는 볼의 살을 부르르 떨면서 대로大怒했다. 이어 베개 위에 놓여 있던 긴 수건을 집어 진미미에게 던지면서 소리쳤다.

"이걸 금하 그년에게 가져다 줘. 태후가 네년이 저지른 일을 다 알고 있다고만 전하게!"

건륭은 태후가 심각하게 나오자 다급해지지 않을 수 없었다. 급기야 황급히 태후를 말렸다.

"어머니! 고정하십시오. 이건…… 이건……, 제 말 좀 들어봐 주십시오……."

"됐어요. 이 일만은 내 마음대로 할 거예요!"

태후가 말을 마치고는 진미미를 향해 다시 한 번 일갈했다. 이어 즉각 좌중을 물리쳤다.

태감과 궁인들이 물러간 궁전 안에는 태후와 황제, 그리고 황후만 남았다. 셋은 한동안 아무 말도 하지 않고 단조로운 자명종 소리만 듣고 있었다. 얼마 후 건륭이 멍한 표정으로 황후를 바라봤다. 그러자 황후가 고개를 외로 꼬면서 촛불을 응시했다.

"긴 말이 필요 없어. 달리 무슨 해명이 필요한가? 선제 주변에도 저런 여우같은 것들이 몇몇 있었지. 저것들의 입을 막아버리지 않고 소문이라도 나는 날에는 황가의 체면이 뭐가 되겠는가? 더구나 황제는 지금 상중에 있는 몸이야! 내가 선제께서 급작스레 붕어하신 이유를 모른다고 생각하면 오산이야. 결국 여자 때문에 타락하고, 여자 때문에 삶까지 포기하신 것 아닌가? 황제도 이참에 깊이 반성해 볼 필요가 있어. 주변에 황후, 비빈들을 한가득 앉혀 놓고 뭐가 아쉬워 저런 천한 것들을 기웃거리시는 건가?"

태후가 등받이에 몸을 기댄 채 긴 숨을 내쉬면서 말했다. 건륭에 대한 어조는 이미 하대조로 변해 있었다. 건륭은 얼굴을 귀밑까지 붉힌 채 가만히 고개를 숙일 수밖에 없었다. 어서 빨리 자리를 뜨고 싶었으나 태후는 입을 다물지 않았다. 급기야 나라를 말아먹은 요부들, 예컨대 주紂나라의 달기妲己, 한漢나라의 비연飛燕, 당唐나라의 양귀비楊貴妃까지 예로 들며 여색의 위험성을 장황하게 열거했다. 나중에는 건륭의 귀찮아하는 표정도 아랑곳하지 않았다. 그녀는 그렇게 밥 한 끼를 먹고도 남을 시간 동안 내내 일장연설을 늘어놓았다. 태후는 그렇게 끝까지 하고픈 말을 다 하고 나서야 끝을 맺었다.

"황후는 황제를 뫼시고 궁으로 돌아가게. 나는 피곤해서 그만 쉬어야겠네."

건륭과 황후가 함께 자녕궁慈寧宮을 나와 수화문垂花門에 이르렀을 때였다. 마침 진미미가 돌아오고 있었다. 그의 낯빛은 백지장처럼 새하얗게 질려 있었다. 두 사람을 보고서는 겁에 질린 듯 손을 앞으로 모으고 한쪽으로 비켜섰다.

건륭은 요행을 바랐던 일이 결국 벌어지고 말았음을 직감했다. 하지만 달리 방법이 없었다. 그저 아무 말 없이 진미미를 노려보면서 마른 침만 꿀꺽 삼켰다. 그러자 황후가 입을 뗐다.

"진미미, 일…… 잘 끝냈나?"

"예, 황후마마! 깔끔히…… 처리했사옵니다. 그녀는……, 그녀는 아무 말도 남기지 않았사옵니다. 그저 거문고 줄을 끊고 향을 세 개 사르고는 곧……."

진미미가 잔뜩 겁에 질린 눈빛으로 먹장구름처럼 어두운 건륭의 얼굴을 훔쳐보면서 기어들어가는 소리로 대답했다.

"그래 거문고 줄은 어디 있나? 이리 주게."

부찰씨가 침울한 어조로 말했다. 그녀의 눈에 눈물이 글썽였다. 진미미는 잠깐 망설이다가 곧 소매 속에서 거문고 줄 한 움큼을 꺼내 두 손으로 부찰씨에게 넘겨줬다. 부찰씨는 그것을 손바닥에 올려놓고 들여다보더니 다시 건륭에게 건넸다. 이어 진미미에게 말했다.

"내일 우리 궁에 와서 은을 타가지고 가서 후하게 장례를 치러주도록 하게."

건륭은 부들부들 떨리는 손으로 거문고 줄을 꽉 움켜쥐었다. 가슴이 마치 끓는 물에 던져진 것처럼 쓰리고 아팠다. 한참 동안 할 말도 떠오르지 않았다. 그러다 겨우 입을 열었다.

"자녕궁으로 가서 예전에 강희황제를 모셨던 내시들을 전부 불러오게. 태후마마 모르게 말일세!"

진미미가 바로 고개를 숙이고는 걸음을 옮겼다. 부찰씨는 망연한 표정으로 멀어져 가는 그의 잔등을 바라봤다. 그러자 건륭이 말했다.

"황후는 공연한 걱정 말게. 이 일 때문에 부른 게 아니네."

잠시 후 진미미가 대여섯 명의 태감들을 데려왔다. 그중에는 60세가 넘은 늙은 태감도 있었으나 갓 30세를 넘긴 젊은이도 있었다. 그들은 곧바로 빗물에 젖어있는 땅바닥에 엎드려 건륭과 황후에게 절을 올렸다. 건륭이 물었다.

"태후마마께서 불당을 수리해야겠다는 말씀을 하시던가?"

귀밑머리가 희끗희끗한 늙은 태감이 절을 하고 목소리를 높여 대답했다.

"아뢰옵니다, 폐하! 그 사실은 태후마마를 시중드는 궁인들은 다 알고 있사옵니다……."

"짐이 자네들을 부른 것은 바로 그 때문이네. 짐은 강희황제를 본받아 세상을 다스릴 것이네. 자네들은 성조를 모셨던 태감들이니 잘 알겠지. 효장 태황태후께서도 독실한 불자셨지만 성조께 불당 수리를 간청하신 것을 본 적 있는가?"

건륭이 차가운 음성으로 물었다.

"……"

"이는 자네들의 잘못이네. 앞으로 다시 이런 일이 생기면 자네들이 곁에서 태후께 간언을 올리게. 성조 때 효장 태황태후의 예를 들어가면서 이는 바람직하지 않노라고 말씀 드리게. 이번은 처음이니 용서하겠으나 두 번 다시 태후마마 입에서 이런 말이 나오지 못하도록 하게."

건륭이 다시 차가운 어조로 덧붙였다. 그러자 황후가 입을 열었다.

"폐하께서 이번 한 번만은 태후마마와의 약조를 지키실 거네. 누구라도 공사에 개입해 사적인 이익을 챙겼다가는 큰일 날 줄 알게. 몽땅 토해내게 할 뿐만 아니라 반드시 큰 죄를 물을 것이니 그리 알고 처신 잘하도록 하게!"

황후는 말을 마치자마자 바로 건륭과 함께 가마에 올랐다. 가마 안에서 건륭이 물었다.

"황후, 어찌해서 금하에게 죽음을 내리시는 태후마마를 말리지 않았소?"

"태후마마의 처사는 흠잡을 데가 없었사옵니다."

"그러면 금하가 끊어버린 거문고 줄을 짐에게 준 이유는 무엇인가?"

"폐하께서 곁에 두고 보시면서 그 사람 생각을 하시라고 그랬사옵니다. 신첩은 속 좁은 여인이 아니옵니다."

"황후가 사비를 들여 후하게 장례를 치르게 한 이유는 뭔가?"

"신첩도 여자이기 때문이옵니다."

건륭과 황후의 대화는 바로 끝났다. 그날 저녁 둘은 뒤척이면서 오래도록 잠을 이루지 못했다.

전 운귀雲貴 총독 양명시가 곤명부昆明府에 구금당한 지는 이미 3년이 지나고 있었다. 그는 원래 청렴하고 강직하기로 정평이 나 있는 사람이었다. 그러나 이해洱海의 물길을 뚫고 통제하는 일에 필요한 경비를 조달하려다 보니 다소 무리수를 두지 않으면 안 됐다. 염상鹽商들에게 강제로 세금을 부과시켰던 일이 문제가 되었고, 결국 그로 인해 하옥당하고 말았다. 하지만 안으로 들여다본 사연은 그렇게 단순하지만은 않았다.

양명시가 운귀 총독으로 승진한 지 얼마 지나지 않았을 때였다. 연일 퍼부은 폭우로 인해 이해의 제방이 그만 무너지고 말았다. 근처의 마을과 논밭은 엄청난 침수 피해를 입었다. 사상자 역시 부지기수였다. 양명시는 당시 누누이 호부에 대책 마련을 촉구하는 글을 올렸다. 그러나 호부 관리들은 죄다 사리사욕만 따지는 족속들이었다. 일찌감치 국채 환수 작업을 마치고 고속 승진을 하려는 욕심에만 눈이 멀다보니 아무도 거금을 들여 양명시를 도와주려 하지 않았다. 매번 "자체적으로 해결하라"는 간단한 답장만 보내면서 퇴짜를 놓고는 한 것이다. 그해에도 그랬다. 제방을 수리하려면 대충 계산해도 은 200만 냥은 필요했다. 그러니 운남과 귀주 두 성의 형편없는 재정 상태로 볼 때 제방을 손본다는 것은 그야말로 꿈도 꿀 수 없었다. 아무리 머리를 쥐어짜도 돈 나올 구멍이 없었다.

양명시는 궁여지책 끝에 염상들의 기름을 짜낼 고육책을 검토할 수밖에 없었다. 그는 곧 운남과 귀주 두 성의 주요 도로를 막고 통행료를 받아냈다. 염상들은 울며 겨자 먹기로 돈을 바치지 않으면 안 됐다. 그러다 보니 그 일은 새로 귀주성 순무로 발령받은 주강朱綱의 반감을 샀다. 주강은 즉각 자신을 천거한 양강 총독 이위에게 "양명시가 토목공사를 마구 벌이고 통행료를 받아낸다"는 내용의 서찰을 보냈다. 불의를 보면 그냥 넘어가는 법이 없는 이위는 즉각 걸쭉한 욕설이 섞인 답신을 보냈다.

"제기랄, 소금 값이 왜 하늘 높은 줄 모르고 치솟나 했더니, 그놈의 장난 때문이었군."

이위는 이어 탐관오리라면 어느 누구도 처벌에서 제외될 수 없으니 걱정 말고 양명시를 고발하는 상주문을 보내라고 주강을 부추겼다. 그러자 주강은 든든한 배경을 믿고 주저 없이 '양명시가 편법으로 국은을 갈취하기 위해 무모한 토목공사를 벌였다'는 내용의 상주문을 올렸다. 옹정은 주강의 상주문을 보고는 크게 노했다. 사실 양명시는 옹정이 펼치려고 했던 새로운 정치에 대해 사사건건 트집을 잡고는 했다. 그럼에도 옹정은 한 번도 그의 죄를 묻지 않았다. 그나마 양명시의 청렴한 성품을 높이 샀던 것이다. 그러나 이제 그가 탐관오리라는 상주문이 올라온 이상 가만히 내버려둘 수는 없었다.

옹정은 즉각 600리 긴급서찰로 주강에게 어지를 보내 양명시의 운귀 총독 직무를 대행하도록 했다. 뿐만 아니라 호부 시랑 황병黃炳을 운남으로 급파해 진상조사를 벌이도록 했다. 황병은 장정옥의 문생으로, 양명시에게 적지 않은 악감정을 품고 있는 사람이었다. 당연히 이참에 스승을 위해서라도 시원하게 복수를 해야겠다는 생각도 했다. 그리고는 운남에 도착하자마자 다짜고짜 양명시의 관직을 박탈하고 감옥에 가뒀다. 동시에 대청률大淸律을 무시한 채 온갖 고문기구들을 동원해 양명시를 사지로 몰아넣으려는 꿍꿍이를 꾸몄다.

양명시가 청렴하다 못해 가난한 관리라는 사실은 운남과 귀주의 관리와 백성들이라면 모르는 사람이 없을 정도였다. 부임지에 가족조차 데려오지 않은 사람이 바로 그였으니까 말이다. 그 때문에 그저 먼 친척 조카 양풍楊風 한 명만이 곁에서 그를 시중드는 것이 고작이었다. 주강과 황병은 그럼에도 그의 집을 샅샅이 수색했다. 그러나 아무것도 나올 게 없었다. 그의 집은 막대기를 휘둘러도 걸릴 것이 하나도 없을 정도로 가난함 그 자체였던 것이다. 당초 주강과 황병은 그에게 공금횡령의 죄를 덮어씌워 아예 매장시키려고 작정했었다. 그러나 트집 잡을 건더기를 찾을 수 없었으므로 궁여지책 끝에 염상들이 낸 세금을 양명시 집의 서랍에 집어넣고 공금을 횡령했다는 죄를 덮어씌웠다.

그러자 백성들이 그 사실을 알고 바로 들고 일어났다. 나중에는 분노에 찬 백성 3만여 명이 양명시를 심문하는 관청에 몰려들어 장내를 아수라장으로 만들기도 했다. 백성들은 항쇄를 찬 양명시가 나서서 "어떤 경우에도 왕법을 어겨서는 안 된다"는 훈계를 하고 나서야 비로소 툴툴대면서 물러갔다. 그 바람에 주강과 황병은 백성들의 서슬에 간담이 서늘해져 더 이상 양명시에게 형벌을 가할 엄두를 내지 못했다. 옹정도 어찌 된 영문인지 양명시에게 교수형에 처한다는 처분을 내렸으나 3년이 지나도록 형을 집행하라는 말을 하지 않았다.

그 동안에도 백성들은 양명시를 끔찍이도 보살폈다. 그가 관직에 있을 때는 혹시 누를 끼칠까 두려워 가까이 하지 않았으나 투옥된 다음에는 온갖 것들을 바리바리 싸들고 줄을 지어 그를 보러 몰려든 것이다. 심지어 간수들을 매수해 양명시를 독방으로 옮기게 해주기도 했다. 또 '병간호'를 핑계로 그의 친척조카 양풍을 감옥 안으로 들여보내 시중들도록 하게 했다. 양명시는 이름도 모르는 그런 백성들의 십시일반 정성과 도움 덕분에 총독 자리에 있을 때보다 물질적으로는 더 풍족한 나날을 보낼 수 있었다.

백성들의 그에 대한 충정은 그 정도에 그치지 않았다. 해마다 추결秋決(가을에 집행하는 사형) 때가 되면 불상 앞에서 향을 사르면서 옹정황제가 부디 주필로 양명시의 이름에 가위표를 해주기를 진심으로 기원하기까지 했다. 양명시 역시 그런 백성들의 기대에 부응했다. 옥중에서도 책읽기를 게을리 하지 않았을 뿐 아니라 짬을 내서 산책을 하고 태극권을 수련하는 등 건강관리도 소홀히 하지 않았다.

주강은 상서방으로부터 양명시를 석방하라는 내용의 정기廷寄 문서를 받았으나 명령에 따르지 않았다. 며칠 동안이나 문서를 책상 위에 눌러놓고 머릿속을 굴리고 있었던 것이다. 그는 건륭에게 '선제의 뜻을 지키도록' 간언을 올리면 어떨까 하는 생각도 하고 있었다. 그러던 차에 '관맹지도'에 관한 건륭의 연설 내용과 양명시를 석방하기로 했다는 굵직한 제목이 실린 관보가 날아들었다. 그는 그제야 더 이상 지체할 수 없다는 사실을 깨달았다. 울며 겨자 먹기로 양명시를 찾아 떠났다.

그가 옥문에 들어서자 전옥典獄(감옥을 총괄하고 죄수들을 관리하는 책임자)이 한 무리의 옥졸들을 데리고 작은 골방에서 나오는 모습이 보였다. 술을 마셨는지 얼굴들이 벌겋게 상기돼 있었다. 주강은 정자를 번쩍이면서 철제 난간 앞에 멈춰 섰다. 이어 얼굴을 길게 늘어뜨리고 목청이 터져라 고함을 질렀다.

"명절도 아니고 대낮부터 무슨 술이야? 뒈지고 싶어?"

"아이고, 총독 대인, 행차하셨습니까! 꺼억!"

전옥이 술 트림을 하면서 말했다.

"방금 대리부大理府의 부대府臺인 수水 대인께서 관보를 보시고 양 대인이 곧 석방된다면서 축하 술상을 봐오셨지 뭡니까. 양 대인께서 주안상을 다시 소인들에게 하사하셨습니다."

전옥은 술이 거나해져 그런지 누구 면전인지도 잊은 채 씨부렁거렸다. 주강은 그런 전옥을 째려보면서 휭하니 작은 방으로 들어갔다.

방 안은 조용하고 깔끔했다. 천장과 벽은 모두 상피지桑皮紙로 도배돼 있었다. 또 나무로 틀을 짠 자그마한 창문에는 고급스러워 보이는 매미 날개 같은 사포紗布가 드리워져 있었다. 그 앞 침대 위에는 깨끗이 빨아 색깔이 바랜 무명 이불이 반듯이 개어져 있었다. 벽 쪽에 있는 나지막한 책꽂이는 이미 텅텅 비어 있었다. 양명시의 조카 양풍은 땀범벅이 된 채 바닥에서 책을 싸고 있었다. 양명시는 무거운 표정으로 의자에 앉아 멍하니 생각에 잠겨 있다 주강이 들어서는 것을 보고 천천히 일어섰다. 이어 담담하게 입을 열었다.

"그간 무고하셨소, 주공?"

"양공!"

주강은 양명시의 담담한 표정을 보고 어지럽던 마음이 다소 가라앉는 듯했다. 양명시가 내주는 자리에 앉으면서 미소를 머금은 채 입을 다시 열었다.

"그동안 고생 많았소. 그래도 혈색이 걱정했던 것보다는 괜찮아 보이오. 몸도 전보다 더 튼튼해진 것 같고."

양명시가 말했다.

"생우우환, 사우안락生于憂患, 死于安樂(어려운 상황은 사람을 분발하게 하나 안락한 환경에 있다 보면 쉽게 죽음에 이르게 된다는 의미)이라고 하지 않았소? 그런데 이런 얘기를 하려고 온 것은 아닌 것 같은데?"

주강이 멋쩍은 웃음을 흘리면서 말했다.

"희소식을 전하러 왔소. 양 대인이 삼 년 동안 억울한 옥살이를 견뎌낸 끝에 오늘 다시 해 뜰 날을 맞이한 것을 경하 드리오. 너그러움을 정치의 근본으로 여기시는 폐하께서 양 대인을 출옥시키고 즉각 북경으로 보내라는 어지를 내리셨소. 고생 끝에 낙이 온다더니, 양 대인 같은 경우를 두고 하는 말인 것 같소. 이제 출세와 영달의 길이 열렸으니 진심으로 감축 드리오!"

주강이 말을 마치고는 큰 소리로 밖을 향해 분부했다.

"양 대인께 수레를 내어드려라!"

주강이 다시 고개를 돌려 양명시를 바라보면서 덧붙였다.

"나도 관직에 매인 몸이라 전에 일 처리를 하면서 양 대인께 여러 가지로 무례를 범한 부분이 많았던 것 같소. 호부 시랑 황병도 너무 몰인정했던 것 같고. 휴……, 여기는 마음 터놓고 말할 곳이 못 되니 우리 아문으로 가서 며칠 묵어가는 것이 어떻겠소. 내가 송별연을 베풀 테니 우리 지나간 앙금은 깨끗이 씻는 것이 어떻겠소?"

양명시가 잠시 동안의 침묵 끝에 입을 열었다.

"주 대인, 대인은 아직 나 양명시를 잘 모르는 것 같소. 나는 직설적인 사람이라 속에 있는 말을 감추지 못하오. 내 사건을 처리할 때 주공의 사심이 많이 작용했다는 것은 인정해야 할 거요. 물론 세상천지에 사심이 없는 사람이 몇이나 되겠소? 일일이 마주 앉아 따질 수도 없고 하니 과거지사는 그대로 덮어두는 것이 좋겠소. 주공이 그래도 마음이 정 불안하다면 내 청을 하나만 들어주오. 내년 봄, 눈 녹는 삼월을 넘기지 말고 서둘러 이해洱海의 제방 공사를 해주시오. 나는 더 이상의 출세는 바라지 않소. 이번에 입경한 다음 폐하께 감사함을 표하고 낙향할 생각이오. 매화꽃을 벗 삼아 공기 좋은 곳에서 풍월이나 읊을 작정이오."

주강은 양명시의 말에 크게 안도했다. 양명시가 북경으로 돌아간 뒤 앙심을 품고 자신을 해코지할까 불안했으나 문제가 되는 이해만 잘 다스려놓으면 용서를 받을 수 있겠다는 생각이 드는 모양이었다. 그는 곧 희색이 만면한 채 시원스럽게 화답했다.

"양 대인은 과연 진짜 사내대장부요! 그러나 풍문에 의하면 폐하께서는 양 대인을 예부 상서 자리에 앉힐 거라고 하던데……. 매화꽃을 벗 삼아 살고 싶다는 양 대인의 뜻은 당분간 이뤄지기 어려울 거요. 여기 이러고 있지 말고 어서 일어나 우리 아문으로 가는 것이 어떻겠소? 주안상을 마주 하고 흉금을 터놓자고요."

양명시가 주강의 말에 어쩔 수 없다는 듯이 말했다.

"성의를 무턱대고 거절하는 것 같아 안 됐소만 나는 남의 집에서 술 마시고 밥 먹으면 체질상 소화를 못 시키오. 선물 꾸러미에는 더구나 민감하고. 그러니 사소한 것에 마음 쓰지 말고 이해 제방 공사에나 전력하기 바라오. 성공해서 북경에 오면 내가 간단하게나마 한턱 낼 것을 약조하오."

양명시는 말을 마치고는 곧바로 자리에서 일어섰다. 주강은 뭐라 형언할 수 없는 감정이 차올라 이상한 표정을 감출 수가 없었다. 창피하기도 하고 감격스럽기도 하고 이름 모를 질투심마저 느끼는 듯했다. 어쨌든 그로서는 엉거주춤 일어나 공손히 물러가는 수밖에 없었다.

주강이 떠나자 옥졸들이 기다렸다는 듯 우르르 양명시에게 몰려갔다. 그리고는 축하의 말을 건네고 작별 인사를 올리느라 그야말로 한바탕 부산을 떨었다. 곧이어 그를 물샐틈없이 둘러싸고는 아쉬움과 즐거움의 눈물도 펑펑 쏟았다. 마치 뭇별들이 달을 에워싸는 광경이 따로 없었다. 전옥이 여전히 기분이 다소 우울해 보이는 양명시를 향해 물었다.

"어르신, 달리 분부가 있으시면 뭐든 주저하지 말고 말씀하세요."

양명시가 전옥의 말에 입을 열었다.

"그런 것은 없네. 삼 년 동안 이곳에서 책 읽은 시간들이 소중했고, 자네들 덕분에 건강도 더 좋아졌으니 이 고마움을 어찌 보답할까 생각 중이야. 이 커다란 침대가 어찌 저 손바닥만 한 출입문을 통과했을까도 잠시 생각했고."

양명시의 말에 사람들이 모두 웃음을 터트렸다. 밖에는 어느새 소식을 듣고 몰려온 백성들로 떠들썩했다. 타닥타닥 폭죽 터지는 소리가 사람들의 말소리와 더불어 요란하게 들려오기도 했다. 양명시는 옷차림을 정갈히 하고 천천히 밖으로 모습을 드러냈다. 뜰 안을 가득 메운 사람들은 일제히 무릎을 꿇었다. 맨 앞에는 양명시가 총독 시절에 억울한 사연을 듣고 그의 억울함을 풀어주었던 가난한 백성 몇몇이 울먹이면서 서 있었다.

"어르신, 우리 운남 백성의 어버이이신 어르신께서 떠나가시면 우리는 이제 어떻게 살아갑니까?"

"어서들 일어나게. 눈물을 거두고……."

'철의 사나이'로 불리는 양명시는 말 그대로 평소에 눈물이라고는 보이지 않는 성격이었다. 그러나 눈물로 범벅이 되어 간절한 눈빛으로 자신을 바라보는 백성들 앞에서는 더 이상 참지를 못했다. 급기야 그 역시 가슴이 와르르 무너져 내리는 것 같은 슬픔을 느꼈는지 주체할 수 없는 뜨거운 눈물을 흘렸다. 그 눈물은 조용히 볼을 타고 흘러내렸다. 어미가 젖먹이 새끼를 떼놓고 가는 아픔이 그런 것일까. 양명시는 삼 년 동안 쌓여온 비애와 슬픔이 한꺼번에 눈물로 녹아내리는 것 같았다. 그러나 그는 곧 황급히 눈물을 닦으면서 도리어 백성들을 위로했다.

"내가 무슨 덕이 있고 능력이 있다고 이토록 큰 여러분의 사랑을 받는지 모르겠소! 방금 주강 총독에게 민의를 전달했소. 주강 총독도 이해를 반드시 다스리겠노라고 흔쾌히 대답했소. 폐하께서는 성명하신 분이시오. 여러분이 각자 제자리에서 열심히 사는 것만이 폐하를 잘 받들어 모시고, 이 양명시의 믿음을 저버리지 않는 것이라는 사실을 명심하시오······."

양명시는 말을 마치자마자 수천 명의 백성들로 만들어진 통로를 따라 앞으로 걸어 나갔다. 조카 양풍이 단단히 묶은 책을 등짐에 메고 뒤따랐다. 두 사람이 겹겹의 인파를 뒤로 하고 걸어가고 있을 때였다. 갑자기 사람들 틈에서 한 사람이 뛰쳐나왔다. 이어 양명시의 발밑에 미끄러지듯 무릎을 꿇고는 애절한 목소리로 말했다.

"제발 소인을 도와주십시오, 양 대인!"

양명시는 깜짝 놀라 발밑을 내려다봤다. 체구가 왜소한 스무 살 안팎의 젊은이가 눈앞에 보였다. 눈썹이 짙고 눈이 부리부리한 것이 무척 영리하게 생긴 젊은이였다. 그러나 행색은 남루하기 이를 데 없었다. 영문을 모르는 양명시가 어안이 벙벙한 채 조카 양풍에게 시선을 보냈다.

양풍이 웃는 얼굴로 말했다.

"소로자라고 산동성 덕주 사람입니다. 사고가 있어 이쪽으로 피난을 온 모양인데, 이 친구 사촌 매형이 우리가 있었던 감옥의 간수였습니다. 숙부님이 옥중에 계실 때 이 친구가 이것저것 바깥심부름을 많이 해줬습니다."

양명시가 조카의 말을 듣고 고개를 끄덕이며 소로자에게 물었다.

"듣고 보니 내가 자네 도움을 많이 받았군. 그런데 무슨 일로 내 도움이 필요하다는 건가? 내가 어떻게 도움을 줄 수 있을지 말해보게."

소로자는 하로형의 죽음을 목격한 뒤 매일같이 악몽에 시달렸다. 그러다 끝내 못 견디고 신씨의 객잔을 나와 도망쳤다. 그러나 마땅히 오 갈 데가 없었던 그는 고심 끝에 풍찬노숙하면서 운남성 대리부에 있는 사촌누나를 찾아갔다. 하지만 공교롭게도 몇 년 동안 소식이 끊겨 있 던 사촌누나는 이미 결핵으로 목숨을 잃은 뒤였다. 다행히 마음씨 좋 은 매형 덕분에 대리부에 발을 붙일 수 있었다. 이후 간수로 있는 매형 을 따라 자연스럽게 감옥을 드나들면서 양명시를 알게 됐다. 그로서는 그동안 매형과 주변 사람들로부터 양명시가 보기 드물게 청렴하고 강직 한 관리라는 말을 귀에 못이 박히게 들어왔던 터라 어떻게든 인연을 맺 고 싶은 마음이 간절했다. 그러던 차에 양명시가 떠난다는 소식이 들려 왔다. 때문에 마지막 기회라도 잡고자 뛰쳐나와 애걸하게 됐던 것이다.

소로자는 양명시의 자상한 모습을 보고 일말의 기대를 품은 채 울먹 이면서 자신의 처지를 하소연했다. 거의 애걸하다시피 했다.

"어르신께서 소인을 거둬만 주신다면 소인은 그 어떤 일이든 불평 한 마디 하지 않고 해낼 것입니다. 곁에 두고 부리시다가 영 아니다 싶으면 그때는 내쫓으셔도 괜찮습니다!"

"그렇다면 따라 나서게. 다만 나는 당분간만 자네를 곁에 둘 수 있을 것이네. 웬만하면 이런 청을 들어주지 않지만 자네 처지가 딱한 것 같 아 어쩔 수 없군. 북경에 들어가면 스스로 밥벌이라도 해야 할 텐데……, 자네는 글은 읽을 줄 아나?"

소로자의 하소연에 측은한 마음이 동한 양명시가 물었다. 소로자의 두 눈이 희열로 반짝였다. 그가 황급히 대답했다.

"어르신께서 선하신 마음으로 소인을 거둬주시니 필히 관운이 형통하 실 것입니다! 소인은 사숙私塾에서 삼 년 동안 글공부를 했습니다. 그래 서 장부를 기입하고 명부를 작성할 정도의 글자는 알고 있습니다……"

소로자는 이렇게 해서 양명시를 따라 북경행에 오르게 됐다. 양명시는 그러나 공식적으로는 아직 복직되지 않은 몸이었다. 조정에서는 그저 현지 역관의 사람을 파견해 운남성에서 귀주성까지 가는 길을 호위할 정도의 예우만 제공했다. 말도 규정상 그에게만 한 필이 제공될 뿐이었다. 세 사람은 하는 수 없이 책과 물건을 말 위에 싣고 걸으면서 길을 재촉했다. 그러나 아무리 부지런히 걸음을 재촉해도 속도는 점점 느려졌다. 귀주성에 도착했을 때는 어느새 건륭 원년 2월 21일이 돼 있었다. 길에서 보름이나 지체했던 것이다.

그들 일행 셋은 귀양貴陽(귀주성의 성도)에 도착한 첫날 저녁 삼원궁三元宮 뒤편에 있는 역관에 여장을 풀었다. 그들이 저녁상을 물리고 잠시 숨을 돌리고 있을 때였다. 역승이 종종걸음으로 양명시가 투숙한 서쪽 별채로 들어오더니 물었다.

"어느 분이 양 대인이십니까?"

양풍과 소로자는 한쪽에서 발을 닦고 있다가 다급한 역승의 행동에 다소 놀랐다. 양명시 역시 고개를 갸웃거리면서 입을 열었다.

"나를 찾는 것 같은데?"

양명시가 이어 손에 들고 있던 《자치통감》을 내려놓으면서 되물었다.

"무슨 일인가?"

역승이 재빨리 예를 갖춰 인사를 하면서 말했다.

"악종기 군문軍門께서 양 대인께 어지를 전달하기 위해 행차하셨습니다!"

어지라는 말에 양명시는 흠칫 놀라며 황급히 지시했다.

"어서 안으로 모시게! 악 동미東美(악종기의 호) 장군이 맞지?"

양명시의 말이 떨어지기 무섭게 구릿빛 얼굴에 작고 다부진 체격의 관리 한 명이 바람을 일으키면서 성큼 들어섰다. 과거 연갱요年羹堯와 더불어 서역西域을 주름잡던 악종기 장군이 틀림없었다.

악종기는 팔망오조八蟒五爪 관복 위에 선학仙鶴이 수놓인 보복을 받쳐 입고 있었다. 관모 꼭대기에서는 산호 정자가 반짝이고, 그 뒤에는 화려한 공작 깃의 화령이 달려 있었다. 환갑을 넘긴 나이임에도 근력이 좋아 보였다. 두 눈에서는 형형한 빛이 뿜어져 나오고 있었다. 척 봐도 머리에서부터 발끝까지 숨길 수 없는 무인의 기개가 흘러 넘쳤다. 악종기는 성큼 들어와 방 안을 둘러봤다. 이어 양명시 일행의 초라한 행장을 보고는 미간을 찌푸렸다. 하지만 곧 원래의 목적을 떠올린 듯 우렁찬 목소리로 말했다.

"양명시는 어지를 받들라!"

양명시는 바로 무릎을 꿇었다. 양풍은 그러자 어리둥절해 있는 소로자를 잡아끌고 서둘러 자리를 비켰다.

"죄신 양명시가 어지를 받드옵니다!"

악종기는 양명시가 삼궤구고의 대례를 마치기를 기다렸다가 카랑카랑한 목소리로 어지를 읽기 시작했다.

양명시에게 예부상서 직을 제수하고 국자감國子監 제주祭酒를 겸하게 해 조석으로 황자들을 훈육할 것을 명하노라.

"성은이 망극하옵니다, 폐하!"

양명시가 다시 한 번 엎드린 채 큰 소리로 말했다. 어지 낭독을 마친 악종기는 기다렸다는 듯 두 손으로 양명시를 일으켜 주었다.

"양공, 생각보다 건강해 보여 다행이오. 달관한 사람의 모습이구려!"

양명시가 미소를 지으면서 대답했다.

"달관이라니요, 마음을 비웠을 뿐이오. 폐하를 배알해서는 무슨 말을 해야 할지 모르겠소."

악종기가 그러자 조용한 어조로 말했다.

"폐하께서 새로운 청사진을 그려내시면서 그대를 출옥시키셨소. 또 동궁 황자들의 스승으로 위촉하셨소. 실로 놀라운 일이 아닐 수 없소. 폐하의 이 같은 크고 큰 은혜를 저버리지 말아야 할 거요."

양명시가 가볍게 고개를 끄덕이고는 악종기를 향해 물었다.

"악 장군, 장군은 사천 장군이신데 귀양에는 어쩐 일이오? 어지 전달을 위해 특별히 걸음을 하신 거요?"

악종기가 대답했다.

"나는 어지를 전달하기 위해 특별히 파견을 받고 왔소. 물론 어지가 그대 한 사람에게만 내려진 것은 아니오. 지금 총독아문에 들렀다 오는 길인데 묘족들의 반란이 위험수위를 넘어선 실정이더군. 전직 흠차인 장조, 총병 합원생과 동방은 모두 파직을 당했소. 이곳 장병들 중에는 청해성青海省에서 내 휘하에 있던 부하들도 많소. 그들이 이렇게 큰 인사변경에 불복할 것을 우려해 폐하께서 특명을 내려 나를 급파하신 거요. 또 폐하께서는 아직 직급이 없는 그대가 북경까지 오는 길에 여러 가지 어려움을 겪을 것을 예견하시고 이렇게 미리 관직을 내리셨소. 팔인 대교에 앉아 편히 입경하라고 배려하신 거지."

양명시는 악종기의 말에 순간적으로 목이 메었다. 새로운 군주의 배려에 감동한 듯했다. 하기야 그로서는 어지를 받기는 했어도 미처 그런 배려를 생각할 수는 없을 터였다. 그가 나지막한 한숨과 함께 고개를 숙이더니 한참 후에야 비로소 입을 열었다.

"어쩐지 귀양 경내에 들어서자마자 분위기가 이상하다 했소. 세 걸음마다 초소가 있고 다섯 걸음마다 병사들이 총대를 메고 서 있는 데다 여기저기에 병영이 산재해 있는 것이 예사롭지 않더군. 알고 보니 조정에서 묘족의 반란을 잠재우기 위해 대군을 동원했구먼. 그러면 이곳의 군무는 동미공이 책임지는 거요?"

악종기가 대답했다.

"그렇지 않소. 지금은 장광사가 여기를 책임지고 있소. 원래는 내 부하였으나 이제는 내가 오히려 그의 말을 들어야 할 만큼 훌쩍 커 버렸소. 나는 시간을 가지고 평화적으로 처리하려는 생각인데 폐하의 뜻은 정반대이신 것 같소. 아마 그래서 장광사를 투입한 것 같소."

장광사라면 양명시도 알고 있는 사람이었다. 악종기 군중에서 싸움 잘하기로 소문난 명장이었다. 그러나 이제 막 석방된 양명시로서는 피비린내 나는 싸움과 사탕을 주면서 달래는 회유책 중에서 어떤 것이 더 현명한지에 대해 왈가왈부할 처지가 아니었다. 때문에 악종기의 말에 함구할 수밖에 없었다.

악종기가 그런 양명시의 속내를 헤아린 듯 막 일어나려고 할 때였다. 밖에서 말발굽 소리가 들려오는가 싶더니 아역 한 명이 달려 들어와 큰 소리로 아뢰었다.

"묘강苗疆 총리사무대신 장광사 나리께서 오셨습니다!"

양명시가 놀라워하면서 물었다.

"사전 예고도 없이 이게 무슨 처사인가? 지난번 봤을 때는 이리 방종을 떨지 않았었는데!"

그러자 악종기가 말했다.

"사람은 워낙 조석으로 변하는 법이라오."

어느새 장화소리가 석판을 크게 울렸다. 곧 장광사가 가슴을 쑥 내밀고 방 안으로 들어섰다.

그는 흰 얼굴이 다소 길어 보이는 마흔을 갓 넘긴 중년의 사내였다. 짙은 눈썹이 빗자루처럼 매섭게 치켜 올라가 살기마저 느껴지는 인상을 주었다. 꽉 다물면 약간 치켜 올라가는 입매는 상대를 경멸하는 듯

한 느낌을 줘 꽤나 부자연스러워 보였다. 그가 문어귀에서 걸음을 멈추고 두 손을 맞잡으면서 말했다.

"그간 무고하셨소, 양공? 동미 공, 지의를 전달하셨겠지?"

악종기가 시무룩한 얼굴로 고개를 끄덕였다. 양명시가 그러자 일어서서 손짓으로 자리를 가리키면서 담담하게 말했다.

"어서 앉으시오, 장 대인."

"양공께 미리 양해를 구해야겠소. 나는 오래 앉아있을 시간은 없소."

장광사는 양명시의 말이 끝나기 무섭게 두 손을 무릎 위에 올려놓고 앉았다. 이어 다시 입을 열었다.

"곧 돌아가서 오늘 저녁 안으로 정벌 계획을 짜야 하오."

양명시는 온화한 눈빛으로 눈앞의 장군을 뚫어지게 바라봤다. 이어 미소를 지으면서 입을 열었다.

"장군의 기개는 실로 비범하오. 이번에는 반드시 묘채苗寨(묘족들의 집단거주지)를 갈아엎고 그 소굴을 쓸어버릴 수 있을 것이라 믿어 의심치 않소. 혹시 장군의 출병 방략을 공개할 수는 없겠소?"

그 말에 장광사가 빙긋 웃으면서 악종기를 힐끔 쳐다보더니 다시 입을 열었다.

"양 대인은 문인 출신인데 군무를 어찌 제대로 알겠소! 사실 동미 장군은 내가 무작정 그자들과 격전을 벌일 거라고 오해하는지 모르겠으나 나도 무작정 쳐들어가지는 않을 거요. 공개적으로 조정에 반기를 들고 나선 완고한 자들만 매장시키고 가짜 묘왕苗王을 색출하는 데 전력할 거요!"

악종기가 장광사의 말에 약간 언짢은 어조로 내뱉었다.

"내가 무슨 오해를 하겠소. 그대가 주장主將이니 나는 그대의 명령에 따를 뿐이오. 군사를 세 갈래로 나눠 동시다발적으로 습격한다는 방략에는 나도 공감하오."

장광사가 다시 말을 받았다.

"널리 이해해 주고 따라줘서 고맙소. 사실 이번에 여섯 개 성의 관병들을 이끌고 출전했는데 일거에 승리를 거두지 못한다면 스스로 내 목을 칠 수밖에 없소."

장광사는 말을 마치자마자 바로 자리에서 일어났다. 이어 몇 마디를 덧붙였다.

"북경까지 가려면 천산만수千山萬水를 지나야 하오. 양공이 이번에 이만저만 고생이 아닐 것이오. 달리 도와줄 방법은 없고 길에서 노자에 보탰으면 하는 마음에서 은자 삼백 냥을 넣었소. 출발할 때 알리시오. 내가 배웅 나오겠소."

악종기 역시 천천히 따라 일어섰다.

"나도 그만 가봐야겠소. 우리 경내를 지날 때 다시 볼 수 있을 거요."

"나는 선비라 군무에는 문외한이나 정치는 좀 안다고 자부하오."

양명시가 말했다. 이어 권고하듯 다시 덧붙였다.

"하고픈 말은 많으나 한마디로 귀결하면 사람을 가급적 적게 죽이는 방향으로 하라고 권유해드리고 싶소. 전쟁이 끝난 뒤 지방관들이 놀란 백성들의 마음을 달래려면 힘이 들 테니 말이오. 내가 떠날 때는 구태여 나오지 않았으면 하오. 내 성격을 모르는 것도 아닐 테고."

장광사가 말했다.

"여기는 군사 지역이라 모든 것은 내 마음대로 할 수 있다오. 자, 내마음이 담긴 이 은자부터 받으시오!"

장광사는 은자를 억지로 밀어 주다시피 양명시에게 넘겨주고는 바로 악종기와 함께 길을 떠났다. 양명시는 엉겁결에 은자를 받아들고는 멍한 표정을 지었다. 순간적으로 돌려줄 기회를 놓쳐버린 셋이나. 그러니 곧 역승을 불러 준엄한 어조로 말했다.

"이 은자를 보관해뒀다가 내일 장광사 장군에게 돌려보내도록 하게. 내가 떠나기 전 장 장군 앞으로 편지 한 통을 써놓을 테니 책망 받을 걱정은 하지 않아도 되네."

7장
북경에 부는 새바람

양명시가 북경에 도착했을 때는 이미 3월 하순이 돼 있었다. 그는 방산房山현에 도착하자 굳이 고집스럽게 여덟 명이 메는 큰 가마를 물리쳤다. 그리고는 네 명이 메는 가마로 갈아탔다. 이어 꼬박 하루를 더 가서야 북경 근교의 노하역潞河驛에 도착할 수 있었다. 그는 역관에서 하룻밤을 뜬눈으로 지새우다시피 하고 다음날 아침 닭이 두 번째 홰를 칠 무렵 성 안으로 들어가 서화문에서 패찰을 건넸다. 잠시 후 고무용이 종종걸음으로 달려 나오더니 헐떡이면서 말했다.

"어느 분이 양명시 대인이십니까? 폐하께서 들라 하십니다!"

양명시가 양심전 마당에 이르자 건륭은 친히 궁전 입구까지 나와 기다리고 있었다. 양명시는 흠칫 놀라면서 황급히 몇 걸음 앞으로 다가가서는 삼궤구고의 대례를 올렸다.

"신 양명시가 폐하께 문후 올리옵니다. 폐하 만세, 만만세!"

건륭이 천천히 계단을 내려와 두 손으로 양명시를 일으켜 세웠다.

"오느라 고생 많았네. 여독 때문인지 안색이 좋지않아 보이는군. 눈언저리도 어두운 것이 어제 잠을 설친 모양이지?"

건륭이 앞장서서 궁전 안으로 들어갔다. 그리고는 바로 태감들에게 명령을 내렸다.

"양명시에게 차를 올리고 자리를 내어 주거라!"

양명시는 황공한 표정을 지은 채 자리에 엉덩이를 살짝 붙이고는 몸을 옆으로 돌려 앉았다. 그리고는 차분한 어조로 입을 열었다.

"폐하께서 신의 보잘것없는 몸을 염려해주시니 황공해서 몸 둘 바를 모르겠사옵니다. 솔직히 북경이 가까워질수록 밤잠을 청하기가 더욱 어려웠사옵니다. 선제의 용안이 눈앞에 아른거려서······. 아직 회갑도 안 되셨는데 너무 서둘러 가셨사옵니다. 더구나 선제께서 붕어하시는 순간까지도 신에 대한 깊은 유감을 떨치지 못하셨다는 얘기를 듣고 연 며칠 잠을 이루지 못했사옵니다······."

양명시가 말을 하다 말고 말끝을 흐렸다. 터져 나오는 울음을 애써 참는 듯했다. 건륭 역시 다시 슬픔이 몰려오는 듯 침통한 어투로 말했다.

"선제의 재궁은 옹화궁에 모셨네. 내일 자네가 가서 뵐 수 있도록 어지를 내릴 테니 억울한 일이 있으면 선제의 영전에서 크게 울고 다 털어버리게."

"우레도, 우박도, 비도, 이슬도 모두 망극한 황은이옵니다. 하온데 신에게 무슨 억울한 사연이 있겠사옵니까? 신은 그저 우둔하여 선제께 커다란 불경을 저질렀다고 자책할 뿐이옵니다."

양명시가 떨리는 목소리로 말했다. 건륭이 양명시 못지않게 상심에 젖은 표정으로 말했다.

"어쩔 수 없는 일이었지. 사실 선제께서도 주강과 황병의 말을 전부 믿지는 않으셨네. 몇 번이나 사형 집행자의 명단에서 자네 이름을 지워버리셨어. 수없이 많은 밤을 서성이면서 '그 친구가 어찌 그럴 수가? 조금 더 지켜보지, 조금 더 기다려봐야겠어……'라고 혼잣말처럼 되뇌시고는 하셨네."

양명시는 건륭의 말이 이어지는 동안 북받치는 감정을 억제하지 못하고 손바닥으로 얼굴을 가린 채 기어이 어깨를 들썩이기 시작했다. 눈물이 손가락 사이로 주르륵 흘러내렸다. 사실 황제 면전에서 울음소리를 내는 것은 큰 불경이라고 할 수 있었다. 양명시도 그 사실을 모르지 않았다. 그래서 온몸에 경련을 일으킬 정도로 애써 울음을 참았다. 한참 뒤 양명시가 겨우 눈물을 닦으면서 입을 열었다.

"신의 무례를 용서해주시옵소서. 선제의 그 한마디 말씀이면 신은 더 이상 바랄 것이 없사옵니다……."

양명시가 다시 울컥 치미는 눈물을 황급히 손등으로 닦았다. 건륭은 양명시가 진정하기를 기다렸다가 천천히 입을 열었다.

"짐은 자네의 인품과 심오한 학문을 잘 알고 있네. 그렇다고 짐은 선제의 처사가 잘못됐다고는 생각하지 않네. 그때 당시 정세로는 그렇게 하실 수밖에 없었지. 그래서 수년이 흐른 지금 짐은 조유를 내려 '관대한 정치'를 펼치기로 했다네. 관보를 읽어봐서 알고 있을 거라 믿네."

"신은 곤명에서 이미 배독拜讀했사옵니다."

어느덧 평정심을 회복한 양명시가 말했다. 그리고는 차분한 어조로 다시 말을 이었다.

"관보를 보니 손국새와 손가감孫嘉淦도 석방됐다고 했사옵니다. 실로 폐하의 성의聖意는 촛불같이 밝으시옵니다! 신도 요즘 들어 반성을 많이 했사옵니다. 탄정입무攤丁入畝, 관신일체납량官紳一體納糧, 국채환수 정책 등이 모두 선제의 선정이었다는 사실을 뒤늦게야 느꼈사옵니다. 신외 생각이 우매하고 짧았사옵니다. 그래서 선제께서 문인들을 경시한다고 잘못 판단해 선제의 가슴에 대못을 박는 죄를 지었던 것이옵니다. 선제의 징벌은 결코 과분한 것이 아니었사옵니다."

건륭이 미소를 머금은 채 양명시의 얘기를 다 듣고는 말했다.

"자네, 선제의 선정을 열거하면서 양렴은 제도는 쏙 빼는구먼그래. 아직까지도 양렴은 제도에 불만이 있는 건가?"

양명시가 건륭의 물음에 공손히 대답했다.

"신이 어찌 불만을 품겠사옵니까? 양렴은 제도는 정부에서 화모은자를 일괄 징수해 다시 관리들에게 내주는 방식입니다. 그렇게 해서라도 생활이 궁핍하다는 핑계로 나라 세금을 착복하던 관리들의 비리 사슬을 끊어버릴 수 있게 된 것은 긍정적인 효과라고 할 수 있사옵니다. 그러나 이에 따른 폐단은 세 가지가 있사옵니다. 폐하께서 유의해 주셨으면 하옵니다."

"음, 어디 한번 들어보세."

양명시가 잔뜩 고무된 표정을 한 채 고개를 들어 건륭을 바라봤다. 그리고는 다시 말을 이었다.

"하나는 관리들이 전처럼 열성적으로 화모 징수에 뛰어들지 않는다는 것이옵니다. 화모를 열심히 거둬들여도 제 주머니에는 돈이 따로 들어오지 않는다는 생각 때문이죠. 덩달아 다른 공무에도 나태해지는 경향이 나타났사옵니다. 이는 매우 심각한 문제이옵니다."

"음……."

"관리들 중에는 청백리와 탐관오리가 있사옵니다. 관직도 한가로우면서 재미가 쏠쏠한 자리가 있는가 하면 그 반대인 경우도 있사옵니다."

양명시가 잠깐 멈췄다가 다시 말을 이었다.

"화모귀공 정책이 실시되면서 청백리와 일부 유능한 관리들은 은자가 황급히 필요할 때 공금을 미리 돌려쓸 여유가 없어졌습니다. 그래서 꼭 해결해야 할 일을 해결하지 못하는 경우가 생깁니다. 반대로 돈줄이 말라버린 탐관오리들은 다른 돈벌이 구멍을 찾는 데만 혈안이 돼 정작 맡은 바 정무를 소홀히 하고 있사옵니다. 이런 현상이 지금은 위험수위를 넘어서고 있는 실정이옵니다."

"음……."

"더 우려스러운 것은 각 성에서 자율적으로 화모은자를 관리하기 때문에 관리들이 돈 아까운 줄 모른다는 사실이옵니다. 내 돈도 아닌데 마음대로 쓰기라도 해야지 하는 보상 심리 때문에 안 써도 될 곳에 은자를 물 쓰듯 지출하는 실정이옵니다. 강남에서는 번사아문 한 곳에서만 무려 삼사백 명의 서리書吏와 막료, 심부름꾼을 부리고 있으니 이게 웬 말이옵니까? 폐하, 강희황제 때는 번사아문의 인원이 백 명을 초과한 곳이 없었사옵니다. 계속 이대로 나가면 물보다 고기가 더 많은 격이 될 것이옵니다. 나아가 백성들의 머리 위에 군림하는 사이비 관리들이 판을 치게 될 것이옵니다!"

건륭은 양명시의 말에 진지하게 귀를 기울였다. 가끔 고개도 끄덕였다. 그러나 양명시의 의견을 그렇게 중요하게 생각하는 것 같지는 않았다. 사실 그럴 수밖에 없었다. 그가 양명시를 북경으로 부른 것은 그로 하여금 정무를 보게 하기 위함이 아니었으니까 말이다. 그가 양명시에게 원한 것은 바로 인품, 학식, 기량이 모두 뛰어난 황자들의 스승이 돼 달라는 것이었다. 그러니 양명시의 정견을 그다지 중요하게 생각하지 않는 것은 당연할 수밖에 없었다. 잠시 침묵을 지키던 건륭이 느릿느릿 입을 열었다.

"들어보니 취할 바가 있는 것 같네. 글로 적어내게. 짐이 상서방 회의를 소집해 정무에 반영토록 해볼 것이니. 그러나 뭔가를 진흥시키려면 이러저러한 폐단이 반드시 따르기 마련이네. 너무 한쪽으로 치우쳐서도 안 되지. 중도中道를 잘 지키는 것이 유능한 관리가 아니겠나. 자네는 비록 예부 상서, 국자감 제주로 봉해지기는 했으나 굳이 자리를 지키고 앉아 있을 필요는 없네. 이제 곧 은과 시험이 시작될 것이니 순천부의 공시貢試를 주관하게. 짐을 위해 재능과 학식을 겸비한 인재들을 선발하도록 하게. 은과 시험이 끝나면 육경궁으로 들어가 강의에 전념하게. 짐이 길일을 택해 황자들에게 배사례拜師禮의 자리를 마련해 줄 것이네."

건륭의 말이 채 끝나기도 전이었다. 갑자기 고무용이 들어오더니 나지막이 아뢰었다.

"손가감, 손국새, 왕사준王士俊이 뵙기를 청했사옵니다. 이 세 분은 북경에 도착하는 대로 폐하를 배알할 뜻을 분명히 했사옵니다. 지금 수화문 밖에서 대령하고 있사옵니다."

"신은 그만 물러가겠사옵니다. 신은 은과 준비가 어떻게 돼 가나 내일 예부를 다녀오겠사옵니다."

양명시가 자신이 물러날 때가 됐다고 생각한 듯 공손하게 절을 하면서 아뢰었다. 건륭도 일어서면서 입을 열었다.

"그래, 피곤할 텐데 물러가도록 하게. 예부 쪽에는 짐이 어지를 내릴 것이네. 아, 그리고 한 가지가 더 있네. 손가감이 부도어사副都御使 자격으로 직예 총독 직무를 대리하게 됐네. 이번 은과의 주시험관은 자네이고, 부시험관은 악선鄂善이네. 밖에서 인사 변동에 대해 들리는 소문은 수시로 짐에게 상주하도록 하게."

양명시가 즉각 대답하고 나서 다시 여쭈었다.

"그러면 이위는 어찌 되옵니까?"

건륭이 고개를 돌려 양명시를 바라보더니 대답했다.

"이위는 지식은 없으나 천부적으로 총명하고 자질이 뛰어난 사람이네.

도둑 잡는 데는 타의 추종을 불허하는 재능이 있으니 꼭 필요한 사람이지. 과거에 자네하고 알력이 있었던 걸로 알고 있네. 자네나 그 친구나 둘 다 썩 괜찮은 사람들이니 과거지사는 더 이상 따지지 말게. 이위는 건강상태가 날로 안 좋아지는 것 같네. 그래서 짐은 그에게 형부상서 직을 줘서 짐의 곁에서 이것저것 얽매임 없이 일을 보도록 할 것이네."

건륭이 말을 마친 다음 양명시를 궁전 밖 계단까지 바래다주고는 바로 명령을 내렸다.

"손가감과 손국새를 들라 하라."

양명시는 영항을 따라 남쪽으로 걸었다. 그가 막 건청문 밖의 천가天街를 지날 때였다. 장정옥이 관리 한 사람을 배웅하는 모습이 보였다. 걸음을 멈추고 눈여겨보니 그는 바로 병부의 만주족 시랑侍郞 겸 보군통령步軍統領을 대리 관장하고 있는 관리 악선鄂善이었다. 장정옥의 문하생으로 있었던 양명시는 습관적으로 길게 읍을 하면서 장정옥에게 인사를 올렸다.

"그간 무고하셨습니까, 선생님!"

"어, 명시 자네로군! 폐하를 알현했나? 잘 됐네. 이제 청궁青宮에 들어가 황자들의 스승 노릇을 하게 됐다지? 자, 이리 오게. 내가 소개하지. 이 사람은……."

장정옥이 반색을 하면서 대답했다. 그러나 장정옥의 말이 끝나기도 전에 양명시와 악선은 서로 마주보고 웃음을 교환했다. 장정옥이 놀라며 물었다.

"두 사람은 이미 아는 사이였나?"

악선은 듬직하게 생긴 외모만큼이나 무게가 있는 사람이었다. 입가에는 늘 미소가 떠날 줄 몰랐다. 그가 장정옥의 질문에 고개를 끄덕였다.

"십오 년 전부터 알고 있었습니다. 장상께서 아끼시는 수제자시잖아요! 그때 당시 저는 내무부에서 일했습니다. 나중에 이부의 고공사考功司로 자리를 옮겼죠. 명시 이 친구가 귀주 순무로 발령이 난 데는 제가 천거한 공로도 있는 걸요!"

양명시는 미소를 머금은 채 말이 없었다. 사실 옹정 원년에 양명시를 순천부 공시의 부시험관으로 추천한 사람도 악선이었다. 그런데 당시 장정옥의 동생 장정로는 주시험관으로서 부정을 저질러 요참의 형벌을 당한 바 있었다. 조정에서 나중에 사건을 깊이 조사한 결과 배후에 건륭의 친형인 홍시가 연루된 사실도 밝혀졌었다. 그래서 악선은 수년이 흐른 지금도 그런 민감한 사안은 비켜 말했던 것이다.

"방금 말했던 대로 하게. 이위가 병부의 일을 도와준다고는 하지만 보군통령아문은 절대 호락호락한 곳이 아니네. 그곳에 구멍이 뚫리면 아무도 그 책임을 감당하지 못하네."

장정옥이 떠나가려는 악선에게 다시 강조했다. 악선이 바로 대답했다.

"명심하겠습니다."

악선은 대답을 마치자마자 양명시와는 의례적인 작별인사를 나눌 필요가 없다는 듯 미소 띤 얼굴을 한 채 고개만 끄덕여 보이고는 걸음을 옮겼다. 그제야 장정옥이 웃음 띤 얼굴로 말했다.

"들어가서 얘기하지."

양명시는 곧 장정옥을 따라 군기처軍機處로 들어갔다. 영항 남쪽 골목의 서쪽에 자리 잡은 군기처는 방 세 칸의 규모에 지나지 않았다. 강희황제 때는 크게 역할도 하지 않았다. 그저 시위들의 쉼터일 뿐이었다. 그러나 옹정 때에 이르러서는 완전히 달라졌다. 서부 지역의 군사 문제가 자주 생기면서 군무 전담 부서가 필요해지자 이곳을 군기처로 탈바꿈시켰던 것이다. 상서방 신하들은 대부분 이 군기처의 업무도 겸하고 있었다. 때문에 그들은 황제가 대신들을 접견하는 양심전과도 가깝고 상서방과도 멀지 않은 이곳에서 거의 모든 정무를 처리했다. 그렇게 해가 가고 달이 바뀌면서 군기처는 점차 핵심 부서로 부상했다. 그에 반해 상서방은 형태만 덩그렇게 남아 있을 뿐 그 옛날의 위상은 잃은 지 오래였다. 양명시는 장정옥을 따라 안으로 들어갔다. 방안 동쪽에 커다란 온돌마루가 눈에 들어왔다. 바닥 네 면에는 구리 장식을 한 나무 궤짝이 가득했다. 궤짝 위에는 어디나 할 것 없이 문서가 산더미처럼 쌓여 있었다. 은은한 묵향이 풍기는 것이 어느 평범한 집의 서재에 들어선 듯한 느낌을 주고 있었다. 그렇게도 요란한 명성이 무색해질 정도로 그 어디에도 사치스러운 장식은 보이지 않았다. 그저 방 한편의 구석진 곳에 놓여 있는 도금된 자명종이 유일한 귀중품인 것 같았다.

"재상이 일하는 곳의 꼴도 그저 그렇지? 강희 사십육 년에 상서방에 들어온 이후 어느덧 삼십 년이 다 되어 가네."

장정옥이 양명시에게 자리를 권하면서 감개에 젖은 어조로 말했다. 그러자 양명시가 의자에서 몸을 숙여 보이면서 말했다.

"스승님께서는 오로지 충정으로 폐하를 뫼시고 매사에 신중하시어 여태 변함없는 성총을 받아오셨습니다. 필히 선시선종善始善終(잘 시작해 원만히 매듭을 지음)하실 것입니다!"

장정옥이 양명시의 말에 길게 한숨을 지으며 말을 받았다.

"여태 별로 큰 말썽 없이 잘 지내온 것은 사실이네. 그러나 끝이 어떨지는 지켜봐야 알겠지. 나는 내리 세 조대를 거쳐 오면서 일대의 명재상이었던 명주明珠, 색액도索額圖, 고사기高士奇 등의 파란만장한 벼슬살이 과정을 전부 지켜봤다네. 그들이 높은 반열에 올라 연회 자리에서 가무를 즐기는 모습도 봤고, 발을 헛디뎌 천길 나락으로 떨어지는 비참한 최후도 목도했지. 나도 어느 정도 이름도 날리고 했으니 이제는 정말로 박수칠 때 떠나고 싶은 심정일 뿐이네!"

양명시는 전혀 예상치 못한 장정옥의 말에 가만히 눈을 들어 그를 바라봤다. 이런 말을 하려고 바쁜 사람을 굳이 불러들였을 리는 없다는 생각이 든 것이다. 그는 자신도 모르게 고개를 갸웃했다.

"내가 영양가 없는 소리나 하려고 자네를 부른 것은 당연히 아니네."

장정옥이 수염을 만지작거리면서 다시 중얼거렸다. 이어 매우 간절한 어조로 덧붙였다.

"고관대작에 너무 오래 머물렀더니 호랑이 등에서 내려오기 힘든 것처럼 그만두기가 어렵구먼. 우리 장씨 가문에는 팔, 구품짜리 말단 관리에서부터 일, 이품짜리 고관에 이르기까지 국록을 먹는 사람이 칠십 명도 넘는다네. 옥과 돌이 섞인 격으로 혼잡하다 보니 누가 조금이라도 사고를 치면 곧 나에게 불똥이 튀게 마련이네……. 내 동생 장정로의 사건 때문에 자네와 나의 사제 간 정분도 어색해진 것 같은데 자네를 향한 내 마음은 변함이 없다네. 나는 자네를 원망하지 않을 뿐더러 오히려 고마워하기까지 하네."

"장상……."

양명시가 곤란한 표정으로 말을 얼버무렸다. 가능한 피하고 싶은 화제였다. 그러나 장정옥은 그에 아랑곳하지 않았다.

"내 말 좀 들어보게. 물론 나도 인간이니 가끔씩 동생의 죽음을 떠올릴 때면 가슴이 바늘로 찌르는 것처럼 아파올 때도 있다네. 그러나 진짜 자네에게 고마운 마음도 있네. 우리 장씨 가문에 그와 유사한 일이 다시는 발생하지 못하도록 경종을 울려줬으니 말일세."

양명시가 장정옥의 말에 가슴이 아픈지 한숨을 짓고는 말했다.

"역시 중당께서는 도량이 넓으시고 시비곡직이 분명하신 분입니다. 이 학생은 감복해마지 않습니다."

장정옥이 온화한 눈빛으로 양명시를 바라봤다. 이어 천천히 말했다.

"내 밑에서 나간 문생들은 지천에 깔렸어. 그래도 자네같이 그릇이 큰 사람은 별로 없는 것 같네. 자네는 이제 동궁으로 가서 황자들을 시중들게 됐구먼. 내가 젊었을 때 밟아온 길을 그대로 밟는 것 같아 매우 기쁘네. 전도가 유망한 좋은 일임에 분명하지. 황자들의 스승 자리를 너무 가볍게 생각해서도 안 되나 너무 무겁게 생각해서도 안 되네. 황족들 중에도 큰 인물이 되기 어려운 사람은 분명 있을 테니까. 과거 정로도 이 사실을 망각했기 때문에 큰코다친 것 아닌가. 셋째 홍시와 붙어 다니더니 큰 권세라도 등에 업은 줄로 착각하고 그 같은 일을 저지르고 말았지 않았나. 산은 산인데 그것이 빙산이라면 언제인가는 녹아 없어지고 말 것이라는 사실을 꼭 명심하게."

스승의 말을 듣는 양명시의 두 눈이 반짝 빛났다. 한참 후에야 다시 입을 열었다.

"스승님의 가르침을 명심하겠습니다. 황자들과는 도의道義로 사귀고 항상 편견 없는 중립을 지키도록 하겠습니다."

장정옥은 양명시가 자신의 말을 잘 알아들었다고 생각했는지 흐뭇한 웃음을 띠우며 대답했다.

"바로 그것이네. 물론 이런 말은 늘 책을 가까이 하고 세상 보는 안목이 넓은 자네에게는 잔소리에 불과하다는 것도 알고 있네."

장정옥은 말을 마치자마자 바로 자리에서 일어섰다. 양명시도 황급히 따라 일어섰다. 장정옥이 양명시를 밖으로 배웅하면서 덧붙였다.

"폐하께서 자네에게 머무를 거처를 마련해주라고 하셨네. 너무 사치스러운 것은 부담스러워 할 것 같아 동화문에 있는 사합원四合院 한 채를 생각 중이네. 원래는 조인曹寅의 소유였는데, 압수당해 공유 재산으로 된 집이네. 이미 폐하께 말씀드렸으니 그리로 들어가게. 육경궁과도 가까워 편리할 거네. 하인들은 충분한가? 은과 시험이 끝나면 채점할 때 일손이 많이 필요할 텐데 내가 쓸 만한 애들 몇 명 보낼까?"

양명시는 바로 정중하게 장정옥의 호의를 사양했다.

"시험관 열여덟 명으로 충분하지 않겠어요? 저는 어디 억울하게 낙방한 사람은 없나 시험지를 살펴보고 앞 순위 삼십 등까지만 맡아 볼 텐데요, 뭘. 아, 스승님께서 그리 말씀하시니 제가 오히려 스승님께 추천하고 싶은 사람이 있습니다."

양명시가 곧 소로자의 정황에 대해 알고 있는 만큼 말하고는 덧붙였다.

"이대로 방치해두면 그 친구는 어디 갈 데가 없습니다. 처지가 참 딱하죠. 도와주려면 끝까지 도와주는 것이 도리이나 제 코가 석 자인지라 저로서는 어찌할 방도가 없습니다. 무슨 일이든지 좋으니 그냥 굶지 않게만 해주세요."

장정옥이 뭐 어려울 것 있느냐는 표정으로 즉각 대답했다.

"다행히 글을 읽고 쓸 줄 안다니 군기처의 장경章京(공문 수발을 관장하는 관리)들을 도와 잡일이나 하면 되겠네."

장정옥은 양명시를 따라 밖으로 나오자마자 문어귀에 시립해 있는 어린 태감에게 즉각 분부를 내렸다.

"산서 양도糧道 하소송何嘯松, 하남 양도 역영순易永順, 제남 양도 유강劉康을 불러들여라."

장정옥이 때마침 가까이 다가온 부항을 발견하고는 물었다.

"여섯째어르신, 폐하를 배알하고 돌아가는 길입니까?"

부항이 군기처 앞에 '문무백관 및 왕공들은 허락 없이 출입불가'라는 철패鐵牌가 세워져 있는 것을 보고는 미소를 지었다.

"폐하를 알현하지는 않았어요. 황후마마께서 책 몇 권을 부탁하시기에 이제 막 사서 들여보냈죠. 오는 길에 내무부의 아계阿桂를 만나 억지로 장기 한 판을 두고 오는 길이에요. 은음恩蔭(유공자 가문의 자손들에게 시험 혹은 벼슬의 혜택을 부여한 제도) 공생貢生 자격으로 이번 전시殿試에 응시하고 싶은데 어떻게 해야 하는지 잘 모르겠다고 하더군요. 그런데 저 사람은 양명시 아닌가요? 저사람한테 가서 물어보면 되겠군요?"

그러자 장정옥이 말했다.

"인간의 욕심이라는 것은 끝이 없나 봅니다. 만주 기인旗人으로서 결코 낮지 않은 관직에 있는 사람이 더 큰 공명을 추구하기 위해 시험을 보려 하니 말입니다. 양명시에게 물어볼 것도 없습니다. 소속 기旗에서 증명을 떼고 상서방 인장을 받아 전시 때 폐하께 주명하면 된다고 알려주십시오."

부항은 장정옥의 말에 잘 알았노라고 대답하고는 바로 융종문을 나섰다.

하남에서 제남으로 간 전도는 이위의 휘하 막료로 들어가기까지는 순풍에 돛단 격으로 일이 술술 잘 풀렸다. 여세를 몰아 이위를 모시고 북경에 가서 크게 출세하려는 부푼 꿈도 실현되는 듯했다. 그러나 호사다마라고 했던가. 갑자기 이위에게 고북구로 가서 군대를 검열하라는 어지가 내려왔다. 전도에게는 마른하늘에 날벼락이 따로 없었다. 그는 낙심천만하여 잔뜩 풀이 죽었다. 그때 다시 이위를 병부 상서로 임명한다는 어지가 날아들었다. 그것은 고북구로 가는 것보다는 훨씬 모양새가 나는 일임에 틀림이 없었다. 그러나 부임 날짜를 알리는 문서는 차일피일 미뤄지면서 내려오지 않았다. 그 와중에 은과 시험 날짜는 하루하루 다가오고 있었다. 얼마 후 드디어 사면팔방에서 효렴들이 줄을 지어 북경으로 몰려들었다. 가진 자들은 높은 수레를 타고 많은 시종들을 기느린 채 위풍당당하게 입성했다. 반면 없는 자들은 무명 장삼에 고독한 그림자만 끌고 들어왔다. 이렇게 해서 북경성 내의 객잔은 졸지에 출세를 갈구하는 거인들로 넘쳐나게 되었다. 등불을 대낮처럼 환하게 밝힌 밤마다 도처에서 술을 마시고 시를 읊는 소리가 들려왔다. 견물생심見物生心이라고, 아직 불혹의 나이를 넘기지 않은 전도는 그런 시끌벅적한 풍경을 바라보면서 가슴 깊은 곳에서 잠자고 있던 욕구가 스멀스멀 기지개를 켜는 것을 느끼지 않을 수 없었다. 급기야 이위에게 시험에 참가하고 싶다는 뜻을 토로했다. 이위 역시 반대할 이유가 없었다. 나중에는 은자 160냥까지 쥐어주면서 적극적으로 등을 떠밀었다.

"응시하려고 작심했으면 여기 있는 것보다는 거리에 나가 거인들과 어울리는 게 나을 거네. 자네가 바람 타고 청운을 가르게 된다면 그 역시 나 이위의 얼굴에 광채를 돋우는 일이 아니겠는가. 결과가 여의치 않더라도 좌절하지 말게. 다시 나에게 돌아오면 되니까."

전도는 이위의 전폭적인 지지를 등에 업자 기운이 솟았다. 이위가 준 돈으로 즉각 과거시험장 근처에 방 한 칸을 얻고는 응시 준비를 시작했다. 낮에는 글을 읽고 시를 짓느라 책상 앞에서 꼼짝도 하지 않았고, 밤에는 밖에 나가 뜻이 맞는 문인들과 시문詩文을 겨루기도 했다. 그렇게 며칠이 지나자 어느새 적지 않은 벗들을 사귈 수 있게 됐다.

어느 날 오후였다. 낮잠에서 막 깨어난 전도는 찬물을 얼굴에 끼얹고는 책상 앞에 앉았다. 그 때 갑자기 밖에서 누군가가 자기를 부르는 소리가 들렸다. 그가 고개를 내밀고 창밖을 내다보니 대랑묘大廊廟 문관文館에서 얼굴을 익힌 몇몇 문인 친구들이 그를 찾고 있었다. 기윤紀昀이 앞장을 서고 그 뒤로 하지何之, 장유공莊有恭, 내무부의 기인旗人 아계 등이 줄줄이 따라 들어오고 있었다. 왁자지껄 웃고 떠들던 일행 중 하지가 뜰을 둘러보면서 과장된 표정으로 말했다.

"뜰 안 가득 타는 듯한 석류 향이 코끝을 간질이는구나!"

그 사이 방 안에 들어선 장유공이 전도가 지은 글을 들여다보더니 툭 쏘아붙였다.

"오전 내내 코빼기도 안 보인다 했더니 새로운 구상을 하느라 골머리를 앓고 있었던 게로군. 그런데 양명시 대인은 이학理學을 중시하시는 분이라는 것을 잊지 말라고. 그 분은 화려하고 실속 없는 글은 한낱 문자놀이에 불과하다면서 오물 취급하신다네."

일행 중에서 가장 젊은 아계는 이번 공시에 참가하지 않는 사람이었다. 그럼에도 글에는 관심이 많은 듯했다. 기윤과 함께 다가가 전도의 글을 대충 훑어보더니 웃음 띤 얼굴로 말했다.

"문장이 담담하면서도 맑은 기운이 흐르네. 어딘가 억센 느낌이 없는 것은 아니나 전체적으로 괜찮아 보여. 효람曉嵐(기윤의 호) 형이 보기에는 어떠시오?"

"한마디로 석류화石榴花야. 글자마다 주옥같이 황홀하구먼一字一个中口, 字字賽珠璣!"

아계의 질문에 기윤이 연신 찬탄을 터뜨렸다. 극찬을 받은 전도가 조금은 황송했는지 황송해 했다.

"실로 과찬이시네!"

아계가 그 모습을 보면서 웃음 띤 얼굴로 말했다.

"기효람 형의 미사여구에 속아서는 안 되지. '석류화'는 눈이 즐겁지만 '네 맛도 내 맛도 아니다'라는 뜻이야. '글자마다 주옥같이 황홀하다'一字一个中口, 字字賽珠璣라는 말도 액면 그대로 받아들이면 안 돼. '일개중구'一个中口라는 말은 '일'一자를 '개'个자 위에 올리면 '불'不자가 되지 않나. 그러면 결국 곱씹으면서 음미할 정도는 못 된다는 뜻이지. 또 '자자새주기'字字賽珠璣라 했는데, '주기'珠璣는 '저계'猪鷄하고 음이 같아. 달리 해석하면 글자마다 겨우 돼지나 닭보다 낫다는 뜻이 되는군. 아무튼 머리 좋은 사람이 다르기는 다른 것 같네."

아계의 그럴듯한 해석을 듣고 좌중의 사람들은 박장대소를 터트렸다. 잠시 후 기윤이 말했다.

"이마빡에 피도 덜 마른 것이 벌써 속이 저리 여물어서 어디에다 쓰겠나? 그러게 문장이라는 것은 자칫 글쟁이들의 명을 재촉하는 위험천만한 물건이 될 수도 있다고. 액면 그대로 받아 넘겨야지 꼬장꼬장 캐고 곱씹고 하다 보면 엉뚱하게 와전돼 경을 치게 된단 말이지. 됐어, 모처럼 만났는데 이런 쓸데없는 얘기로 시간을 낭비해서야 쓰겠어? 이 멋진 밤에는 술이나 한잔씩 기울이는 것이 제격이지."

그러자 하지도 동감을 표했다.

"우리는 그냥 놀러온 것이 아니네. 같이 관제묘關帝廟로 술 마시러 가자고 들른 거야."

전도가 약간 비꼬는 어조로 동의를 표했다.

"입은 비뚤어져도 말은 바로 하랬다고, 내가 몇 번 얻어먹었으니 나에게 한턱내라는 뜻인 걸 모를까봐 그러나. 좋아, 오늘은 내가 한턱내지!"

관제묘는 바로 근처에 있었다. 북경에서 불교 신자들이 가장 많이 찾는 사당 중 하나로 수없이 많은 불자들이 몰려드는 곳이었다. 그러다 보니 근처에는 주루와 가게들이 즐비하게 늘어서 있었다. 전도의 거처에서 나온 다섯 사람은 인파에 밀려 이곳저곳 기웃거리다 겨우 괜찮다 싶은 주루를 찾아 들어갔다. 가게 주인인 듯한 남자가 호들갑을 떨면서 반겼다.

"얘들아, 손님 오셨다. 귀한 분들이니 이층 좋은 자리로 모셔라."

일행은 계단을 올라 이층에 있는 칸막이 방에 자리를 잡고 앉았다. '귀한 손님'이라는 말을 들었으니 울며 겨자 먹기로 '통 크게' 놀 수밖에 없었다. 전도는 별로 내키지는 않았으나 은자 열 냥을 호쾌하게 던져줬다. 이어 기다리고 있노라니 나름대로 공을 들인 음식들이 줄줄이 오르기 시작했다.

"굶어 죽은 귀신이 붙은 것도 아니고 머리 처박고 먹기만 할 수는 없잖아. 우리 주령酒令이나 할까? 진 사람이 벌주를 마시는 것이 어떤가?"

하지가 소매를 걷어 올리고 술을 따라주면서 의향을 물었다. 그러자 기윤을 비롯한 사람들이 일제히 박수를 치면서 호응했다. 장유공이 먼저 운을 뗐다.

> 하늘에는 먹장구름이 두텁고, 어느새 낙설이 분분하구나.
> 반은 매화꽃에 내려앉고 반은 소나무 숲을 덮으니
> 가끔 흩날리는 눈꽃은 살구꽃 피는 봄을 손짓하네.

장유공의 산뜻한 주령에 맞춰 사람들은 술잔을 부딪치고 첫잔을 비웠다. 하지가 운을 이었다.

> 우렛소리 우렁차더니 벌써 빗발이 굵구나.
> 반은 파초 잎을 때리고, 반은 호수에 떨어지네.
> 나머지 가랑비는 귀향하는 나그네의 어깨에 내려앉노라.

이번에는 전도가 기다렸다는 듯이 운을 받았다.

> 회오리바람이 휘몰아치더니 하늘에서 세 개의 술항아리가 떨어졌네.

"말도 안 돼!"

아계와 하지가 전도가 운을 떼자마자 이구동성으로 떠들어댔다.

"너무 새빨간 거짓말을 하면 안 되지. 하늘에서 어찌 그런 것이 떨어질 수 있다는 말인가? 벌주야, 벌주!"

그러자 장유공이 전도를 옹호하고 나섰다.

"그쪽은 산속 사람이라 모르나본데 우리 동네에서는 태풍이 불어 닥치면 삼천근도 넘는 종이 몇 백리 밖으로 날아가 떨어지기도 해! 술집이 태풍에 날아가는 날에는 하늘에서 술항아리가 떨어질 법도 하지."

하지와 아계는 장유공의 억지 논리를 당할 수가 없었다. 결국 술자리를 어지럽혔다는 이유로 도리어 벌주를 마시고 말았다. 덕분에 전도는 운을 이어나갈 수 있었다.

> 항아리 하나는 이태백에게 선물하고, 다른 하나는 시성詩聖에게 올리고,
> 또 반 항아리 두강주杜康酒는 도연명陶淵明에게 보내리!

"그러면 나머지 반 항아리는?"

장유공이 전도의 주령이 끝나기 무섭게 다그쳐 물었다.

"나머지는 장유공에게 받쳐 올리리! 자네가 전도 이 친구를 그렇게 감싸주니 당연히 뇌물을 바쳐야지 않겠는가?"

기윤이 약간 비꼬는 어조로 말했다. 이어 입을 다시면서 덧붙였다.

"그렇게 주령을 말하면 나도 이을 말이 있지."

> 하늘에 바람이 휘몰아치더니 금金 오만 냥이 떨어졌네.
> 삼만은 주인 돌려주고 만금으로는 전답을 사고,
> 오천으로는 벼슬을 사고, 나머지 오천으로는 사해를 두루 돌며 가인佳人들을 찾아 나서리!

좌중의 사람들은 가인을 만나러 다니겠다는 기윤의 주령에 큰 소리로 갈채를 보냈다. 그때 계단을 오르는 발소리와 함께 세 사람이 올라왔다. 가장 눈에 띄는 사람은 부항이었다. 모두들 그의 신분을 아는지라 황급히 일어나 반색을 하면서 맞았다.

"마침 잘 오셨습니다, 여섯째어르신! 어서 자리하십시오. 저희들은 주령을 하고 있었습니다!"

부항은 자연스럽게 자리에 앉았다. 역시 신분이 신분인지라 자세나 일거수일투족이 군계일학처럼 예사롭지 않았다.

"오늘은 전도 이 친구가 한턱낸다 해서 모인 자리입니다."

곧 아계가 일행을 일일이 부항에게 소개했다. 이어 돌아서서는 일행에게 부항 등을 가리키면서 말했다.

"이분은 우리가 섬기는 주인이신 내무부 기무旗務 총관 부항 어르신이시네. 그리고 동행하신 이분은 제격齊格 장군의 집안 손자 늑민勒敏 나리시고. 그런데 이분은 누구신지?"

그러자 부항이 미소를 지으면서 대답했다.

"이제 막 남경에서 오신 분이니 자네는 당연히 모를 테지. 전에 강녕직조로 있던 조인 대인의 손자 조설근曹雪芹이라는 사람이네."

"처음 뵙겠습니다. 조점曹霑이라고 합니다."

조설근이라고 불린 사내가 부항의 소개가 끝나기 무섭게 좌중을 향해 허리를 굽혀 인사했다.

전도 일행을 찾아온 부항을 비롯한 세 사람은 각자 다른 독특한 매력이 있었다. 우선 부항은 기품이 있고 풍류가 넘치는 사람이었다. 또 늑민은 명민하고 서슬(강하고 날카로운 기세)이 있어 보였다. 하지만 옷차림은 정갈하지 못했다. 조설근이라는 사람은 나머지 두 사람과는 또 다른 인상을 풍겼다. 무엇보다 상아색 비단 장포가 오랜 세월을 말해주듯 닳고 닳아 결마저 희미해졌으나 먼지 한 톨 없이 깨끗했다. 또 발목을 살짝 덮은 천 신발 위로 보이는 흰 양말은 몇 군데 기운 자국이 선명했으나 초라한 느낌은 주지 않았다. 게다가 관골이 약간 튀어나온 얼굴은 시원스런 인상을 줬다. 그 가운데 크지 않은 까만 눈동자는 은은한 미소를 머금고 있었다. 물론 사람을 바라보는 눈빛이 다소 우울하기는 했다. 주변 만물을 내려다보는 듯한 오만한 느낌이 드는 것도 흠이라면 흠이었다. 아무튼 뭐라고 딱 꼬집어 말할 수는 없어도 좌중을 압도하는 기질을 지닌 사람이었다.

"내가 뭐라고 했나. 자네하고 있으면 나는 붉은 꽃을 받쳐주는 이파리에 불과하다고 했잖은가."

다시 분위기를 띄우려는 듯 부항이 사람들의 시선을 한 몸에 받는 조설근을 향해 말했다. 이어 시원스럽게 좌중을 향해 말을 이었다.

"이렇게 만난 것도 인연이니 합석을 하세!"

부항이 말을 마치자마자 바로 묵직한 은덩이 두 개를 탁자 위에 꺼내 놓았다. 그리고는 호쾌하게 소리를 내질렀다.

"주령을 계속하지. 일등과 이등에게 이 은자를 주겠네!"

8장
건륭의 야행夜行

　부항이 내놓은 은덩이는 족히 스무 냥은 넘을 것 같았다. 테두리에 서리와 같은 무늬가 있고 햇빛을 받아 푸르스름한 빛을 뿜는 것이 일반적인 은 조각과는 차원이 달랐다. 부항이 통 크게 은덩이를 상으로 내놓자 좌중 사람들의 눈길은 다시 부항에게 쏠렸다.

　"은자까지 걸었으니 규칙을 세우고 제대로 해야지. 아계는 누가 엉터리로 주령을 어지럽히는지 잘 감시하게. 누가 주령을 제일 잘 맞췄는지는 끝에 가서 다 함께 공정하게 평하는 게 어떻겠소이까?"

　전도가 은덩이를 보고 욕심이 나는지 침까지 꿀꺽 삼키면서 정색을 한 얼굴로 말했다. 동시에 재빠르게 은자를 힐끗 쓸어보는 것도 잊지 않았다.

　장유공이 전도의 말을 받았다.

　"나 참, 누가 전錢씨 아니랄까 봐. 저 눈에 불똥 튀는 것 좀 보라고. 나는 은자 쟁탈전에서 빠져줄 테니 그대들끼리 끝을 보도록 하게. 나하고 여섯째어르신은 곁에서 관전할 거야. 앞 사람이 사서四書에 나오는 구절을 하나 말하면 뒷사람은 그 내용에 상응한 옛사람의 이름을 대는 놀이가 재미있을 것 같네. 내가 운을 뗄 테니 한번 해보게.”

장유공이 운을 던졌다.

“맹자가 양혜왕梁惠王을 만나다.”

옆자리에 앉은 전도가 냉큼 대답했다.

“위징魏徵!”

곧이어 하지가 말했다.

“재집간과載戢干戈(전란이 끝나 무기를 거둔다는 뜻).”

그러자 조설근이 술잔을 끝까지 기울이고는 담연淡然하게 말했다.

“그거야 필전畢戰이지.”

늑민이 다시 웃음 띤 얼굴을 한 채 말했다.

“오곡불생五穀不生!”

기윤이 여유만만하게 술 한 잔을 들이켜고는 말했다.

“그거 안 나왔으면 울 뻔했잖아. 전광田光 말고 누가 있겠어.”

기윤이 이어 다시 사서의 한 대목을 말했다.

“비록 천만 명이 곁에 있어도 나는 내 갈 길을 가노라.”

아계가 긴장한 표정으로 눈을 끔벅거렸다. 바로 깊은 생각에 잠기는 표정을 지었다. 이어 간신히 기억이 떠오른 듯 무릎을 치면서 말했다.

“그거야 양웅楊雄이지!”

장유공이 다시 재빠르게 말했다.

“이번에는 쉬어가는 의미에서 내가 쉬운 걸 내겠어. 우산지목牛山之木의 아름다움을 만끽하다.”

말이 떨어지기 무섭게 전도가 탁자를 힘껏 두드리고는 대답했다.

"석수石秀!"

좌중의 사람들이 전도의 말에 까르르 웃었다. 장유공은 어리둥절해하는 전도에게 친절하게 설명을 덧붙였다.

"잘 나가더니 왜 엉뚱한 곳으로 빠지고 그러나! 착각한 모양인데 죽음을 두려워하지 않는 삼랑三郎으로 알려진 석수는 사서에 나오는 인물이 아니라《수호지》에 나오는 인물이지 않은가. 고로 그는 정사正史에 나오는 옛사람 이름이 아니라는 말일세."

전도가 잠시 흠칫하더니 억울하다는 듯 툴툴댔다.

"심판이면 공정해야지 사람 차별을 하는 것도 아니고 그게 뭐야. 그러면 방금 아계가 말한 '양웅'은《수호지》에 나오는 인물이 아니라는 말인가? 짐짓 모른 척하고 넘어갔더니 해도 해도 너무하네!"

전도가 정색을 한 채 목에 핏대를 세우자 좌중의 사람들은 더욱 요란하게 웃었다. 부항이 재미있다는 듯 말했다.

"아계가 말한 양웅은《수호지》에 나오는 양웅이 아니라 왕망王莽이 건국한 신新나라 때의 양웅을 말하는 걸세."

부항의 말에 전도가 멋쩍게 뒤통수를 긁적였다. 그러더니 넘치는 대접의 술을 들어 꿀꺽꿀꺽 마셔버렸다. 그리고는 손바닥으로 입을 쓰윽 닦은 다음 손가락으로 은자를 가리키면서 말했다.

"술맛 끝내준다! 우리 놀이방식을 바꿔 보는 것이 어떻겠는가? 나는 돈독이 올라 꼭 이기고 싶은데! 상련上聯과 하련의 음률이 같으면서 사물物事을 묘사하는 시구를 짓는 것이 어떨까 하는데."

"그거 쉽지 않을 텐데?"

아계가 난색을 표했다. 장유공 역시 고개를 흔들었다. 그러나 전도는 득의양양하게 말했다.

"혼자 힘으로 안 되면 여럿이 힘을 합쳐 나를 공격해도 돼."

그 말에 마음이 동한 아계가 잠시 생각하더니 운을 뗐다.

"적지교인중오일赤地驕人重五日─단오절端午節."

전도가 침착하게 대꾸했다.

"소왕거아이천년素王去我二千年─공림孔林."

아계가 다시 운을 뗐다.

"증경집필간우투曾經執筆干牛鬪─괴성魁星."

좌중의 사람들은 침묵을 지켰다. 그때 늑민이 외쳤다.

"미허공량낙연니未許空梁落燕泥─정봉격정첨격頂簾格."

조설근은 좌중의 사람들이 그렇게 일반인은 좀체 모를 말들을 입에 올리면서 시간 가는 줄 모르고 떠드는 동안 내내 빙그레 웃으면서 침묵만 지켰다. 그것은 사실 부항의 기대와는 동떨어진 자세였다. 그는 조설근의 뛰어난 글재주를 사람들에게 자랑하고 싶어서 데리고 왔기 때문이었다.

아무려나 조설근은 얌전하게 앉은 채 연신 술잔만 비우면서 놀이에 좀체 끼어들려고 하지 않았다. 부항은 당연히 오기가 솟았다. 급기야 어떻게 해서든 조설근의 흥을 돋우어 언어의 연금술사로서의 모습을 보여주게 하려고 작심했다. 좌중의 다른 사람들은 그의 마음을 아는지 모르는지 여전히 탁자 위의 은자 스무 냥이 탐나는 듯 재미도 없는 글장난을 주거니 받거니 하고 있었다. 부항은 안 되겠다고 생각한 듯 바로 젓가락으로 식탁을 두드리면서 술이 거나하게 취한 목소리로 노래를 부르기 시작했다.

잊었네, 적막한 규방에 스며든 푸른 이끼의 그림자를. 잊고 살았네, 비처럼 떨어져 먼지 속에 나뒹굴던 뭇 꽃의 처절한 몸짓을. 청의홍상靑衣紅裳이 퇴색하고 머리가 반백이 돼 뒤돌아보니, 흘러간 일강춘수一江春水는 다시오지 않는구나!

장내에서는 부항의 노래가 채 끝나기도 전에 떠나갈 듯한 박수갈채가 터져 나왔다. 조설근 역시 노랫말에 귀를 기울이더니 처음과는 달리 흥이 동한 듯 어깨를 펴면서 입꼬리를 끌어올렸다. 한 곡 뽑으려는 자세였다. 바로 그때 옆자리에 앉은 하지가 먼저 목을 빼들었다.

만나지 못할까 가슴 졸였으나 정작 만나니 마음은 왜 이리 떨리는 것일까. 꿈속에서 그리워 울던 그 얼굴 분명한데, 사슴 품은 듯 어지럽게 뛰는 이 가슴 어찌하면 좋을까. 삼생三生의 원수인 탓에 다가서지 못하는 이 아픔, 뉘라서 알까.

조설근이 가슴 절절한 하지의 노랫말에 감동 받은 듯 나지막하게 말했다.

"세상사라는 것은 아무리 눈을 크게 뜨고 봐도 보이지 않는 것이 있소. 또 아무리 생각해도 분명하게 알지 못하는 것이 있는 게 아닌가 싶소. 좋아하면 모든 속박에서 벗어나 과감하게 추구하면 되오. 아니면 홀홀 털어버리면 되는 것이고. 결국은 집착 때문에 아무것도 포기하지 못하는 것이 아니겠소."

조설근은 말을 마치자마자 비로소 감성에 불이 붙은 듯 춤까지 곁들이면서 노래를 불렀다.

삼춘三春을 간파하려면 복숭아는 몇 번 붉어야 하고 버드나무는 몇 번 푸르러야 하는가? 화창한 봄 경치를 없애고 청담淸淡하고 조화로운 자연의 기운을 찾고 싶네. 천상에 복사꽃이 흐드러지고 구름 속에 살구꽃술이 가득하다고 그 누가 말했던가? 열매 맺는 가을까지 참고 견딘 사람이 과연 있을까? 들리느니 백양나무 아래 사람의 울음소리, 단풍나무 밑의 귀신의 신음소리요, 보이느니 시든 풀이 무성한 주인 없는 무덤이네. 어제의 가난 뱅이가 오늘은 부자 되고, 화려한 봄꽃도 가을에는 시름시름 영락해가네. 인생은 원래부터 덧없고 무상한 것이어라.

좌중의 분위기는 조설근의 노래에 어느새 숙연해졌다. 하지는 도무지 믿기지 않는다는 표정으로 조설근을 뚫어지게 바라봤다. 모두가 멍한 표정을 짓고 있는 와중에 드디어 하지의 입술 사이로 한숨과 함께 말이 새어 나왔다.

"바람에 버들가지 떨어지고 물위에 부평초 떠다니듯 이 또한 인간의 기상은 아니로군!"

노랫말을 음미하는 부항의 얼굴에도 흡족한 표정이 어렸다. 그가 입을 열어 뭔가 말하려 할 때였다. 갑자기 밖에서 계단을 급히 올라오는 발걸음 소리가 들려왔다. 곧 수행원 옷차림을 한 젊은이가 종종 걸음으로 다가오더니 부항에게 귀엣말을 했다.

"뭐, 유통훈이 왔다고? 무슨 일로 찾는다던가?"

부항이 물었다. 수행원이 부항의 귓가에 대고 두어 마디 말을 더 건넸다.

"오늘 모처럼 즐거운 자리였어. 그런데 나는 급한 일이 있어 먼저 가 봐야겠네."

부항이 자리에서 일어났다. 이어 조설근의 손을 잡고 말했다.

"내가 이곳으로 올 때도 말했지만 이번 시험에 참가하고 싶지 않으면 마음대로 하게. 우리 집에 묵으면서 조금 기다리면 내가 국자감에서 종학을 가르치게 하든가 아니면 자네한테 어울리는 다른 일자리를 찾아 줄 테니 그리 알게. 나는 급한 일이 있어 먼저 일어나겠네. 자네는 실컷 놀다 오게."

부항은 말을 마치자 서둘러 자리를 떴다.

부항이 술집을 나섰을 때는 하늘이 이미 어두워진 뒤였다. 머리에 꼭 들어맞는 육각형 가죽 모자를 쓰고 청포 장삼차림을 한 키 작은 중년 사내가 문어귀에서 그를 기다리고 있었다. 바로 첨사부詹事府에 있다가 내각학사內閣學士로 발령난 지 얼마 안 되는 유통훈이었다.

부항이 가까이 다가가서 부채 끝으로 유통훈의 어깨를 툭 쳤다. 이어 물었다.

"이위가 무슨 급한 일이 있어 나를 보자는 것인가?"

"쉿!"

유통훈이 목소리를 낮춰 말했다.

"여섯째어르신, 잠시만 기다리시면 알게 될 겁니다."

유통훈이 순두부 파는 천막을 턱짓으로 가리켰다. 유통훈의 턱짓을 따라 눈길을 돌리던 부항은 그만 깜짝 놀라고 말았다. 그곳에 건륭이 앉아 있었던 것이다. 그냥 앉아 있기만 한 것이 아니었다. 콩알만 한 불빛을 마주하고 앉아서는 숟가락으로 순두부를 떠먹으면서 옆에서 설거지를 하고 있는 중년 여자와 얘기를 나누고 있었다. 성격이 우악스러워 보이는 여자는 닦은 그릇을 옆에 던지다시피 하면서 걸쭉한 입담을 풀어놓고 있었다.

"이렇게 진종일 나와 버둥거려도 겨우 입에 풀칠이나 할 정도라고요. 하루에 콩을 한두 되 갈아서 그나마 일진이 좋은 날은 은자 네댓 푼을 벌죠. 그러나 대부분은 동전 스무 문 정도가 고작이에요. 이년은 팔자가 얼마나 드센지 친정에서도 일만 새빠지게 하다가 시집왔어요. 그런데 한여름의 개 혓바닥처럼 축 처진 맥없는 남정네 때문에 이런 고생을 하고 있잖아요. 휴……, 기왕 팔 걷어붙인 김에 조금 제대로 된 두부가

게라도 차려보고 싶어 큰댁에 가서 돈 좀 빌려오라고 했죠. 그랬더니 망할 영감이 죽어라 뒷걸음질 치더군요. 은이 아닌 인자전印子錢(고리대금의 일종)은 절대 빌리는 게 아니래나요? 한 푼을 빌리면 두 푼 이상 갚아줘도 모자란다고 하더라고요……."

여자가 그릇을 와르르 쏟아놓고 헹구면서 다시 말을 이었다.

"요즘은 콩 값도 하루가 다르게 치솟아요. 있는 사람들이 가을에 헐값으로 콩을 사재기해 뒀다가 나중에 조금씩 풀어놓으니 우리 같은 사람들은 꼼짝없이 당하는 거죠. 이대로 나가다가는 두부가게들이 다 문을 닫게 생겼어요."

건륭이 여자의 하소연을 들으면서 남은 순두부를 사발째 들이마셨다. 이어 웃음 머금은 얼굴로 물었다.

"건륭제전乾隆製錢(건륭 시대 때 만든 화폐)은 사람들이 알아주지 않아서 그런가?"

그러자 여인이 대답했다.

"알아주지 않다니요? 너무 좋아해서 탈이죠. 새로 나온 건륭제전에 구리가 많이 들어 있다고 장인들이 닥치는 대로 수거해 동기銅器를 만들어 판대요. 그렇게 하면 한 번에 몇 십 배의 이득은 볼 수 있다는 군요. 원래 관청의 공식 가격으로는 은자 한 냥에 건륭제전 이천 문을 바꿔줘요. 그러나 전당포 같은 곳에서는 많아봤자 천이백 문밖에는 주지 않아요. 우리 같은 가난뱅이는 은자가 없는 데다 건륭제전마저 이렇게 비싸니 세금 낼 때 얼마나 억울한지 몰라요!"

여자의 말에 건륭의 얼굴에 퍼져 있던 미소가 점점 옅어졌다. 이어 어느새 깡그리 사라졌다. 그가 순두부 대접을 밀어내면서 유통훈을 향해 지시했다.

"상을 내리게!"

유통훈이 말없이 다가가 열다섯 냥짜리 은자를 탁자 위에 올려놓았다. 은자를 본 여자의 눈이 삽시간에 휘둥그레졌다. 건륭은 멍하니 할 말을 잃은 여자에게 웃음을 지어 보이고는 뒤돌아 발걸음을 옮겼다. 일반인 옷차림을 한 시위들이 먼발치에서 그를 뒤따라갔다.

"이 시간에 이런 데까지 걸음을 하실 줄은 몰랐사옵니다. 태후마마께서 아시면 신들을 호되게 나무라실 것이옵니다."

부항이 말했다. 건륭 역시 씩 웃음을 흘리면서 입을 열었다.

"이번에는 태후마마께 미리 아뢰었다네. 내일 아침 일찍 북경을 떠날 것이니 오늘 밤은 이위의 집에서 묵겠다고!"

부항이 건륭의 말에 깜짝 놀라며 걸음을 멈췄다. 이어 조심스럽게 여쭈었다.

"지금 하남으로 행차하신다는 말씀이시옵니까? 단오 후에 가신다고 하지 않으셨사옵니까?"

건륭이 여전히 웃는 기색으로 말했다.

"일정이라는 게 변경될 수도 있는 거지 뭘 그리 호들갑을 떨고 그러나? 병불염사兵不厭詐(전쟁을 할 때는 적을 속일 필요도 있다는 의미)라는 말도 있지 않은가? 미복으로 민정을 살피러 떠나면서 그만한 속임수도 없으면 되겠나? 자칫 소문이 새나가는 날에는 오도 가도 못할 것이 아닌가?"

부항은 건륭의 자신감 넘치는 강변에도 불구하고 잠시 석연치 않은 기색을 보였다. 이어 이위의 집 방향을 가리키면서 말했다.

"이위의 집은 기반가棋盤街에 있사옵니다. 이쪽은 선화가鮮花街이고요."

부항의 설명에 건륭이 나지막이 말했다.

"나선 김에 열넷째 숙부를 만나볼까 하네."

부항은 더 이상 말을 하지 않고 건륭을 따라 천천히 걸음을 옮겼다.

건륭이 입에 올린 '열넷째숙부'는 강희의 열넷째아들이자 옹정의 유일한 동복형제인 윤제였다. 강희 말년에는 정국이 무척이나 불안했었다. 태자 윤잉이 왕위 계승 자격을 박탈당한 탓이었다. 이때 윤제와 아홉째 윤당, 열째 윤아를 포함한 여덟째 윤사의 '여덟째당'이 왕위 쟁탈전을 일으켰다. 윤제는 바로 그때의 핵심 인물이었다.

건륭은 당시 윤제가 조부 강희와 부친 옹정에게 어떻게 했는지를 너무나도 잘 알고 있었다. 그러나 옹정과는 달리 윤제를 많이 배려해주었다. 심지어 등극하자마자 "열넷째숙부와 아홉째숙부가 감금되어 있는 저택의 담벼락을 허물어 자유로운 산책을 보장하라!"는 어지를 내리기까지 했다.

얼마 후 앞서 길을 안내하던 유통훈이 손가락으로 어딘가를 가리키면서 아뢰었다.

"폐하, 저 앞에 보이는 집이 바로 열넷째패륵부이옵니다."

"음."

건륭이 짤막하게 대답하고는 복잡한 표정으로 유통훈이 가리키는 쪽을 바라봤다. 시커멓고 우중충한 담벼락이 눈앞에 보였다. 족히 한 장丈 반은 넘을 것 같았다. 게다가 활 모양으로 담벼락을 쌓으면서 원래 문앞에 있던 돌사자도 담장 안으로 들여보낸 까닭에 출입문이라고는 의문儀門 옆에 있는 넉 자 넓이의 자그마한 구멍이 전부였다. 그나마 내무부와 종인부에서 공동으로 파견한 간수들이 철통 같은 경비를 서고 있어서 대단히 삼엄해 보였다.

건륭 일행이 대문께로 다가가자 간수 한 명이 거칠게 고함을 질렀다.

"뭐하는 사람들이야? 멈춰라!"

간수의 말이 떨어지기 무섭게 사무관 차림을 한 두 사람이 달려 나왔다. 실눈을 매섭게 뜨고 일행을 눈여겨보던 그의 얼굴에 갑자기 아부

하듯 웃음이 번졌다.

"아니…… 여섯째어르신 아니십니까! 이거 몰라 뵈어서 대단히 황공합니다. 날도 어두운데 어쩐 일로 이렇게 걸음을 하셨습니까!"

"주절대지 말고 어서 문이나 열어! 폐하께서 윤제 패륵을 만나기 위해 납시었다!"

부항이 손사래를 치면서 짜증 섞인 목소리로 대꾸했다. 사무관이 그러자 불에 덴 듯 화들짝 놀라면서 황급히 주변을 두리번거렸다. 그제야 그는 부항의 등 뒤에 서 있는 건륭을 알아봤다. 그는 사색이 되어 털썩 땅에 엎드렸다. 이어 땅바닥에 거듭 머리를 조아리고는 벌떡 일어나더니 단숨에 달려가 문을 열었다.

"덜컹!" 하는 소리와 함께 철문이 열렸다. 건륭이 한 걸음 앞으로 나서면서 물었다.

"열넷째마마가 이미 취침중인 것은 아니지?"

사무관이 건륭의 질문에 연신 허리를 굽실거리면서 대답했다.

"아뢰옵니다, 폐하! 열넷째마마께서는 매일 사경께는 돼야 주무시고는 하옵니다. 그런데 요즘 들어 건강이 안 좋아지셔서 지금은 아마 누워 계실 것이옵니다!"

"자네들이 길을 안내하도록 하게. 유통훈, 자네는 문 앞을 지키고 서 있게."

건륭이 안으로 들어서면서 고개를 돌려 명령을 내렸다. 곧이어 두 사무관이 등불을 들고 앞에서 걸었다. 건륭 일행은 얼마 후 붉은 칠이 덕지덕지 떨어져 나간 이문二門으로 들어섰다. 뜰 안은 너무 어두워 걸음을 떼기조차 힘들었다. 어른 키를 넘도록 자란 쑥과 잡초가 늦봄의 밤바람에 쓸쓸한 소리를 내면서 흔들리고 있었다.

곧 저 멀리 처마 밑에 누리끼리한 초롱불이 달려 있는 모습이 보였나.

몇몇 나이 든 태감들이 그곳의 문 앞을 지키고 서 있었다. 방 안에서는 청유등靑油燈이 희미하고 차가운 불빛을 내뿜고 있었다.

건륭은 문득 소싯적에 윤제와 함께 계단 아래에서 술래잡기놀이를 하던 기억을 떠올렸다. 순간 마음이 한없이 서글퍼졌다. 그는 다급한 마음에 부지런히 발걸음을 옮겨 방 앞으로 다가갔다. 그리고는 나지막한 목소리로 불렀다.

"열넷째숙부!"

건륭은 말을 마치자마자 불빛을 빌어 안을 들여다봤다. 윤제는 얼굴을 안쪽으로 돌리고 잠이 든 듯 응답이 없었다. 이번에는 부항이 부드러운 목소리로 불렀다.

"열넷째마마, 폐하께서 걸음을 하셨습니다."

"응? 폐하라고 했나? 폐하께서……, 이리로 걸음을 하셨다는 말인가?"

윤제가 벌떡 일어나 앉으면서 도무지 믿기지 않는다는 듯 중얼거렸다. 사실 부항이 윤제를 가까이에서 만난 것은 이번이 처음이었다. 어둑어둑한 등불 아래에서 모습을 드러낸 윤제는 50세를 갓 넘긴 중늙은이였다.

그래서였을까, 희끗희끗한 머리카락이 보기에도 안쓰러울 만큼 어지럽게 엉켜 있었다. 낯빛은 창백하고 얼굴 살도 쑥 빠져 있었다. 보기 안쓰러울 만큼 초췌하기 이를 데 없었다. 한편으로는 이미 이승을 떠난 이친왕怡親王 윤상允祥과 닮은 모습도 엿보였다.

윤제는 죄를 지은 신하의 처지임에도 불구하고 예를 갖출 생각은 하지 않고 꼿꼿하게 그 자리에 앉아만 있었다. 얼굴 역시 차갑고 무표정했다. 부항은 건륭을 힐끗 쳐다보면서 손에 땀을 쥐었다. 건륭이 크게 노할까 두려웠던 것이다. 한참 동안 무거운 침묵이 흐른 뒤 윤제가 먼저 입을 열었다.

"폐하, 다라니경陀羅尼經 이불(왕공대신들이 죽었을 때 덮어주는, 다라니경을 수놓은 이불)을 하사하시러 걸음하신 겁니까?"

건륭은 윤제의 질문이 끝나기 무섭게 한걸음 그의 쪽으로 다가갔다. 이어 몸을 반쯤 낮춰 반례半禮를 올리고서 입을 열었다.

"열넷째숙부, 뭔가 오해가 깊은가 봅니다. 짐은 내일 지방으로 민정 시찰을 떠날 예정입니다. 열넷째숙부께서는 이제 곧 이 새장 같은 곳을 벗어나 자유로운 몸이 될 것입니다. 그래서 짐은 떠나기 전 문안인사라도 올리려고 이렇게 찾아왔습니다. 그래 건강상태는 괜찮습니까?"

"괜찮고 말고가 어디 있습니까."

윤제의 말투는 여전히 차가웠다. 그가 다시 말을 이었다.

"폐하께서 이토록 배려해주시니 성은이 망극하오나 참으로 유감스럽습니다. 마음이 죽은 것보다 더 큰 비애는 없다고 했습니다. 내 마음은 이미 밑동 썩은 고목이요, 까맣게 타버린 잿더미가 됐습니다. 이제는 풀려나고픈 소망도, 잘 살아보고 싶은 욕구도 없습니다. 나를 이곳에 가둔 사람은 저의 동복형제이자, 폐하의 부친입니다. 모역죄를 지었으나 여러 가지를 감안해 감금형에 처한다고 말씀하시기에 죄신이 그랬습니다. '모역죄라면 결코 그 죄를 용서받을 수 없는 열 가지 죄악 중의 하나이니 차라리 능지처참에 처해주십시오'라고 말입니다. 그랬더니 선제께서는 '나는 친아우를 죽인 비정한 황제라는 악명은 쓰고 싶지 않네!'라고 말씀하셨습니다. 그 말이 우리 형제가 이승에서 나눈 마지막 말이 되고 말았습니다."

윤제의 말투는 침울하고 무거웠다. 이어지는 말도 마찬가지였다.

"……새로운 군주가 즉위해 이렇게 걸음을 하셨지만 이 열넷째숙부는 같은 말을 되풀이할 수밖에 없습니다. 부디 법에 따라 엄숙히 저벌해주십시오. 목을 치는 순간 나 윤제가 이맛살이라도 찌푸리면 결코 대장부는 못 될 것입니다!"

꺾일지언정 결코 굽히지 않는 윤제의 성격은 나이가 들어도 여전했다. 건륭은 그런 황숙을 오래도록 바라보더니 한참 후에야 크게 한숨을 내쉬었다.

"선제와 숙부님 사이에 있었던 일은 짐에게 책임을 묻지 마십시오. 짐은 숙부님을 농락하려는 생각도 없고 선제께서 내리신 처사가 잘못됐다고 말할 수도 없습니다. 그때는 나름대로 그렇게 할 수밖에 없는 사정이 있었을 것이라고 생각할 따름입니다. 옹정 십일 년 이후 선제께서 열넷째숙부에 대해 여러 번 말씀하시는 것을 들었습니다. 그럴 때마다 자연스럽게 여덟째, 아홉째, 열째 황숙에 대한 얘기도 언급됐습니다. 선제께서는 번번이 우울해하시며 형제들에 대한 처사가 다소 지나치지 않았나 하는 자책감에 괴로워하시는 것 같았습니다. 그런 부친의 모습을 곁에서 보아왔기에 그 유명에 따라 짐은 열넷째숙부를 석방하려는 것입니다. 물론 열째숙부도 석방할 겁니다. 숙왕들께서는 이 조카의 유년기를 아름다운 추억으로 채워주신 분들입니다. 이제 그만 지난날의 유감스러운 일은 털어버리고 양지 바른 곳으로 나오십시오. 나라를 위해 힘을 보태 주십시오. 그렇게만 해주신다면 짐은 반드시 중용할 것입니다. 그러나 과거의 그늘에서 벗어나지 못하고 끝내 선제를 원망하신다면 짐도 굳이 강요할 생각은 없습니다."

건륭은 말을 마치자마자 순간적으로 가슴 밑바닥에서 차오르는 슬픔을 느꼈다. 이어 참지 못하고 그만 목 놓아 울고 말았다. 애써 눈물을 참던 윤제 역시 서러움이 폭발했는지 소리 내어 울기 시작했다. 방금 전의 오만하고 냉담하던 모습은 온데간데없이 사라졌다. 나중에는 급기야 가슴까지 두드려가면서 오열했다.

"하늘이시여……, 어찌 황가 골육들에게 이 같은 벌을 내리셨습니까? 큰형님, 둘째형님, 여덟째, 아홉째 다 개죽음을 당했습니다. 죽는 것도 서러운데 이름까지 아기나^{阿其那}, 색사흑^{塞思黑}으로 개명당했으니……. 우우……, 헉헉……."

윤제의 눈물은 그칠 줄 몰랐다. 가슴 속에서 10여 년 동안 쌓여온 울분과 원한이 한꺼번에 봇물처럼 터져 나오는 듯했다. 부항은 그런 두 사람의 모습을 지켜보고 있는 것이 너무나도 괴로웠다. 어서 빨리 이 자리를 뜨고 싶은 생각뿐이었다. 방금 전까지만 해도 술상을 앞에 두고 주령을 하며 웃고 떠들면서 즐겁기만 했는데, 갑자기 엉뚱한 곳에서 원한 맺힌 통곡을 듣고 있자니 그럴 만도 했다.

"폐하, 폐하!"

윤제가 털썩 무릎을 꿇었다. 이어 신하의 예를 갖추고는 연신 흐느꼈다.

"죽지도 못하고 산송장처럼 커다란 관 속에 누워 있는 심정이 어떤지 폐하께서는 아시옵니까? 폐하의 숙부와 백부 일곱 명이 이런 곳에 갇혀 처참하게 죽어갔사옵니다."

윤제의 원망에 건륭은 가슴이 답답했다. 그러나 그는 애써 고개를 저으면서 윤제를 위로했다.

"일어나십시오, 숙부님……. 숙부님의 심정은 충분히 이해합니다. 그러나 모든 것은 하늘의 뜻이었다고 말할 수밖에 없습니다. 전대의 일은 과거로 묻어버리시고 건강을 잘 챙기시어 이제부터라도 거듭나시기를 바랍니다. 이 조카가 숙부님을 필요로 하고 있다는 것만 염두에 두십시오."

윤제가 한참 오열을 쏟아낸 다음 겨우 진정을 되찾은 듯 천천히 입을 열었다.

"신이 폐하께 불경을 저질렀사옵니다. 십 년 동안 늘 죽음을 바로 옆에 두고 살다보니 눈에 뵈는 것이 없었던 것 같사옵니다. 냉정히 생각해 보니 폐하의 말씀에 수긍하지 않을 이유가 없는 것 같사옵니다. 이 모든 것은 팔자소관이고, 그 누구도 원망할 수 없다는 생각도 하지 않은 것은 아니옵니다. 이제 은조恩詔가 내려지면 낮에 밖에 나가 두어 시간씩 발 닿는 곳 어디든 갈 수 있다는 것만으로도 신에게는 커다란 위로가 될 것이옵니다. ……지난번에 윤아允䄎를 만났었는데, 그 사람은 벌써 반미치광이가 된 것 같았사옵니다. 묻는 말에는 대답도 하지 않고 입속으로 화엄경이니 능엄경 따위만 중얼거리고 있었사옵니다."

건륭이 다시 다정한 어조로 위로했다.

"심려 놓으십시오, 황숙. 내일 중으로 이 높다란 담벼락은 흔적도 없이 사라질 테니 가고 싶은 곳이 있으면 어디든 다녀오십시오. 다만 간사하고 사악한 소인배들이 도처에 득실거리니 그것들만 조심하시면 됩니다. 물론 짐은 웬만한 것은 믿지도 않겠지만 말입니다. 그러나 주장이 올라오면 조사는 피할 수 없으니 괜히 이런저런 오해를 살 필요는 없지 않겠습니까? 짐의 생각인데, 열넷째숙부는 병사들을 이끌고 서정西征에 나서서 승전고를 많이 울리신 분이 아닙니까. 한가로운 여가를 활용해 용병의 장단점에 대해 글을 써서 올려 보내는 것이 어떨까 합니다. 지금 정세로 미뤄보면 서쪽에서 또다시 전쟁이 터질 것 같습니다."

건륭이 한결 마음이 차분해진 윤제를 몇 마디 더 위로하고는 부항을 데리고 나섰다. 그리고는 대문 앞에서 태감을 불러 분부했다.

"코가 썩지 않았으면 들어가서 열넷째마마 방안의 냄새 좀 맡아 봐! 도대체 일을 어떻게 하는 거야?"

유통훈이 건륭의 말이 끝나기를 기다렸다가 조심스레 아뢰었다.

"폐하, 여기에서 이위의 집까지 가려면 한참 걸리옵니다. 말을 타고 가는 것이 어떨까 하옵니다."

건륭이 유통훈의 제안이 마음에 드는지 고개를 끄덕이며 승낙을 했
다.

9장
민정民情을 살피다, 이인異人을 만나다

건륭은 윤제의 마음을 돌려놓는 데 성공한 것이 기분이 좋았는지 홀가분한 마음으로 이위의 서재에서 단잠에 빠져 들었다. 다음날 아침에는 여느 때처럼 닭이 두 번 홰를 치자 바로 침상에서 일어났다. 이어 서재 앞에서 포고布庫(씨름의 일종) 연마를 통해 몸을 풀고 정신을 추스른 다음 서재로 돌아왔다. 그는 습관적으로 책꽂이에 볼만한 책이 없나 찾아 봤다. 하지만 죄다 유치한 내용으로 돼 있는 《삼자경》三字經, 《주자치가격언》朱子治家格言, 《천가시》千家詩, 《천자문》千字文 같은 책들뿐이었다. 그는 실소를 하면서 빼냈던 책을 도로 서재에 꽂아 넣고 말았다. 때마침 이위가 들어와 문후를 올리고는 아뢰었다.

"일찍 기상하셨사옵니다, 폐하. 책들이 변변찮아 폐하의 아침시간을 충실하게 해드리지 못해 황공하옵니다."

"책은 그런대로 괜찮은 것 같은데 내용이 너무 빈약해. 부항과 유통훈은 일어났는가? 우리가 어떻게 길을 떠나는 것이 좋겠나? 자네는 우리를 따라 다니는 것이 괜찮겠는가? 건강이 받쳐주겠어?"

건륭이 빙그레 웃으면서 말했다. 이위 역시 웃음 머금은 어조로 대답했다.

"신의 병은 가을과 겨울 두 계절에 힘들 뿐 지금은 괜찮사옵니다."

이위의 말이 끝날 즈음이었다. 부항과 유통훈이 들어오더니 건륭에게 문후를 올리고 옆으로 물러섰다. 이위가 말을 이었다.

"이번은 미복 시찰이니 만큼 이 많은 사람들이 아무 명목도 없이 몰려다니면 사람들의 이목을 끌기 십상이옵니다. 그러니 신양부信陽府를 방문하는 찻잎장수로 변장하는 것이 좋을 듯하옵니다. 폐하께서는 당연히 주인이시고, 부항어르신은 마름, 유통훈과 신은 하인, 그 밖의 시위들은 마부 차림을 하고 뒤따르면 괜찮을 것 같사옵니다. 그밖에 신이 만일의 경우에 대비해 선박영에서 육십여 명의 교위校尉들을 불렀사옵니다. 그들은 멀리 떨어져 뒤에서 따라오도록 했습니다. 신호를 하면 금세 달려오도록 조치해 두었사옵니다. 길에서 차를 마시고 밥 먹는 데 도움이 되라고 신의 안사람 취아翠兒도 따라 나서기로 했사옵니다. 아무래도 차 나르고 음식 마련하는 데는 여자들이 남자들보다 훨씬 더 나을 것 같아서 말이옵니다."

건륭이 이위의 말에 크게 기뻐하면서 말했다.

"좋지, 온 식구가 총출동하는구먼! 이위 자네 말대로 하자고. 준비를 서두르게! 먼저 옷부터 갈아입어야지?"

이위가 건륭의 말이 끝나기 무섭게 문어귀를 향해 손짓을 했다. 그러자 각양각색의 옷을 한 아름씩 안은 가인 두 사람이 들어와 옷을 내려 놓았다. 사람들은 저마다 재미있다는 표정으로 맡은 바 역할에 따라 옷을 갈아입었다. 그들이 옷을 다 갈아입고 나자 이위의 부인 취아가 들어섰다. 취아는 빠른 동작으로 건륭을 향해 절을 올리고는 머리를 조아렸다. 부항과 유통훈을 향해서도 몸을 낮춰 인사했다. 유통훈은 그녀의 신분이 일품 고명부인인지라 황급히 허리를 굽혀 답례를 했다. 오랜만에 건륭을 배알하는 취아는 반가움에 어쩔 줄을 몰라 하며 건륭에게 말했다.

"세월이 빠르기도 해라. 폐하를 못 뵌 지가 벌써 팔 년째이옵니다. 지난번 태후마마께 문후를 올리러 입궐했다가 먼발치에서 양심전으로 들어가시는 폐하의 뒷모습을 뵌 적은 있사옵니다. 소인들이 북경을 떠날 때 폐하께서는 아직 소년이셨는데 지금은……, 멋지기도 하셔라! 척 보기에도 귀티가 철철 흐르시옵니다. 그런데……, 선제께서는 어찌 그리 급작스럽게 떠나셨사옵니까?"

취아는 말하다보니 옹정 생각이 나는지 갑자기 굵은 눈물을 흘렸다. 확실히 여자의 눈물은 한여름의 소나기 같았다. 그러자 이위가 가볍게 나무랐다.

"됐어, 그만해. 폐하를 뵙고 싶다고 하도 닦달을 해서 뵙게 해줬더니만 이게 무슨 짓이야? 먼 길 떠나는 날 기분 잡치게!"

그러자 건륭이 말했다.

"짐은 이렇게 허물없이 하는 솔직한 이야기가 좋네. 이 부인, 못다 한 말이 있으면 길에서 하도록 하고 이제 서둘러 떠나지."

"잠시만 기다리십시오, 폐하. 그런데 이 장님 도사 오뭇씨는 뭘 하느라 여태 안 나타나지?"

"장님 도사 대령했습니다!"

이위의 말이 떨어지기 무섭게 밖에서 갑자기 대답소리가 들렸다. 이어 얼굴이 검붉은 중년사내가 성큼 들어섰다. 머리에는 두건을 두르고 검은 장포를 입은 그는 앞가슴이 살짝 드러나 보였다. 발에 꼭 맞는 천 신발은 가볍고 날렵해 보였다. 한눈에 봐도 무예 고수임을 직감할 수 있는 그런 사내였다. 그가 문 앞에서 이위를 향해 공수를 했다.

"어젯밤 삼경에 도착해 서재 복도의 대들보에 매달려 눈을 좀 붙였습니다."

장님 도사 오씨가 말을 마치고는 다시 건륭 쪽으로 얼굴을 돌렸다. 이어 한발 앞으로 다가서더니 엎드려 대례를 올렸다.

"소인, 폐하께 인사 올리옵니다!"

사실 이위의 집은 어젯밤 건륭이 묵으면서 시위와 친병들이 몇 겹이나 둘러싸고 철통같은 경비를 섰었다. 그런데도 오씨라는 사람은 쥐도 새도 모르게 잠입해 황제의 처소 밖 대들보에 매달려 네 시간 동안이나 잠을 잤다고 하지 않은가. 유통훈은 아무도 그 사실을 몰랐다는 생각에 가슴이 철렁 내려앉았다. 건륭의 얼굴에도 놀란 기색이 역력했다. 이위가 그러자 건륭을 안심시키느라 황급히 해명했다.

"이 사람은 신이 강남에서 만난 비적飛賊이옵니다. 이제는 신의 든든한 손발이자 믿음직한 친구가 됐사옵니다. 하오나 폐하의 안위 때문이 아니라면 절대 함부로 부리지 않사옵니다. 전에 신이 감봉지甘鳳池를 생포하고자 감씨의 동네에 홀로 쳐들어갔을 때도 이 친구만 데리고 갔었사옵니다."

감봉지라면 강남에서 내로라하는 대도大盜로 유명했다. 산동성의 두 이돈竇爾敦, 생철불生鐵佛과 어깨를 겨루는 사이였다. 건륭은 장님 도사를 유심히 훑어보면서 물었다.

"자네가 섬기는 사부는 무림 어느 문중의 고수인가?"

장님 도사는 연신 머리를 조아리면서 대답했다.

"종남산終南山 자소관紫霄觀의 청풍淸風 도장道長이셨사옵니다. 그런데 사부께서 일찍 세상을 하직하시는 바람에 소인은 사조師祖이신 고일古

月 도장의 가르침을 받았사옵니다. 그런데 소인은 폐하께 솔직히 실토할 일이 있사옵니다. 제가 사실은 소싯적에 아버지의 원수를 갚기 위해 살인을 했사옵니다. 또 나중에도 사람을 죽인 적이 있사옵니다. 남경에서 이 총독에게 생포당했을 때, 소인의 자백을 들으신 이 총독께서는 그런 자들은 백번 죽어 마땅하다면서 소인을 용서하시고 수하에 거둬주셨습니다. 그 후로 소인은 이 총독의 사람이 되었사옵니다."

이위가 장님 도사의 말이 끝나자 바로 끼어들었다.

"만에 하나 일어날지 모르는 상황을 대비해 불렀사옵니다. 직예, 산동, 하남, 강남 일대의 강도들은 아직도 이 친구의 이름만 들어도 뒷걸음질 치옵니다."

건륭이 즉각 물었다.

"바른 길에 들어선 뒤에도 악을 행한 적이 있느냐?"

장님 도사가 대답했다.

"총독 대인과의 약조에 따라 선한 일을 하면 했지 악행은 저지르지 않았사옵니다."

건륭이 그제야 고개를 끄덕였다.

"짐은 이위의 안목을 믿네. 자네가 짐을 이렇게 만난 것도 인연이니 자네에게 건청문乾淸門 삼등 시위 자리를 내리겠네. 자네는 어전에서 칼을 차고 다닐 수 있네."

장님 도사는 건륭의 말에 큰 충격을 받은 듯했다. 자기가 방금 무슨 말을 들었는지 머릿속에서 실감이 나지 않는 모양이었다. 이위가 그러자 발을 구르면서 고함을 질렀다.

"어서 절을 올리지 않고 뭘 하나, 이 사람아!"

"성은이 망극하옵니다, 폐하!"

장님 도사가 이위의 호령에 정신을 차린 듯 황급히 납작 엎드리더니 연신 머리를 조아렸다.

　건륭 일행은 그날로 북경을 떠나 남행길에 올랐다. 그들은 한단邯鄲을 지나 창덕부彰德府 경내에 들어섰다. 하남河南성에 진입한 것이다. 때는 5월 초인지라 날이 하루가 다르게 더워지고 있었다. 길을 가던 일행의 눈에 멀리서 파도처럼 넘실대는 밀밭이 보였다. 건륭은 그 모습을 보고는 기뻐하며 가까이 다가가 살폈다. 그러나 이내 실망을 금치 못했다. 대가 실오리처럼 가늘었을 뿐 아니라 이삭도 제일 큰 것이 중간 굵기의 붓대 정도 밖에 되지 않았던 것이다. 또 작은 이삭은 파리 몸통 정도밖에 되지 않았다. 건륭은 밀밭으로 들어가 대, 중, 소 크기별로 이삭을 골라 손바닥에 올려놓고는 밀알을 세어봤다. 이삭마다 평균 열대여섯 알밖에 달리지 않았다. 연신 고개를 젓는 건륭의 표정은 매우 어두웠다. 이렇듯 작황을 살피느라 가다 서다를 반복하면서 태강太康의 성내城內에 도착했을 때는 이미 단오명절이 지난 뒤였다.

　태강은 하남성 동쪽의 유명한 도시였다. 수륙 교통이 편리해 산동, 하남, 안휘 등 세 성의 교통 요충지 역할을 하고 있었다. 저녁에 머물 객잔을 알아보러 미리 와 있던 시위가 다가와서 아뢰었다.

　"……객잔을 통째로 세를 낼 수는 없었사옵니다. 그래도 요姚씨라는 사람의 객잔이 좀 널찍하옵니다. 별채에 들어 있는 손님을 내보내줬으면 했더니 주인이 그렇게는 못 하겠다 했사옵니다. 그래서 본채 전체를 빌렸사옵니다."

　"내가 주인이라도 손님을 마구 내쫓을 수는 없겠네. 우리가 뭐가 얼마나 잘났다고 먼저 들어와 있는 사람을 내쫓겠나?"

　건륭이 당연하다는 어조로 말했다. 그래도 일행이 객잔에 들어서자 주인은 대접이 깍듯했다. 일행이 많고 선불로 후한 돈을 낸 것이 주효한 듯했다. 객잔 주인은 직접 일꾼들을 거느리고 짐을 나르면서 말을 비롯한 가축들을 마구간으로 끌고 갔다. 더운 물 역시 큰 물통으로 몇 번이나 날라 왔다. 저녁상도 객잔에서 먹는 것치고는 상당히 푸짐했다. 일행이 짐을 정리하고 저녁상을 물리고 나자 날은 이미 완전히 어두워진 후였다. 건륭은 동쪽 방에 누워 잠시 휴식을 취했다. 이어 마땅히 읽을 책도 없자 윗방에 있는 세 사람을 불렀다.

건륭은 부름을 받은 이위 등이 차례로 들어서자 턱짓으로 자리에 앉으라고 한 다음 말을 이었다.

"이렇게 무사태평하게 도착할 줄 알았더라면 부항만 데리고 출발할 걸 그랬네."

"주인 어른, 조심해서 지나친 일은 없습니다."

유통훈이 상체를 조금 숙인 채 말했다. 건륭은 그 말에는 아무 대답도 하지 않은 채 침상에 반쯤 기댔다. 이어 두 손을 깍지 껴 머리를 받치고는 천장을 멍하니 바라봤다. 이어 물었다.

"이번에 오면서 하남성의 민정에 대해 느낀 바가 있으면 말해보게."

이위가 먼저 입을 열었다.

"저는 두 가지를 느꼈습니다. 하나는 궁색하다는 것입니다. 또 다른 하나는 그에 비해 치안이 그런대로 괜찮다는 것입니다."

이어 부항이 나섰다.

"궁하면 치안이 좋을 리가 없죠. 우개(이위의 호)의 말은 앞뒤가 모순되는 것 같습니다. 제가 보니 촌락이라고 해봤자 인가도 희소하고 그나마 대문을 꽁꽁 걸어 잠근 집들이 많았습니다. 듣자 하니 기근을 못 이겨 마을을 뜬 빈집들이 많다더군요. 사람이 배고프고 추우면 무슨 짓인들 못하겠어요?"

유통훈도 입을 열었다.

"폐하께서는 '미복'을 하셨다고는 하나 아무래도 예사 행렬은 아닌 것 같이 보일 것입니다. 앞에 길을 여는 사람이 있고 뒤에 호위들이 따르고 있으니 말입니다. 그런데 우개가 데려온 그 장님 도사가 녹림에서 유명한 사람이라니 괜스레 불안해집니다. 지금도 여기에 없는 것을 보면 혹시 흑도黑道(강호의 도적떼)의 두목들에게 연락하러 간 것은 아닐까요?"

이위가 유통훈의 농담에 말도 안 된다는 듯 웃음을 띠며 말했다.

"글쎄, 이 세상에서 장담할 수 있는 것은 아무 것도 없으니 그럴지도 모르겠습니다. 그러나 제가 폐하의 신변을 책임지고 있는 한 그런 걱정은 붙들어 매는 것이 좋겠습니다. 폐하께서는 이번에 민정과 이정吏情의 현장을 둘러보시는 것이 목적이십니다. 결코 도적과 강도떼를 붙잡기 위한 것이 아닙니다. 적당히 비켜가면서 평안히 왔다 무사히 돌아가시도록 하는 것이 저의 책임입니다."

"자네 말처럼 적당히 비켜가는 것은 좋으나 그렇게 되면 어두운 뒷골목을 제대로 들여다볼 수 없을 것 같아 아쉽네."

건륭이 가벼운 탄식을 토했다. 이어 다시 몇 마디를 덧붙였다.

"보아하니 이곳의 곤궁함은 크게 우려스러울 정도인 것 같네. 왕사준은 하남성 순무로 있을 때 해마다 풍작이라고 거짓 보고를 올렸었지. 이제 손국새가 그 '전통'을 고스란히 이어받겠지? 아니면 고공사考功司에서 '치적이 없다'고 평가를 할 테니 말이야. 짐은 느슨하고 관대한 정책을 엄격한 정책으로 바꾸는 것은 힘들어도 그 반대의 경우는 쉬운 줄 알았네. 그런데 보아하니 그렇지도 않은 것 같구먼."

건륭이 말을 하면서 온돌을 내려섰다. 이어 신발을 꿰찬 채 방문을 나섰다. 그때 물을 길어 방마다 가져다주던 점원이 그를 발견하고는 황급히 다가와 물었다.

"손님, 혹시 필요하신 것이라도 있습니까?"

건륭이 고개를 들어 하늘 가득 총총한 뭇별을 바라보면서 담담하게 웃었다. 이어 대답했다.

"그런 것은 없네. 방 안이 너무 더워 바람 좀 쐬려고 나왔으니 마음 쓰지 말게. 그런데 방금 동쪽 뜰에서 여자의 울음소리가 들리는 것 같던데, 무슨 일인가?"

스무 살을 갓 넘긴 듯한 점원이 한숨을 내쉬면서 대답했다.

"둘이 모녀 사이인데요. 황하 북진北鎭 사람들입니다. 올 봄 기황에 허덕이다 못해 자기네들이 소작 맡아 다루던 땅을 몰래 팔아버렸나 봅니다. 이제 곧 밀 수확철이 다가오고 강남으로 일 보러 갔던 땅 주인도 돌아오자 이쪽으로 도망을 온 것 같습니다. 방금 땅 주인이 수소문 끝에 찾아와 막무가내로 끌고 가려고 하는 것을 제가 내일 다시 오라고 겨우 말렸습니다. 한밤중에 곡소리를 내니 손님께서 시끄러워 주무시지 못하셨나 봅니다."

건륭은 아무 말 없이 발걸음을 옮겨 이문을 나섰다. 윗방에서 바깥 동정에 귀를 기울이던 세 신하는 약속이나 한 듯 황급히 눈짓을 교환했다. 이어 유통훈이 말했다.

"별일 없을 거요. 내가 나가보겠소."

요씨의 객잔 동쪽 뜰 안의 방들은 모두 땅에 코를 찧을 것처럼 낮았다. 또 그런 코딱지만 한 방들이 줄줄이 스무 개는 넘게 이어져 있었다. 기름을 절약하기 위해 그렇게 설치를 했는지 방마다 귀신불처럼 희뿌연 불빛이 새어나오고 있었다. 어떤 방에서는 도박을 하는 듯 남정네들이 목청껏 떠들어대고 있었다. 또 어떤 방에서는 손님이 문을 열어젖힌 채 홀로 술을 마시고 있었다. 건륭은 흐릿한 청유등의 불빛을 빌어 주변을 두리번두리번 살폈다. 제일 끝에 있는 방의 처마 밑에 두 사람이 시커먼 장독대처럼 웅크리고 있는 모습이 보였다. 건륭은 그들에게 천천히 다가가 몸을 숙이면서 물었다.

"조금 전에 들리던 울음소리가 여기서 난 것이 맞소?"

"……"

두 여자는 겁에 질린 듯 서로 부둥켜안고 사시나무처럼 몸만 떨 뿐 아무 대답도 하지 못했다. 마흔을 갓 넘긴 듯한 여자의 옆에는 고작 열일곱 살 정도밖에 안 돼 보이는 여자 아이가 바싹 붙어 있었다. 건륭이 단도직입적으로 물었다.

"도대체 빚진 돈이 얼마나 되는가?"

"은자 열다섯 냥입니다."

어머니로 보이는 여자가 고개를 들어 건륭을 힐끗 쳐다보고는 체념한 듯 한숨을 토해냈다. 건륭이 다시 물으려 할 때였다. 방 안에서 등골을 오싹하게 하는 고함소리가 터져 나왔다.

"미친 계집년! 허튼소리 하고 자빠졌네!"

거친 욕설과 함께 문이 벌컥 열렸다. 이어 깡마른 50대 늙은이가 잽싸게 밖으로 뛰쳐나왔다. 그는 노기충천하여 여자에게 손가락질을 하면서 소리를 질러댔다.

"옹정 십 년에 이년이 은자 일곱 냥을 빌려갔소. 연 삼 할이면 이자가 센 편은 아니잖소? 내 땅을 청묘靑苗(어린 모종)째로 팔아 처먹었으니 적어도 열다섯 냥은 받았겠지? 네년이 나에게 갚아야 할 돈은 원금에 이자까지 합쳐 총 서른여덟 냥 육전이야!"

영감이 카랑카랑한 목소리로 꼼꼼하게 셈을 했다. 침이 사방으로 튕겨 건륭의 얼굴에까지 날아왔다.

"이봐 조카며느리, 나도 대가족을 먹여 살리느라 등골이 휘는 사람이야 사람이 먹는 것에, 가축이 씹는 것까지 다 책임져야 하는 사람이라고. 그걸 모르는 사람도 아니고 왜 이래? 이래저래 살기 힘든 판에 어떻게 땅을 통째로 팔아먹고 도망갈 수가 있냐 이 말이야! 아무리 집안이 홀딱 망했다지만 그래도 명색이 대갓집 딸인데, 어찌 이렇게 흉하게 변할 수가 있나!"

그러자 어머니 옆에 바싹 붙어 있던 소녀가 갑자기 고개를 번쩍 치켜든 채 대꾸를 했다.

"이봐요 열일곱째할아버지, 하늘이 굽어보고 있어요! 땅에도 귀가 있고요! 우리 친할아버지가 가산을 몰수당할 때 열일곱째할아버지가 얻어 가진 은자가 적어서 그래요? 잊지 마세요, 열일곱째할아버지도 한때는 우리 집의 소작농에 불과했었다는 사실을 말이에요. 우리 할아버지가 준 돈으로 지금 떵떵거리고 살면서 어쩌면 그리 매정할 수 있어요?"

건륭은 소녀의 말을 듣자 갑자기 가슴에 돌을 얹은 듯 답답해졌다. 모녀가 국채환수 때 재산을 압수당해 망한 어느 관리 가족의 후예라는 것은 더 이상 묻지 않아도 알 수 있었다.

'너희 할아버지는 어디에서 무슨 관직에 있었느냐?'

건륭이 그렇게 물으려고 할 때였다. 여자가 영감에게 사정하듯 말했다.

"딸년이 교양이 부족해 아무 소리나 한 것을 가지고 화내지 마세요, 열일곱째삼촌. 솔직히 그 돈은 이 아이의 아비가 북경으로 과거에 응시하러 가면서 노자로 챙겨갔어요. 그이가 돌아오면……."

"돌아오면 없던 돈이 하늘에서 떨어지기라도 하는가? 여전히 궁색한 효렴에 불과할 테지!"

열일곱째삼촌이라고 불린 영감이 냉소를 터트렸다. 이어 다시 차갑게 쏘아붙였다.

"왕씨 조상 무덤의 지기地氣가 전부 자네 왕진중王振中의 집으로 흘러들 거라고 착각하지 말게. 우리 진발振發이는 자네 그 원숭이 같은 남자보다 훨씬 앞서 나가고 있네. 이미 납연을 통해 벼슬을 얻어 도대 자리에까지 올랐는걸! 나 같으면 네 번씩이나 미역국을 먹었으면 창피해서라도 어디 숨어버리겠다. 평생 거지발싸개 노릇이나 할 놈! 그 녀석이 꼴등으로라도 합격하는 날에는 내가 네발짐승이 돼 기어 다니겠네!"

더 들을 필요도 없었다. 건륭은 거칠고 각박하기 이를 데 없는 영감의 뺨이라도 한 대 갈겨주고 싶었다. 아니 생각 같아서는 발로 걷어차 버렸으면 속이 후련할 것 같았다. 그러나 애써 분노를 눌렀다. 그러면서 소매를 만져봤다. 웬일인지 은자가 만져지지 않았다. 건륭은 조용히 발을 구르면서 돌아서서 거처로 돌아왔다.

"고정하십시오, 나리. 세상에는 이런 일이 많고도 많습니다. 법으로 보나, 도의로 보나 여자의 잘못이 맞습니다."

유통훈이 뒤따라 윗방으로 올라와서는 건륭을 달랬다. 순간 건륭의 표정이 붉으락푸르락해졌다. 이위와 부항은 그런 건륭의 표정을 보고는 감히 숨도 크게 내쉬지 못하고 한쪽에 물러나 서 있었다. 건륭이 고개를 돌려 이위를 향해 말했다.

"가서 오백 냥짜리 은표를 모녀에게 주고 오게!"

이위가 대답과 함께 돌아서 나가려고 했다. 그러자 부항이 바로 그를 잡았다. 이어 건륭을 향해 말했다.

"나리, 우리가 이렇게 은을 줘버리면 괜한 말썽을 불러일으킬 소지가 큽니다. 이 일은 내일 제가 지방관들에게 지시해 처리하면 됩니다."

이위도 한숨을 내쉬면서 거들고 나섰다.

"이 모든 것이 다 전문경의 탓입니다. 북경으로 돌아가자마자 제가 이곳 현령에게 편지를 보내 왕진중 일가를 구제하도록 신속히 처리하겠습니다."

건륭이 두 사람의 말을 듣고는 말없이 손사래를 쳤다. 몹시 지치고 피곤한 기색이었다. 그는 자리에 누운 지 얼마 지나지 않아 바로 깊은 잠에 빠져들었다. 심경이 무겁고 혼잡해 좀처럼 잠이 올 것 같지 않던 것과는 영 딴판이었다. 그렇게 완전히 곯아 떨어져 자는가 싶더니 갑자기 그가 "시위, 시위 어디 있어? 어서 어서!" 하고 고함을 질렀다. 이어 식은땀을 흘리면서 자리에서 벌떡 일어나 앉았다.

바깥방에서 안방의 동정에 귀를 기울이면서 대령하고 있던 이위 등의 세 신하는 건륭의 다급한 부름을 받자 곧바로 정신없이 달려 들어왔다. 눈이 휘둥그레진 이위가 다급하게 물었다.

"폐하, 무슨 일이시옵니까?"

"악몽을 꿨나보네⋯⋯. 그런데 밖이 왜 이렇게 시끄럽나?"

건륭이 실소를 터트리면서 물었다. 유통훈이 바로 가보고 오겠노라면서 일어섰다. 건륭이 그러자 손짓으로 그를 제지했다.

"그럴 거 없네. 쉴 만큼 쉬었으니 계산하고 나가지. 떠날 채비를 서두르라 하게."

유통훈이 대답과 함께 밖으로 나갔다. 웬일로 구경꾼들이 뜰 안에 겹겹이 몰려 있었다. 잔뜩 주눅이 든 주인과 몇몇 점원이 스님 한 명을 둘러싸고 뭔가 용서를 비는 듯한 모습이 눈에 들어왔다.

유통훈은 걸음을 멈추고 스님을 자세히 살펴봤다. 체구는 보통 사람보다 머리 하나가 더 크고 고동색 얼굴에 근육이 불끈거리는 모습이었다. 또 앞이마를 비롯한 광대뼈와 코는 앞으로 툭 튀어나와 있었다. 그는 살이 두둑한 눈두덩을 드리운 채 눈을 감고 있었다. 어린아이 팔뚝만큼 튼튼한 쇠망치로는 목탁이 아닌 철어鐵魚(쇠로 만든 목탁 모양의 불교 용구)를 두드리고 있었다. 그 소리가 어찌나 요란한지 고막이 찢어질 듯했다. 유통훈은 소리가 시끄러운 것은 둘째치고 쇠망치의 무게가 족히 몇 십 근은 될 것 같다는 생각에 가슴이 철렁했다.

그는 다시 정신을 추스르고 이번에는 철어를 살펴봤다. 그리고는 벌어진 입을 다물지 못했다. 그것이 적어도 300근은 족히 될 것 같았던 것이다. 아무려나 객잔 주인은 눈을 감고 있는 스님 앞에서 연신 허리를 굽실거리면서 용서를 빌고 있었다. 그때 유통훈이 점원 한 명을 옆으로 끌어당기며 큰 소리로 물었다.

"도대체 무슨 일인가?"

"보시布施를 요청하고 있는 중입니다!"

점원이 즉각 대답했다. 이어 얼굴에 노기를 띠고 스님을 노려보면서 이를 갈았다.

"고래도 저런 고래가 없을 겁니다. 다짜고짜로 은자 삼십 냥을 내놓으라고 합니다. 좀 봐줄 수 없냐고 했더니 이제는 오십 냥을 내놓으라고 저렇게 버티고 있답니다. 범이 물어가도 시원치 않을 민대가리 중 같으니라고!"

점원의 말이 떨어지기 무섭게 철어 두드리는 소리가 뚝 멈췄다. 스님이 무서운 눈빛으로 점원을 힐끗 쳐다보더니 머리를 땅에 닿도록 절을 하고 나서 물었다.

"아미타불! 방금 젊은 친구가 뭐라고 말했소?"

"손바닥만 한 가게에서 수입이라 해봤자 일 년에 팔구십 냥이 고작인데, 반 이상을 걷어가 버리면 우리는 뭘 먹고 살아요? 방금 민대가리 중이라고 욕했어요, 왜! 세상에 어떤 스님이 이렇게 인정사정 안 보고 보시를 요구합니까? 생철불生鐵佛이면 다입니까?"

점원이 악에 받힌 듯 대들었다. 그때 건륭이 후원에서 나왔다. 여기저기 흩어져 있던 사복 차림의 시위들은 목을 빼들고 구경하는 척하면서 자연스럽게 건륭의 주위로 모였다. 이위도 바싹 긴장했다. '이 무법천지의 중이 혹시 강호에서도 유명하다는 그 생철불이 아닌기?' 하는 생가

이 들었던 것이다. 강적을 만난 것이 틀림없었다. 그렇다면 이자는 폐하가 여기 머무르고 있다는 사실을 알고 온 것일까, 아니면 단순히 객잔을 노리고 온 것일까? 이위는 당황한 나머지 갑자기 등골과 이마에서 식은땀이 흘러내렸다.

이위가 다시 주인에게 고개를 돌렸다. 그는 사색이 된 채 두 손을 비비면서 울상을 짓고 있었다.

"대사님……, 제발 저의 사정을 헤아려주십시오. 아무래도 저희 능력으로는 그 어마어마한 은자를 내놓을 형편이 못 됩니다."

"좋은 일에 보시를 하라고 해도 정 못하겠다면야 어쩔 수 없지. 이 중은 그대의 살림살이를 빤히 들여다보고 있소. 있어도 못 내놓겠다는 것은 죽어서 극락에 가기 싫다는 뜻이겠지. 나는 끝까지 주먹은 안 쓸 것이니 안심하오. 그저 이 철어가 구멍이 날 때까지만 두드리다 갈 거요!"

스님이 냉소를 흘리면서 말했다. 마침 그때 겹겹이 둘러싼 사람들 틈에서 고함소리가 터져 나왔다.

"저 놈을 때려 엎어라!"

그러나 생철불은 전혀 아랑곳하지 않았다. 급기야 화가 머리끝까지 치민 두 점원이 달려들어 높이 매달려 있는 철어를 힘껏 잡아당겼다. 그러나 철어는 약간 움직였을 뿐 전혀 떨어질 기미를 보이지 않았다. 그러자 생철불이 솥뚜껑 같은 손으로 철어를 잡았다 놓았다. 놀랍게도 철어 배 밑에 있던 철아鐵牙가 곧 나무속에 들어박히고 말았다.

"주인어른, 이 땡초는 말로 해서는 안 되겠어요! 이 땡초가 지금 저에게 겁을 주려는 수작이에요. 저리 비키세요. 이봐요, 생철불! 이 소어아小魚兒가 오늘 제대로 본때를 보여주겠소! 후생가외後生可畏가 뭔지도 확실하게 보여줄 것이고."

유통훈의 옆에 서 있던 점원이 결국 노기충천해 객잔 주인을 밀어내면서 소리쳤다. 이어 먼지떨이를 집어 들더니 처다보기에도 부담스러운 커다란 철어를 먼지 털어내듯 가볍게 쓸어내렸다. 그러자 꿈쩍도 하지 않을 것 같던 육중한 철어가 "펑!" 하는 요란한 소리와 함께 땅바닥에 떨어지고 말았다. 땅바닥은 철어의 육중한 무게 때문에 움푹 파였다.

10장
어가를 호위하는 장님 도사

객잔 안팎을 겹겹이 둘러싼 수백 명의 사람들은 소어아의 놀라운 재주를 보고 모두들 눈이 휘둥그레졌다. 그러다 잠시 후 정신을 차린 듯 박수갈채를 터트렸다. 건륭이 눈여겨보니 소어아는 다름 아닌 어젯밤 물을 길어 나르던 점원이었다. 뒷박만 한 마을의 자그마한 객잔에 이 같이 뛰어난 재주를 가진 젊은이가 있었다니……. 건륭은 이런 것을 일컬어 와호장룡臥虎藏龍(인재가 숨어 있다는 의미)이라고 하는가 보다고 생각하면서 적이 감탄했다. 스님은 건륭을 비롯한 주변 사람들이 그러거나 말거나 신경 쓰지 않고 비웃듯 웃으며 뇌까렸다.

"결국 진면목을 드러냈구먼! 이보게, 후배! 아무리 버둥거려도 내 적수는 못 될 걸? 자네 사부가 반세걸潘世傑이지? 나를 그자에게 데리고 가게. 그자라면 내가 상대해주지."

"사부님은 천하가 당신의 처소요. 나도 어디 계신지 모르오. 우리 사부님은 도대체 왜 찾는 거요? 그 이유가 궁금하오. 아버지의 빚은 자식이 갚는 것이 도리이니 혹시라도 우리 사부님한테서 받을 빚이 있다면 나에게 말하시오."

소어아가 냉소를 흘리면서 받아쳤다. 생철불은 그의 말이 끝나자마자 움푹 꺼진 두 눈으로 소어아를 뚫어져라 쳐다보았다.

"자네가 한방에 갈까봐 걱정이 돼서 그러네. 반세걸 그 자식 아직 멀리 도망가지 못했을 걸. 아마 이 근처에서 상처를 치료하고 있을 테지?"

생철불이 흉악한 눈빛을 한 채 집게 같은 손가락을 구부렸다. 건륭은 소어아가 위험하다고 판단한 듯 다급히 시위들에게 눈짓을 보냈다. 시위들은 생철불을 포박하려고 바로 움직였다. 그러자 이위가 황급히 제지했다. 이어 건륭의 팔꿈치를 잡아당기면서 목소리를 낮췄다.

"어르신, 이 바닥에서는 흔히 있는 일입니다. 우리는 끼어들 일이 아니니 구경이나 합시다."

이위의 말이 막 끝날 무렵이었다. 처음부터 구석자리에 앉아 말없이 차를 마시고 있던 초로의 사내가 무슨 술법을 썼는지 날아오듯 기척도 없이 다가왔다. 이어 "탁!" 하는 소리와 함께 소어아를 향해 내리꽂던 생철불의 손목을 잡았다. 생철불의 손목은 어느새 사내의 손에 꽉 잡혔다. 다음 순간 사내는 곧바로 잡았던 생철불의 손을 내쳤다. 그 힘이 얼마나 셌던지 생철불은 멈춰 서지 못하고 연신 몇 걸음이나 뒷걸음쳤다. 생철불은 놀라지 않을 수 없었다. 곧 분노에 찬 눈빛을 한 채 사내를 노려보면서 물었다.

"각하閣下는 도대체 누구시오?"

"오씨 성을 쓰는 장님 도사요. 오할자吳瞎子라고 하면 되겠구먼."

오할자가 턱밑 가득 붙인 가짜 수염을 거칠게 뜯어내면서 껄껄 웃었다. 이어 마치 상대의 신분을 안다는 듯 말했다.

"아무 데나 쏘다니면서 물 흐리지 말고 좋게 말할 때 광동廣東으로 돌아가시오. 거기서는 왕 노릇을 한다고 해도 아무도 뭐라고 하지 않을 테니! 여기는 강북이오. 적어도 삼 개월 동안은 강북의 네 성省에서 사단을 일으켜서는 안 된다고 내가 벌써 호령號令을 내렸을 텐데! 그대는 청방青幇의 규칙도 아직 모르오?"

생철불이 오할자의 말에 부엉이 울음 같은 소리를 내며 크게 웃었다. 그리고는 고개를 저으면서 말했다.

"청방이 뭔가? 오할자라고? 여태 귀 막고 살지는 않았는데, 처음 들어보는 이름이오."

그러자 오할자가 소름 끼치도록 차갑게 웃으며 말했다.

"그러면 오늘이라도 늦지 않았으니 내가 어떤 사람인지 알게 해 주지. 소어아, 자네는 가서 자네 볼일이나 보게!"

소어아는 오할자의 말에 눈이 휘둥그레졌다. 그러다 잠깐 뭔가를 생각하더니 그를 바라보면서 소리쳤다.

"그럼 사조숙師祖叔이십니까? 남경 경운루慶雲樓에서 감봉지를 생포하신 오 선배님?"

오할자가 말없이 고개를 끄덕였다. 그때 생철불이 손을 뻗어 땅바닥에 떨어진 철어를 잡으려고 했다. 순간 오할자가 먼저 날렵하게 다가가 철어 위에 올라섰다. 그리고는 힘을 약간 쓰는가 싶더니 몸을 획 비틀면서 다시 땅에 내려왔다. 한 치 두께의 철어는 어느새 납작해져 있었다.

"여기는 실력을 겨룰 만한 곳이 못돼. 따로 장소를 정하게. 순순히 세상 끝까지 가 줄 테니까."

오할자가 이위를 일별하더니 생철불을 향해 말했다. 이어 발끝으로 철어를 걸어 올리더니 공중에서 찼다. 300근도 넘는 철어는 바로 사람들의 키를 넘어 담장 저쪽으로 날아가 쿵! 하는 소리를 내면서 떨어졌다. 곧이어 오할자를 비롯해 생철불과 소어아 등은 구경꾼들의 감탄하는 소리를 뒤로 한 채 자리를 떴다.

이위는 그제야 안도의 숨을 내쉬고는 서둘러 방값을 계산했다. 이어 건륭을 말에 태운 다음 도망치듯 객잔을 빠져 나왔다. 건륭 일행은 황하를 건너기 위해 성 북쪽에 있는 부두로 향했다. 건륭은 고삐를 잡은 채 말의 움직임에 몸을 내맡기고는 멍하니 생각에 잠겨 있었다. 부항이 그 모습을 보고 물었다.

"폐하, 심사가 깊어 보이옵니다."

"세 사람이 어떻게 승부를 가렸는지 궁금해서 그러네. 짐은 직접 그 장면을 보고 싶은 마음이 간절했네."

건륭은 웬만해선 볼 수 없는 좋은 구경을 놓쳐 몹시 아쉬운 듯했다. 유통훈이 그 말을 듣고 대화에 끼어들었다.

"아까는 실로 굉장했사옵니다. 대내 시위들 중에 그런 실력자들이 몇 명이나 있겠사옵니까?"

그러자 이위가 입을 열었다.

"폐하께서 원하신다면 북경에 돌아간 뒤 신이 그들을 불러들이겠사옵니다. 이 바닥 사람들은 명예와 의리를 목숨처럼 여기옵니다. 그네들은 자신에게 적당한 명성을 주고 의롭게 대해주는 사람을 위해서라면 칼산이든 불바다든 뛰어드는 사람들이옵니다."

건륭이 만족스러운 듯 껄껄 웃음을 터트렸다.

"역시 이위 자네는 도둑잡기의 고수라 뭐가 달라도 다르구먼!"

건륭 일행 열댓 명은 성 북쪽에서 황하를 건넜다. 강을 건너 북쪽 언덕에 올라서자 일망무제의 모래밭이 펼쳐졌다. 험난한 일정이 될 것 같았다. 무엇보다 모래밭에 말발굽이 빠져 움직이는 것부터가 여간 힘들지 않았다. 그 와중에 초여름의 햇빛이 기승을 부리는 데다, 모래밭에서 열기가 올라와 숨이 컥컥 막혔다. 게다가 어디에 쉬어갈 만한 그늘 하나 없었다. 마실 물 역시 한 방울도 남지 않았다. 일행은 기진맥진한 상태로 겨우 모래밭을 지나 언덕에 올라섰다. 순간 시원한 강바람이 마주 불어오면서 온몸의 뜨거운 열기를 식혀줬다. 일행은 바람에 몸을 내맡기고 한참 동안 그 자리에 서 있었다. 피곤이 몰려와 금세라도 쓰러져 잠이들 것만 같았다. 그때 갑자기 멀리 서쪽 하늘에서 우렛소리가 들려왔다.

"곧 비가 쏟아질 것 같사옵니다. 오늘 저녁 서릉사西陵寺에 머물려면 아직 육십 리나 더 가야 하온데……, 서둘러야 되겠사옵니다."

이위가 말 위에서 두 손을 이마에 얹은 채 서쪽 방향을 바라보고는 말했다. 그의 말이 끝나기 무섭게 우렛소리는 점점 가까워지기 시작했다. 곧이어 황사를 품은 바람이 휘몰아쳤다. 땀범벅이 된 시위들은 아무 생각 없이 덕분에 시원하다고 좋아할 뿐이었다. 건륭 역시 시위들의 생각과 별반 다르지 않은 듯 서쪽 하늘을 바라봤다. 시커먼 먹장구름이 무서운 속도로 돌진해 오고 있었다. 그가 말했다.

"이위 자네는 어찌 그리 호들갑을 떠는가? 장대비 속에서 갓 쓰고 우비 입은 채 말을 달리는 기분을 몰라서 하는 소리네."

건륭의 말이 떨어지기 무섭게 바로 머리 위에서 우렛소리가 더욱 크게 진동을 했다. 꿍음과 함께 뭔가 오싹한 기운이 느껴졌다. 뒤이어 옥수수알만 한 우박이 후드득후드득 떨어지기 시작했다. 건륭의 얼굴에도 우박이 세차게 떨어졌다. 방심하고 있던 건륭은 느닷없이 얼굴이 얼얼해지자 그제야 깜짝 놀라 뺨을 문질렀다. 순간 부항이 말에서 뛰어내렸다. 이어 시위들에게 눈을 부라리면서 욕설을 퍼부었다.

"어서 폐하를 지켜드리지 않고 멍청하게 뭣들 하는 거야? 망할 놈들!"

부항의 욕설을 듣고서야 시위 두 명이 덮치듯 건륭에게 다가갔다. 한 사람은 건륭의 허리를 껴안고 다른 한 사람은 다리를 잡아당겨 건륭을 말 위에서 끌어내렸다. 건륭은 우박에 얻어맞고 다급해진 듯 말의 배 밑으로 피하려 했다. 이위가 그 모습을 보고는 황급히 말렸다.

"아니 되옵니다, 폐하! 말이 놀라서 냅다 뛰는 날에는 위험하옵니다."

우박은 더욱 굵어졌다. 어느새 호두알만 한 크기로 변해서는 사람들의 머리를 아프도록 강타하기 시작했다.

"다들 장화를 벗어 머리 위에 얹어요!"

이위가 다급히 외쳤다. 그러자 부항이 가장 먼저 귀인의 체면도 잊은 채 시위들을 따라 재빨리 장화를 벗어 머리를 보호했다. 한편 건륭은 모래밭 위에 털썩 주저앉았다. 그러자 시위들이 빼곡하게 몰려서는 건륭의 머리를 막아줬다. 덕분에 놀란 가슴이 다소 진정된 건륭은 그제야 웃음을 머금었다.

"신발이 머리 위에 올라가는 모습은 상상조차 해본 적이 없는데! 허허, 그래도 이렇게라도 위기를 모면하는 것이 어딘가? 역시 거지의 수완이 다르기는 달라. 이위, 자네는 자네 몸을 잘 지키게. 짐에게는 이 사람들이 있으니까."

건륭이 말을 채 끝내기도 전에 갑자기 말 한 마리가 경기를 일으키듯 울부짖었다. 그리고는 냅다 우박 속을 가르면서 어디론가 사라져 버렸다.

우박은 곧 멈췄다. 그러나 이번에는 장대같은 비가 이어졌다. 삽시간에 물병아리가 된 사람들은 찬바람이 불어 닥치자 뼛속까지 스며드는 추위에 몸을 한껏 움츠렸다. 건륭은 입술이 시퍼렇게 질렸다. 부항은 시위들에게 말을 찾아오라고 지시를 내리고는 걱정스런 표정으로 건륭에게 말했다.

"폐하, 조금 힘이 드시더라도 이제부터는 걸어야겠사옵니다. 아니면 추위를 감당할 도리가 없사옵니다. 모두 신들이 치밀하게 순비하시 못한 탓이옵니다……."

건륭이 부항의 말에 괜찮다는 듯 손사래를 치면서 몸을 일으켰다. 그리고는 자꾸만 무거워지는 몸을 애써 추스르며 일행을 따라 북으로 걸었다. 그가 종종걸음으로 쫓아오는 이위를 보면서 말했다.

"모두들 추위에 얼굴이 흙빛이 됐는데 평소에 골골대던 자네는 오히려 멀쩡하구먼?"

이위는 건륭의 상태가 여간 걱정스럽지 않았으나 억지로 웃음을 띠우며 대답했다.

"신발을 머리에 얹고 계속 제자리에서 발을 움직였더니 땀이 좀 났사옵니다. 폐하께서도 발걸음을 빨리 옮기시면 금세 땀이 날 것이옵니다."

건륭은 이위의 말대로 하려고 했다. 그러나 마음과는 달리 다리를 옮기기가 점점 힘들어졌다. 사지가 굳어지고 다리는 천근만근 무거워 움직여지지 않았다. 아마도 젖은 옷을 너무 오래 입고 있었던 탓인 모양이었다. 그래도 그는 억지로 걸음을 떼려고 했다. 하지만 몸은 전혀 말을 듣지 않고, 이제는 오장육부가 뒤죽박죽이 돼 끊어질 듯 아프기까지 했다. 부항이 힘겨워하는 건륭을 지켜보다 가까이 다가가 여쭈었다.

"폐하, 많이 안 좋으시옵니까?"

"……."

건륭은 아무 대답도 하지 못했다. 갑자기 머리가 심하게 어지러웠다. 그래도 그는 이를 악물고 기어가다시피 움직였다. 순간 갑자기 하늘과 땅이 하나가 돼 빙빙 돌아가기 시작했다. 결국 그 자리에 픽 쓰러지고 말았다. 유통훈과 몇몇 시위들이 크게 놀라 고함을 지르면서 몰려왔다.

"폐하!"

이위 역시 건륭을 목이 터지도록 불렀다. 눈을 꼭 감고 이를 악문 채 혼미한 모습을 보이는 건륭의 이마에는 식은땀이 송골송골 배어 나오고 얼굴은 납빛이 되어갔다. 이위가 시위들에게 고함을 쳤다.

"어서 비를 피할 곳을 찾아보게. 말을 타고 나가 낭중郎中(의원을 일컬음)을 불러오게! 오한과 발열, 그리고 독소를 제거하는 약이면 무조건 사오게!"

부항도 황급하게 말했다.

"앞에 마을 하나가 보이니 어서 가보게! 나는 서릉사에 다녀와야겠네!"

부항이 말을 마치기 무섭게 날렵하게 말 위에 날아올랐다. 이어 능숙한 솜씨로 고삐를 잡고 채찍질을 가했다. 말은 길게 울부짖더니 저만치 멀어져갔다. 동시에 유통훈이 건륭을 들쳐 업었다. 이위와 시위들은 양옆에서 호위했다. 일행은 높낮이가 일정치 않은 옥수수 밭고랑을 따라 마을로 향했다. 마을 입구에는 낡은 절이 하나 있었다. 산문의 담벼락은 이미 허물어지고 없었으나 정문에 걸려 있는 낡은 편액에는 '진하묘'鎭河廟라는 글자가 희미하게 적혀 있었다.

일행은 허겁지겁 건륭을 신대神臺 앞으로 업고 갔다. 그런 다음 여기저기 널려 있는 널판자를 주워 모아 대충 몸을 뉘일 만한 침대를 만들었다. 이어 그 위에 여전히 인사불성인 건륭을 조심스럽게 내려놓았다. 유통훈은 불탑 주위에 있던 울타리를 뜯어 불을 지피려고 했다. 그러나 비에 젖은 탓인지 도무지 불이 붙지 않았다. 그러자 다급해진 이위가 향을 태우고 남은 잿더미를 뒤져봤다. 다행히 아직 불씨가 조금 남아 있었다. 그는 황급히 행낭에서 조금 남은 찻잎을 꺼내 불씨 위에 올려놓고는 입으로 불기 시작했다. 그러자 시위 한 명이 불상 앞에 두른 칸막이를 뜯어왔다.

이위가 엎드려 열심히 입으로 분 덕분에 불씨는 칸막이 천에 옮겨 붙었다. 얼마 지나지 않아 그 위에 올린 장작도 타오르기 시작했다. 온기가 방 안에 조금씩 퍼지면서 추위에 떨던 사람들도 한껏 움츠렸던 어깨를 폈다. 건륭의 혈색도 조금씩 제 색깔로 돌아오는 듯했다. 이위는 용기를 내서 건륭에게 다가갔다. 그리고는 그의 인중을 힘껏 눌렀다. 순간 건륭이 몸을 흠칫 떨더니 실눈을 떴다. 고개를 돌려 옆에서 시중을 드는 이위를 힘없이 바라봤다. 그러나 곧 다시 맥없이 눈을 감았다. 이위는 황급히 귀를 건륭의 입에 가져다 댔다. 건륭이 하고 싶은 말이 있는 듯 입술을 달싹거렸기 때문이다. 아니나 다를까, 건륭의 입에서 몇 마디 말이 흘러나왔다.

"짐의 말안장 주머니에……, 활락자금단活絡紫金丹이 있다네. 가져오게……."

이위가 건륭의 말에 조심스레 말했다.

"폐하, 이제 곧 낭중이 도착할 것이옵니다. 약은 낭중의 처방에 따라 드셔야 하옵니다. 그러니 이것만은 신이 폐하의 명에 따를 수 없사옵니다. 이제 차차 혈색이 돌아오고 있으시니 심려를 놓으시옵소서, 폐하."

이위가 잠시 생각하는 것 같더니 다시 덧붙였다.

"아무래도 이대로 계속 길을 재촉하는 것은 무리이옵니다. 신의 어리석은 생각으로는 인가를 찾아 폐하의 존체를 완전히 회복시킨 후 떠나는 것이 어떨까 하옵니다."

"짐도 그리 생각하네."

건륭이 힘없이 고개를 끄덕였다. 천하의 황제도 기가 많이 죽은 듯했다.

이위와 유통훈은 밖으로 나와 발품을 팔았다. 곧 큰 집을 하나 발견했다. 좀 낡아 보이기는 했으나 네모반듯한 모양과 기와를 얹은 지붕이 천민의 집 같지는 않았다. 더욱 중요한 것은 사방에 인가가 드물어 어가를 호위하기에도 편리하다는 사실이었다. 유통훈은 일말의 망설임도 없이 문을 두드렸다. 잠시 후 오래된 대문이 열리는 소리와 함께 열여덟 살 가량 되어 보이는 소녀가 고개를 빼꼼히 내밀었다. 유통훈은 그녀가 어젯밤 요씨 객잔에서 빚 독촉에 시달리며 울던 여자아이라는 사실을 단번에 알아봤다.

"아니, 너희 여기 살고 있었느냐?"

유통훈이 놀라면서도 반가운 표정으로 말했다.

"소녀를 아십니까? 저는 대인을 모르는데요?"

소녀가 고개를 내민 채 어리둥절해하면서 반문했다. 유통훈은 그제야 어젯밤에 모녀의 수난을 지켜봤던 사실을 소녀에게 설명했다. 이어 덧붙였다.

"너와 너의 어머니가 다시 마을로 붙잡혀온 것은 은자 몇 십 냥 때문이 아니냐? 우리 주인의 시중을 잘 들면 며칠 뒤 병이 나아 떠날 때 그깟 은자 몇 십 냥은 문제가 아니야."

소녀는 말없이 몸을 돌려 안으로 들어갔다. 이어 한참 후에 다시 모습을 드러냈다. 그러나 여전히 고개만 빼꼼히 내민 채 말했다.

"집에 빈방이 많아요. 일행분들이 많아도 얼마든지 묵을 수 있어요. 그런데 여자들뿐이라 조금 불편할 것 같네요."

유통훈은 소녀의 말에 잠시 주춤했다. 그러나 곧 서릉사로 먼저 간 이위의 처 취아를 떠올리고는 말했다.

"걱정하지 마라. 우리는 정직한 장사꾼들이야. 주인이 병들어 눕지만 않았어도 이렇게 아무나 붙잡고 부탁을 하지도 않았을 거야. 우리 일행 중에는 여자도 있어."

소녀가 다시 들어갔다 나오더니 말했다.

"환자 때문에 그러신다니 어머니께서 여기서 묵어가시래요."

이위와 유통훈은 거처를 마련하게 되자 바로 서둘러 설보 돌아와 긴

릉에게 그간의 사정을 상세하게 아뢰었다. 이위는 그 사이 사람을 서릉사로 보내 취아를 데려오도록 했다. 그렇게 해서 건륭이 왕씨 모녀의 집으로 거처를 옮겼을 때는 주위가 칠흑같이 어두워진 뒤였다. 하루 종일 경황없이 뛰어다닌 사람들은 그제야 배가 등가죽에 붙을 만큼 고프다는 것을 느꼈다. 그러나 몸져누운 건륭을 의식한 듯 아무도 감히 배고프다는 말을 입 밖에 내지 못했다.

얼마 후 낭중이 도착했다. 그제야 정신없이 돌아다니면서 바쁘게 움직였던 이위와 유통훈은 비로소 안도의 숨을 내쉬었다. 건륭은 이미 깊이 잠들어 있었다. 그러나 몸은 불덩이처럼 뜨거웠다. 얼굴은 벌겋게 상기돼 있었다. 가끔씩 몰아쉬는 숨소리는 자꾸만 거칠어지고 있었다.

"이 병은……, 오장육부가 갑자스런 한열寒熱의 침입을 받아 생긴 것입니다. 두 가지 독 때문에 비위가 상하셨습니다."

나이 지긋한 낭중이 진맥을 하고 나더니 말했다. 이어 한바탕 관련 의학 이론을 설명하려는 낌새를 보였다. 그러자 때마침 방 안에 들어선 취아가 답답한 듯 낭중의 말을 끊으면서 말했다.

"낭중 어르신, 우리는 의술에는 문외한이에요. 아무리 이론을 설명해봤자 알아듣지도 못해요. 빨리 치료하려면 어떤 약을 써야 하는지만 말씀해주세요!"

낭중이 고개를 끄덕이며 대답했다.

"걱정하지 않으셔도 됩니다. 내가 지어주는 약을 한 첩 먹고 땀을 쭉 빼면 곧 좋아질 것이외다. 그러나 시일이 좀 걸리더라도 치료를 제대로 받으셔야 합니다. 병의 뿌리를 뽑아야지 그렇지 않으면 해마다 이맘때면 습관처럼 똑같은 증상이 나타날 수 있습니다."

낭중의 말이 막 끝났을 때였다. 부항이 크고 작은 약 꾸러미를 안고 들어왔다. 그리고는 그것을 낭중 앞에 전부 펼쳐 보였다. 부항이 놀라는 낭중의 표정을 읽고는 황급히 해명을 했다.

"너무 급해서 갖가지 약을 다 달라고 했습니다. 낭중께서 보시고 부족한 것을 말씀해주시면 다시 당장 달려갔다 오겠습니다."

부항의 말에 낭중이 책상 위의 붓을 들어 처방전을 썼다. 낭중이 붓을 거둬들이자 부항이 기다렸다는 듯 말했다.

"우리 주인의 병이 어느 정도 호전을 보일 때까지는 곁에서 지켜주세요. 댁에는 이미 사람을 파견해 오늘 못 들어가실 거라고 말씀드렸어요. 사례금은 후하게 쳐드릴 겁니다."

부항은 낭중의 저녁을 준비하라고 말하려다 입을 다물었다. 일행 모두가 아직 아무것도 못 먹었다는 데에 생각이 미쳤던 것이다. 그는 취아에게 말했다.

"이 부인, 오늘 저녁은 대충 죽을 끓여먹는 것으로 한 끼를 때워야겠소. 주인아주머니께 부엌을 좀 빌려도 되겠느냐고 물어보시오."

왕씨 모녀는 흔쾌히 부엌을 쓰는 것을 허락했다. 뿐만 아니라 저녁 준비를 하는 취아를 기꺼이 돕고 나섰다. 이렇게 해서 부항이 탕약을 달이는 동안 조금 떨어진 곳에서는 소녀가 불을 지펴 물을 끓였다. 이어 물이 펄펄 끓기 시작하자 쌀을 넣고 죽을 쑤기 시작했다. 손놀림이 여간 야무진 것이 아니었다. 취아는 얼굴도 곱고 행동거지도 얌전한 소녀가 솥뚜껑을 열고 열심히 죽을 휘젓는 모습을 보면서 속으로 혀를 끌끌 찼다. 수양딸로 삼고 싶은 생각이 드는 모양이었다. 이윽고 죽이 다 익자 소녀가 죽을 떠서 대접에 곱게 담아냈다. 취아는 소녀에게 쟁반을 들게 하고는 함께 건륭이 있는 곳으로 향했다. 건륭은 인기척을 듣고 문어귀로 시선을 돌리는가 싶더니 소녀의 아리따운 모습을 보고는 대뜸 얼굴에 화색이 돌았다. 취아는 건륭의 반응에 잠시 어리둥절했으나 이내 건륭의 속내를 눈치챘다.

"어르신, 혈색이 아까보다 훨씬 좋아지신 것 같습니다. 시장하실 것 같아 죽을 좀 끓여왔습니다. 이 아이는 왕정지王汀芷라고 합니다. 참으로 영특하고 고운 아이입니다."

건륭이 취아의 말에 동의한다는 듯 흡족한 표정으로 고개를 끄덕였다. 그리고는 천천히 몸을 일으켜 반쯤 기대앉으면서 미소를 지었다.

"이름도 사람과 잘 어울리는군.《악양루기》岳陽樓記에 '언덕에 핀 구릿대와 물가에 난 향초가 무성하고 푸르다'岸芷汀蘭, 鬱鬱靑靑라고 하지 않았던가."

소녀는 낯선 남자로부터 칭찬을 듣자 부끄럽고 두려운 듯 얼굴이 발 갛게 상기됐다. 그럼에도 취아는 어서 다가가 죽을 떠먹이라고 연신 등을 떠밀고 눈짓을 보냈다. 왕정지는 취아의 성화에 못 이겨 쭈뼛거리면서 건륭에게 다가갔다. 이어 허리를 굽힌 채 숟가락으로 죽을 조금씩 떠 건륭의 입에 넣어줬다. 건륭은 죽이 너무 뜨거워 거의 혀끝으로 핥다시피 하고는 감탄을 했다.

"죽 맛이 참 좋네! 이렇게 맛있는 죽을 먹어보기는 또 처음이야."

건륭의 눈치를 보던 취아가 왕정지에게 말했다.

"애! 이렇게 호호 불어 식힌 다음 떠 넣어 드려야지. 옳지, 그렇게……. 아이가 참 영특하구나. 어르신, 그러면 천천히 드십시오. 저는 우리 그이가 뭘 하나 보러 가봐야겠습니다."

건륭이 고개를 끄덕였다. 취아는 곧바로 일어나 자리를 피해버렸다. 건륭은 취아가 방을 나간 것을 확인하고 왕정지에게 물었다.

"자네 부친은 북경으로 과거시험 보러 가셨다면서?"

"네, 어르신."

"학문이 깊으신가?"

"네."

"그런데 어찌해서 번번이 낙방하셨지?"

"팔자소관이라고 해야죠. 늘 많이 틀리시는 것도 아니고 아쉽게 탈락하고는 합니다."

건륭이 잠시 침묵하는가 싶더니 다시 물었다.

"어제 그 열일곱째삼촌이라던 노인은 자네 집안의 친척인가?"

사실 왕정지 모녀는 건륭 일행을 돈 많고 통이 큰 장사꾼으로 알고 있었다. 시중을 잘 들어주면 빚을 갚아줄지도 모른다는 기대를 하고 있었다. 아무리 환자라 하더라도 기꺼이 건륭의 시중을 승낙한 것은 그런 때문이었다. 그러나 어쨌든 왕정지가 젊은 남자를 가까이 한 것은 이번이 처음이었다. 온몸에 진땀이 흐를 정도로 긴장하고 부끄러울 수밖에 없었다. 더구나 건륭의 불같이 뜨거운 눈빛이 계속해서 그녀의 몸을 훑고 있었다. 그녀는 마른침을 삼키며 애써 부드러운 목소리로 대답했다.

"먼 친척이에요. 전에는 저의 집 소작농이었는데, 저희의 가세가 기울어지자 지금 살고 있는 이집까지 빼앗으려고 저러는 것입니다. 누가 그 검은 속셈을 모를 줄 알고……."

왕정지가 말을 막 마치려 할 때 부항이 들어섰다. 그는 왕정지를 의식한 듯 아무 말도 하지 않았다. 그러자 건륭이 물었다.

"무슨 일 있나?"

"거래하는 가게에서 보내온 장부 내역입니다. 보시고 별 문제가 없으면 답신을 보내야겠습니다."

부항이 마치 진짜 장사꾼처럼 그럴싸한 어조로 말했다. 건륭 역시 별로 머뭇거리지 않고 등불을 빌어 장부를 훑어봤다. 때때로 문안을 여쭤봐야 하는 북경의 장정옥이 보내온 상주문이었다. 장정옥은 은과 시험이 계획한 날짜에 열릴 것인지 여부도 물어왔다. 건륭이 잠시 생각하더니 말했다.

"원래 계획보다 사흘 늦어질 거라고 하게. 내가 건강이 여의치 않아 확답을 줄 수 없으니 사흘 후에 다시 연락하라고 하게."

부항이 대답과 함께 물러가자 왕정지가 순진한 표정으로 말했다.

"그런데 어르신은 평범한 장사꾼처럼 보이지 않습니다."

건륭의 눈에 일순 경계하는 빛이 스쳤다. 그러나 곧 말했다.

"어디를 봐서 내가 장사꾼 같지 않다는 건가?"

"상인들은 어두워지면 객잔을 찾아 잠을 자고 날이 밝으면 떠나는 것이 생리입니다. 이런 식으로 연락을 주고받지는 않을 것입니다. 그리고 어르신 일행은 사람이 이렇게 많은데 찻잎은 너무 적습니다. 이래서는 인건비도 안 나올 것입니다. 소녀가 보기에는……, 어르신께서는 필히 미행 나오신 어느 관부의 대관大官이신 것 같습니다. 하오나 이해되지 않는 점도 있습니다. 젊은 나이에 이렇게 많은 부하를 거느릴 정도로 높은 관직에 있는 사람이 어디 있겠습니까? 그래서 소녀는 어르신께 어떤 존칭을 써야 할지 모르겠습니다."

건륭은 속으로는 깜짝 놀랐으나 그저 빙그레 웃기만 했다. 그리고는 마지막 한 술까지 다 받아먹고 우물거리면서 대답했다.

"과연 대단히 영특한 아이로군. 전성공田盛公이라고 부르면 되겠네. 자네같이 귀엽고 영리한 딸이 있어 자네 부친은 이번에 반드시 장원급제를 할 것이네."

건륭은 말을 마치고는 왕정지를 뜨거운 눈빛으로 바라봤다. 마음 같아서는 당장 끌어안아 쓰러뜨리고 싶었으나 그럴 수가 없었다. 머리가 지끈지끈 아프고 온 몸에 힘이 없었던 것이다. 왕정지는 건륭에게서 이상한 낌새를 챈 듯 서둘러 대접을 챙겨들고 문을 열면서 큰 소리로 외쳤다.

"어머니, 죽은 다 드셨어요. 탕약은 준비됐나요?"

그렇게 사흘이 지나자 건륭의 병세는 크게 호전됐다. 이위가 만일의 경우에 대비해 건륭이 늘 복용하던 환약도 챙겨왔으나 다행히 병은 심해지지 않았다.

건륭은 기력이 점차 회복되자 왕정지를 안고 싶은 욕구가 더욱 크게 불타올랐다. 그러나 주위의 이목 때문에 섣불리 행동하지는 못했다. 그저 가슴만 태울 뿐이었다. 때문에 그만 출발할 때도 됐건만 전혀 떠날 생각을 하지 않았다. 그렇게 미적거린지 나흘째 되던 날이었다. 아침상을 물리고 문후를 올리러 온 부항이 건륭의 눈치를 살피면서 은근하게 아뢰었다.

"폐하, 여기에 벌써 사흘이나 묵었사옵니다. 시일이 더 길어지면 우리 신분이 들통이 날 수 있사옵니다. 또 북경의 회시會試와 전시殿試도 예정된 기일을 어겨서는 아니 되옵니다. 폐하께서 움직이실 수 있다면 비밀리에 가마 한 대를 빌려 출발하는 것이 어떨까 하옵니다."

건륭이 더 이상 머무를 명분이 없다는 것을 느꼈는지 아쉬움에 한숨을 내쉬었다.

"자네 말이 맞네. 그런데 짐은 아직 그 장님 도사의 운명이 궁금해서 발걸음이 쉽게 떨어지지 않는구먼. 그 사람들의 싸움이 어떤 식으로 결판이 났는지 궁금해서 못 참겠네. 우리가 출발한 뒤라도 사람을 보내 알아보도록 하게."

그러자 부항이 대답했다.

"장님 도사 오할자는 어제 이미 돌아왔사옵니다. 폐하께서 깊이 침수를 드셨기에 인사를 올리지 못했사옵니다."

"그게 사실인가? 어서 불러들이게."

오할자가 밖에서 대령하고 있다 건륭의 말을 듣고 바람처럼 들어왔다. 이어 문후를 올렸다.

"소인 오할자가 폐하께 문후 올리옵니다!"

오할자의 왼팔에는 붕대가 감겨져 있었다. 건륭이 그걸 보고는 한숨을 지었다.

"무척 걱정했었는데 끝내 다쳤군. 두어 명 딸려 보냈어야 했는데! 그 시커먼 스님은 도대체 어인 일로 그리 난동을 부렸는가? 단순히 객잔을 노린 것인가, 아니면 짐을 겨냥한 것인가?"

"소인의 상처는 아무것도 아니옵니다. 생철불 그자는 소인에 의해 두 눈을 다 잃고 말았사옵니다."

오할자가 대수롭지 않게 말했다. 이어 다시 자신감 넘치는 어조로 몇 마디 덧붙였다.

"녹림의 진정한 호걸들은 일대일로 붙는 것을 원칙으로 하고 있사옵니다. 소인이 강호에서 유명해진 것도 일대일로 붙는 것을 두려워하지 않기 때문이옵니다. 생철불 그자는 소어아의 스승이라는 반세걸을 노리고 요씨 객잔을 덮친 것이옵니다……."

오할자가 말을 마치고는 사건의 전말을 세세하게 설명했다. 옹정 연간에 나동수羅同壽라는 호걸이 강호에서 맹활약을 한 바 있었다. 나중에는 오갈 데 없는 거지들을 모아 청방靑幫이라는 비밀결사를 만들었다. 청방은 도둑질과 강도짓으로 가진 자들의 주머니를 털어 가난한 사람들을 구제해주면서 점차 이름을 날리기 시작했다. 이런 청방의 의협심을 높이 산 일부 관리들은 경조사에 그들을 초청하기도 했다. 또 청방은 어떨 때는 장사치들의 제안을 받고는 재물을 목적지까지 무사히 운반해주는 일도 맡아 했다. 이른바 표국鏢局(귀금속이나 현금을 운송해주는 무장 업체를 의미함)을 열어 사업을 했던 것이다. 그리고는 돈을 벌면 공평하게 나눠 가졌다. 어려운 고비가 있으면 힘을 합쳐 해결했다.

청방의 창시자인 나동수는 조직 운용에 관해서는 대단히 뛰어난 사람이었다. 우선 조직이 단합이 잘되도록 각 지역의 거지들 중 의리 있고 무예 실력이 출중한 사람을 늘 우두머리로 내세우고는 했다. 또 확실한 조직의 관리를 위해 옹응괴翁應魁, 반세걸, 전성경錢盛京 등 세 명의 제자를 두었다. 때는 이위가 산동성 총독으로 있을 무렵이었다. 조운漕運 식량이 운하를 통과하는 과정에 도적떼의 습격을 받는 사건이 수차례 발생했다. 이위는 산동성 경내에서 활동 중인 청방의 소행이 분명하다고 생각했다. 이후 고심에 고심을 거듭하다 독으로 독을 해결하는 방법을 선택했다. 즉 나동수의 세 제자를 끌어들여 곡물 운송을 책임지게 한 것이다. 이 방법은 과연 효과가 있었다. 2년 동안 아무 탈이 없었던 것이다. 그런데 3년째부터 또다시 도적떼가 말썽을 부리기 시작했다. 이번에는 놀랍게도 나동수가 직접 나섰다. 말썽을 부린 범인들이 절대 청방의 소행이 아니라는 것을 증명하기 위해서였다. 그 결과 범인을 붙잡고 보니 복건성과 광동성 일대에서 활동하던 만법일품파萬法一品派의 소행이었다는 사실이 확인됐다. 크게 화가 난 나동수는 세 제자를 불러 분부를 내렸다.

"수로가 많아 여기보다 먹고 살기 훨씬 편한 것들이 북방까지 쫓아와 우리 밥그릇을 빼앗으려 들다니 결코 용서할 수 없어. 반세걸, 다음 번 식량 운송은 자네가 직접 진두지휘하게. 까부는 놈 있으면 생포해 이 사부께 가져다 바쳐!"

원수는 외나무다리에서 만난다고, 드디어 작년 5월 두 파벌은 태호太湖에서 딱 마주쳤다. 반세걸은 기대에 어긋나지 않았다. 소어아를 비롯한 몇몇 제자들과 함께 만법일품파의 생철불을 물리쳤다. 생철불의 두 제자도 붙잡아 나동수에게 넘겼다. 그러나 싸우는 과정에서 반세걸 역시 부상을 입었다. 반세걸은 상처를 치료하기 위해 태강현에 머물렀다. 그 때문에 소어아는 객잔 점원을 가상해 곁에서 사부 시중을 들었던 것이다.

"걱정 많이 했네. 무사히 돌아왔으면 됐네."

건륭은 오할자의 설명을 다 듣고 나서 온돌에서 내려와 천천히 걸었다. 그리고는 창밖에 요염하게 핀 월계화를 바라보면서 잠시 침묵을 지켰다. 잠시 후 그가 다시 입을 열었다.

"이번에 어가를 호위하는 데에는 자네 공로가 컸네. 돌아가서 짐이 상을 내릴 것이네. 자네 말을 듣고 보니 강호에서의 파벌 싸움은 위험수위를 넘어선 것 같군. 지금이라도 바른 길로 인도하지 않으면 조만간 큰 사고를 칠까 우려되네. 이위는 독으로 독을 치는 방법을 택했으나 그 방법은 한 번으로 족하지 근본적인 대책은 아니야. 방금 문득 자네에게 딱 맞는 일을 생각해냈네. 자네는 강호의 파벌들 사이를 드나들면서 조정의 우환을 덜어 주는 일을 하는 것이 어떻겠나? 강호의 인물들 중에는 조정의 뜻을 잘 따르는 충성스럽고 의로운 대장부들도 많을 것이 아닌가. 방금 언급한 나동수라는 청방 두목도 조정의 조운 식량을 호송할 정도로 실력이 있고 의협심이 있는 것 같군. 그런 사람을 우리 조정에서 손을 내밀어 끌어올 수도 있지 않겠는가? 한번 강도떼를 만나면 적게는 수만, 많게는 수십만의 은자를 손해 보는데 차라리 그 은자로 조정을 위해 헌신할 수 있는 강호의 세력을 키우는 것이 훨씬 이롭지 않겠나? 그러나 마음속에 다른 꿍꿍이를 품고 끝까지 교화에 응하지 않는 완고한 분자들은 강호의 정의지사들을 동원해 없애버려야 하네. 물론 말처럼 쉬운 일이 아니니 심사숙고가 필요하겠지. 짐의 뜻을 이위와 유통훈에게 전하고 그들의 의견을 올려 보내라고 하게."

건륭의 말이 끝나자 왕정지가 약사발을 받쳐 들고 들어섰다. 건륭은 즉각 오할자더러 물러가도록 지시했다.

밖으로 나온 오할자는 책상 위에 엎드려 편지를 쓰고 있는 부항을 발견하고는 물었다.

"우개 대인은 어디 갔습니까? 폐하께서 말씀을 전하라 하셨는데요."

부항이 미처 대답을 하기도 전에 서쪽 방에서 취아가 고개를 내밀었다. 왕정지의 어머니 왕씨와 이야기를 주고받던 중인 모양이었다. 그녀가 말했다.

"동쪽 별채에 있어요."

오할자는 말없이 이위를 찾아 나섰다. 취아는 그런 오할자를 잠시 바라보다 다시 조금 전의 말을 이어나갔다.

"……정지 어머니가 의심할 법도 하지요. 우리 용공자龍公子는 개나 소나 다하는 그런 장사꾼이 아니라 황상皇商(황실을 상대로 사업을 하는 상인)이라오. 하남성 신양信陽 지역에서 질 좋은 차를 구입해 조정에 공급하는 그런 황상이라고요. 이렇게 만난 것도 인연이 아닐까요? 며칠 만에 정이 듬뿍 들어서 정지네 모녀를 두고 떠나기가 참으로 아쉽네요!"

"황상인 줄은 몰랐어요. 처음에 저는 사람들이 우르르 몰려드는 걸 보고 말 도둑들인 줄 알았지 뭐예요. 황상이라면 앞으로도 만날 기회가 있겠죠. 이 앞이 역도인데 오고 가면서 들르면 만날 수 있지 않겠어요?"

왕씨가 말했다. 취아가 다시 왕정지에게 정해둔 남자가 있는지 물어보기 위해 막 입을 열려고 할 때였다. 갑자기 건륭의 방에서 "아!" 하는 나지막한 비명소리가 들려왔다. 취아는 순간 정신없이 달려갔다. 부항 역시 붓을 던지고 달려갔다. 둘이 가서 보니 건륭이 뜨거운 탕약에 덴 듯 오만상을 찌푸리고 있었다. 왕정지는 귀밑까지 빨개져서 약탕관을 받쳐든 채 어찌할 바를 모르고 있었다. 그러다 어머니 왕씨가 다가가자 잔뜩 기가 죽어 말끝을 흐렸다.

"제가 부주의해서 그만……."

"아니오. 내가 손짓을 잘못하는 바람에 엎어진 거요."

여섯 개나 되는 세 사람의 눈길이 순간 두 사람에게 집중됐다. 그러자 건륭이 난감한 기색을 지어 보였다.

"별일 아니니 다들 나가보게."

사람들이 모두 나가자 건륭이 웃음 띤 얼굴로 말했다.

"어째서 그렇게 겁을 내고 그러나? 그러지 말고 이리 와……."

건륭은 말을 마치기도 전에 부끄러워 고개를 숙이는 왕정지를 와락 껴안았다. 이어 막 침대에 쓰러뜨려 눕히려는 순간 밖에서 한바탕 떠들썩한 소리가 들려왔다. 건륭은 그 소리에 화들짝 놀라 하던 행동을 멈췄다. 정욕은 이미 반쯤 식어버린 뒤였다. '어떤 놈이 감히 다 된 밥에 초를 치는 거야?' 굳어진 건륭의 표정에 그런 불만이 고스란히 나타났다. 그는 화를 참지 못하고 거칠게 방문을 열었다. 알고 보니 불청객은 열일곱째삼촌, 즉 채권자 왕조명王兆名이었다. 그의 뒤로 열 몇 명의 체격 좋은 장정들이 우르르 들이닥치고 있었다. 화가 치민 건륭이 대뜸 시위들을 향해 크게 호통을 쳤다.

"네놈들은 이따위 인간들이 들이닥칠 동안 뭘 하고 있었느냐?"

"이따위? 이따위 인간들이 당신보고 밥 달라고 그랬는가?"

왕조명이 사갈 같은 눈을 부릅뜨면서 팔을 걷어붙였다. 이어 다시 호통을 쳤다.

"여기는 우리 왕씨의 집이라고. 나는 가문 족장族長의 명령을 받고 조카의 집에 왔어. 내가 왕법이라도 범했다는 건가?"

그러자 왕씨가 황급히 달려나왔다.

"열일곱째삼촌, 또 왜 이러세요? 제가 아직도 빚진 것이 남아있나요?"

왕조명이 즉각 기다렸다는 듯 냉소를 흘렸다.

"물론 은자는 갚았지. 그러나 족장께서는 지금 자네 때문에 심기가 매우 불편하셔. 주인도 없이 모녀만 있는 집에 이런 정체불명의 사내들을 들이고도 가문에 알리지 않다니, 도대체 저의가 뭔가? 자네 한 사람만의 일이라면 절개를 지키든 말든, 외간 사내들과 무슨 짓을 하든 말든 상관이 없어. 그러나 이는 분명 왕씨 가문의 규칙에 위배되는 짓이야!"

왕조명이 이번에는 이위 등을 손가락질하면서 언성을 높였다.

"저치들은 마을에 들어서자마자 절을 훼손하고 신령을 모신 울타리를 뽑아 땔감으로 썼어. 이 일을 어찌 해명할 것인가? 병상에 계신 족장님 꿈에 신령이 나타나서 크게 노하셨다네! 이 일을 확실하게 처리하기 전에는 아무 데도 못 가. 엉덩이 툭툭 털고 달아날 생각은 하지도 말아."

"끌어내!"

치밀어 오르는 화를 꾹 참고 있던 건륭이 끝내 고함을 질렀다. 손까지 부들부들 떨면서 왕조명 일행을 정확히 가리켰다. 은근히 건륭의 입에서 명령이 떨어지기만 고대하고 있던 시위들은 곧 맹수가 먹이를 덮치듯 달려들었다. 이어 왕조명 일당의 팔을 확 비틀었다. 느닷없는 공격에 왕조명 일당은 인상을 험악하게 구기면서 필사적으로 반항했다. 건륭이 입꼬리를 끌어올리면서 소리쳤다.

"이 집까지 삼켜버리겠다는 속셈이군. 자네, 욕심이 너무 많다는 생각이 안 드는가? 내가 그 절을 원상 복구시키지 않고 아예 없애버리겠다면 어쩔 셈인가? 거기다 자네 아들의 관직마저도 박탈하겠다면 아마 뒤로 넘어가겠지?"

왕조명이 그 말에 씩씩대면서 턱을 치켜들었다. 그리고는 가소롭다는 표정으로 뱁새눈을 부릅뜬 채 건륭에게 대들었다.

"당신이 뭔데?"

"지금의 천자天子다!"

건륭의 얼굴에 엷은 냉소가 번졌다. 이어 고개를 돌려 이위에게 분부했다.

"짐은 지금 즉시 북경으로 돌아가겠네. 경유지의 관리들에게 전하게. 맡은 바 직무에 충실하면서 자리를 고수하라고 말이야. 그것이 곧 짐을 향한 충정이니 쓸데없이 배웅한다고 법석을 떨지 말라고 전하게. 장정옥에게도 육백리 긴급서찰로 어지를 전하게. 짐은 더 이상 지체하지 않고 북경으로 직행할 것이라고 말일세. 이 파렴치한 자들은 이곳 현에 넘겨 갈취와 협박공갈죄를 엄정히 물으라고 하게!"

건륭이 말을 마치고는 걸음을 옮기려다 잊고 있었다는 듯 고개를 돌려 왕정지를 쳐다보았다. 과연 왕정지는 깜짝 놀란 채 그 자리에 못 박힌 듯 서 있었다. 건륭은 그녀를 향해 의미심장한 미소를 지어 보이고는 시위들의 철통같은 호위를 받으면서 저만치 멀어져 갔다.

11장

낙방거사와 가난한 여인

　순천부의 은과 시험 준비는 마무리 단계에 들어갔다. 주시험관인 양명시와 부시험관인 악선은 비로소 약간 안도할 수 있었다. 옛날부터 시험 기간을 춘추 두 계절로 정한 것은 명목상으로는 '공자가 《춘추》를 저술한 것'을 기념하기 위한 것이었다. 그러나 사실은 봄, 가을 두 계절이 춥지도 덥지도 않아 시험 응시생들이 다니기에 좋기 때문이었다. 물론 우려스러운 점도 없지는 않았다. 그것은 바로 초여름이 시작되는 늦봄이 전염병이 창궐하는 계절이라는 사실이었다. 더구나 삼사천 명에 달하는 거인들이 한 곳에 몰려 있다 보면 한꺼번에 수백 명씩 드러누워 인재 선발에 나쁜 영향을 미치는 경우도 가끔 있었다.

　4월초 고사장으로 미리 들어간 양명시와 악선이 가장 우려한 것도 이 부분이었다. 두 청백리는 민족이 다른 만큼 전염병에 대처하는 방식도 달랐다. 양명시는 감초, 녹두, 노근蘆根(갈대뿌리), 금은화 능 사풍 한약

재를 대량으로 사들였다. 이어 공원貢院 동쪽에 큰 솥을 걸어놓고 이 약재들을 달인 물을 거인들에게 무료로 제공했다. 반면 악선은 백운관白雲觀에서 도사를 초청해 온신瘟神에게 제를 지내고 종이돈을 태웠다. 또 70개 구역의 5000여 개에 달하는 판잣집마다 향을 사르도록 했다. 이밖에 숯으로 식초를 끓인 수증기를 대기 중에 확산시켰다. 두 사람 중 누구의 방법이 영험했는지는 몰라도 아무튼 이번 은과 시험에서는 한 명도 전염병에 걸리지 않았다. 내일이면 거인들은 길었던 일정을 모두 마치고 '해방'될 것이었다. 이렇게 해서 전전긍긍하던 두 사람의 마음은 겨우 안정을 찾았다.

이날 신시쯤 두 사람은 나란히 시험구역을 순찰하고 열여덟 개의 시관방試官房을 들여다본 다음 북쪽에 위치한 지공당至公堂으로 돌아왔다. 두 사람이 안도의 숨을 내쉬면서 웃었다. 양명시가 다시 깊은 생각에 잠기는 것을 본 악선이 물었다.

"양공, 무슨 생각을 그리 하시오?"

"나 말이오? 각 시관방에서 올라온 시험지를 생각하고 있었소. 정신을 바짝 차리고 보기는 했는데, 억울하게 탈락한 사람이 있지 않을까 걱정이오. 다시 한 번 더 검토를 해보는 것이 필요할 것 같소."

그러자 악선이 그만하면 됐다는 듯 말했다.

"나도 주시험관을 몇 번 맡아본 적이 있소. 그러나 이번처럼 심혈을 기울여 본 적은 없소. 물론 우리가 아무리 노력해도 추호의 오차도 없게 할 수는 없을 거요. 그러나 진인사대천명이라고 우리로서는 할 수 있는 만큼 최선을 다했으면 된 거요. 그렇게만 하면 폐하의 기대를 저버리지는 않은 거요."

악선이 말을 마치고는 자리에서 일어나 책상 위에 높이 쌓여 있는 시험지를 바라봤다. 그리고는 웃음 머금은 얼굴로 말했다.

"단 한 번의 시험으로 그 사람의 실력을 전부 들여다 볼 수 있는 것도 아닌데, 이 관문을 넘지 못하면 관직에 오를 수 없으니, 실로 운이 작용하지 않는다고 말할 수 없소!"

양명시가 천천히 방 안을 배회하면서 한숨을 지었다.

"나도 공감하오. 그러나 팔고문八股文(명·청대에 과거시험에 쓰이던 특별한 형식의 문체)을 익힌 것이 전혀 쓸모가 없는 것은 또 아니오. 명나라 때의 장거정張居正, 해서海瑞, 대청의 웅사리熊賜履, 범문정范文程, 서원몽徐元夢, 육롱기陸隴其 모두 팔고문이 키운 명신이자 역사에 길이 빛날 인물들이잖소!"

양명시의 말이 끝날 즈음이었다. 갑자기 바깥 감시청監試廳 쪽에서 한바탕 소란이 벌어졌다. 악선이 미간을 좁히고는 아역을 불러 지시했다.

"가서 감시청의 순검巡檢을 불러오게!"

악선의 말이 떨어지기 무섭게 순검이 성큼 들어섰다. 양명시가 물었다.

"여기가 국가의 인재를 선발하는 성지임을 모르는 사람은 아무도 없을 텐데, 누가 밖에서 저렇게 무법천지로 떠드는 거야?"

"주시험관 대인, 어디서 굴러들어왔는지 모를 거인 한 사람이 지공당에서 떠들고 있습니다!"

"무슨 일로?"

"두 분을 뵙고 면접시험을 보게 해달라고 합니다!"

양명시와 악선은 약속이나 한 듯 서로를 마주보았다. 수험생이 그렇게 뻔뻔스럽고 대담한 요구를 하는 경우는 처음이었기 때문이다. 양명시가 차갑게 말했다.

"들여보내게."

순검과 함께 들어선 사람은 젊은 선비였다. 선비는 두 사람을 향해 땅에 닿을 정도로 길게 읍을 하면서 말했다.

"만생晩生(후배라는 의미. 자신을 겸손하게 이르는 말) 이시요李侍堯가 두 분 나리께 문안 올립니다!"

양명시가 물었다.

"자네, 지금 객기를 부리고 있다는 사실을 알고 있나?"

"만생은 수험생의 신분으로 주시험관 나리를 뵙고자 하는 것인데 객기라니 무슨 말씀이십니까?"

"특별한 경우도 아닌데 면접시험을 요구했으니 객기가 아니고 뭔가? 다들 자네같이 국가의 법과 조정의 제도를 무시하고 멋대로 한다면 천하의 질서가 똑바로 설 수 있겠는가? 여봐라!"

"예!"

"감시청으로 끌고 가서 곤장 사십 대를 안겨라!"

"예!"

아역들이 달려왔다. 그러자 이시요가 크게 웃더니 양명시와 악선을 손가락질하면서 소리쳤다.

"가증스러운 위선자들 같으니라고! 끌어낼 때까지 기다릴 줄 알아? 내 발로 걸어 나간다. 감시청이 어디냐?"

이시요가 말을 마치고는 아역들을 따라 나갔다. 악선이 벌레 씹은 표정으로 뇌까렸다.

"미친놈 같으니라고!"

"광기가 다분한 친구로군."

양명시는 시험관들이 뽑아 올린 답안지들을 뒤적였다. 예상대로 이시요의 이름이 적힌 답안지는 없었다. 양명시가 말했다.

"또다시 낙방할 것이 분명하니 다급한 김에 그런 객기를 부렸는지도 모르지."

양명시의 말이 끝나기 무섭게 용문龍門 안에 있는 명원루明遠樓 저편에서 태감 한 명이 헐떡이면서 달려오는 모습이 보였다. 악선이 먼저 그를 알아보았다.

"고무용이로군. 어지가 계신가 보오."

양명시와 악선은 함께 지공당을 나섰다. 이어 양명시가 막 입을 열어 물으려 할 때였다. 고무용이 먼저 말했다.

"폐하께서 친히 납시었습니다! 벌써 용문 밖에 도착하셨습니다. 어서, 어서 정문을 열어 어가를 영접하십시오!"

양명시가 고무용의 재촉에 크게 놀라면서 물었다.

"뭐라고 했는가? 다시 한 번 말해보게!"

"폐하께서 이미 공원으로 납시었다고요!"

순간 양명시와 악선의 얼굴에 감격스러운 표정이 떠올랐다. 이어 둘은 서둘러 지공당으로 들어가 관모를 쓰고 나왔다. 그리고는 즉시 아랫사람들에게 명을 내렸다.

"각 시관방의 시험관들은 수험생들에게 고사장을 사사로이 떠나서는 안 된다고 전하게. 이를 어겼을 때는 제명도 불사한다고 단단히 일러두게. 예포를 울려라, 중문을 열고 어가를 영접하라!"

잠시 후 건륭의 수레가 당도했다. 장정옥, 악이태, 눌친訥親 등 세 명의 군기처 대신들이 건륭의 뒤를 따르고 있었다. 양명시와 악선은 황급히 무릎을 꿇고는 머리를 조아리면서 만세를 연호했다.

"그만하고 일어나게!"

한 손으로 상비죽湘妃竹(호남湖南성 상강湘江 유역에서 나는 전설의 대나무)으로 만든 종이부채를 부치면서 좌중을 둘러보는 건륭의 표정은 대단히 밝아 보였다. 명원루를 지날 때쯤 건륭은 칠이 떨어져 나가 볼품없는 처마와 기둥을 바라보더니 물었다.

"이 건물은 언제 지어진 것인가?"

"명나라 만력萬曆(신종神宗의 연호) 이 년에 지은 것으로 알고 있사옵니다."

건륭의 예상치 못한 질문에 양명시와 악선이 답을 몰라 당황하자 악이태가 대신 대답했다. 이어 천천히 설명을 덧붙였다.

"강희 십칠 년에 박학홍유과博學鴻儒科 시험을 치를 만한 장소로 꼽혀 대대적인 수리를 한 것으로 알고 있사옵니다. 그런데 나중에 성조께서 전시를 태화전에서 치르기로 하시면서 여기는 그대로 방치해두게 됐습니다."

건륭이 다시 명원루 서쪽에 딸린 작은 건물을 가리키며 물었다.

"저곳은 뭘 하는 곳인가?"

양명시가 건륭을 따라가면서 황급히 대답했다.

"망루望樓이옵니다. 도둑의 침입을 감시하자는 목적은 아니옵니다. 기밀이 밖으로 새는 것을 미연에 방지하고 대외적으로 방어를 엄밀히 한다는 인상을 주기 위한 것이 목적이옵니다."

건륭은 양명시의 대답에 웃기만 할 뿐 말이 없었다. 양명시는 가만히 건륭의 눈치를 살폈다. 건륭은 기분이 대단히 좋은 것 같았다. 양명시는 속으로 안도의 한숨을 쉬고 내친김에 70여 개의 건물들을 일일이 소개하면서 건륭을 감시청으로 안내했다.

건륭이 양명시의 말을 들으면서 천천히 보고 걸었다. 그리고는 살짝 미소를 짓더니 한숨을 내쉬었다.

"너무 낡았어. 남경 공원보다도 못한 것 같네! 형신, 여기를 전부 손보는 데 은자가 대충 얼마나 필요한지 예부에 일러 견적을 뽑아 보라고 하게. 돈은 쓸 데와 아낄 데를 알아야 하는 법이네. 무턱대고 모아둔다고 만사가 다 대길한 것은 아니네. 지난번 러시아와 홍모국紅毛國(네덜란

드)의 사신들이 짐을 배알한 자리에서 천조天朝의 벼슬제도에 대해 몹시 궁금해 하더군. 또 공원을 견학하고 싶어 했어. 그러나 짐은 불허했네. 그럴 수밖에 없는 것이 조정의 얼굴이나 다름없는 곳이 너무 피폐하니 말일세. 사람도 얼굴이 더러우면 씻어야 할 것이 아닌가?"

그에 장정옥이 황급히 화답했다.

"천만 지당하신 말씀이시옵니다!"

건륭은 장정옥의 말이 끝나자 고개를 돌려 양명시와 악선을 향해 말했다.

"더운 날씨에도 불구하고 아무 탈 없이 고사를 치렀으니 자네들의 공로가 크네. 고사장에서 흔히 나타나는 부정은 없었던가?"

건륭의 시선을 받은 악선이 황급히 몸을 숙이면서 대답했다.

"그것은 어느 시험에서나 피해갈 수 없는 일이라고 생각하옵니다. 전체 삼천팔백육십칠 명의 효렴 수험생들 중 남의 시험지를 베끼거나 다른 사람을 대신해 시험장에 들어가는 등의 부정을 저지른 자는 총 사십이 명이옵니다. 도중에 몸이 아파 퇴장한 효렴 다섯 명까지 빼면 현재 남아 있는 거인들은 총 삼천팔백이십 명이옵니다."

그러자 양명시도 웃음 띤 얼굴로 덧붙여 아뢰었다.

"무리하게 면접시험을 요구하다 쫓겨난 자도 있사옵니다."

양명시는 바로 조금 전 이시요가 지공당을 소란스럽게 만든 경위를 들려줬다. 이미 지공당에 한발을 들여놓은 건륭이 양명시의 말에 관심을 보였다.

"간이 큰 친구로군. 데려오게. 어디 한번 만나보자고."

건륭은 말을 마치고는 자리에 앉지도 않고 선 채로 책상 위에 쌓여 있는 답안지들을 뒤적여봤다. 이어 답안지 하나를 들고 물었다.

"이것도 시험관들이 뽑아서 올려 보낸 답안지인가?"

악선은 답안지를 보자 그것이 자신의 채점을 거친 것이라는 사실을 알아차리고 황급히 대답했다.

"예, 폐하. 서쪽 구역의 어느 시관방에서 올려 보낸 답안지인 것으로 알고 있사옵니다."

건륭은 답안지에 예상 외로 깊은 관심을 보였다. 하기는 답안지의 제목부터 필체가 단정하고 멋스러워 시선을 사로잡기에 충분하기도 했다. 건륭은 내용을 훑어보더니 붓을 들어 틀린 글자 하나를 바로잡았다. 이어 답안지를 내려놓고는 다시 물었다.

"불합격 답안지는 없는가?"

양명시는 황급히 공당 동쪽 벽면에 길게 놓여 있는 나무궤짝 쪽으로 건륭을 안내했다. 그곳에는 불합격 답안지가 18개 행성行省의 각 주州, 현縣별로 일목요연하게 정리돼 있었다.

건륭은 성격이 매우 꼼꼼했으나 일부러 대충 훑어보는 척했다. 그런 다음 손이 가는 대로 하나를 빼내 대충 훑어보고는 도로 집어넣었다. 그가 알아보고자 하는 신양부 태강현 쪽에는 불합격 답안지가 두 개밖에 없었다. 건륭은 둘 다 꺼내 겉봉을 뜯었다. 예상했던 대로 하나는 '태강 진하묘 왕진중'의 답안지였다.

건륭은 창가로 가서 그 답안지를 읽어봤다. 글은 그런대로 괜찮았다. 하지만 나누지 말았어야 할 곳에서 단락이 나뉘어져 있었다. 건륭은 그 시험지를 제자리에 집어넣지 않고 양명시가 일차적으로 선정해 쌓아놓은 시험지 위에 던져놓았다. 건륭이 오늘 이곳을 방문한 이유는 아무래도 여기에 있는 듯했다.

볼일을 마친 건륭은 그제야 자리에 앉았다. 그리고는 지공당 밖에 무릎을 꿇고 있는 이시요를 발견했다. 건륭이 물었다.

"자네가 이시요인가? 무슨 대단한 재주가 있는지는 모르겠으나 감히 지공당에서 소란을 떨다니 간이 배 밖으로라도 나왔는가?"

이시요는 건륭의 말에 가슴이 터질 것처럼 긴장하지 않을 수 없었다. 하기야 수십 명의 관리들이 숨죽인 채 시립한 자리에서 황제와 대면하고 있으니 그럴 만도 했다. 그러나 애써 마음을 다잡고 연신 머리를 조아렸다.

"아뢰옵니다, 폐하. 효렴 이시요는 시도 지을 줄 알고 팔고문도 두루 알고 있사옵니다. 하오나 연이어 세 번이나 미역국을 먹은 이유를 통 알 수가 없사옵니다. 그래서 그 이유를 알고자 면접시험 요청을 드렸을 뿐입니다. 감히 소란스럽게 할 생각은 아니었사옵니다."

건륭이 그러자 굳어진 표정을 한 채 양명시에게 분부했다.

"이 친구의 답안지를 찾아오게. 나라에서 중용할 인재를 선발할 때는 나름대로 선발 기준이 있다네. 시국을 바라보는 시각과 통찰력, 정치적 폐단에 대한 해결책 등 이런 것을 위주로 보는 거지. 시나 몇 줄 긁적일 줄 안다고 다 관직에 앉는 줄 아는가? 자네는 참으로 거만하군. 두 시험관의 처사는 지극히 공정하고 올바르네. 허나 자네가 면접시험을 원했고 때마침 짐을 만난 것도 자네의 복이라 할 수 있겠네. 짐은 자네의 시문詩文 실력을 시험해 볼 생각은 없네. 자네는 본인의 학식에 대한 자부심이 너무 강해서 불합격이 이해되지 않는 모양이니, 그렇다면 《사서》四書에 '양양'洋洋이라는 단어가 몇 군데 들어가 있는지 어디 한번 말해보게나."

건륭의 질문은 조금 엉뚱하기는 했으나 《사서》의 범위를 벗어난 것은 아니었다. 이시요는 즉각 눈알을 부산스럽게 굴리면서 기억을 더듬었다. 그리고는 잔뜩 긴장된 표정을 한 채 땅만 뚫어져라 쳐다보더니 손가락까지 꼽으면서 중얼거렸다.

"그게…… 〈사지〉師摯 편에 한 번 나오고 《중용》의 〈귀신〉 편에 한 번, 또 〈대제〉大哉 편에   ."

이시요는 더 이상 생각이 떠오르지 않는 듯 머뭇거렸다. 그리고는 입을 다물어 버렸다.

"그밖에 또 있나?"

"소少……."

건륭이 피식 웃었다. 그리고는 말했다.

"자네에게는 좀 과분한 문제를 출제했군. 다른 하나는 바로 '소즉양양언'少卽洋洋焉이라네."

바로 그 말이야말로 건륭이 젊은 친구의 오만함을 지혜롭게 꼬집기 위해 해주고 싶었던 한마디라고 할 수 있었다. 바로 그때 양명시가 이시요의 답안지를 찾아왔다. 언뜻 보면 답안지의 필체는 그런대로 시원시원해보였다. 그러나 자세히 들여다보면 글자에 힘이 부족하고 어딘가 나른해 보였다. 건륭이 말했다.

"글씨는 꼭 주인을 닮는다고 했네. 중기中氣가 턱없이 부족하군."

이시요는 건륭의 비판에 그만 풀이 죽고 말았다. 스스로가 대단하다고 생각해 왔던 자신의 학문이 얼마나 보잘것없는 것인지를 깨달았던 것이다. 그의 얼굴에서 풍기던 처음의 기고만장함은 자취도 없이 사라졌다. 건륭은 이시요를 힐끗 일별했다. 이어 붓을 들어 이시요의 답안지 빈자리에 뭔가를 적기 시작했다. 가까이에 있던 악선이 눈여겨보니 짤막한 시였다.

옹중翁仲을 중옹仲翁으로 착각할 정도이니
자네 글은 아직 한참이나 멀었군.
한림翰林과는 더 이상 연분이 없을 것이니
죄를 물어 산서의 통판通判으로 보내노라!

건륭이 붓을 놓고는 자리에서 일어섰다. 이어 양명시에게 말했다.

"짐은 먼저 가보겠네. 자네들은 며칠 더 수고하게. 때가 되면 패찰을 건네 뵙기를 청하도록 하게."

양명시와 악선은 건륭을 배웅하고 다시 지공당으로 돌아왔다. 그리고는 좌중을 물리치고 이시요를 불러들였다. 이시요는 두 사람 앞에 무릎을 털썩 꿇었다. 오만한 태도는 완전히 사라지고 없었다.

"두 분 대인……."

이시요는 떨리는 목소리로 말을 채 잇지 못했다. 건륭이 자신의 답안지에 뭐라고 썼는지 몰랐기 때문에 더 긴장하는 듯했다.

"또다시 안하무인으로 나올 건가?"

악선이 물었다.

"그런 일은 두 번 다시 없을 것입니다. 대인의 곤장이 두려워서가 아닙니다. 저 스스로 여태껏 자부해왔던 학문이 겨우 토끼 꼬리 정도에 지나지 않는다는 사실에 실망했을 뿐입니다. 만생은 열두 살 때부터 학문에 두각을 나타내 향시, 현시에서 일등을 했습니다. 그런데 폐하의 면전에서 추한 꼴을 보였으니 과거의 명성이 무슨 소용이 있겠습니까. 청운의 꿈만 가득했지 과거에 급제해서 관직에 오르는 일이 이토록 힘들 줄은 몰랐습니다! 패전한 장군은 전쟁을 논할 자격이 없다고 했습니다. 만생은 고향으로 돌아가 십 년 동안 책을 더 읽고 오겠습니다."

이시요가 창백한 얼굴을 한 채 대답했다. 그러자 악선이 말했다.

"그렇게 낙담할 필요까지는 없네. 성은이 하해와 같으니 폐하의 은총을 입은 것도 자네의 복이지. 자네의 답안지는 우리가 다시 채점을 할 것이니 가서 기다리게."

양명시는 조금 전부터 건륭이 이시요의 답안지에 남긴 시를 음미하고 있었다. 그리고는 이시요가 곤장을 맞아 멍든 엉덩이를 만지면서 물러가자 입을 열었다.

"아무튼 복도 많은 친구야!"

악선도 웃음을 머금었다.

"양 대인, 그러면 이 친구의 성적은 몇 등 정도에 두는 것이 좋겠소?"

양명시가 대답했다.

"글쎄, 나도 고민이오. 공당에서 소란을 떤 것은 벌을 받아 마땅하나 폐하께서는 '한림에는 불허'하는 대신 산서성 통판으로 보내라고 하지 않으셨소? 통판이라면 종칠품이오. 이런 저런 부정을 저지르지 않고 제대로 진사 자리에 오른 사람도 지방에 내려가면 그 정도밖에 되지 않는다고. 그러니 폐하의 뜻을 잘 헤아려 동진사同進士(과거시험 말단 합격자. 대략 100등에서 300등)와 동급으로 해서는 안 되겠소. 그래서 말인데 성적을 육칠십 등 사이에 두는 것이 무난할 것 같소."

양명시와 악선 두 시험관은 그밖에도 건륭이 손수 몇 글자씩 고쳐놓은 답안지에 대해서도 한참 머리를 맞대고 고민했다. 그 중에는 하남성 왕진중의 답안지도 있었다. 두 사람은 고심했다. 결국 왕진중이라는 사람은 건륭이 직접 뽑고자 하는 공생일 것이라는 결론을 내렸다. 이렇게 해서 왕진중은 당초의 불합격이 아닌 합격으로 처리됐다. 둘은 답안지에 자신들의 도장을 찍고 화칠火漆로 봉한 다음 공원의 인장까지 찍어 공자의 위패 앞에 올려놓았다.

이어 18개 시관방의 시험관들과 5소所, 2청廳, 2당堂의 책임자들을 지공당으로 불렀다. 모인 사람들은 모두 공자의 위패를 향해 일제히 삼궤구고의 대례를 올렸다. 양명시는 모두의 이목이 집중된 가운데 곧바로 밀봉해 놓은 공생들의 명단을 공원 장리長吏에게 넘겨주었다. 공원 장리가 그 명단을 예부에 올려 보내면 은과 시험은 완전히 끝이 나는 것이었다.

일을 모두 끝낸 양명시는 사람들을 거느리고 지공당을 나서면서 서쪽 하늘을 바라봤다. 어느새 저녁노을이 붉게 물들어 있었다. 그는 숨을 길게 들이마시고 나서 큰 소리로 외쳤다.

"용문을 열어 거인들을 내보내도록 하라!"

과거시험을 통해 선발되는 공생은 원래 정원이 정해져 있었다. 그런데 뜻밖에 이시요와 왕진중 두 사람이 추가됐다. 따라서 누가 됐든 다른 두 사람을 탈락시킬 수밖에 없었다. 사실 이번 은과에서는 이렇다 할 부정행위는 보이지 않았다. 게다가 시험관들이 지공당에 추천해 올린 답안지는 각자 나름대로 다 배경을 갖고 있었다. 그래서 탈락자를 뽑는 일은 꽤나 조심스러웠다.

이번 과거시험에 응시한 사람들 중에는 늑민도 있었다. 그는 답안지에 글을 세 편이나 적어냈다. 그래서 아무리 생각해도 자신의 문장이 흠잡을 데 없이 완벽하다고 못내 흐뭇한 심정으로 고사장을 나섰다. 더구나 그는 시험관으로부터 이미 답안지를 골라 올렸으니 합격은 따 놓은 당상이라는 말까지 들은 터였다. 때문에 그는 아무런 걱정 없이 합격 소식만 기다리고 있었다.

방문이 나붙는 날에는 한껏 거드름을 피우며 여유롭게 천안문을 찾기도 했다. 그런데 이게 웬일인가. 부방副榜에조차 그의 이름은 없었다. 그야말로 마른하늘에 날벼락이 따로 없었다.

천안문에서 돌아서는 늑민의 두 다리는 허수아비처럼 기운을 잃었다. 술집에서 함께 주령을 즐겼던 거인들 중에는 분명히 합격자들이 있었다. 우선 장유공의 이름이 맨 위에 올라가 있었다. 또 기효람의 이름은 열네 번째에 있었다. 그러나 그를 포함해 전도, 하지 세 사람은 미역국을 먹고 말았다. 이제 어찌할 것인가?

시험이 끝난 후 사람들은 뿔뿔이 다 흩어졌다. 그래서 전처럼 함께 모여 서로 위로의 말을 주고받을 친구도 없었다. 시험 기간에 묵었던 회관 역시 이미 폐쇄됐기 때문에 머무를 곳도 마땅치 않았다. 그렇다고 고향인 호북湖北으로 돌아간다고 해도 누구 하나 반겨줄 사람도 없었다. 가족들은 오래 전에 산지사방으로 뿔뿔이 흩어졌다. 그는 공명을 얻지 못하면 절대 귀향하지 않겠노라고 큰소리를 치고 올라온 터였다. 그러므로 일가친척들 앞에 다시 돌아갈 처지도 아니었다.

발바닥이 데일 것처럼 뜨거운 광장에 얼마나 오랫동안 서 있었을까. 그는 주위를 돌아봤다. 그 많던 사람들은 온데간데없이 다 사라지고 광장에는 그 자신 혼자만 망연자실한 표정을 한 채 덩그러니 남아 있었다. 그는 정신을 차리고 주머니를 만져봤다. 아직 은자는 조금 남아 있었다. 고향을 떠나올 때 마음씨 좋은 숙모가 몰래 찔러 넣어준 것이었다. 그러나 이 돈으로는 대랑묘의 가장 싼 방에 머문다 해도 열흘을 넘기지 못할 터였다.

늑민은 뱃가죽이 등에 가 붙었으나 배고픈 줄도 몰랐다. 그럼에도 다리는 계속 풀리고 있었다. 급기야 홰나무 아래의 돌 의자에 털썩 주저앉고 말았다. 그리고는 계속해서 이제 어디로 가야 할지를 고민했다. 그러나 그러면 그럴수록 막막하기만 했다. 그는 답답한 나머지 옆자리를 둘러봤다. 황주黃酒 두 통을 멜대로 멘 사내가 아직 갈 길이 먼 듯 쉬고 있었다.

사내는 장삼자락을 들어 땀범벅이 된 얼굴을 문지르고는 허리춤에서 누런 옥수수떡을 꺼냈다. 그리고는 크게 한 입 베어 물었다. 이어 입을 우물거리면서 꾹꾹 씹어 삼켰다. 가끔 물통에서 물을 따라 벌컥벌컥 들이키기도 했다. 주위를 전혀 의식하지 않던 사내가 아까부터 멍하니 자신을 바라보는 늑민을 향해 말했다.

"허허, 보나마나 미역국을 먹은 게로구면. 내가 눈치 하나는 빠르지. 이리 오게 젊은이, 까짓것 살다보면 떨어질 때도 있고 붙을 때도 있는 거지 뭘. 우거지상 그만 쓰고 이리 오게. 술 있겠다, 안주도 있으니 우선 배나 불리고 보세!"

사내가 호탕하게 웃으면서 커다란 옥수수떡 하나를 건넸다. 이어 바가지로 황주를 저으면서 덧붙였다.

"배부르면 집 생각이 덜 나고, 술 취하면 걱정이 반이 되는 법이네. 이 거 한잔 쭉 들이키게!"

"이렇게 얻어먹어도 될지……. 남의 것을 공짜로 먹어본 적이 없어서 좀 그렇습니다."

늘민은 배가 몹시 고팠던 터라 못 이기는 척하고 떡과 술을 받았다. 사내가 그러자 다시 호탕하게 말했다.

"이렇게 만난 것도 인연인데 한잔 하세. 술은 까짓것 우리 나리 것이네. 안 먹어도 먹었다고 할 텐데 실컷 먹자고. 그리고 이 떡은 한 개에 한 푼밖에 하지 않는 거야. 가난뱅이가 남한테 떡 하나 준다고 더 가난해질 수도 없는데 뭘. 먹고 죽은 귀신은 때깔도 곱다고 했잖아."

늘민은 연신 사의를 표하면서 떡을 안주 삼아 황주 반 사발을 단숨에 들이켰다. 사내가 허겁지겁 떡을 베어 먹는 늘민을 빙그레 웃음 띤 얼굴로 바라보더니 맞은편 정육점을 향해 고함을 질렀다.

"이봐 장 백정, 넓적다리 삶아놓은 거 있으면 한 접시 썰어가지고 와 앉게. 우리 나리, 그 귀신도 안 물어 갈 구두쇠 양반이 술 하나는 끝내 주게 빚는다니까!"

"좋지! 안 그래도 배가 고파 기절하기 일보 직전이야. 요년의 여편네 가 오늘은 무슨 지랄을 하고 있는지 때 지난 지가 언제인데 여태 밥 가 져올 생각을 않네?"

장씨로 불린 정육점 주인이 곧 기름기가 좔좔 흐르는 돼지고기를 한 접시 담아 가지고 달려왔다.

"어떤 나리가 자네 같은 애물단지를 부리는지 참 불쌍하구먼. 쎄빠지게 장사해 봤자 망하기 십상이야! 그런데 이 젊은이는 보아하니 글공부 깨나 한 것 같은데 이번에는 운이 없었던 건가?"

"부끄럽네요……."

"부끄럽기는!"

장씨는 칼잡이답지 않게 인상이 후덕하고 선해 보였다. 곧바로 썰어온 고기접시를 내려놓고는 사람 좋게 말했다.

"수천 명이 북경에 들어와 시험을 치는 마당에 소원을 이룬 사람이 몇이나 되겠나? 사내가 그까짓 거 가지고 낙심천만해서야 쓰겠나? 자, 자, 먼저 주린 배나 채우고 보세! 옷차림을 보니 황량皇糧을 먹는 기인旗人인 것 같은데, 걱정도 팔자구먼!"

늠민이 순간 가슴이 시큰해졌는지 중얼거리듯 말했다.

"기인도 삼, 육, 구 등급이 있어요. 우리 집은 옹정황제 때 이미 쇠락한 걸요……."

늠민은 더 이상 말을 잇지 못했다. 그저 죽어라 고기만 입 안으로 우걱우걱 쑤셔 넣었다. 그리고는 황주를 벌컥벌컥 들이켰다. 신분과 처지가 각각 다른 세 사람은 더 이상 아무 말도 하지 않은 채 허겁지겁 먹기만 했다.

늠민은 두 사람이 자리를 뜨자 다시 외톨이가 됐다. 아직 어디로 가야 할지 대책도 떠오르지 않았다. 그 와중에 갑자기 배가 살살 아파 오기 시작했다. 황주와 떡, 고기가 배 속에서 요동을 치는 것 같았다. 열이 나는지 머리도 욱신욱신 아파왔다. 그제야 늠민은 푹푹 찌는 더운 날씨에 자신의 몸에서는 땀이 한 방울도 나지 않는다는 사실을 깨달았다.

두려운 마음에 자리에서 벌떡 일어나는 순간 배 속에서 요동치던 음식물들이 울컥 치밀어 올랐다.

"우웩!"

낙민의 입에서 한가득 오물이 터져 나왔다. 그러나 그게 끝이 아니었다. 나중에는 연신 헛구역질까지 해대면서 누런 물이 나올 때까지 모조리 구토를 했다. 그래서인지 머리는 여전히 빙글빙글 돌아가는데 속은 조금 후련해지는 것 같았다. 겨우겨우 허리를 펴고 일어섰더니 눈앞에서는 불씨가 날아다니고 다리는 기운이 하나도 없이 휘청거렸다. 그는 이대로는 안 되겠다는 생각에 발 가는 대로 걸음을 내디뎠다. 하지만 채 몇 걸음도 못 가서 눈앞이 캄캄해지면서 그 자리에 폭 고꾸라지고 말았다…….

시간이 얼마나 흘렀을까, 혼수상태에 빠졌던 늑민은 정신을 차리고 눈을 떴다. 주변을 둘러보니 자신이 어느 허름한 방의 구들 위에 뉘어져 있다는 것을 알아차렸다. 입었던 옷은 고쟁이 하나만 남긴 채 다 벗겨져 있었다. 구들에는 대나무 자리가 깔려 있어 시원했다. 머리맡에는 약탕관을 비롯해 숟가락과 허름한 부채 하나가 놓여 있었다. 그 외의 다른 물건은 없었다.

그는 자신이 어찌해서 여기에 누워 있는지, 여기는 도대체 누구의 집인지 도무지 알 수가 없었다. 아무리 생각해도 기억나는 것이 없었다. 다시 머리가 아파왔다. 그는 더 이상 생각을 하지 않기로 했다. 그때 웃통을 벗은 사내아이가 주렴을 걷고 살그머니 들여다보더니 바깥쪽을 향해 외쳤다.

"아빠! 깨어났어요!"

"알았어, 곧 갈게, 모모毛毛야, 뒤뜰에 가서 누나를 도와 돼지 밥 좀 줘라. 그리고 네 엄마에게 칼국수 한 그릇 끓여 놓으라고 해. 국수를 좀 가늘게 썰라고 아빠가 말하더라고 전해라."

그 말과 함께 모습을 드러낸 뚱뚱한 사람은 바로 조금 전의 정육점 주인 장괴명張魁銘이었다. 반바지 차림에 웃통을 벗어젖힌 그가 뛰어가는 아들 모모를 다시 불러 세웠다.

"애야, 칼국수에 기름기가 조금도 들어가서는 안 된다고 해라. 허허, 이제 깼구먼!"

장괴명이 늑민이 누워 있는 방으로 성큼 들어서더니 구들장 언저리에 걸터앉았다. 핼쑥한 늑민을 바라보는 그의 넓적한 얼굴에 순간 피곤이 서린 미소가 번졌다. 그가 늑민 쪽을 향해 부채질을 하면서 말했다.

"더위를 먹고 길바닥에 쓰러졌더군. 큰 병은 아니지만 위험했었지. 그런데 자네를 뭐라고 불러야 하지?"

늑민은 감사인사를 하기 위해 일어나려고 몸을 움찔거렸다. 그러나 곧 장괴명에 의해 도로 눕혀지고 말았다. 장괴명이 부쳐주는 시원한 부채 바람에 스르르 도로 잠이 올 것만 같았다. 늑민이 감격 어린 눈빛으로 장씨를 바라보면서 누운 채 감사를 표했다.

"소생의 목숨을 살려주신 은인이시군요. 저는 늑민이라고 합니다. 전호광포정사湖廣布政使 늑격영勒格英의 아들입니다……"

늑민은 인사를 마치자마자 바로 자신의 신세타령을 시작했다. 우선 부친이 국채환수 때 빚을 못 갚아 집을 차압당한 일을 입에 올렸다. 그로 인해 순식간에 가정이 풍비박산이 난 일, 아픔을 견디다 못해 방황했던 사연, 홀로 북경에 들어와 시험을 봤으나 어처구니없이 낙방한 일 등이 구구절절 그의 입에서 터져 나왔다.

"알고 보니 젊은이는 귀공자셨군!"

장괴명의 눈빛이 일순 밝아지는 듯하더니 이내 다시 암담해졌다. 잠시 후 그가 다시 입을 열었다.

"세상사라는 것은 원래 알고도 모를 일투성이라네. 그러니 너무 괴로워하지 말게. 그런데 마땅히 믿고 의지할 만한 친인척도 없다니 큰일이군. 다음 과거시험은 삼 년 후에 있는데, 어디 가서 뭘 하면서 지낼 건가?"

장괴명의 말이 끝나기 무섭게 밖에서 칼국수 그릇을 받쳐 든 처녀가 가벼운 걸음으로 들어섰다. 통 넓은 바지와 꽃을 수놓은 적삼을 깨끗이 빨아 입은 처녀는 늘씬하고 고왔다. 갸름한 얼굴에 오관五官(다섯 가지 감각 기관. 눈, 귀, 코, 혀, 피부를 이름)도 단정했다. 웃을 때 잔잔한 물결을 연상케 하는 두 보조개가 특히 매혹적이었다. 늑민은 문득 자신이 웃통을 벗고 있다는 생각을 하고는 황급히 손을 뒤로 더듬으면서 옷을 찾았다. 그러나 손에 잡히는 것은 없었다. 그 모습을 본 장괴명이 자상한 미소를 지어보였다.

"괜찮네. 우리 딸 옥아玉兒라네."

"아버지도 참, 병이 들어 누워 있는 사람에게 '이제 어디 갈 거냐?'고 묻는 법이 어디 있어요?"

옥아가 새침한 표정으로 아버지를 나무라면서 빠른 동작으로 탁자 위의 약탕관과 숟가락을 한쪽으로 밀어놓았다. 이어 칼국수 그릇을 조심스레 올려놓고 애교 섞인 목소리로 덧붙였다.

"아버지, 환자는 병이 나을 때까지 골치 아픈 생각을 하지 말아야 해요. 지난번 우리 집 주인나리가 도련님께 글공부를 가르치고 싶다면서 스승을 찾지 않았어요? 이분을 추천하세요. 아니면 우리 집 일을 돕게 하든지. 끼니야 우리가 먹는 대로 숟가락 하나만 더 올려놓으면 될 텐데!"

옥아는 얌전한 생김새와는 달리 성격이 남자처럼 화끈한 것 같았다. 늑민은 그런 옥아를 보면서 입가에 웃음을 지었다. 그러나 고지식한 장괴명은 정색한 표정으로 말했다.

"먹고 사는 것이 전쟁인 궁색한 서민들이라 자식 교육을 제대로 못 시켰네. 저 아이가 배운 것이 없어 저 모양이니 이해하게."

늑민은 그렇게 해서 장괴명의 집에 머물게 됐다. 어떻게 보면 인연이라고 할 수 있었다.

12장

조설근, 사랑을 얻다

　전도는 대내에 가까운 지인이 많았다. 그래서 은과 합격자 명단이 예부에서 건청궁에 전달되자마자 자신이 낙방했다는 사실을 바로 알 수 있었다. 은과에서 탈락했으니 달리 방도를 강구해야 했다. 어릴 때부터 꿍꿍이속이 남달랐던 그는 즉시 상서방으로 장정옥을 찾아가 은과에서 낙방했으니 휴가를 반납하겠다고 했다. 장정옥은 그의 말에 반색을 했다.

　"남들은 하루라도 휴가를 더 내지 못해 안달인데 자네는 참 대단한 친구일세. 그렇지 않아도 군기처 사무관들 중에 휴가를 낸 이들이 많아 일손이 딸려 고민하던 참이네. 잘 됐네! 지금 운남 쪽의 전사戰事가 긴박하게 돌아가는 실정이야. 한시도 군기처를 비울 수가 없네. 자네는 전방에서 날아오는 전보戰報를 뜯어서 읽는 업무만 맡아주게. 먼저 이위의 십으로 문안을 다녀오게. 폐하를 뫼시고 남방 순시를 다녀오자마자 몸져누웠다고 하네. 내 대신 문안을 전하고 전시殿試가 끝난 후 곧 찾아볼 거라고 전하게. 봐서 필요한 것이 있으면 나에게 전달하고. 그리고 나가는 김에 부항 어르신 댁에 들러 이 문서를 전해드리게."

"예, 예!"

전도가 연신 고개를 숙인 채 대답을 했다. 이어 동화문에서 말을 얻어 타고 부리나케 이위의 집으로 달려갔다.

이위는 건강이 여의치 않은 상태에서 무리하게 건륭을 따라 하남을 다녀온 뒤 그만 몸져눕고 말았다. 무사히 북경에 도착한 그날 저녁부터 마음의 긴장이 풀리면서 고질병이 발작했던 것이다. 그는 손님을 일절 만나지 않겠다고 했으나 전도만은 그럴 수 없었다. 전도는 이위 본인이 장정옥에게 천거한 사람일 뿐 아니라 장정옥의 명을 받고 왔으니 예외일 수밖에 없었던 것이다. 전도가 이름을 알리고 밖에서 잠깐 기다리자 바로 안에서 들어오라는 허락이 떨어졌다. 가인이 전도를 서재로 안내하면서 거듭 부탁을 했다.

"저희 마님께서 누누이 당부하셨습니다. 총독 대인을 방문한 분들은 업무에 대해서는 말을 삼가고 너무 오래 머물러 있지 않았으면 좋겠다고 말입니다. 다행히 전 나리께서는 총독 대인의 건강 상태에 대해 다소 알고 계시니 길게 말씀 나누지 않을 것이라고 생각합니다."

전도가 그러자 소리 죽여 말했다.

"걱정도 팔자군! 주절댈 시간이 있으면 집구석에서 마누라 껴안고 낮잠이나 자."

그의 말이 끝나기 무섭게 자지러지는 기침소리가 들려왔다. 이위의 기침소리였다. 전도는 기침이 멎을 때까지 기다렸다가 발소리를 죽인 채 방 안에 들어섰다.

"만생 전도가 삼가 문안 올립니다."

"전 부자夫子예요."

이위의 침상 옆에 앉아 있던 취아가 나지막하게 말했다.

"얘기 나누세요. 저는 조금 있다 올 테니."

취아는 말을 마치자마자 바로 밖으로 나갔다. 방 안에는 이위만 남았다. 그는 눈을 감고 반듯하게 누워 있었다. 얼굴에는 핏기가 하나도 없었다. 그래도 손님에 대해서는 예의를 지키려고 했다. 여전히 눈을 감은 채이기는 했으나 장작같이 마른 손을 들어 옆자리의 의자를 가리키면서 힘겹게 말했다.

"윗사람이라도 이건 예의에 어긋나는 행동이네. 그러나 몸이 말을 듣지 않으니 어쩔 수 없군. 그래 장 중당은 무고하신가?"

전도는 취아의 얼굴에 남아있는 뚜렷한 눈물자국으로 미뤄 볼 때 이위의 병세가 결코 가볍지 않다는 사실을 바로 알아챌 수 있었다. 그러나 내색을 할 수는 없었다. 그저 의자에 엉덩이를 살짝 붙이고 앉은 채 건성으로 대답했다.

"장상께서는 근래에 좀 바빠서 그렇지 건강에는 이상이 없는 것 같습니다."

전도가 장정옥의 말을 그대로 전했다. 이위는 전도의 얘기를 다 듣고 나자 감개무량한 표정을 지었다.

"나는 살아 숨 쉴 날이 아마도 며칠 남지 않은 것 같네. 세상 무서운 것 없이 살아온 나 이위에게도 죽음은 어김없이 다가오는군. 그 사실을 이제 실감하고 있네! 포의布衣 차림에 달랑 심부름꾼 한 사람만 데리고 감봉지 소굴을 들이쳐 두목인 그를 생포했던 기억이 어제 같은데 말이야! 오할자를 내 편으로 만드는 일도 무척 힘들었지. 산동성의 건달들은 거의 다 내 손에 길들여졌다고 해도 과언이 아닌데…… 두이돈은 조정과 맞서기로 유명한 지었지만 유일하게 내 체면은 봐주고 있어. 그런데도 나의 참 모습이 도대체 무엇인지 잘 모르겠네. 폐하의 집을 지켜드리는 누렁이인지, 강도인지, 아니면 거지두목인지 잘 모르겠어. 그러나 지금 당장 죽는다고 해도 유감은 없네……."

이위는 감개가 무량한 듯 희뿌연 두 눈을 맥없이 감았다. 이어 다시 조용히 입을 열었다.

"이봐 전 선생, 내가 방금 한 말은 우리 사이가 허물없으니 심심풀이 삼아 한 얘기네. 이런 얘기는 밖에서 하지 말게. 자네에게 불리하니 말일세. 가서 장상께 전하게. 꼭 폐하께 주청을 올려 나의 낙향을 윤허해 주시도록 힘을 써 달라고 말일세."

이위가 말을 마치고는 서글픈 웃음을 지었다.

"고향의 산수와 벗하면 몇 년 더 살 수 있을지도……."

전도는 마음이 무거웠다. 무거운 저울추를 하나씩 추가하면서 자꾸만 밑으로 떨어져 내리는 느낌이 들었다. 그가 천천히 자리에서 일어서면서 입을 열었다.

"총독 대인, 다른 심려는 놓으시고 몸조리 잘하십시오. 대인의 말씀은 장상께 꼭 전해드리겠습니다."

"잠깐만 더 있어 보게."

이위가 나가려고 하는 전도를 황급히 만류했다. 이어 다시 눈을 감더니 한숨을 지으면서 덧붙였다.

"내 일생에 유감스러운 점이 있다면 이 두 가지를 꼽을 수 있을 것 같네. 하나는 주먹 센 값을 하느라 그랬는지 모르나 양명시가 하는 일에 사사건건 꼬투리를 잡아 결국 감옥으로 등 떠민 것이네. 한때는 서로 떨어져서 못 사는 좋은 벗이었는데……. 생각하면 가슴이 아프지만 이미 엎지른 물이니 돌이킬 수 없겠지. 두 번째는 덕주의 인명 사건이 여태 미궁을 헤매고 있는 것이네. 그 일만 생각하면 마음이 무겁네. 두

달 전쯤인가? 그 인명 사건의 주범으로 지목받은 유강이 폐하를 알현하러 왔다가 문안 인사 올리네 하고 제 발로 나를 찾아왔더군! 그게 쥐새끼가 고양이를 희롱하는 격이 아니고 뭔가? 물증, 심증은 있는데 하로형의 마누라가 감감무소식이 돼버렸으니 원고 없는 피고가 있을 수는 없지 않겠나? 여기저기 수소문해서 그 여인을 꼭 찾아내도록 하게!"

이위는 생명이 오락가락 하는 마당에도 채 끝내지 못한 일 때문에 유감을 털어놓고 있었다. 전도는 그런 그의 호걸다운 모습을 보면서 내심 자책을 금하지 못했다. 사실 증인이라면 전도 본인보다 더 확실한 증인도 없을 터였다. 그러나 그는 자신에게 불똥이 튈까 우려해 지금껏 입을 다물고 있었다. 급기야 마음이 혼란스러워 경황없이 위로의 말을 건네고는 서둘러 물러났다.

부항의 집은 침울한 분위기에 휩싸인 이위의 집과는 완전히 딴판이었다. 척 봐도 명절 같은 분위기가 후끈 달아올라 있었다. 크고 으리으리한 대문으로 들어서자 어디선가 생황, 퉁소, 거문고와 비파의 가락이 바람을 타고 은은하게 들려왔다. 문지기는 장정옥의 명을 받고 왔다는 말에 두말없이 전도를 안내했다. 꽃이 만발하고 버드나무가 우거진 뒤뜰을 지나 꼬불꼬불한 길을 따라가자 화원이 보였다. 원래 국법으로 국상 기간에는 문무백관들의 음주가무를 금하도록 규정하고 있었다. 그런데 부항의 집에서는 놀랍게도 갖은 악기 소리가 울려 퍼지고 있지 않은가. 전도는 적이 놀라면서 길을 안내하는 가인에게 물었다.

"어르신께서는 화원에 계시는가보군?"

"황후마마께서 창춘원의 내로라하는 희자戱子(연극배우를 일컬음) 열두 명을 저희 어르신께 상으로 내리셨다고 합니다. 저희 어르신께서 크게 부담스러워하시자 폐하의 분부가 계셨습니다. 삼 년 국상 기간이 끝나면 곧 박학홍유과 시험을 치를 예정인데 경사스러운 날에 음악이 없으면 아니 된다고 하셨습니다. 궁중에서는 아무래도 연습하기 불편하니 여기에서 데리고 연습시키라고 하명하셨다고 합니다."

가인이 대답했다. 전도는 연극 구경을 하고 싶어 핑계도 잘 댄다면서 속으로 몰래 웃었다.

회랑回廊 몇 개를 가로질러 가자 멀리 화원 저편에 인공호수가 보였다. 호수 한가운데에는 한백옥漢白玉 난간을 두른 넓은 돌다리가 있었다. 그 다리 중앙에 커다란 무대가 설치돼 있었다. 또 호숫가의 아름드리 버드나무 밑에는 돌로 된 탁자와 대나무 의자가 비치돼 있었다. 부항은 그곳에서 10여 명의 식객들을 데리고 담소를 즐기고 있었다. 싱그러운 바람이 불자 호수에서는 파란 물결이 일어나고, 버드나무 가지도 수줍게 몸을 살랑였다. 더불어 연꽃 이파리가 손짓하듯 하늘거렸다. 전도는 숨이 막힐 듯한 이위의 서재에서 나와 선경仙境이나 다름없는 이곳에 발을 들여놓자 눈앞이 훤해지고 머리가 맑아지는 느낌을 받았다. 무대 위에서는 가기歌妓들이 간드러진 목소리로 노래를 부르고 있었다. 전도는 천천히 발걸음을 옮겨 부항에게로 향했다.

"오, 전도 자네 왔는가? 오랜만이네. '과거시험 본 사람에게는 성적을 묻지 말라. 그 얼굴에 다 답이 있다네'라는 말이 있어. 그 옛말이 틀린 데가 하나 없군. 전 선생 표정이 영 시원찮은데? 은과 시험 결과가 여의치 않았나 보지? 방경芳卿아, 얼른 전 선생의 문서를 받아 오너라."

주위의 경관과 노랫소리에 온통 정신이 팔려 몽롱한 눈빛을 하고 있던 부항이 전도를 발견하고는 환한 표정으로 반겨주었다. 곧 부항의 등 뒤에서 부채질하고 있던 하녀가 전도에게 다가가 문서를 받았다. 이어 부항에게 공손히 건넸다. 부항은 손 가는 대로 그 중의 한 장을 끄집어내 대충 훑어보고는 탁자 위에 내려놓았다. 전도는 부항의 맞은편에 앉아 있는 사람이 어쩐지 눈에 익어 유심히 바라봤다. 그제야 그 사람의 이름이 조설근이었다는 것을 기억해내고는 반색을 했다.

"어쩐지 눈에 익다 했더니, 설근 형이군. 여섯째어르신 댁에 초대받아 오셨소이까?"

잿빛 비단 장포를 입고 상비죽선을 부치는 조설근의 모습은 우아함 그 자체였다. 그가 전도의 물음에 대답했다.

"여섯째어르신 덕분에 우익右翼 종학宗學에서 일직을 담당하게 됐소. 때마침 폐하께서 열두 명의 희자들을 상으로 내리셨다고 하니 가무 교습 장면을 눈요기하러 왔소."

부항이 그런 그를 밉지 않게 흘겨보았다.

"핑계는 그럴듯하군. 우리 방경이 보고 싶어서 온 것이 아닌가? 딴청은 쯧쯧! 안 그러냐, 방경아?"

좌중의 사람들은 부항의 말에 어느 정도 내막을 아는 듯 일제히 폭소를 터트렸다. 잠시 후 생쥐 수염처럼 턱수염을 기른 식객이 일어서더니 웃음 띤 얼굴로 말했다.

"둘 사이에 벌써 불꽃이 팍팍 튀던데 아닌 척 시치미를 떼기는! 지난 번 술자리에서 내가 설근의 옆자리에 앉았다가 둘의 뜨거운 눈빛에 데어 죽는 줄 알았지 뭔가. 방경이가 다소곳이 술을 따르는데 설근이 어떻게 행동했는지 알아?"

생쥐 수염의 식객은 그때 당시 조설근이 짓던 표정이라면서 흉내를 내기 시작했다. 그는 근엄한 표정으로 방경을 힐끗 훔쳐봤다. 그리고는 누가 볼세라 재빨리 시선을 피하더니 못내 아쉬운지 다시 방경을 일별했다. 그 눈빛이 얼마나 요상하고 해괴한지 좌중의 사람들은 또다시 크게 웃었다. 생쥐 수염의 식객은 그러거나 말거나 이번에는 방경의 몸짓이라면서 흉내를 내기 시작했다.

그가 우선 오리 엉덩이를 한껏 내밀고 허리를 요염하게 비틀었다. 이어 두어 걸음 걸어가더니 눈꼬리를 낮게 치켜들면서 조설근을 훔쳐봤다. 동시에 얼굴을 붉히면서 못내 수줍은 듯 고개를 숙였다. 그리고는 옷섶을 손가락에 감았다 폈다 하면서 다시 조설근을 훔쳐봤다.

"이거, 이거, 어떠세요? 여섯째어르신, 제가 비슷하게 흉내를 냈나요?"

부항이 차를 마시다 말고 식객의 우스꽝스런 몸짓에 그만 "푸웃!" 하고 웃고 말았다. 곧바로 입 안 가득 머금었던 찻물이 사방으로 튀었다. 부항이 얼굴이 벌겋게 될 정도로 연신 박장대소를 했다.

"똑같아, 똑같아. 바로 그거였어!"

"지체 높으신 어르신들께서 하녀를 이런 식으로 난처하게 놀리는 법이 어디 있습니까?"

방경이 부끄러운지 얼굴이 귀밑까지 빨개졌다. 하지만 생쥐 수염 식객의 눈썰미는 역시 보통이 아니었다. 그녀는 몸 둘 바를 몰라 하면서도 조설근을 힐끗 훔쳐보는 것은 잊지 않았던 것이다. 그녀는 이어 바로 도망치듯 밖으로 나가버렸다.

조설근은 다소 난감한 표정을 지었을 뿐 아무 말도 하지 않았다.

"지난번에 《홍루몽》紅樓夢이라는 책을 집필 중이라고 하더니, 지금은 어느 정도 진척이 돼 가는지 원고 한번 보여줘 봐! 내가 먼저 읽어봐야지."

부항이 화제를 바꾸더니 말했다. 조설근도 웃음 띤 얼굴로 대답했다.

"여섯째어르신께서 원하시는데 감히 토를 달 수 있겠습니까? 허나 아직 탈고하려면 멀었습니다. 쓰는 족족 이친왕(윤상의 아들 홍효)께서 가져가셨습니다. 어르신께서 읽기를 원하신다면 방경을 보내 가져오도록 하십시오. 그동안 제가 엊그제 쓴 노랫말 한 수를 먼저 적어드리겠습니다."

조설근은 말을 마치고 바로 자리에서 일어섰다. 이어 붓과 종이가 준비돼 있는 버드나무 옆 탁자로 다가갔다. 그리고는 붓을 잡고 부지런히 뭔가를 적어 내려가기 시작했다.

　　하나는 선경에 곱게 핀 꽃, 하나는 티 없이 아름다운 옥,
　　인연이 없다면 이번 생에 만나지나 말 것을, 인연이 있다면 어이해서 아픈 이별을 해야 하는가.
　　하나는 탄식에 잠 못 이루고, 하나는 구름 속에 숨어버린 달을 보면서 눈물짓네.
　　하나는 물속의 달그림자, 하나는 거울에 비친 꽃의 모습,
　　흘러도 흘러도 마를 줄 모르는 이 눈물,
　　가을부터 겨울까지, 봄부터 여름까지 흐르고 흐르고 또 흐르리!

"좋네, 좋아!"
부항이 크게 감명을 받은 듯 손뼉까지 치면서 호응했다. 이어 다시 찬사를 보냈다.
"어찌나 애절한지 창자가 다 끊어지는 것 같네. 그야말로 혼백을 녹인다고 해야 하나? 저 봐, 방경이가 막 울려고 하는구먼."
부항이 이어 가인을 불러 명령을 내렸다.
"이 가사에 곡을 붙여 연습하라고 해!"
방경은 부항의 말이 끝나기 무섭게 다시 들어와 있었다. 생쥐 수염 식객의 말처럼 새까만 눈동자를 반짝이면서 계속 조설근만 쳐다보고 있었다. 조설근이 그런 방경을 향해 말했다.
"어르신께서 자네를 내쫓지 못해 안달이신 것 같네. 우리 둘의 마음은 하늘이 알고 땅이 알고 우리 둘이 알고 있네. 나를 따라 가겠는가?"
방경은 조설근의 말이 끝나자 그의 두 눈을 똑바로 쳐다봤다. 마치 그

속에 진심이 담겨 있는지 확인하기 위한 것 같았다. 그러다 곧 수줍게 고개를 숙이더니 발로 땅바닥을 후비적거렸다. 한참 후 방경이 큰 결심을 한 듯 부항을 향해 공손하게 몸을 낮췄다.

"어르신의 은혜는 망극하나이다. 이년은 목숨이 붙어있는 한 어르신 계신 곳을 향해 염불하고 향을 사르면서 만수무강을 기원할 것입니다."

방경은 말을 마치더니 조설근을 뒤따라 뒤도 돌아보지 않고 나가버렸다.

"세상천지에 보기 드문 기재奇才야! 저 친구에 비하면 나 같은 황친국 척皇親國戚들은 분토糞土나 다름없지."

부항이 조설근과 방경의 뒷모습을 멍하니 바라보다 한숨을 지으면서 말했다. 전도가 바로 그 말에 반박했다.

"무슨 말씀을 그리 하십니까? 사람은 누구나 그릇이 다를 뿐입니다. 아무튼 여섯째어르신 덕분에 오늘 눈요기, 귀요기 실컷 하고 갑니다. 달리 분부가 없으시다면 그만 물러가겠습니다."

부항이 전도의 말에 웃음을 머금은 채 입을 열었다.

"운남에서 죽을 쑨 장조가 북경으로 압송돼 왔네. 폐하께서는 나와 유통훈에게 장조를 심문하라고 하명하셨네. 주심을 맡은 유통훈은 오전에 이미 어지를 받았다고 하네. 지금쯤은 양봉협도養蜂夾道로 들어갔을 걸. 자네가 가져 온 문서가 바로 장조에 대한 사건 기록이네. 나도 양봉협도로 가봐야 하네. 자네도 군기처로 돌아갈 거면 한 구간은 동행할 수 있겠군."

식객들은 부항의 말이 끝나기도 전에 밖으로 달려 나가더니 곧바로 말을 대놓았다. 부항과 전도는 가인들의 호송을 받으면서 선화가鮮花街까지 와서는 작별했다.

양봉협도는 군기처 가까이에 있었다. 유통훈은 옥신묘獄神廟 앞에서 부항을 기다리고 있었다. 부항이 말 위에서 뛰어내린 다음 고삐를 가인에게 던져주면서 말했다.

"언제 도착했기에 이렇게 기다리고 섰나?"

"저도 지금 도착했습니다."

유통훈이 땀범벅이 된 조복 차림으로 격식을 차려 인사를 했다.

양봉협도에 있는 옥신묘는 '묘'자가 들어간 이름과는 전혀 걸맞지 않는 곳이었다. 절이라는 느낌을 물씬 풍겼으나 임시 구치소로 바뀐 지 이미 오래였던 것이다. 또 이곳에서 남쪽으로 조금 더 가면 이른바 하늘의 감옥이라는 뜻을 가진 천뢰天牢, 즉 형부 산하의 대형 감옥이 있었다. 옥신묘는 강희황제 때만 해도 내무부에 예속돼 법을 어긴 종실 친척들만 구금하고는 했다. 이친왕 윤상(홍효의 아버지)을 비롯해 장황자 윤제와 열째 윤아가 이곳에 수감된 바 있었다. 때문에 북경 사람들은 이곳을 '물에 빠진 병아리'들의 집이라고 불렀다. 그러나 옹정은 집권하자마자 이러한 듣기 거북한 여론을 바로잡고자 했다. 결국 옹정 3년에 이곳을 형부 소속으로 만들었다. 지금은 재판을 기다리는 죄수들의 임시 구치소 역할을 하고 있었다. 때문에 종실의 자제들이 법을 어겼을 때는 이곳이 아닌 멀리 정가장鄭家莊이라는 곳으로 보냈다. 이런 변화를 거치면서 옥신묘에는 신감神龕도 신좌神座도 다 사라져 버렸다. 절로서의 의미를 잃은 지 오래였다.

정전을 제외한 나머지 방은 그다지 크지 않았다. 네 면의 담벼락은 방높이보다 거의 배는 높았다. 그래서 아무리 햇빛이 쨍쨍한 날에도 이곳은 항상 음지였다. 사시사철 늘 으스스하고 을씨년스러운 것은 당연할 수밖에 없었다. 등에 땀이 흥건했던 부항과 유통훈 두 사람은 복도를 거쳐 정전에 도착하는 동안 온몸의 땀이 가뭇없이 잦이 들었다.

"휴……, 인생살이라는 것은 알고도 모를 일이야. 그 멋쟁이 장득천張得天(장조의 호)이 이곳에 갇혀 나 부항의 심문을 받게 되다니! 한때는 내 스승이었는데 말이야! 여섯 살 때는 내 손목을 잡고 서예를 가르쳤고, 그 뒤로 음률이며 장기, 바둑 등 가르치지 않은 것이 없었지. 그야말로 만능 재주꾼이었어. 그런데 지금은 영락해 이 지경에 이르렀으니. 내가 옛 스승의 얼굴을 어찌 쳐다볼 수 있겠나?"

부항이 잔뜩 굳어진 표정으로 탄식을 내뱉었다. 목소리 역시 바로 젖어들었다. 그러는가 싶더니 그가 어느새 손바닥으로 얼굴을 가린 채 훌쩍였다. 손가락 사이로는 눈물이 흘러내렸다.

그것은 유통훈도 이미 알고 있는 일이었다. 건륭 역시 그랬다. 조금 전 그와 부항을 부른 자리에서 눈물을 보이면서 읍참마속泣斬馬謖(제갈량이 울면서 마속의 목을 침)의 심경을 토로했던 것이다. 그러나 장조가 저지른 죄는 결코 용서받을 수 없는 것이었다. 수십만 병사를 이끌고 적진에 들어가 몇 년 동안 전전했으나 성과는커녕 어마어마한 군량만 축냈으니 말이다. 더구나 그는 산 속으로 숨어든 수천 명 묘족들의 공격으로 크게 패배하고 말았다. 어떤 이유를 대더라도 용서받을 수는 없었다. 유통훈이 부항의 난감한 입장을 이해한다는 듯 말했다.

"이는 상심해도 소용없는 일입니다. 우리가 할 수 있는 데까지 진력을 다해 고문이라도 덜 받게 하는 것 외에는 별 도리가 없습니다. 나머지는 본인의 의지와 폐하의 뜻에 맡겨야 할 것입니다. 저는 장득천과는 스승과 제자의 인연이 없으니 제가 모든 일을 알아서 처리하겠습니다. 여섯째어르신께서는 옆에서 지켜보기만 하십시오."

부항이 눈물을 닦고는 물었다.

"그대라면 이 경우에 어떤 형을 내려야 마땅할 것 같은가?"

유통훈이 미리 다 생각을 해두었다는 듯 즉각 대답했다.

"능지처참까지는 가지 않을 것입니다. 그는 국법을 어겼다기보다는 군법을 어겼다고 하는 편이 맞습니다. 그 많은 병사들을 이끌고 나가 패잔병만 몇 명 달고 쫓겨 왔으니 그 죄는 결코 만회할 수 없습니다. 물론 폐하의 재량에 따라 용서받을 가능성도 배제할 수는 없습니다. 그러나 그 부분은 우리 신하들이 왈가왈부할 일이 못 됩니다."

부항이 다시 길게 탄식을 토해냈다.

"글쟁이에게 총대를 쥐어주고 등을 떠밀었으니……."

부항이 말을 하다 말고 스스로 깜짝 놀란 듯 황급히 입을 다물었다. 해서는 안 될 말을 할 뻔했던 것이다. 그가 마른 침을 꿀꺽 삼키면서 얼른 말머리를 돌렸다.

"건너오라고 하게."

잠시 후 목과 발에 각각 항쇄와 족쇄를 찬 장조가 무거운 쇳소리를 내면서 옥신묘로 들어섰다. 그는 이제 고작 불혹의 나이를 넘겼을 뿐이었다. 하지만 경륜은 만만치 않았다. 이미 세 조대를 두루 거친 오랜 신하였다. 그는 강희 48년 고작 열 네 살의 어린 나이에 일갑一甲 진사에 합격한 다음 한림원翰林院 서길사庶吉士에 선발됐다. 이어 강희의 명을 받아 《성훈24조》聖訓二十四條를 편찬했다. 이어 옹정 연간에는 성훈24조를 바탕으로 옹정의 성유를 곁들인 《성유광훈》聖諭廣訓도 편찬해 전국의 학궁에 내려 보냈다. 이 책은 지금까지도 거인들의 필독서로 사용되고 있었다. 장조는 4년 전까지만 해도 형부 상서 자리를 겸직하면서 이곳 옥신묘도 관장한 바 있었다. 그런데 지금은 자신이 항쇄를 찬 죄수가 되어 이곳에 갇혔으니 세상사는 정말 알고도 모를 일이 아닐 수 없었다.

장조는 평소의 깔끔한 성격을 말해주듯 형구를 차고 있는 몸임에도 관복만은 깨끗하게 빨아 다린 것을 입고 있었다. 원체 하얀 얼굴은 핏기 하나 없이 창백했다. 그러나 표정은 담담했다. 밖으로 마중 나온 부항과 유통훈을 멍하니 바라보는 그의 눈빛은 매우 우울했다.

"장 대인의 형구를 치워드려라."

유통훈은 장조를 안쓰러워하는 기색이 역력한 부항의 얼굴을 힐끗한 번 쳐다보고는 주위에 지시를 내렸다.

"득천 형, 들어와 앉으세요. 얘기 좀 합시다."

장조는 유통훈의 말을 듣고서야 비로소 마음의 여유를 찾은 듯했다. 그는 조용히 부항과 유통훈을 따라 들어왔다. 부항은 말없이 손짓으로 장조에게 의자에 앉으라는 시늉을 했다. 유통훈은 그 아래 자리에 앉았다.

세 사람은 마주보면서 아무 말도 하지 않았다. 오랜 침묵이 흐른 다음 부항이 먼저 입을 열었다.

"신색은 그런 대로 괜찮아 보입니다, 스승님. 여기 있는 동안 억울한 일을 당하지는 않으셨죠?"

장조가 그러자 자세를 가다듬으며 대답했다.

"모두가 여섯째어르신 덕분입니다. 간수들 대부분이 과거 제 부하들이었는지라 나름 대접도 잘 받고 있습니다."

유통훈이 입을 열었다.

"얼마 전 댁을 다녀왔습니다. 부인을 비롯해 가내 두루 무고하셨습니다. 심려 놓으세요. 부인께서 옥중의 의식기거衣食起居를 걱정하시면서 인편에 물건을 보내고 싶어 하시기에 제가 말렸습니다. 그 정도는 우리가 알아서 충분히 할 수 있으니 걱정할 필요가 없다고 했습니다."

"정말 고맙네요, 연청延淸(유통훈의 호) 대인. 죄를 지었으면 죗값을 달게 받아야죠. 판결이 내려지고 나면 마지막으로 처자식 얼굴이나 한번 봤으면 여한이 없겠어요."

장조가 가슴이 뭉클해지는 듯 눈시울을 붉혔다. 억지로 눈물을 삼키는 기색이 역력했다. 유통훈은 지극히 인간적인 인사말이 오고 간 뒤 엄숙한 표정을 지으면서 자리에서 일어났다. 이어 말했다.

"어지를 받고 장조를 심문하노라!"

부항이 유통훈의 말에 흠칫했다. 이어 튕기듯 자리에서 일어나더니 유통훈의 등 뒤로 가서 섰다. 장조 역시 황급히 자리에서 일어나 땅에 납작 엎드려 머리를 조아렸다.

"죄신 장조, 어지를 받들겠나이다……."

유통훈이 곧이어 말투뿐만 아니라 얼굴 표정까지 차갑게 싹 바꾼 채 입을 열었다.

"자네는 글을 읽은 선비이네. 묘족의 반란이 일어났을 때 선제께서는 흠차대신을 파견해 군사를 감독할 뜻이 없었다고 하네. 그런데 군사에 문외한인 경은 그렇지 않았어. 재삼 자천自薦하여 나섰어. 도대체 그 이유가 뭐였는지에 대해 진실하게 상주하라!"

장조는 미리 예상했던 질문이 나오자 주저하지 않고 대답했다.

"묘족의 반란을 잠재우고 개토귀류 정책을 뿌리내리고자 하신 선제의 결정은 문제가 전혀 없었사옵니다. 악이태는 자신만만하게 뛰어들었다가 전세가 불리한 국면에 처하자 황급히 발을 뺐습니다. 그리고 돌아온 다음 개토귀류 정책을 보류할 것을 주청 올렸사옵니다. 그때 당시 죄신은 단순히 신하들 간의 불화 때문에 군령이 일치하지 못해 문제가 생긴 줄로 착각했사옵니다. 짧은 생각으로 그만 섣부른 판단을 했사옵니다. 갈 때는 필승의 웅심을 품고 갔으나 결국 참패를 당하고 돌아왔사옵니다. 그러니 죄신은 국법과 군령에 따르는 길밖에 없사옵니다. 달리 미사여구로 죄를 가볍게 할 생각은 추호도 없사옵니다."

장조의 말은 여기까지는 거짓 없이 진실했다. 그러나 그가 밝히지 않은 부분도 분명히 따로 있었다. 사실 이번 사건의 진정한 배후 인물은 장조의 스승인 장정옥이었다. 장정옥은 당초 악이태의 문생인 장광사가 승리의 열매를 독점할까 우려했다. 그래서 흠차대신을 꼭 파견해야 한다고 주장했다. 장조 역시 풍류의 멋을 간직한 유장儒將으로 명성을 떨치고 싶었던 차였다. 결국 두 사람은 짝짜꿍이 맞았다. 그리고 결국 참패를 불러왔다.

"군사를 이끄는 장수는 공평하고 정확하면서도 사심이 없어야 하지 않겠는가. 그래야 아래위가 한마음이 돼 똘똘 뭉칠 수 있지 않겠나."

유통훈이 건륭의 말을 반복했다. 이어 준엄하게 심문하듯 물었다.

"그런데 악이태를 겁쟁이라 비웃으면서 자천해서 간 사람이 어찌해서 한 달도 못 채우고 '개토귀류는 상책이 아니다'라는 밀주문을 보내기에 이르렀는가? 양위揚威장군 합원생이 부장인 동방만 중용하는 꼴이 미워 두 사람 사이를 극력 이간질한 것인가? 자네는 진정 조정을 위해 일하러 간 것인가, 아니면 합원생과 동방 두 사람 사이를 이간질하러 간 것인가?"

날카로운 힐문이었다. 사실 이 사건의 뿌리는 장정옥과 악이태의 암투로 거슬러 올라가 캐물어야 마땅했다. 그러나 장정옥과 악이태는 건륭의 왼팔과 오른팔 격인 인물로 대단한 성총을 받고 있었다. 그러니 둘의 이름을 함부로 거론할 수가 없었다. 장조가 잠시 생각하더니 대답했다.

"모두 죄신이 흠차로서의 역할을 제대로 못한 까닭이옵니다. 하오나 작심하고 두 사람 사이를 이간질하려 한 것은 맹세코 아니옵니다."

유통훈은 어지에 따라 질문은 할 수 있으나 반박을 하거나 어지에 없는 내용을 물을 권한은 없었다. 그래서 장조의 말에 반박하고 싶었으나 꾹 참고 어지에 있는 다른 질문을 할 수밖에 없었다. 그가 이어 물었다.

"경략대신 장광사는 전군을 통솔하는 통수였네. 선제는 자네에게 병사들의 협동심을 자극해 용병을 독촉하는 데만 전력하고 돌아오라고 하셨지. 그런데 자네는 무엇 때문에 선제의 뜻을 어기고 사사로이 월권을 했다는 말인가? 국사가 장난처럼 보이던가? 자네가 국사를 우습게 대하고 군정을 소홀히 했으니 짐이 법에 따라 자네를 치죄하는 것은 당연한 일이네!"

장조는 유통훈의 호통이 맞는다는 듯 쿵쿵 소리가 나도록 머리를 조아렸다. 이어 대답했다.

"폐하께서 죄신을 이처럼 책망하시니 죄신은 그저 죄를 인정하는 수밖에 달리 아뢰올 말씀이 없사옵니다. 죄신은 죗값을 치르기 위해 목숨을 내놓아도 원망 같은 것은 없사옵니다. 다만 죄신은 죽기 전에 한마디만 꼭 간언하고자 하옵니다. 죄신은 장광사가 그저 고집스럽고 제멋대로인 사람인 줄로만 알고 있었사옵니다. 그러나 삼 년 동안 그를 깊이 알아가면서 다른 점도 발견했사옵니다. 그는 흉금이 좁고 겉과 속이 다른 사람이옵니다. 이런 사람을 절대 중용하셔서는 아니 되옵니다!"

이로써 어지에 명시된 질문은 끝났다. 부항은 장조가 답변 중에 큰 실수를 하지 않은 것을 다행으로 생각하면서 몰래 안도의 숨을 내쉬었다. 그런 부항을 쓸어보던 유통훈이 갑자기 목소리를 높였다.

"여봐라!"

"예!"

궁전 밖 복도에 대령 중이던 간수들이 우르르 달려 들어왔다. 유통훈은 위엄 있게 좌중을 둘러보면서 크게 소리를 질렀다.

"장조의 화령花翎을 떼어 내거라!"

"예!"

순간 장조의 낯빛이 새파랗게 질렸다. 그럼에도 달려드는 간수들을 손짓으로 막으면서 길고 깡마른 손으로 관모를 벗는 침착함만은 잊지 않았다. 그리고는 부들부들 떨리는 손으로 산호 징자를 비틀어 떼어내고 거기에 꽂혀 있던 공작깃털 화령도 빼내 함께 두 손으로 공손히 받쳐 올렸다. 이어 땅에 길게 엎드렸다.

"망극하옵니다, 폐하……."

부항이 그 모습을 보고는 황급히 달려가 장조를 일으켜 세웠다.

"부디 몸조심하십시오. 의식기거는 제가 알아서 챙겨드릴 테니 앞으로는 사적으로 무릎 맞댈 일이 없을 것 같습니다. 필요한 것이 있으면 이곳 전옥典獄에게 말해 저에게 전하도록 하십시오. 절대 자학을 해서는 안 됩니다. 폐하께 상주할 때 공로로 잘못을 덮어 감추려 하지 말고 잘못을 많이 반성하십시오. 저희들도 노력해 보겠습니다."

부항의 두 눈에서 다시 눈물이 쏟아져 내렸다. 그러나 어느새 안정을 되찾은 장조는 침착했다. 어조 역시 그랬다.

"여섯째어르신께서 조정에 대신 전해주십시오. 죄신은 하루빨리 숨을 거두는 것이 진실로 죄를 뉘우치는 자세라 생각합니다. 그러니 사약을 내려주셨으면 합니다."

사제 간의 대화가 끝나가자 유통훈이 전옥을 불러 큰 소리로 지시했다.

"장조를 사호실의 단칸방에 수감시키도록 하라. 밤낮으로 시중꾼을 붙이되 지필은 항시 준비해놓고 절대 소리를 지르거나 무례를 범해서는 안 된다. 알아들었느냐?"

"여섯째어르신, 그리고 연청 대인, 저는 그만 들어가야겠습니다."

장조가 참담한 표정으로 부항과 유통훈을 향해 머리를 조아려 보였다. 그리고는 옥졸을 따라 나갔다. 부항은 바람에 날아갈 것처럼 바싹 마르고 초라한 그의 뒷모습을 바라보면서 길게 한숨을 내쉬었다.

"괜한 욕심을 부려 저렇게 곤욕을 치르는 것이 아닌가."

유통훈이 부항을 바라보며 말을 받았다.

"여섯째어르신은 아직 하찮은 인정이 남아 있으신 것 같습니다. 장조의 죄는 괜한 욕심으로 무마시키기에는 파장이 너무 큽니다. 적어도 그는 국사를 망친 무능한 신하입니다. 죄를 논한다면 죽어 마땅합니다."

부항이 쓸쓸한 미소를 지어보였다.

"나는 그의 죄를 무마시키고픈 생각이 없네. 다만 글쟁이가 총대를 메겠다고 자천했을 때는 뭔가에 단단히 홀리지 않고서야 그럴 리 없다고 생각했어. 그대는 장조 사부를 잘 몰라서 그러는데, 저 분은 결코 무능한 족속이 아니네."

부항이 말을 마치고 자리에서 일어나더니 몇 마디를 덧붙였다.

"성급히 단죄하려 들지 말고 시간을 갖고 천천히 심문하게. 장광사가 팔을 걷어붙였으니 이번에 승전고를 울리면 폐하께서 기분 좋으신 김에 장조 사부를 관대하게 처분할지도 모르지 않는가."

부항은 더 이상 할 말이 없는지 곧 자리를 떴다. 그러나 유통훈의 생각은 부항과 달랐다. 장조와 워낙 물과 불처럼 앙숙인 장광사가 승전고를 울려봤자 장조에게 하등 도움이 될 리가 없다고 생각한 것이다.

양봉협도를 나선 부항은 숨 돌릴 새도 없이 군기처로 장정옥을 찾아갔다. 그러나 장정옥은 상서방으로 가고 없었다. 다시 상서방으로 달려가자 장친왕 윤록, 이친왕 홍효, 장정옥과 악이태 등이 함께 앉아 있는 모습이 보였다. 또 2품 정자를 단 관리 한 명이 문어귀에 서서 안에 있는 사람들에게 자신의 주장을 피력하는 광경도 눈에 들어왔다. 어디선가 본 듯한 얼굴이었다. 바로 하동河東 총독이었던 왕사준이었다. 왕사준이 부항을 힐끗 쳐다보더니 입을 열었다.

"윤아와 윤제는 비록 선제의 골육이지만 그때 당시 선제의 과감한 대의멸친은 천만번 지당하신 처사였습니다. 폐하께서 하해와 같은 은덕을 베풀어 그들을 풀어주신 것은 골육을 대히 는 인지상정에 힘입은 것이니 신도 달리 의견은 없습니다. 허나 그들은 관보에 과거의 죄를 인정하고 황은에 감격한다는 식의 글을 한 글자도 올리지 않았습니다. 신은 그것이 못내 이해가 가지 않습니다. 결국 선제께서 그들을 하옥시킨 것이 그릇된 처사라는 말씀입니까?"

왕사준이 동조를 부탁하는 듯한 눈빛으로 좌중을 훑어봤다. 장내에는 무거운 침묵이 흐르고 있었다. 그런 가운데 악이태가 먼저 입을 열었다.

"폐하께서는 상서방에 왕 대인의 얘기를 들어보라고 하셨을 뿐 달리 어지는 안 계셨네. 우리는 듣고만 있을 테니 할 말이 있으면 계속해보시게."

왕사준이 다시 냉정한 어조로 말을 이어나갔다.

"그럴 생각입니다. 신은 갈수록 머리가 둔해져서 여러 왕공대신들이 도대체 어떤 생각을 하시는지 짐작할 수 없습니다. 설득력 있는 이유도 없이 죄인을 석방시킨 것도 한심한데 윤제를 왕, 윤아를 보국공輔國公으로 봉했으니 실로 너무 한심해 코웃음밖에 나오지 않습니다. '보국'輔國 (나라를 돕다)이라니요? 그 사람이 대체 어느 나라를 도왔다는 말입니까? 윤사, 윤당의 나라를 도왔다는 말인지, 아니면 윤잉의 나라를 도왔다는 얘기인지 통 모르겠습니다. 연갱요를 책동해 모반을 꾸민 왕경기汪景祺의 가족을 석방시키고 연갱요 사건에 연루된 모든 죄인들에게 면죄부를 준 것은 또 어떻게 해석해야 합니까? 선제께서는 죄를 지었으나 이미 개과천선한 증정曾靜을 사면시키면서 온 천하에 '짐의 자손들은 이 사람이 전에 짐을 욕되게 했다 해서 주살하는 일이 없도록 하라'라는 내용의 조서를 내리셨습니다. 그런데 여러 신하들이 어찌 감히 어지를 어기고 증정을 주살할 수 있다는 말입니까?"

부항은 속사포처럼 이어지는 왕사준의 힐문에 깜짝 놀라고 말았다.

왕공대신들을 전혀 의식하지 않고 작심한 듯 할 말을 다 하는 그의 용기에 탄복하지 않을 수 없었던 것이다.

"자, 흥분하지 말게. 목이 마를 것이니 차를 마셔가면서 얘기하게."

장정옥이 직접 차 한 잔을 따라 밀어 주면서 말했다.

"감사합니다, 중당."

왕사준이 찻잔을 들어 한 모금을 마셨다. 그리고는 여전히 주변의 눈치를 보지 않은 채 다시 입을 열었다.

"선제께서는 국채환수에 전력을 다하시고 탐관오리들을 엄하게 다스리셨습니다. 여러분들은 사서를 두루 섭렵하셨으니 누구보다 잘 아실 것입니다. 전 왕조인 명나라 이래 이치吏治가 가장 깨끗한 조대를 꼽는다면 어떤 군주 때를 꼽으시겠습니까? 두말할 것 없이 옹정황제 때입니다. 그런데 지금은 어떻습니까? 선제의 숙원이었던 국채환수 작업은 무기한으로 중단됐습니다. 탐관오리들은 깊은 동면에서 깨어난 뱀처럼 기지개를 슬슬 켜면서 어디 먹이가 없나 두리번거리고 있습니다. 국고는 마비되기 일보 직전에 이르렀으니 실로 말문이 막히고 분통이 터집니다. 그리고 선제께서는 개간을 장려하고 농민들을 도와주기 위한 조치로 일 잘하는 농민들에게 명목상 팔품 관직을 수여하기로 했었습니다. 그 정책은 분명 효과가 뚜렷한 선정이었는데, 어떻게 해서 폐지됐습니까? 그것도 뚜렷한 이유도 없이 말입니다. 도대체 여러분은 선제를 어떻게 평가하시기에 선제의 치적을 이토록 매몰차게 부정하시는 겁니까? 지금 폐하의 왼팔, 오른팔이라는 신하들이 여태껏 해놓은 일이 무엇입니까? 정말 슬픕니다. 툭 까놓고 말해서 지금은 세종의 국책을 뒤엎는 상주문이 모두 대접받는 실정입니다. 이것은 당치도 않습니다!"

왕사준이 다시 차 한 모금을 마시더니 냉소를 흘리면서 덧붙였다.

"여러분이 어지를 받고 서에 굴으셨으니, 이참에 지금까지 참아왔던 말들을 속 시원히 모두 쏟아냈을 뿐입니다. 이상입니다."

　좌중의 몇몇 왕공대신들은 왕사준의 말이 틀리지 않다는 표정으로 서로를 번갈아 바라봤다. 윤록이 말재주가 없어 자신이 없다는 듯 장정옥에게 말했다.

　"형신, 자네가 얘기해보게."

　장정옥이 윤록의 부탁대로 입을 열었다.

　"그대의 담력에 감복하네. 그대의 상주문은 우리 상서방을 고발했을 뿐 아니라 폐하의 '관대한 정치'까지 혹독하게 비평했네. 자네의 주장에 대해서는 구경九卿이 의논해서 답변을 줄 것이네."

　이어 악이태가 가벼운 기침을 하며 목청을 가다듬고 말을 받았다.

　"폐하께서는 이미 자네의 주장을 어람하셨네. 유죄 여부와 죄명에 대해서는 우리가 의논을 거쳐 주청을 올릴 것이네. 자네는 지금 복건福建 순무 직을 맡고 있지? 이제는 돌아갈 필요가 없네. 부항 어르신이 마침 여기 있으니 조금 있다가 그 분을 따라 양봉협도에 가게. 거기서 당분간 머물면서 어명을 기다리도록 하게."

　"오늘은 이만하지."

　윤록이 자리를 털고 일어났다. 그리고는 왕사준에게 다가가 어깨를 두드리면서 말했다.

　"대장부다운 기질이 마음에 드네. 지금이라도 늦지 않으니 사흘 내에 자신의 망언을 인정하는 사죄문을 올리면 내가 폐하의 면전에서 사정을 해보겠네. 안 그러면 뒤늦게 땅을 치면서 후회해도 소용없을 거네."

　그러자 왕사준이 피식 웃었다. 그리고는 부항에게 고개를 돌린 채 말했다.

　"장조도 양봉협도에 있지 않습니까? 우리를 한방에 넣어주시면 안 되겠습니까? 허송세월을 하느니 이참에 시 공부라도 좀 해둘까 해서 말입니다."

　부항은 장정옥이 자신을 부른 이유가 왕사준을 압송하는 일 때문이라는 사실을 깨닫고는 다소 황당한 표정을 지어보였다. 이어 잠시 머뭇거리다가 말했다.

　"일단 가서 보지."

13장
죽음의 문턱에서 살아난 죄인

건륭은 하남에서 북경으로 돌아온 다음 장광사로부터 희소식이 날아들기만 학수고대하고 있었다. 더불어 은과의 성공적인 마무리도 경축할 겸 거국적인 큰 잔치를 준비하고 있었다. 그런데 기대에 잔뜩 부풀어 있는 그에게 찬물을 끼얹는 엉뚱한 일이 발생하고 말았다. 장조의 사건이 결론나지도 않은 마당에 왕사준이 장문의 상주문을 올려 건륭이 등극한 이후의 모든 시정施政에 대해 사정없이 혹평을 했던 것이다. 그 일 때문에 건륭은 며칠 동안 기분이 우울했다. 게다가 왕사준을 만나고 돌아온 장친왕 윤록이 왕사준의 말을 가감 없이 전하면서 건륭의 화가 폭발했다. 장작불에 기름을 끼얹은 격이었다. 건륭은 대로하면서 우유 잔을 던지다시피 내려놓고는 말했다.

"짐이 선제께 불초를 저지른다면서 뒤에서 수군거리는 것은 알고 있었어요. 허나 왕사준 그자처럼 공공연히 짐에게 뭐라고 한 경우는 이번이 처음이었어요. 짐이 관대한 정치를 베푼다 하니 머리 위에 올라앉아도 괜찮은 줄 아는가 보군요. 하지만 그런 무례한 자는 결코 용서할 수 없어요!"

건륭이 이를 갈더니 입술을 잘근잘근 씹었다. 이어 냉소를 흘리면서 다시 입을 열었다.

"혹정을 펴는 것은 일도 아니에요. 조서 한 장이면 모든 것이 가능하다고요! 앞으로 그런 허튼소리를 하는 자들에게는 짐의 뜻을 분명히 전하세요. 그건 그렇고 열여섯째숙부는 왕사준이 그렇게 무식할 만큼 대담하게 구는 것이 다른 이유가 있기 때문이라고 생각하지 않나요? 혹시 조정에 그자의 뒤를 받쳐주는 자가 있는 게 아닐까요?"

윤록은 갑작스런 건륭의 말에 잠시 멍해 있더니 우물쭈물 대답했다.

"폐하! 신은 폐하에 대해 왈가왈부 하는 소리는 못 들었사옵니다. 왕사준은 허황된 명성을 얻으려 하는 한족 특유의 치졸한 근성 때문에 그러는 것이옵니다. 이런 식으로라도 이름을 날리려고요. 한족들은 다 마찬가지이옵니다. 장조 역시 잘난 척을 하려다가 인생을 망친 것이 아니옵니까. 한마디로 한족들은 별 볼 일 없는 족속들이옵니다."

건륭은 얼토당토않은 윤록의 말에 그냥 웃고 말았다. 이어 나직이 말했다.

"열여섯째숙부, 한족 중에도 훌륭한 사람이 있어요. 전체적인 자질이 만주족에 미치지 못할 뿐이죠. 악이태만 봐도 그래요. 이 친구는 사실 우리 만주족 중에서 품성이 최고라고는 할 수 없어요. 그럼에도 짐은 그를 중요 부서에 기용하고 있죠. 그 이유가 무엇인지 알아요?"

윤록이 뭐라고 대답할지 모르겠다는 듯 눈만 껌벅거렸다.

"잘 모르겠사옵니다."

그러자 건륭이 말했다.

"우리 만주족들 중에도 한족들처럼 허장성세만 좋아하고 책을 멀리하는 사람이 많아요. 그런 사람들과 달리 악이태는 글공부를 많이 했어요. 몸가짐이나 생활 태도 역시 올바른 편이죠. 비록 사나이다운 시원스러운 풍모는 없지만 말입니다. 주지하다시피 아래에서 올라오는 주장은 모두 한문으로 돼 있어요. 더구나 상주문을 읽어보는 사람도 한족이고 정무를 보는 사람도 한족이에요. 이대로 가다가는 대권이 한족들에게 넘어가지 말라는 법도 없지 않겠어요?"

윤록이 건륭의 말에 황급히 맞장구를 쳤다.

"천만번 지당하신 말씀이옵니다. 육부의 경우 각 부처에 만주족과 한족 상서가 각각 두 명씩 있는데, 실권은 한족 상서들이 쥐고 있다고 하옵니다. 만주족 상서들은 보살처럼 높은 곳에서 '공양'만 받고 아부와 사탕발림 소리에 길들여져 실속은 전혀 없다고 하옵니다. 이대로 나가다가는 조정이 한족들로 득실거리지 말라는 법이 어디 있겠사옵니까?"

건륭이 심각한 표정으로 윤록에게 말했다.

"그래서 말인데요. 열여섯째숙부는 종실 자제들의 교육을 바짝 틀어쥐어야겠어요. 불필요한 학과목은 과감히 없애버리고 한족들의 정치를 배울 수 있는 과목만 선택하세요. 호랑이 새끼를 잡으려면 호랑이 굴에 들어가야 해요. '적을 알고 나를 알면 백번 싸워도 위태롭지 않다'^{知彼知己, 百戰不殆}고 했어요. 절대 한족들에게 동화돼서는 안 됩니다. 옛 친왕들 중에서는 지금 열여섯째숙부의 관직이 제일 높아요. 그러니 열여섯째숙부는 고북구, 봉천^{奉天}에서 군사 훈련 중인 열일곱째숙부, 그 아래의 몇몇 왕과 패륵들을 모두 확실하게 챙겨야 합니다. 이들을 잘 키워내는 것이 그 무엇보다 중요한 일이라는 것을 명심하세요."

"예, 폐하. 명심하겠사옵니다. 능력은 부족하지만 진력하겠사옵니다. 폐하께서 수시로 지적해주시기 바라옵니다."

건륭과 윤록이 그렇듯 진지한 대화를 나누고 있을 때 마침 태감 고무용이 들어왔다. 건륭이 기다리고 있었다는 듯 물었다.

"준비는 다 됐나?"

"예, 폐하! 다 됐사옵니다. 장정옥 대인이 주청 올리라 해서 왔사옵니다. 폐하께서 여기서 바로 건너가실 것인지, 아니면 먼저 건청궁으로 걸음하실 것인지 여쭤보라 했사옵니다."

"짐은 여기 있다가 곧바로 갈 거네. 열여섯째숙부는 그만 물러가세요. 한참 애기를 나누고 나니 갑갑하던 속이 좀 시원해진 것 같군요. 짐은 오늘 보화전保和殿에서 은과에 합격한 진사들을 접견하기로 했어요. 못다한 이야기는 다음 기회에 계속하도록 하죠. 열여섯째숙부는 고지식하고 성실한 분이에요. 그러나 그것이 지나치면 남에게 우습게 보여 이용당할 수도 있으니 짐이 한 말을 잘 생각하세요. 조금 더 과감하게 일처리를 하도록 하세요."

건륭이 자리에서 일어나면서 말했다. 윤록은 그렇게 하겠노라고 연신 굽실거리면서 물러갔다. 건륭은 태감들의 시중을 받으면서 옷을 갈아입었다. 모든 준비가 끝나자 고무용이 수화문 밖으로 달려가 큰 소리로 외쳤다.

"폐하께서 납신다. 승여乘輿를 대기하라!"

때를 맞춰 관현악 소리가 웅장하게 울려 퍼지기 시작했다. 이어 100여 명의 시위와 태감들로 구성된 의장대가 앞에서 안내를 했다. 그 뒤로 수십 명의 창음각暢音閣 공봉供奉들이 악기를 연주하면서 따랐다. 곧 건륭의 호탕한 행렬은 천가를 떠나 삼대전을 향해 나아갔다. 얼마 후 행렬이 건청문 맞은편의 돌계단 앞에 이르렀다. 그러자 따르던 사람들이 전부 멈춰 섰다. 단 두 명의 시위만 건륭을 호위한 채 계단을 올라갔다. 장정옥과 악이태, 눌친 등 세 명의 상서방 대신은 이미 보화전 뒤편에 영접을 나와 있었다. 오늘의 의식을 주최하는 사람은 다름 아닌 눌친이었기에 그는 장정옥과 악이태를 좌우에 거느리고 엎드려 문후를 올린 다음 목청을 돋우어 외쳤다.

"폐하께서 납시오. 새로 합격한 진사들은 무릎 꿇고 영접하라!"

보화전에 음악소리가 크게 울리기 시작했다. 곧 창음각의 교습 태감들로 이뤄진 정예악단 64명이 각자 다른 방향에서 생황, 퉁소, 피리, 거문고, 쟁箏, 공후箜篌 등을 연주하기 시작했다. 동시에 황종黃鐘, 대려大呂, 태족太簇, 협종夾鐘, 고세姑洗, 중려仲呂, 유빈蕤賓, 촌종村鐘, 이칙夷則, 남려南呂, 무사無射, 응종應鐘 등 12여呂 악률樂律의 화음이 드넓은 궁중에 울려 퍼졌다. 그 음악소리가 얼마나 맑고 아름다운지 사람들은 모두 도취될 지경이었다. 곧이어 64명의 공봉이 손에 규판圭板을 들고 다소곳이 앉아 노래를 부르기 시작했다.

운한雲漢(은하수를 일컬음. 황제의 아름다운 덕을 비유함)이 사방에 이르니 동관冬官(토목을 책임진 부서)에게 명해 기둥과 문지방에 화려한 무늬를 새겼네. 서까래도 다듬지 않으면 정갈하지 않고, 오경五經도 머릿속에 묵혀만 두면 썩어서 역겨운 냄새를 풍긴다네. 현능한 인재는 지혜를 썩히지 않고 성총의 은혜를 받아 큰 인물로 거듭난다네. 신선을 부러워해 허황됨을 쫓지 마라, 진실한 인재만이 두각을 나타내거늘.

눌친은 걸어가면서 몰래 건륭의 낯빛과 태도를 훔쳐봤다. 건륭은 노랫말을 열심히 듣고 있는 듯했다. 그런데 웬일로 두어 번 미간을 찌푸리면서 뭔가 물으려다 입을 다무는 일이 있었다. 얼마 후 건륭 일행이 궁전 앞에 도착했다. 순간 웅장한 악기소리가 뚝 그쳤다. 그때를 기다렸다는 듯 양명시와 악선이 맨 앞에서 무릎을 꿇고 소리 높이 외쳤다.

"폐하 만세!"

"황제 만세, 만만세!"

새로 합격한 진사들도 건륭의 모습을 보자마자 일제히 머리를 조아리면서 만세를 연호했다. 건륭이 흐뭇한 표정으로 미소를 머금은 채 합격자들을 바라봤다. 그들 중에는 귀밑머리가 희끗희끗한 사람도 있었으나 아직 어린 아이들도 없지 않았다. 건륭은 그들을 향해 고개를 끄덕여 보이고는 대전 안으로 성큼 들어갔다. 이어 수미좌에 자리를 잡았다. 그러자 눌친이 한발 앞으로 다가와 깍듯이 예를 올렸다. 그리고는 고무용의 손에서 노란 비단 겉봉을 씌운 책자를 받아 들고 큰 소리로 외쳤다.

"전시 사등, 일갑一甲 진사 요화은廖化恩!"

"신, 대령하였사옵니다!"

고무용의 호명과 동시에 약 서른 살 가량 된 젊은이가 즉각 대답을 하면서 구르듯 종종걸음으로 달려 나왔다. 더워서인지 긴장해서인지 옷이 땀에 젖어 몸에 착 달라붙어 있었다. 그럼에도 그는 공손하게 예를 갖춰 문안을 올리는 것을 잊지 않았다. 그런 다음 두 손을 모은 채 가만히 서 있었다. 눌친이 거칠게 오르내리는 그의 가슴이 진정되기를 기다렸다가 천천히 말했다.

"새로 합격한 진사들의 명단을 창명唱名(큰 소리로 읽음)하라. 예의를 잃지 않도록 조심하라!"

"예!"

요화은이 대답과 함께 마치 강보에 싸인 갓난아이를 받아 안듯 조심스럽게 책자를 건네받았다. 이어 궁전 입구로 걸어 나왔다.

그때까지 작열하는 태양 아래에서 거의 두 시간 동안 무릎을 꿇고 있던 진사들은 이미 기진맥진한 상태였다. 그러나 그들은 요화은의 모습이 보이자 비로소 다시 힘을 내서 고개를 쳐들었다.

원래 전시 합격자 중에 단연 빛나는 사람은 장원급제한 사람이어야 했다. 하지만 사실은 합격자 명단을 창명하는 사람에게 그보다 더 많은 이목이 집중되기도 한다. 그래서일까, 요화은은 긴장하지 않을 수 없었다. 급기야 자꾸만 차오르는 숨을 애써 조절하면서 금책金冊을 펼쳐 카랑카랑한 목소리로 읽어 내려가기 시작했다.

"건륭 원년 은과 전시 일갑 장원 진사 장유공!"

장유공은 자신이 장원급제한 사실을 이미 알고 있었다. 그럼에도 이같이 장엄한 궁전과 천자의 면전에서 자신의 이름이 불리자 기분이 더할 나위 없이 좋았다. 말 그대로 구름을 타고 하늘을 날아가는 느낌이 그럴까 싶었다. 세 번째 줄에서 무릎을 꿇고 있던 그는 머리가 터질 것 같은 황홀한 느낌 때문에 눈앞도 잘 보이지 않는 듯했다. 꿈인지 생시인지 모를 몽롱한 기분이 사라지지 않았다. 얼마 후 장유공은 겨우 정신을 차리고 악대의 반주에 맞춰 여덟 명의 일갑 진사들을 거느리고 앞으로 나와 건륭에게 삼궤구고의 대례를 올렸다. 찬례관贊禮官이 장원 장유공과 방안榜眼(2등 합격자), 탐화探花(3등 합격자)를 데리고 건륭 앞으로 다가갔다. 세 사람은 땅에 엎드려 감사함을 표한 다음 각자의 방榜을 받았다.

그렇게 가슴 떨리는 의식이 한 시간쯤 이어지고 나서야 세 사람은 비로소 장정옥과 악이태, 눌친 등의 안내를 받으면서 태화문을 나섰다. 그곳에는 이미 순천부 부윤이 영접을 나와 있었다. 세 사람은 평소에 감히 범접하기도 어려웠던 순천부 부윤의 안내하에 천안문 정문을 통과했다. 이어 수만여 명의 환호를 받으면서 동 장안가에 임시로 마련된 채색 천막에서 잠화주簪花酒를 마셨다. 이것이 바로 몇 백 년 동안 변함없이 전해내려 온 '어가과관'御街誇官이라는 예식이었다. 장유공은 천안문 정문을 통과할 때부터 머릿속이 그야말로 하얗게 탈색되는 것 같았다. 순간 기쁨과 슬픔, 즐거움과 괴로움 등 온갖 감정이 한꺼번에 그의 마음속을 파고들어 혼란스럽기 그지없었다. 그럼에도 그는 어떻게든 버티려고 의지를 다졌다. 그래서 마치 실성한 사람처럼 멍하니 사람들을 따라 악착같이 계속 걸어갔다.

모든 예식이 끝나자 세 정갑鼎甲(과거시험에 최우등으로 합격한 세 사람)은 구경꾼들의 갈채를 받으면서 다시 만나기를 기약하고 헤어졌다. 그러나 장유공의 상태는 갈수록 심각해졌다. 그는 길 옆의 구이집을 지나면서 주위를 둘러봤다. 이상하게 맨발 바람으로 뛰쳐나와 장원급제한 그에게 갈채를 보내는 사람은 하나도 없었다. 장유공은 즉각 자신을 집으로 호송하던 예부의 아역들에게 멈추라는 명령을 내렸다. 이어 날렵하게 말에서 뛰어내려 횡하니 가게 안으로 들어갔다. 웃통을 벗어던진 채 고쟁이만 입고 부채질하고 있던 가게 주인은 머리에 번쩍이는 금화를 꽂고 눈부신 색깔의 진사 복장을 차려입은 사람이 들어서자 깜짝 놀라 튕기듯 일어났다. 허둥거리면서 옷을 찾았으나 옷이 보이지 않았다. 그가 당황한 김에 벌거벗은 채로 무릎을 꿇은 채 인사를 올렸다. 장유공은 그런 주인을 뚫어지게 바라보면서 무표정한 얼굴로 내뱉듯 말했다.

"나는 장원 급제했소."

"알고 있습니다. 소인도 이제 막 장안가에서 돌아오는 길입니다. 어르신께서는 천하제일이라는 장원에 급제하신 분이 틀림없습니다!"

가게 주인이 말했다. 이어 살찐 얼굴에 파묻혀 가뜩이나 작은 눈을 실눈으로 만들면서 웃음을 지었다. 엄지를 내두르면서 아부 인사를 하는 것도 잊지 않았다.

"앞으로 필히 재상 자리에까지 오르실 겁니다!"

"그러면……, 알고 있었군."

장유공이 은자 한 개를 던져주면서 여전히 무표정한 얼굴로 말했다. 이어 더 이상 할 말이 없다는 듯 밖으로 나왔다. 묵묵히 말 위에 올라

타서는 80냥짜리 은표를 꺼내 예부 아역들의 인솔자에게 건네주면서 말했다.

"나는 혼자 다니고 싶으니 먼저 돌아가오. 얼마 안 되지만 오늘 수고한 몇 사람이 술이라도 사서 마시시오. 나중에 내가 다시 불러 한턱을 내겠소."

땡볕에 지칠 대로 지친 아역들은 이제나저제나 장유공의 입에서 돌아가라는 소리가 떨어지기만 기다리던 터였다. 바로 냉큼 은자를 받아 챙기고 감사 인사와 함께 서둘러 자리를 떠났다.

때는 한창 더운 6월이었다. 불덩이 같은 태양이 연일 길바닥을 뜨겁게 달구는 그런 시기였다. 나무 위의 매미마저 지친 듯 울음을 그칠 정도였다. 집집마다 문을 활짝 열어놓고 시원한 수박과 냉차를 마시면서 더위를 달래는 것은 기본이었다. 장유공은 인적이 드문 길거리를 발 닿는 대로 걸으면서 자신에게 축하 인사를 보내지 않는 가게마다 찾아 들어갔다. 이어 은자를 던져주고 몇 마디 어정쩡한 아부 인사를 받고 다시 나오고는 했다. 그러자 동네 꼬맹이들이 좋은 볼거리가 생겼다면서 너나 할 것 없이 쪼르르 쫓아다녔다. 하지만 어른들은 더위를 피해 다 어디로 사라졌는지 길바닥은 마냥 한적하기만 했다. 장유공은 그렇게 네댓 집을 들르고 난 다음 집 앞에 커다란 버드나무가 있는 푸줏간을 지나게 됐다. 버드나무 옆의 흰 천막 안에는 이제 막 가마에서 꺼낸 듯한 고기가 식기를 기다리며 지키고 서 있는 처녀가 보였다. 장유공이 다가가 말을 걸려고 할 때였다. 처녀 옆에 앉아 부채질을 하던 남자가 일어섰다. 두 쌍의 눈빛이 허공에서 부딪혔다.

"아니 장유공 장원이 여기는 어쩐 일인가?"

"어, 늑민!"

전혀 예기치 못한 만남에 장유공과 늑민 두 사람은 거의 동시에 놀라서 소리를 질렀다. 그러나 늑민은 바로 정신을 차리고는 옆에 있는 옥아에게 장유공을 소개했다.

"이분은 예전에 나와 문우文友 사이였는데, 이번에……."

"올해 은과에 장원급제했소. 조금 전에 어가과관 장면을 못 봤습니까?"

장유공이 미풍에 팔랑이는 버드나무 이파리를 바라보면서 늑민보다 앞질러 말했다. 늑민은 도무지 장원답지 않은 장유공의 모습에 흠칫 놀랐다. 그가 점잖지 못하게 왜 그런 말을 하는지 도무지 알 수가 없었다. 늑민은 느낌이 이상해서 장유공의 모습을 찬찬히 살폈다. 술 취한 듯 멍한 눈빛이 영 심상치 않았다. 어딘가 이상이 있는 것이 분명했다. 늑민은 당혹스러운 눈빛으로 옥아를 바라봤다. 그러나 옥아는 손수건으로 입을 가린 채 깔깔 웃기만 했다. 다급해진 늑민이 발을 구르면서 말했다.

"이봐 옥아! 뭐가 재미있다고 그리 실성한 사람처럼 웃고 있는 거요? 어서 들어가 의자나 하나 가져다주오."

늑민의 말이 떨어지기 무섭게 장유공이 정색을 한 얼굴로 말했다.

"웃기는 왜 웃어요? 완벽한 내 문장 실력으로 따낸 장원인데요!"

"오해 마세요, 그래서 웃은 것이 아니에요."

옥아도 장유공의 정신이 이상하다고 생각했는지 웃음 띤 얼굴로 변명하듯 말했다. 이어 의자를 가져와 장유공을 앉히고 다시 입을 열었다.

"더위 먹어서 기절하기 직전인데 난데없이 하늘에서 장원이 떨어지니 좀 당혹스러워서 그래요. 우리 집은 돼지만 잡지 장원을 잡아본 적은 없거든요."

"이봐, 옥아!"

늑민이 즉각 옥아를 나무랐다. 이어 장유공을 향해 말했다.

"아무튼 경하드리네. 옥아의 말은 듣기 거북하기는 하나 일리가 없지 않네. 장원이면 장원다운 무게가 있어야 해. 자기 관리에도 신경 써야 하지 않겠나. 내가 알기로 자네는 이렇게 가벼운 사람이 아닌데……, 어디가 아픈 것 같구먼. 잠깐만 있어봐. 내가 가서 설근 형을 모셔 올테니. 방금 내가 돼지 간을 가져다 줬거든. 설근 형은 의술에도 일가견이 있어."

장유공이 늑민의 말에 즉각 반박을 했다.

"무슨 말을 그리 하나? 내가 무슨 병이 들었다는 건가? 나는 장원이라고! 내 실력으로 따낸 장원이란 말이야! 알겠나?"

늑민은 횡설수설하는 데다 언성까지 높이는 장유공을 다시 보면서 그의 정신이 분명히 이상해졌다고 확신했다. 문득 《유림외사》儒林外史에 나오는 범진范進이라는 인물을 떠올렸다. 그가 잠시 고민을 하더니 옥아를 한쪽으로 잡아당겼다. 이어 목소리를 죽인 채 말했다.

"한번 재주껏 골려주게. 나한테 해왔던 것보다 더 심하게 말이야!"

용케도 "골려준다"라는 말을 알아들은 장유공이 중얼거리듯 말했다.

"골려준다고? 누구를? 설마 나는 아니겠지? 글쟁이들이 얼마나 힘든지 몰라? 내가 이 자리에 오르기까지 얼마나 고생했다고."

"누가 누구를 골려준다고 그러세요?"

옥아가 냉차 한 잔을 따라 장유공의 탁자 위에 올려놓으면서 정색을 하고는 덧붙였다.

"나는 무식해서 그런지 장원이 뭐가 그리 대단한지 모르겠어요. 장원? 장원이 뭔가요? 먹는 거예요?"

늑민은 옥아의 말에 차 한 모금을 입안에 넣다 말고 어이가 없는 듯 멍하니 옥아를 쳐다봤다. 자신이 시킨 일이지만 옥아의 말이 너무 과하다는 느낌이 들었던 것이다. 장유공 역시 정색을 했다.

"영리하게 생긴 처녀가 어찌 그리 어리석은 질문을 할 수 있다는 말

이오? 여태 장원이 뭔지도 모르고 살았다니 한심하군. 장원은 곧 천하
제일이라는 뜻이오!"

옥아는 그제야 알았다는 듯 일부러 과장스런 표정을 지은 채 대꾸
를 했다.

"어머머, 장원이 그렇게 대단한 것이었어요? 그러면 제가 대단한 불
경을 저지르고 말았네요! 천하제일이라고요? 그러면 몇 백 년에 한 번
씩 나오나요?"

그러자 장유공이 무뚝뚝하게 대답했다.

"삼 년!"

"삼 년에 한명 꼴로 장원이 나온다고요? 나는 또 공자나 맹자처럼 오
백 년에 한 번씩 나오는 줄 알았네요! 삼 년에 한 번씩이면 우리 집 돼
지가 새끼 낳는 것보다 조금 더 귀할 뿐이네요!"

옥아가 한심하다는 듯 혀를 찼다. 장유공은 하나도 기가 죽지 않고 맹
랑하게 반론을 제기하는 옥아의 말에 씁쓸하게 웃었다.

"곱디고운 처녀가 어찌 사람을 돼지 새끼에 비유한다는 말이오? 금전
응시金殿應試, 옥당사연玉堂賜宴, 어가과관御街誇官, 경연잠화瓊筵簪花를 거
쳐 천안문 정문을 씩씩하게 걸어 나왔는데! 친왕이나 재상도 이토록 체
면이 서고 영광스러운 일은 없을 거요!"

늘민은 온갖 방법을 다 동원해도 장유공이 제 정신을 차리지 못하자
순간적으로 잠시 고민했다. 이어 뭔가 결심을 한 듯 비장한 표정을 지
은 채 말했다.

"남가일몽南柯一夢이라고, 좋은 꿈도 언젠가는 깰 때가 있는 법이야. 장
유공, 자네가 저지른 모든 비리가 들통이 났다네!"

"뚱딴지같이 그게 무슨 소리야?!"

"내가 방금 관보를 읽었는데……."

장유공이 이상하게 몸을 흠칫 떨었다. 얼굴에 긴장한 표정이 역력했다. 늑민은 역시 이 방법이 효과가 있다고 생각한 듯 다시 차갑게 말을 이었다.

"자네가 시험관을 매수해 시험지를 미리 빼돌렸다고 소문이 파다하네. 손가감 어사가 자네를 탄핵하는 상주문을 올렸다네. 지금 천하가 분노하고 조야가 마치 죽 끓는 가마솥처럼 떠들썩해. 폐하께서는 즉시 목을 치라는 명을 내리셨다고 하네. 부항 어르신의 감독하에 수일 내에 자네의 수급을 딸 거라고 하더군. 그런데도 여기에서 장원 타령이나 하고 있다니 웬 말인가!"

장유공은 늑민의 말이 다 끝나기도 전에 이미 얼굴이 사색이 돼 털썩 주저앉고 말았다. 대경실색해 넋이 빠진 모습이 백치나 다름없어 보였다. 깜짝 놀란 늑민이 다가가 그를 흔들어봤으나 아무런 반응도 없었다. 밑동 잘린 나무처럼 손만 놓으면 그대로 쿵하고 넘어갈 것 같았다. 이번에는 늑민이 크게 당황하지 않을 수 없었다. 병을 고쳐주려고 한 거짓말이 오히려 장원을 죽이는 형국이 된다면 이를 어찌해야 하는가? 그 모습을 빤히 쳐다보던 옥아가 악의 없는 냉소를 흘린 채 비아냥거렸다.

"그만한 담력도 없이 거들먹대기는? 괜찮아요, 장원까지 급제한 악바리가 그렇게 쉽게 죽을 줄 알아요?"

옥아는 말을 마치고는 장유공의 인중을 힘껏 꼬집었다. 순간 죽은 듯 반응이 없던 장유공이 "아야!" 하는 신음소리와 함께 오만상을 찌푸렸다. 이어 갑자기 깊은 잠에서 깨어난 듯 또랑또랑한 눈빛으로 두 사람을 번갈아보면서 어리둥절한 표정을 지었다.

"내가 왜 여기 와 있지? 이상하네?"

장유공이 두 눈을 깜빡이더니 고개를 흔들면서 애써 기억을 더듬었다. 눈빛도 더 이상 흐리멍덩하지 않았다. 처음 들어설 때와는 완전히 판이한 모습이었다. 평소의 모습으로 돌아온 장유공이 멍하니 능민을 바라보다가 한참 후 피식 실소를 터뜨렸다.

"술……, 술이 과했던 것 같네……. 여기까지 어떻게 왔는지 전혀 기억이 나지 않아……."

장유공이 멋쩍게 뒤통수를 긁적일 때였다. 갑자기 멀리서 대나무 가마를 들고 다가오는 사람들이 보였다. 그중 인솔자인 듯한 사람이 장유공을 발견하고 소리쳤다.

"장 대인! 방안榜眼 나리께서 댁을 방문하셨습니다. 어찌 이런 곳에서 이런 사람들과 가까이 앉아 계십니까!"

그러자 장유공이 정신이 드는 듯 서둘러 자리를 털고 일어나더니 능민을 향해 공수를 했다.

"집에 사람이 와 있다니 그만 가봐야겠네. 언제 시간 나면 우리 집으로 놀러 오게. 술이라도 한잔 하지."

말을 마친 장유공은 옷자락을 휘날리면서 표표히 걸음을 옮겼다. 이어 순식간에 능민과 옥아의 시야에서 사라졌다.

은과 합격자에 대한 축하 예식이 모두 끝난 다음 놀라운 소식 하나가 군기처로 날아들었다. 그것은 바로 묘강苗疆(묘족들이 집단으로 거주 하는 변경 지역)의 경략대신經略大臣 장광사가 묘족과의 전투에서 전혀 예상 밖의 승리를 거뒀다는 소식이었다.

때는 건륭 원년 봄이었다. 장광사는 군사를 재정비하고 군권을 한손에 틀어쥐었다. 그런 다음 병력을 세 갈래로 나눠 묘족들의 거점인 상구고上九股, 하구고下九股와 청강淸江 하류 지역을 맹공격했다. 전과는 있었다. 자그마한 승리를 거둔 것이다. 그는 그 승리를 통해 자신감을 얻을 수 있었다. 또 병사들의 사기도 신작시킬 수 있었다. 이후 잠시 휴식을 취하면서 전열을 재정비했다.

그리고는 다시 군사를 여덟 갈래로 나눠 적들의 마지막 소굴이라 불리는 우피대정牛皮大箐이라는 곳을 사면팔방으로 겹겹이 포위했다. 우피대정은 깎아지른 듯한 기암괴석이 주위를 둘러싼 곳이었다. 삼면에는 호수도 있었다. 게다가 수백 리 길에는 늘 물안개가 걷힐 줄 몰랐다. 그뿐이 아니었다. 지세까지 험준해 작전을 위한 병력 배치가 어려웠다. 한마디로 천연의 요새라고 할 수 있었다. 그런데 적들은 그런 주변 환경에 매우 익숙했다. 그에 반해 청나라 대군은 눈 뜬 장님이라고 해도 좋았다. 자칫 잘못하면 우왕좌왕하기 딱 좋은 곳이라고 해도 좋았다. 더구나 합원생, 동방, 장조 등이 모두 그곳에서 큰 고배를 마신 바 있었다. 장광사는 신중에 신중을 기할 수밖에 없었다. 그래서 먼저 우피대정으로 통하는 길목을 막아 적들의 식량 운송통로를 차단해버렸다. 이어 지난번에 투항한 묘족들을 선발대로 뽑아 그 험지로 침투시켰다. 지리를 눈에 익히고 깊은 산속에 숨은 적들의 동향을 살피기 위해서였다. 그는 그렇게 수차례에 걸쳐 작전을 거듭 수정하면서 대승을 위한 완벽한 준비를 끝냈다. 그제야 승리할 자신감이 생겼고 그를 따르는 병사들 역시 사기가 충천했다. 안개가 가장 무겁다는 5월의 어느 날 밤, 그는 병사들을 직접 인솔해 총공격을 개시했다. 깊은 잠에 골아 떨어졌던 적들은 사방팔방에서 달려드는 장광사의 병사들을 당해내지 못했다. 고작 열흘 만에 무기를 내려놓고 투항했다.

승전보는 가장 먼저 장정옥과 악이태에게 전해졌다. 건륭의 당면 최대 관심사가 묘강 지역의 전사戰事라는 사실을 잘 아는 두 사람은 상주문 요지를 간략하게 간추려 쓸 여유도 없이 원본을 들고 부랴부랴 양심전으로 향했다. 두 사람이 패찰을 건넨 다음 부름을 받고 들어갔을 때 건륭은 명단이 적힌 책자를 들고 상서방 대신 눌친과 얘기를 나누고 있었다.

"자네 의견이 아주 기가 막히는군."

건륭이 눌친을 치하했다. 이어 장정옥과 악이태에게 절을 생략하라는 시늉을 하고는 다시 말을 이었다.

"짐이 보니 한림원에 경륜과 연륜이 깊은 한림들이 많더군. 이제는 한 자리씩 내줘서 외관으로 내보낼 때가 된 것 같네. 늙어 죽을 때까지 책 상머리에 엎드려 쓸데없는 글이나 끄적거려 봤자 뭘 하겠나? 이번에 합 격한 진사들의 답안지를 삼십 부 정도 읽어봤네. 실력들이 괜찮더군. 이 서른 명을 먼저 한림원으로 들여보내 기존 한림들의 빈자리를 메우도 록 하게. 시독詩讀에 능한 사람은 시독을 하고, 시강詩講에 능한 사람은 시강을 하도록 자네가 알아서 처리하게. 짐이 보기에 자네는 여느 국척 들과 달리 타인에게 별로 의존하지 않으면서도 일처리에 노련하고 잽싼 것 같네. 때마침 장상도 왔으니 따로 어지를 전할 필요가 없겠군. 내일 부터 눌친 자네도 군기처대신 직을 겸하도록 하게. 문무를 두루 통해야 완벽한 재목이라고 할 수 있지 않겠나."

건륭이 눌친에게 건네는 말을 마치고는 장정옥에게 시선을 돌렸다. 장 정옥은 환한 웃음을 지으면서 황급히 장광사의 상주문을 받쳐 올렸다. 겉봉으로 볼 때 귀주에서 날아온 상주문이 분명했다. 그 사실을 알아 차린 건륭의 손이 바빠지기 시작했다. 황급히 속지를 꺼내 펼쳐 제목 과 끝 부분을 아래위로 훑어보더니 어린애처럼 펄쩍 뛰면서 흥분하기 까지 했다.

"됐네! 마침내 승리했네! 짐의 가슴을 돌덩이처럼 짓누르던 근심이 한 꺼번에 사라져버렸네!"

건륭은 기쁨에 겨워 어찌 할 바를 몰라 했다. 급기야 황급히 창가로 다가가더니 밝은 빛을 빌어 다시 한 번 상주문을 자세히 읽어봤다. 그리고는 장정옥에게 넘겨주면서 말했다.

"상주문 전문을 즉각 관보에 올리도록 하게. 장광사를 이등 공작公
爵에 봉하네. 공로가 있는 부하 장군들은 장광사가 명단을 올려 보내는
대로 큰 상을 내리도록 하게."

말을 마친 건륭이 옆에서 시무룩해 있는 악이태를 보면서 농담조로
말했다.

"이봐 서림西林(악이태의 성姓은 서림각라西林覺羅이다), 설마 우리 군이
완승을 거뒀다 해서 기분이 나쁜 것은 아닐 테지?"

"폐하, 농담을 그리 하시니 신은 창피해서 쥐구멍이라도 찾고 싶은 심
정이옵니다."

악이태가 황급히 몸을 숙이면서 대답했다. 이어 천천히 다시 입을 열
었다.

"모두 신의 전략이 부실했기 때문이옵니다. 똑같은 귀주성에서 똑같
은 묘족들을 상대했으나 신은 패배만을 거듭했으니 말이옵니다. 그래서
항상 죄책감을 갖고 있사옵니다. 죄를 물으신다면 달게 받겠사옵니다.
또 신은 이런 생각도 잠시 해보았사옵니다. 전쟁이 휩쓸고 간 자리에는
백골이 널려 있고 산천초목이 벌거숭이가 됐을 것이옵니다. 놀란 백성
들의 마음을 잘 달래줘야 할 줄로 아옵니다. 앞으로 장광사 군중의 무
관武官들을 문직文職으로 바꿔 현지에 주둔시키는 일은 없어야 할 것이
옵니다. 대신 반드시 청렴하고 백성을 자식처럼 아끼는 어버이 같은 관
리를 투입시키는 것이 바람직할 것 같사옵니다."

장정옥은 악이태의 진심 어린 간언을 듣고 감동을 받았다. 그 역시 진
지한 어조로 한마디 하지 않을 수 없었다.

"서림의 말이 지당하옵니다. 허나 워낙 힘든 자리라 선뜻 그곳으로 가
려는 사람이 없을 것이옵니다. 예전에도 관직을 포기할지언정 서남으로

는 가지 않겠다고 한 관리들이 많았사옵니다. 신의 어리석은 생각으로는 아직 세속적인 것에 물들지 않은 진사 합격자들 중에서 지현知縣을 선발해 보내고, 지현들 중에서 우수한 사람을 뽑아 지부知府로 앉히는 것이 어떨까 하옵니다. 못 가겠다고 버티는 자는 당장 면직시켜 벼슬과 영원히 인연을 못 맺게 하고 선뜻 나서는 진사들에게는 녹봉과 양렴은을 두 배로 올려주는 것이 좋겠사옵니다. 또 삼 년에 한 번씩 물갈이를 하는 게 좋겠사옵니다."

건륭이 장정옥의 제안에 흡족한 표정을 지었다.

"좋은 발상이네. 방금 얘기한 대로 하게. 자네 셋이 이부 관리들과 함께 적임자를 정해 짐의 접견을 받도록 하게. 이 일은 서둘러야겠네."

건륭이 말을 마치자마자 온돌로 돌아와 다리를 포개고 앉았다. 이어 다시 입을 열었다.

"방금 짐이 눌친을 부른 것은 진사 합격자들을 접견하는 대례에서 주악과 십이율이 어울리지 않는 곳이 너무 많은 것 같아서이네. 조정의 예식에서 백성들의 집안잔치에서나 날 법한 소리가 나서야 되겠는가. 젓가락으로 접시를 두드리는 소리 말이네. 짐이 귀 기울여 들어보니 편종編鐘이나 태족太簇에 문제가 있는 것 같더군. 눌친, 자네는 예부를 도와 악기를 전면 개조하고 조회에 쓰일 악장樂章을 다시 만들도록 하게. 조정의 대전에서 분위기를 띄우는 예악이 품위를 잃고서야 민간에서 뭘 보고 배우겠나? 자네 생각에는 악장을 다시 만들 만한 사람이 누가 있겠나?"

장정옥을 비롯한 세 대신은 건륭의 말이 끝나기 무섭게 서로를 마주 봤다. 다들 머릿속으로 똑같이 장조라는 이름을 떠올렸다. 눌친이 가장 먼저 조심스럽게 입을 열었다.

"나라를 잘못 되게 만든 죄명을 쓰고 수감돼 있는 사람을 천거하기는 대단히 조심스럽사오나 이 일은 장조 아닌 다른 사람은 누구도 감히 엄두를 못 낼 것이라 생각되옵니다……."

장정옥은 자신이 못하는 말을 대신 해준 늙친이 고마웠다. 그로서는 제자 장조가 악이태와 불편한 사이였으므로 이런 자리가 퍽 부담스러웠던 것이다. 그는 그저 머리를 숙인 채 계속 생각에 잠겨 있는 척할 수밖에 없었다. 바로 그때 악이태가 다소 의외의 말을 꺼냈다.

"장조는 비록 그 죄를 용서받기 어려운 죄인이기는 하오나 실로 유용한 인재임은 자타가 공인하는 바이옵니다. 수감하지 않고 옥신묘 구치소에서 자유롭게 일을 할 수 있도록 기회를 주시는 것이 어떻겠사옵니까? 공을 세워 속죄할 수 있도록 말이옵니다."

건륭이 악이태의 말을 받았다.

"자네는 이 일을 너무 쉽게 생각하는군. 악장을 펴내는 것이 그리 쉬운 줄 아나? 무수히 많은 자료를 섭렵하고 지독하게 고된 작업을 거쳐야 비로소 훌륭한 음악이 만들어지는 것임을 잘 모르고 하는 소리네. 아무리 명민한 친구라고는 하지만 어찌 감옥 안에서 영감이 떠오를 수 있겠는가! 짐도 타의 추종을 불허하는 그의 재능이 아까워 지금까지 죽음을 내리지 않은 것이네. 풀어주게. 무영전武英殿 수서처修書處(편찬 부서를 일컬음)에서 일하면서 악장 만들기에 전념하도록 하게."

악이태는 고개를 숙여 건륭의 명을 받들고는 그의 심경이 대단히 좋아 보이는 틈을 타 재빨리 첨언했다.

"왕사준의 주장에 대해서도 육부에서 이미 의논을 마쳤사옵니다. 불경죄를 물어 참립결斬立決에 처하기로 했사옵니다. 하오나 폐하, 신의 식견으로는 왕사준이 비록 무례하고 불경스러우나 전문경과 비슷하게 성정이 대쪽 같은 면도 있사옵니다. 죽음을 주지 말고 군중으로 보내 새롭게 거듭나기를 기대해 보는 것이 어떨까 하옵니다."

건륭이 악이태의 제안을 듣더니 잠시 먼 곳으로 시선을 고정시키더니 천천히 대답했다.

"그의 죄는 불경죄에만 해당되는 것이 아니네. 성조 때에도 곽수郭琇와 같은 명신들은 황제 면전에서 꼬박꼬박 말대꾸를 했었네. 세종 때의 손가감과 사이직도 그랬지. 허나 그 사람들은 그로 인해 벌을 받지 않았을 뿐더러 모두 진급했고 명신이 됐다네. 짐은 왕사준이 짐의 면전에서 몇 마디 대꾸했다 해서 그 죄를 물으려는 것이 아니네. 그는 짐의 국책國策을 부정했어. 짐이 세종황제의 업적을 부인한다고 크게 떠들었네. 이는 짐이 정녕 받아들일 수도 용서할 수도 없는 일이네!"

건륭이 말을 마치고는 입술을 깨문 채 깊은 생각에 잠겼다. 이어 오랜 침묵 끝에 뭔가 결심한 듯 입을 열었다.

"참립결은 일단 보류하게. 짐이 조금 더 고민해보고 결정을 내리겠네."

14장
풍류남아 건륭

건륭은 묘족들의 반란을 평정하고 개토귀류에 성공하자 앓던 이가 빠진 것처럼 후련하고 오랜만에 평정심을 찾을 수 있었다. 사실 그럴 수밖에 없었다. 묘족의 반란을 평정하는 일은 장장 7년 동안 국은國銀 수천만 냥을 쏟아 붓고도 진척이 없던 일이었기 때문이다. 심지어 옹정을 몇 번씩이나 몸져눕게 만든 골치 아픈 현안이었다. 끝내는 옹정의 미완성 숙원으로 남겨지고 말았다. 그런데 건륭은 즉위한 지 채 일 년도 안 돼 개토귀류를 성공적으로 완성했다. 그야말로 대단한 성과가 아닐 수 없었다.

건륭은 기쁜 나머지 즉각 전국의 전량錢糧 납부를 면제해준다는 조서를 내렸다. 얼마 지나지 않아 양강兩江, 호광湖廣 지역에서 밀과 벼가 풍성하게 익었다. 산동山東, 산서山西에서는 목화와 밀의 대풍작이 예상된다는 희소식이 꼬리를 물고 들어왔다. 또 도처에서 백성들의 노랫소리가 들려왔다. 기쁨에 들뜬 건륭은 "모반, 강도, 강간, 살인죄를 제외한 모든 죄는 일률적으로 감형시키도록 하라"는 어지를 전국에 공표했다. 7월 15일 우란절盂蘭節이 지난 뒤 건륭은 눌친을 대동하고 제사를 지내러 천단天壇으로 향했다.

"폐하."

눌친이 궁금증을 못 이기겠다는 어조로 입을 열었다. 천단에 갈 때는 담소를 즐기면서 얼굴에 웃음이 떠날 줄 모르던 건륭이 돌아오는 길에는 내내 입을 다물고 있었기 때문이었다. 그가 다시 말을 이었다.

"기분이 썩 좋아 보이지 않사옵니다, 폐하."

건륭이 눌친을 힐끔 쳐다보고는 잔잔한 미소를 지은 채 대답했다.

"기분이 좋지 않아서가 아니라 생각이 깊어서 그러네."

건륭이 잠시 말을 멈췄다가 덧붙였다.

"자네는 훈척勳戚(나라를 위해 드러나게 세운 공로가 있는 황제의 친척)이지. 강희황제 초년에 자네 부친 알필륭遏必隆은 네 명의 보정대신輔政大臣 중 한 사람이었네. 선제와 짐을 가까이에서 시중 들어온 자네는 우리 대청의 '조'祖자가 들어가는 세 황제를 어떻게 평가하나?"

눌친으로서는 건륭의 질문에 대답하는 것이 대단히 조심스러웠다. 더구나 그는 평소에도 말을 아끼는 편이었다. 얼마 후 그가 한참을 뭔가 생각하는 듯하더니 서두르지 않고 침착하게 입을 열었다.

"신은 태조(누르하치)를 창세지조創世之祖, 세조(순치제)를 입국지조立國之祖, 성조(강희제)를 개업지조開業之祖라고 생각하옵니다."

건륭이 고개를 끄덕였다.

"정답이네. 사실 짐이 가장 감복하고 본받고 싶은 분은 성조이시네. 이 말은 짐이 처음 하는 말이 아니네. 붉돈 나라를 세우기 위해 깃발을 올리고 세력을 키워 토대를 갖추는 일도 아무나 할 수 있는 것은 아니네. 가시밭길을 헤쳐 나가고 피 흘리는 전쟁도 수없이 치러야 하니 말일세. 그러나 더 어려운 일은 선대에서 만들어 놓은 튼튼한 장벽에 안주하지 않고 과감히 조상들의 그늘에서 탈피하고 자신만의 색깔을 내는 것이네. 선제(옹정제)는 재위 십삼 년 동안 조건석척朝乾夕惕(아침부터 저녁까지 부지런히 일하다)하시면서 나날이 발전된 모습을 갈구하셨네. 그러나 애석하게도 하늘이 허락한 시간이 너무 짧았지. 선제인들 어찌 열 선조들을 능가하는 업적을 쌓고 싶지 않았겠는가? 짐은 올해 스물여섯이네. 하늘이 짐에게 윤허한 날 만큼 짐은 하늘의 뜻을 저버리지 않기 위해 노력할 것이네. 죽은 뒤 시호諡號에 감히 '조'祖자가 붙는 것까지는 바라지 않지만 수업지종守業之宗의 황제로 후세의 추앙을 받을 수만 있다면 유감이 없겠네. 그리고 이변이 없는 한 그렇게 될 수 있으리라 믿네."

눌친은 건륭의 진심 어린 말을 듣고 적지 않게 감명을 받았다.

"폐하의 마음은 반드시 하늘을 감화시킬 것이옵니다. 혹시 폐하께서는 성친왕誠親王(강희제의 셋째아들 윤지允祉)부에 소장돼 있는《황얼사가》黃蘗師歌라는 책을 읽어보셨사옵니까?"

건륭이 그건 왜 묻느냐는 듯 잠시 어정쩡한 반응을 보이더니 고개를 끄덕였다.

"그렇네만, 그건 왜 묻나?"

"그 책에 짤막한 시 한 수가 있사옵니다. 모두들 폐하를 위한 축복가라고 입을 모으고 있사옵니다."

건륭이 그러자 당치도 않다는 듯 고개를 저었다.

"그건 고서인데, 어찌 짐을 거론할 수가 있겠는가? 선제께서는 생전에 우리 형제들에게 절대 점성술에 관한 잡서를 가까이 하지 못하게 하셨지. 그래서 짐은 그런 것을 믿지 않네. 그러나 오늘은 심심한데 한번 들어나 보지."

건륭의 말이 떨어지기 무섭게 눌친이 미리 준비한 시를 읊어 내려가기 시작했다.

조신걸래월무광朝臣乞來月無光, 고수각인구묘망叩首各人口渺茫
우견생래상경하又見生來相慶賀, 소요화갑낙미앙逍遙花甲樂未央

단숨에 읊기를 마친 눌친이 천천히 해석을 했다.

"조朝에 걸乞이 오니 월月이 무광無光하다고 했사옵니다. 이는 조朝자에서 월月자를 빼고 걸乞자를 붙이라는 뜻이 아니겠사옵니까? 고로 첫 구절은 건乾자를 뜻하옵니다. 고수叩首한 각 사람들의 입이 묘망渺茫(아득하게 보이지 않음)하다고 했으니, 두 번째 구절은 고叩자의 구口를 제거하라는 뜻입니다. 세 번째 구절의 우견생래又見生來는 륭隆자의 뒷부분이 아니겠사옵니까? 이렇게 뜯어보면 첫 세 구절은 건륭을 뜻하옵니다. 마지막 구절은 '건륭의 시대가 육십 년 화갑까지는 무난하게 맞을 것이다'라고 예측한 것이옵니다. 수백 년 전의 선철先哲들이 수백 년 후의 건륭제 성세盛世 시대를 예고했다니 이는 하늘의 뜻이 아니고 무엇이옵니까?"

눌친의 말이 끝나기 무섭게 수레가 가볍게 흔들렸다. 건륭이 시선을 창밖의 황토 길에 꽂으면서 나지막하게 입을 열었다.

"육십 년이면……, 육십 년이라면 많은 일을 할 수 있는 세월이네. 자네가 공들여 해석한 것이 한낱 억지가 아닌 황얼사의 진의眞意이기를 바라네. 성조께서 육십일 년 동안 보위에 계셨으니 짐도 육십 년이면 족할 테지! 허나 아직 성세와는 거리가 상당히 머네. 자네가 더 진력해서 짐을 보필한다면 가능하지 않겠나?"

눌친은 건륭의 말을 듣고 사신이 황제에게 깊은 신임을 받고 있음을 깨달았다. 그렇게 생각하자 가슴속에 감격이 물결쳤다. 그가 애써 떨리는 가슴을 진정시키고 뭔가 더 말을 하려고 할 때였다. 수레가 어느새 서화문 밖에 도착해 내려앉았다. 태감이 곧바로 윤제輪梯(바퀴 달린 사다리)를 끌어왔다. 곧이어 군신 두 사람은 천천히 수레에서 내렸다.

가을 햇빛은 여전히 강렬했다. 그러나 바람은 어느새 시원해져 있었다. 건륭은 알현을 기다리는 한 무리의 관리들 틈에서 하남 총독 손국새를 발견했다. 그는 목소리를 낮춰 눌친에게 뭔가를 말했다. 그리고는 좌중을 향해 고개를 끄덕여 보이고는 대내로 들어갔다. 그 사이 눌친이 곧바로 손국새에게 다가가 말했다.

"폐하께서 자네를 먼저 들라고 하시네."

"예, 폐하!"

손국새는 산서 순무 객이길선喀爾吉善, 사천 순무 진시하陳時夏와 동시에 어지를 받고 술직차 북경으로 온 터였다. 그런데 황제는 그 중에서 손국새를 단독으로, 그것도 가장 먼저 불러들였다. 손국새는 기쁜 마음으로 눌친의 뒤를 따라갔다.

그가 군기처를 지날 때였다. 갑자기 문서를 한 아름 안고 나오는 전도와 마주쳤다. 그러나 손국새는 감히 멈춰 설 엄두도 내지 못했다. 그저 계속 걸으면서 한마디를 던졌다.

"나는 조카네 집에 묵을 거니까 시간 있으면 놀러오게. 북경에 며칠 머물러야 할 것 같네."

손국새는 빠른 걸음으로 양심전에 도착했다. 이어 이름을 말했다. 바로 안에서 건륭의 목소리가 들려왔다.

"들게. 짐이 자네를 먼저 부른 것은 하남성의 황무지 개간에 대해 궁금한 점이 있어서네."

찻잔을 들고 있던 건륭이 손국새의 인사가 끝나기를 기다렸다가 입을 뗐다.

"짐은 하남성에서 몇 차례에 걸쳐 올려 보낸 황무지 개간 보고서를 일일이 대조해봤네. 그런데 개간 면적이 많았다 적었다 일정하지가 않더군. 어찌 된 일인가?"

손국새가 황급히 해명했다.

"신이 총독 임명장을 받을 당시 전임 총독 왕사준은 그 동안의 개간 면적을 육십구만 오천사십사 무畝(전답의 단위. 1무는 약 100평)로 조정에 보고 올렸습니다. 폐하께서 개간 면적이 들쑥날쑥하다고, 하남성에서 거짓 보고를 올린다고 크게 질책하시자 신은 총독아문과 순무아문의 모든 사관들을 주현으로 내려 보내 실사를 했사옵니다. 그 결과 현재 농사를 지을 수 있는 실제 면적은 삼십팔만 삼천사백 무에 불과하다는 사실을 알았사옵니다. 신의 어리석은 생각으로는 하남성의 개간 면적이 정확하지 않은 것은 황하의 침수와 관련이 깊다고 생각되옵니다. 황하 수위가 높아졌다 낮아졌다 하면서 땅 면적도 고무줄처럼 늘었다 줄었다 한 것이 아닌가 하옵니다. 부디 통촉하시옵소서, 폐하! 신이 방금 보고 올린 숫자는 거품이 하나도 없는 숫자이옵니다."

손국새는 논리정연하게 말하기는 했으나 상당히 긴장한 듯했다. 어느새 얼굴이 땀범벅이 돼 있었다. 그러자 건륭이 말했다.

"자네는 공로를 내세우기 위해 면적을 불린 전임들과는 달리 책임이 두려워 일부러 줄인 것은 아니겠지?"

건륭의 장난기 그득한 질문에 손국새는 손가락으로 눈두덩을 타고 내리는 땀을 걷어내면서 대답했다.

"이는 각 지역의 아문에서 올려 보낸 숫자이옵니다. 실제보다 적게 보고 올리지는 않았사옵니다. 물론 조금의 오차도 없다고는 할 수 없사옵니다."

건륭이 손국새를 향해 나무걸상에 앉으라는 손짓을 했다.

"앉아서 자세히 말하게. 그런데 짐이 자네들에게 황무지를 개간한 것 자체가 잘못됐다고 어지를 내려 비판한 적은 없지 않은가? 문제는 하남성 총독을 역임한 사람들을 보면 전문경부터 자네에 이르기까지 하나같이 윗사람의 뜻을 저울질해서 거기에 영합하기에만 바빴다는 사실이네. 전문경은 '모범총독'이라는 허명에 목숨을 걸고 개황開荒 면적을 배로 불렸어. 또 자네는 짐의 '뜻'을 미리 파악해 실제 면적보다 반으로 줄여 보고 올리지 않았는가. 개봉開封, 남양南陽, 섬주陝州 지역은 대풍작이 예상되는데 유독 하남성만 흉작이라고 울상을 지으니 얼핏 듣기에는 전문경과 정반대의 길을 걷는 것 같아. 그러나 실은 똑같이 간사하네. 짐의 말이 틀렸는가?"

손국새는 건륭의 말을 듣고 한 시름을 놓았다. 호된 질책을 예상했는데 자상하게 잘못을 일깨워주니 부끄러운 생각도 들었다. 그가 다시 황급히 입을 열었다.

"폐하께서는 절대 신을 억울하게 하지 않으셨사옵니다. 솔직히 신이 성실하지 못한 생각을 한 것은 사실이옵니다. 신은 왕사준이 폐하의 시책에 부정적인 발언을 하는 것을 보면서 불똥이 튈세라 왕사준과 멀리하기 시작했사옵니다. 그 사람이 개황 면적을 실제보다 불렸으니 신은 줄이면 줄였지 불려서 보고하지는 말아야겠다고 생각한 것도 맞사옵니다. 하오나 하남성은 부분적으로 풍작인 곳은 있어도 전체적으로 식량이 백만 석 가량 모자라는 것은 분명한 사실이옵니다."

그 말에 건륭은 이내 미소를 거둬들였다.

"자네는 왕사준과는 다른 사람이네. 왕사준은 짐과 선제를 물과 불처럼 생각하고 있네. 그는 대놓고 짐이 이미 정해놓은 방침에 반기를 들었어. 게다가 이를 직언이라는 미사여구로 포장해 충신 대접을 받기를 원했네. 만약 짐의 정치에 오류가 있었다면 어찌 아랫사람들이 과감한 진언을 하지 않았겠는가? 그렇다면 내가 그들에게 죄를 물을 수도 없었을 것 아니겠나? 왕사준은 짐이 제멋대로 선제의 제도를 뜯어고쳤다고 말했네. 하지만 이는 그 사람의 오해일 뿐이야! 짐의 관대한 정치가 너무 무르다고 비난한 왕사준은 '유능한 관리'라는 명성을 탐내 하남성에서 백성들에게 온갖 혹정을 일삼았지. 이런 일이 만약 선제 때 탄로 났더라면 그는 벌써 죗값을 치르고도 남았을 거네. 그가 하옥당할 때 악이태는 적극적으로 그를 위해 변호하고 탄원했었네. 그러나 왕사준은 '대학사가 실무를 겸하는 것은 타당하지 않다'는 식으로 악이태를 빗대 마구 비난했네. 한마디로 왕사준은 간사하고 의리 없는 소인배라네. 그의 부정을 손꼽자면 열 손가락으로도 부족하지만 짐은 그를 엄벌할 생각은 없네. 고향인 귀주로 돌려보내 일반 백성의 삶을 살게 하는 것이 그 사람에 대한 최고의 배려가 될 걸세. 관직과는 영원히 인연을 끊게 하고 말이네!"

옆에 있던 눌친이 침묵을 지키다 말고 조심스럽게 입을 열었다.

"하오나 전문경은 취할 만한 장점도 많은 사람이었사옵니다. 그의 임기 동안 하남성에서는 탐관오리가 사라지고 도적떼들이 종적을 감췄사옵니다. 이는 실로 본보기로 삼아야 할 장점이옵니다."

건륭은 눌친의 말을 듣더니 손국새를 향해 덧붙여 말했다.

"눌친의 말이 맞네. 짐이 자네에게 훈육을 내리고 싶은 부분이 바로 이것이네. 짐의 심중을 잘 헤아려 상대가 누가 됐든 그 사람의 장점을 잘 따라 배워서 훌륭한 총독이 돼 줬으면 하는 바람이네. 그만 물러가게!"

눌친이 손국새가 물러가기를 기다렸다가 절을 하면서 아뢰었다.

"폐하의 훈육을 귀농냥해 들으니 마음이 풍요로워지는 느낌이옵니다.

더욱 분발하겠사옵니다. 다음은 누구를 접견하실 예정이온지 신이 불러들이겠사옵니다."

"하남은 '모범' 지역이라 짐이 친히 접견했네. 나머지는 자네와 장정옥이 접견하도록 하게. 짐은 자녕궁으로 태후마마께 문후 올리러 가봐야겠네."

건륭이 자리에서 일어서면서 대답했다. 이어 묵직한 용포를 벗었다. 그리고 얇고 가벼운 장포로 갈아입은 뒤 황금색 띠를 맸다. 눌친이 우려 섞인 목소리로 말했다.

"올해는 가을이 좀 이른 것 같사옵니다. 날이 찬데 폐하가 입고 계신 용포가 너무 얇은 것 같사옵니다."

"괜찮네."

건륭이 천천히 발걸음을 옮겼다. 그리고는 저만치 걸어가다 갑자기 생각난 듯 물었다.

"눌친, 듣자 하니 자네는 사나운 개 두 마리를 기르고 있다던데 그게 사실인가?"

눌친은 건륭의 물음에 마치 기다렸다는 듯 즉각 대답했다.

"그렇사옵니다. 사적인 청탁을 막기 위한 고육책이옵니다. 벼룩도 낯짝이 있다고 하옵니다. 그런데 어떤 관리들은 실로 낯짝이 있기는 한지 의심스러울 정도로 한심하옵니다. 지난번에는 산동성 포정사아문의 도대라는 작자가 그렇게 구박을 받으면서도 어느새 또 기어 들어왔지 뭡니까. 한다는 말이 좋은 벼루를 구했으니 직접 신에게 선물하고 싶다는 것이었사옵니다. 별로 값나가는 물건도 아니고 장식용으로도 괜찮을 것 같아 실랑이 끝에 받아 포장을 뜯어봤습니다. 그래 봤더니 그건 벼루가 아니라 묵직한 순금덩어리였사옵니다. 신은 도망치듯 뛰쳐나가는 그자의 등에 그것을 힘껏 던져버렸사옵니다."

건륭이 눌친의 말에 고개를 끄덕였다.

"그 일은 짐도 들어서 알고 있네. 자네의 속마음은 알고도 남음이 있지. 그러나 장정옥은 개를 기르지 않고도 수십 년 동안 별 탈 없이 재상을 하고 있다는 사실을 명심하게. 자네를 찾아오는 사람이 다 그런 부류의 사람일 리는 없지 않은가. 무작위로 개를 풀어버리면 다른 사람들까지 문전박대를 하는 격이 되지 않은가. 자네가 탐욕스러운 사람이라면 미친 개 백 마리로도 그 탐욕을 꺾지 못할 걸?"

건륭이 여유가 생긴 듯 농담을 했다. 눌친은 따라서 웃지 않을 수 없었다. 그리고는 말했다.

"신은 공사를 구분하지 못하고 집까지 찾아와 시끄럽게 구는 자들이 너무 짜증스러워 이런 하책까지 강구해 낸 것이옵니다. 대문에 발을 들여 놓기도 전에 개가 사납게 짖어대면 화들짝 놀라 나쁜 생각도 좀 사라지지 않을까 싶었사옵니다."

건륭이 눌친의 다소 억지스러운 해명에 하하하 웃음을 터트렸다.

"겉보기에는 멍청한 것 같아도 실속은 기가 막히게 차리는 친구로군."

건륭과 눌친이 담소를 주고받는 사이에 어느덧 자녕궁이 눈앞에 보였다. 건륭은 자녕궁으로 들어갔다. 눌친은 볼일을 보러 다른 곳으로 걸음을 옮겼다.

건륭은 궁전 뜰에 들어서자마자 금시계를 꺼내봤다. 시간은 막 오시에 접어들고 있었다. 뜰 안은 물 뿌린 듯 조용했다. 건륭이 손짓으로 태감을 불러 물었다.

"태후마마께서는 정오 침수에 드셨는가?"

태감이 아뢰었다.

"그렇지 않사옵니다. 황후마마를 비롯한 여러 빈궁들께서 대불당 서쪽 별채에서 태후마마를 모시고 지께놀이를 하고 계시옵니다."

태감의 말대로 서쪽 별채로 가보니 과연 몇몇 여인들의 숨넘어갈 듯한 웃음소리가 들려왔다. 그중에는 간간이 태후의 시원시원한 웃음소리도 섞여 있었다.

건륭이 안으로 들어가 보니 황후 부찰씨와 귀비 나랍那拉씨가 태후와 마주 앉은 채 지패紙牌를 들여다보느라 여념이 없었다. 문어귀에는 2품 고명부인 복색을 한 여자가 등을 돌리고 앉아 있었다. 얼굴이 보이지 않아 누군지는 알 수 없었다.

건륭이 들어서자 가장 먼저 놀란 것은 주위에서 시중을 들던 궁녀들이었다. 그들은 건륭을 발견하고는 황급히 무릎을 꿇었다. 그 소리에 나랍씨가 번쩍 고개를 쳐들었다. 그리고는 2품 고명 복장을 한 여자를 데리고 한쪽으로 물러가 무릎을 꿇었다. 황후 부찰씨는 천천히 자리에서 일어났을 뿐 무릎을 꿇지는 않았다.

"폐하 납시었소이까?"

태후가 수중의 패를 내려놓고는 반겼다.

"이번에는 내가 돈을 싹쓸이할 판이었는데 참으로 아쉬워요! 훼방꾼이 아들이니 때려줄 수도 없고. 폐하가 문무백관들의 오락과 연극 구경을 불허하셨으니 우리 여자들은 이런 뒷방에 숨어서 놀 수밖에 없지 않겠소이까."

건륭이 얼굴 가득 미소를 짓더니 태후에게 문안을 올렸다.

"아들은 효로 천하를 다스립니다. 이네들이 아들을 대신해 효도를 행하니 아들은 그저 반가울 따름입니다."

건륭은 나랍씨가 옮겨온 의자에 앉았다. 그제야 2품 고명 복색을 한 여자를 찬찬히 뜯어볼 여유도 생겼다. 스무 살 가량 된 여자는 갸름한 얼굴에 피부가 마치 아기 피부처럼 말쑥했다. 얼굴에 딱 들어맞는 외꺼풀 눈에는 추파가 일렁거렸다. 또 꼭 다문 입가에는 애교 섞인 보조개가 매혹적으로 걸려 있었다. 그녀의 대단한 미모는 그 정도에서 그치지 않았다. 까만 머리는 높이 올려 비녀를 꽂았을 뿐 아니라 수줍은 듯 발갛게 상기된 양 볼은 마치 물 오른 복숭아 같았다. 그야말로 이슬을 함빡 머금은 작약이나 빗물 담은 해당화가 따로 없었다. 건륭은 눈앞의 이 어여쁜 여자에게 한눈에 반해버렸다. 급기야 설레는 가슴을 누르며 물었다.

"뉘 집 부인인가? 이름은 무엇인고?"

"저의 남정네는 부항이라는 사람이옵니다. 친정은 성이 과이가瓜爾佳씨 이옵니다."

여자는 건륭의 뜨거운 눈빛에 수줍어하면서 황급히 무릎을 꿇고 아뢰었다.

"오, 과이가씨 가문의 딸이로군. 아명은 뭐라고 부르나?"

"아명은 당아棠兒라고 부르옵니다."

"일어나게!"

건륭이 과이가씨에게서 눈길을 거둔 다음 태후를 향해 고개를 돌렸다. 이어 웃음 머금은 얼굴로 말했다.

"초야의 백성들이었다면 매형이 처남의 처를 몰라본다고 커다란 웃음거리가 됐겠군요. 오늘은 좀 한가한데 모처럼 어머니를 모시고 지패나 놀아볼까요."

태후가 건륭의 말에 빙그레 웃었다.

"황제가 시간을 내주신다면 우리야 더할 나위 없이 좋지 않겠소."

태후의 말에 건륭이 환하게 웃었다. 이어 궁인들에게 연신 명령을 내렸다.

"양심전으로 고무용을 찾아가 금과자金瓜子(해바라기씨 모양의 작은 금 조각)를 좀 가져오도록 하게!"

건륭은 말을 마치고는 황후와 함께 나란히 태후를 마주하고 앉았다. 당아는 한 사람이 더 많아지자 눈치 빠르게 뒤로 물러나려 했다. 그러자 나랍씨가 황급히 그녀를 눌러 앉혔다.

"그쪽은 황후마마의 친정 식구인데 빠지면 안 되죠. 폐하를 모시고 지패놀이를 하는 것도 흔치 않은 행운인데!"

나랍씨가 살살 눈웃음을 치면서 다시 말을 이었다.

"저는 태후마마의 패를 봐드리겠사옵니다. 누구도 태후마마를 속이지 못하게 말이옵니다."

건륭은 지패를 흩뜨려 섞었다. 그리고는 나랍씨를 연신 쓸어봤다. 나랍씨의 말속에 숨은 뜻을 알아채지 못한 태후가 계속 얼굴 가득 웃음을 머금은 채 말했다.

"그래, 그래, 우리 모두 한편이 돼 황제의 돈을 한번 따먹어 보세."

그러자 건륭이 짐짓 무섭다는 듯 너스레를 떨었다.

"시작하기도 전에 짐은 벌써 사면초가의 위기에 몰리고 말았군요. 다들 바둑알로 판돈을 대체하면서 짐만 금 조각을 내놓다니 이거 너무 불공평한 것 아닌가요?"

아랫자리에 앉은 당아가 건륭의 말에 미소를 머금은 채 설명을 했다.

"흰 바둑알은 은자 한 냥에 해당합니다. 또 검은 바둑알은 금 일전一錢이옵니다."

당아가 입을 열자 건륭은 옆에 다가 앉으면서 말을 걸려고 했다. 그때 윗자리에 앉은 나랍씨의 웃음 섞인 말소리가 들려왔다.

"자, 정신을 가다듬고 놀이에 전념합시다. 태후마마께서 서풍西風을 내셨습니다!"

건륭이 지패 하나를 집어 들었다. 펴 보니 남풍南風이었다. 이미 손에 하나를 움켜쥐고 있던 건륭은 두 개를 한데 모아 세워놓더니 잠시 생각

끝에 그 중 하나를 내놓았다.

"이걸 내놓으면 당아가 냉큼 집어먹겠지?"

건륭의 말과는 달리 당아가 샐쭉 토라진 얼굴로 말했다.

"노비는 그 패가 필요치 않사옵니다."

당아는 건륭의 말에는 아니라고 대답해놓고 자기 차례가 되자 몸을 앞으로 숙여 패를 집어갔다. 이어 그렇게 던져놓고 집어 가기를 계속 했다. 그렇게 그녀가 움직일 때마다 그녀의 몸에서는 혼백마저 앗아갈 듯한 향이 풍겨 나왔다.

건륭은 옥구슬이 은쟁반 위를 구르듯 아름다운 그녀의 목소리와 숨이 막힐 것 같은 미소에 완전히 반해버린 터였다. 그런데 달콤한 향기까지 솔솔 날아드니 도저히 견딜 재간이 없었다. 온몸이 후끈거리고 욕정이 발동해 지패에 집중할 수가 없었다. 그는 당장 어떻게 해서든 불붙는 욕구를 해소하고 싶었다. 그러나 네 사람의 눈이 지켜보고 있으니 어찌할 도리가 없었다.

그 사이 고무용이 작은 봉지에 담긴 금과자를 들고 들어섰다. 건륭은 옆에 놓으라고 턱짓을 한 다음 9만萬이라고 적힌 지패를 던졌다. 아랫자리에 앉은 황후가 냉큼 그 패를 집어가더니 일렬로 정돈된 지패를 넘어뜨리고는 웃음을 터트렸다.

"이제나저제나 그 패를 기다리고 있던 중이었나이다!"

"그래, 패배를 인정하네. 결국에는 황후가 선수를 치는구먼!"

건륭이 말했다. 좌중의 사람들은 그의 말이 끝나자마자 다 함께 달려들어 패를 섞었다. 그러던 중 건륭의 손이 당아의 손에 닿았다. 황후 부찰씨가 불에 덴 듯 흠칫하는 당아를 바라보면서 웃음 띤 얼굴로 말했다.

"폐하께서는 앉아만 계셔도 됩니다. 패는 저하고 당아가 섞어도 충분하옵니다."

그러자 처음부터 건륭과 당아의 일거수일투족을 지켜보고 있던 나랍씨가 이상야릇한 미소를 흘리며 끼어들었다.

"지패놀이에서는 패를 잘 섞는 것이 무엇보다 중요하옵니다."

건륭이 머쓱한 표정으로 손을 뺐다. 이어 태후에게 말했다.

"어제 상서방의 의사議事 결과에 따르면 부항은 이제 곧 공물貢物 납부를 독촉하러 강남으로 갈 것입니다. 남방 여러 성의 번고에 있는 은자도 국고로 수거해야 하니 조금 시일이 걸릴 듯합니다. 태후마마께서 필요한 물건이나 드시고 싶은 음식이 있으시면 당아를 시켜 부항에게 전하게 하십시오."

당아는 자신의 남편이 곧 출장을 갈 것이라는 사실을 전혀 모르고 있던 터였다. 그러나 애써 담담한 표정을 지은 채 패를 섞으면서 입을 열었다.

"그렇지 않아도 방금 태후마마께서 광동의 여지와 감귤 생각이 나신다 했사옵니다. 다른 것도 필요하시면……."

말을 하던 당아가 갑자기 뚝하고 입을 다물어 버렸다. 상 밑에서 건륭의 발이 당아의 발등을 건드렸던 것이다. 당아는 황급히 발을 움츠려 거둬들였다. 그때 부찰씨가 말했다.

"태후마마께서 봉안하실 옥관음玉觀音을 언제부터 모셔온다는 것이 여태 시간만 끌고 있었네. 이번에 동생이 남방으로 내려간 김에 직접 골라 모셔오라 하게……."

그러나 부찰씨 역시 말을 미처 끝맺지 못했다. 건륭이 이유 없이 발을 툭 건드린 탓이었다. 그녀는 영문을 몰라 건륭을 빤히 바라봤다. 건륭은 자신이 실수한 것을 알고 얼굴을 벌겋게 붉히면서 황급히 입을 열었다.

"그래 옥관음부터 얼른 모셔야지."

지패놀이의 승부는 시간이 흐르자 완전히 기울었다. 놀이를 계속할수록 태후와 건륭만 번갈아가면서 이긴 것이다. 황후와 당아는 아주 간간이 이길 뿐이었다. 건륭은 나중에 딴 돈을 태후 곁에서 시중드는 궁인들에게 기분 좋게 나눠줬다. 이는 역대로 내려온 황궁의 규칙이었다.

종수궁鍾粹宮으로 돌아온 건륭과 부찰씨는 함께 저녁 수라를 받았다. 부찰씨가 밥을 먹다 말고 주위에 사람이 없는 틈을 타 건륭에게 반찬을 집어주면서 목소리를 낮춰 정중하게 말했다.

"폐하, 그 아이는 신첩의 친정 동생의 처가 되는 사람입니다. 그렇게 처신하시면 아니 되옵니다!"

건륭은 당황한 나머지 얼굴이 갑자기 귀밑까지 붉어졌다. 그러나 곧이어 정신을 차리고 부찰씨에게 음식을 집어주면서 말머리를 돌렸다.

"이걸 먹어보시오. 담백하고 영양도 많아 여인네들의 미용에 최고라 했소……. 짐에게는 여자라고는 그대밖에 없어요. 아까는 그저 심심해서 건드려봤을 뿐이니 신경 쓰지 마시오. 그렇다고 큰 실수를 한 것은 아니지 않소?"

그러자 부찰씨가 말을 받았다.

"내 발을 그 여자 발인 줄 알고 건드려놓고도 실수를 안 했다뇨! 미모의 비빈들이 수십 명씩이나 되는데도 모자라시옵니까? 신첩은 질투 때문에 이러는 것이 절대 아니옵니다. 폐하의 존체가 염려돼 말씀 올리는 것이옵니다. 게다가 그 여자는……."

황후가 말을 하다 말고 갑자기 당황해하면서 입을 막았다. 무슨 말을 하려 했는지 얼굴까지 빨갛게 달아올랐다.

부찰씨는 원래 찰합이察哈爾 총관總管 이영보李榮保의 딸이었다. 문인 출신인 이영보는 보통 사람이 아니었다. 특히 자녀들을 유난히 엄격하게 교육하는 것으로 유명했다. 심지어 딸들이 철이 든 후부터는 외친外親을 일절 만나지 못하게 하고, 잡서雜書도 가까이 하지 못하게 했다. 대신 《여아경》女兒經과 《주자치가격언》朱子治家格言 등의 책은 매일 읽도록 했다. 부찰씨 역시 이런 아버지의 훈육에 따라 어려서부터 어멈으로부터 침선과 자수를 배웠다. 예의범절 역시 엄격하게 익혔다. 열두 살에는 입궐해 건륭의 배필로 맺어졌다. 그녀는 한마디로 온화, 선량, 공손, 검소, 겸손 등 다섯 가지 미덕을 두루 갖춘 그야말로 완벽한 여성이었다. 때문에 그녀를 좋아하지 않는 사람은 아무도 없었다.

건륭 역시 마찬가지였다. 다만 '사랑'한다기보다는 '존경'하는 마음이 더 컸다. 그래서 그녀에게는 늘 손님처럼 어렵게 대하면서 속마음을 잘 털어놓지 않았다. 그런데 오늘은 마냥 근엄하고 진중한 모습만 보이던 황후가 무엇 때문인지 갑자기 수줍어하면서 얼굴을 붉히지 않는가. 건륭은 황후의 그런 모습을 처음 본 터라 당아 때문에 불붙었던 욕구가 다시 치솟아 오르는 것을 느꼈다. 그가 눈을 가늘게 뜨면서 말했다.

"그 여자라니? 어느 여자 말이오? 황후가 내 앞에서 얼굴 붉히는 모습을 보니 이상야릇한 기분이 드는구먼. 황후는 덕이나 용모, 언사 모두 최고이네……."

건륭은 말을 채 마치기도 전에 황후에게 황급히 다가갔다. 이어 다짜고짜 덮치듯 껴안고는 볼과 입, 목 등에 입을 맞췄다. 그러자 휘장 밖에서 수라 시중을 들던 궁녀들이 깜짝 놀라며 모두 구석으로 도망쳤다. 건륭은 그 사이 황후를 안고 침상으로 다가갔다. 그리고는 허겁지겁 황후의 옷섶을 헤치면서 거친 숨소리를 냈다.

"황후, 정말 아름답소. 정말이오. 짐은 황후의 이같이 고운 모습을 처음 보오. 다들 나랍씨가 어여쁘다고 야단법석이지만 짐이 보기에는 황후에게는 발끝에도 미치지 못하는 것 같네……."

"과연 진정이십니까, 폐하?"

"그렇소."

"신첩은 기분이 날아갈 것 같사옵니다, 폐하."

"그런데 황후는 어찌해서 눈을 감고 있는 거요?"

"지금은 눈을 뜨고 싶지 않사옵니다."

부찰씨가 건륭의 품에 꼭 안긴 채 가벼운 한숨을 내쉬면서 말했다. 이어 다시 덧붙였다.

"눈을 뜨면 신첩은 더 이상 꿈속에 있지 않게 됩니다. 꿈속에서만 신첩은 비로소 온전히 여자가 될 수 있습니다. 눈을 뜨면 일거수일투족을 법도에 맞춰 움직여야 하는 황후일 뿐입니다. 매순간 천하 여자들의 표본이 되어 살아야 합니다. 귓전에 스치는 소리는 듣지도 말고 눈은 항상 앞만 바라봐야 합니다. 여자의 본능이라는 질투조차 마음대로 못하니……."

건륭은 황후의 하소연을 듣다가 그녀를 껴안았던 팔을 스르르 풀었다. 이어 형형한 눈빛으로 천장을 뚫어지게 바라봤다. 부찰씨가 무슨 영문인지 몰라 눈을 뜨고 물었다.

"왜 그러시옵니까, 폐하?"

건륭이 대답했다.

"황후의 말을 음미하고 있었소. 여인으로서의 황후는 참으로 많이도 억눌려 살아온 것 같소. 이제부터라도 눈을 감고 싶을 때 감고 뜨고 싶을 때 뜨면서 마음 편하게 행동하시오. 황후, 솔직히 짐은 여색에 약한 면이 있으나 마음속 깊이 믿고 있는 사람은 역시 황후밖에 없소. 그럼에도 짐은 황후와의 사이에 뭔가 장벽이 가로 막혀 있는 것 같아 곤혹스럽소. 그게 도대체 무엇인지는 짐도 잘 모르겠지만 말이오."

부찰씨가 고개를 나소곳이 숙인 채 말을 받았다.

"신첩 역시 그렇사옵니다. 폐하께서는 일대 명군을 꿈꾸시는 군주이시고 신첩은 그런 폐하의 아내이자 신하이기 때문에 그렇지 않나 생각하옵니다……."

부찰씨는 말을 마치기 무섭게 요염한 여인에서 다시 지엄한 황후로 돌아와 있었다. 그녀의 표정은 근엄하기 이를 데 없었다.

15장
부항의 고민과 장정옥의 가르침

당아는 그날 저녁 집으로 돌아와 남편 부항을 만나자마자 황제, 태후, 황후와 함께 지패놀이를 한 것에 대해 미주알고주알 얘기를 했다. 태후의 환심을 산 일과 황제가 생각 밖으로 자상한 사람이더라는 얘기는 말할 것도 없고 금과자를 딴 자랑까지 늘어놓았다. 급기야는 금과자가 한 줌 들어 있는 주머니를 꺼내 확인시켜주기까지 했다.

"폐하께서 일부러 져주신 거예요. 복을 나눠주신다면서요. 아 참, 당신을 흠차로 파견한다는 말도 하시던데요. 당신도 이제부터는 관운이 따르려나 봐요. 이 금과자를 옷상자 밑에 깊숙이 넣고 다니세요. 누가 알아요, 큰 행운을 가져다줄지?"

"됐소. 당신이나 그걸로 금비녀를 만들어 곱게 단장하고 다니구려. 폐하께서 내게 하사하신 여의如意(불교에서 법사가 독경이나 설법을 할 때 손에 드는 노구)만 해도 여러 개요. 그까짓 금 조각 몇 개 얻었다고 좋아서 어쩔 줄을 모르네."

부항이 말했다. 어떻게 보면 다소 심드렁한 반응이었다. 그러나 당아는 전혀 개의치 않았다. 심지어 건륭이 자신에게 관심을 보였던 순간을 떠올리며 가슴이 설레고 수줍음이 밀려왔다. 그녀가 금과자를 손수건에 정성껏 싸서 주머니에 집어넣으면서 홍조 띤 얼굴로 말했다.

"이건 폐하께서 상으로 내리신 것이 아니라 내가 노름을 해서 딴 것이에요. 그래서 당신에게 자랑할 생각으로 한껏 들떠 있었는데, 당신은 참 재미도 없네요! 당신이 내 기분에 초를 친 것에 대한 복수는 나중에 톡톡히 할 테니 그리 아세요. 그건 그렇고 태후마마께서는 당신을 대단히 유능한 사람으로 보시는 것 같았어요. 바르게 자란 것이 과연 미사한米思翰의 자손답다고 극찬을 아끼지 않으셨거든요. 폐하께서도 당신이 흠차 임무를 제대로 수행하고 돌아오면 군기처 대신으로 임명할 뜻을 내비치셨어요!"

"정말이오? 흠차로 파견될 거라는 사실은 알고 있었지만 나는 그저……."

부항이 적이 놀라워했다. 순간 당아가 습관처럼 귀밑머리를 살짝 뒤로 넘기면서 부항의 말허리를 끊었다.

"미리 알고 있었으면서 왜 저한테는 알려주지 않았어요? 그래도 명색이 한 이불을 덮고 자는 부부인데! 제 생각이지만 당신은 아직 젊고 경험이 부족한 데다 여태 혼자 이렇다 할 일을 처리해본 적이 없으니 흠차로 정식 발령받기 전에 장상張相을 한번 찾아뵙는 것이 좋을 것 같아요. 임시방편일지 모르지만 그분의 가르침을 받아서 낭패를 보는 일은 없지 않겠어요? 이번 임무를 멋지게 완수하고 돌아오면 황후마마의 얼굴에도 광채가 날 것 아니에요. 그러면 폐하나 태후마마 면전에서 당신을 띄워줄 수도 있죠. 멀리 갈 것도 없어요. 혜빈惠嬪의 아버지인 고진高

晉만 봐도 그래요. 양회兩淮 염정鹽政에서 이름을 날리더니 하도河道 총독으로 승진했잖아요. 어디 그뿐인가요. 거기에서 치수治水에 심혈을 기울이더니 이제는 양강 총독에까지 올랐잖아요? 그 사람이 비빈 자리에 있는 딸 덕을 본 것이 아니라 오히려 딸 혜빈이 아버지의 후광을 업고 귀비貴妃로 품계가 올랐잖아요. 당신은 황후의 친동생이니 그 사람보다 나아야 하지 않겠어요? 내가 시집올 때 당신이 하신 말씀 기억나세요? '미인과 영웅'이니, 궁합이 끝내주느니 하셨잖아요. 그러나 이대로 가다가는 한낱 '미인과 국구'라는 이름만 남게 될지도 모르겠어요. 당신이 연극을 좋아해서 잘 알 테지만 연극에 등장하는 국구國舅(황제의 외삼촌이나 처남. 여기에서는 처남)들 중 좋은 명성을 얻은 사람이 어디 있어요?"

부항이 당아에게 핀잔을 주었다.

"됐으니. 그만 하시오. 나는 한마디도 하지 않았는데 당신은 아주 장편소설을 쓰는군. 황제를 가까이에서 보고 오더니 남편을 이리 훈계하려 드니 우리 누나처럼 황후라도 되면 완전히 우주의 이치를 다 깨달은 도학파가 되겠구려? 물론 집안에 내조 잘하는 현처賢妻가 있으면 남자에게 적잖은 도움이 되는 것은 당연한 일이오. 그건 폐하도 마찬가지요. 우리 누나 같은 여자를 못 만났더라면 그 풍류스러운 사람이 밖에서 얼마나 실수를 하고 다닐지 상상조차 할 수 없지!"

당아는 속으로 흠칫했다. 부항이 마치 오늘 있었던 자신의 자그마한 비밀을 알고 있기라도 한 것처럼 말한 탓이었다. 그러나 애써 진정하면서 말했다.

"그 말은 도무지 믿어지지 않네요. 내가 보기에 폐하께서는 대단히 근엄하고 점잖은 분 같던데요. 일처리를 똑 부러지게 하고 사람을 대할 때도 적절한 거리를 유지하시던데요."

부항은 그 말을 듣고 당치도 않다는 듯 피식 웃었다. 그리고는 건륭과 금하 사이에 있었던 일을 들려줬다. 그런 다음 덧붙였다.

"그렇게 억울한 죽음을 당하게 해놓고 엊그제 꿈에 또 금하를 봤다지 뭐요. 어서 빨리 환생해서 다시 궁으로 돌아오라고 말했다더군. 아무튼 못 말려! 지난번 하남에 갔을 때는 신양에 있는 왕정지라는 소녀를 점 찍었나봐. 이번에 내려가면 내가 매파 역을 맡아야 할 것 같소."

당아가 부항의 말에 기가 막히다는 표정으로 눈을 동그랗게 뜬 채 귀를 쫑긋 세웠다. 이어 토라진 듯 휙 돌아서서는 마구 비아냥거렸다.

"그러는 당신은 얼마나 점잖아요? 집에 첩을 셋씩이나 두고도 폐하께 서 상으로 내리신 열두 희자戲子(배우)들 속에 파묻혀 살면서…… 방경 이 그 애도 실컷 단물을 빨아먹고는 남에게 선심 쓰는 척하면서 등 떠 밀어 보낸 것 아닌가요! 그러니 언젠가 나도 방경이 신세가 되지 말라 는 법이 없지 않겠어요?"

"됐소. 그만 하시오. 화내지 마시라고, 부인! 방경이가 설근에게 시집 갔으니 부인은 속병을 덜었지 않소? 속으로는 좋아서 쾌재를 부르면서 딴청은! 지난번 설근이가 집필한 《풍월보감》風月寶鑒을 자네도 재미있게 읽었다면서? 미녀와 수재의 만남이니 안팎으로 궁합이 딱 맞을 것 아 니겠소!"

당아의 심사를 알 리 없는 부항이 그녀의 머리를 쓸어내리면서 덧붙 였다.

"걱정 붙들어 매시오, 부인. 선친은 성조 때의 명신이셨소. 좀 더 기다 리면서 지켜봐 주오. 내가 필히 선친을 능가하는 업적을 쌓아 조상의 영 전靈前을 빛내 드릴 것이오. 어떨 때는 국구의 신분이 부담스럽기 그지 없소. 일을 잘하면 황후의 후광을 업었다고 수군대는 것이 현실이오. 또 일을 못하면 '어마어마한 세력'이 뒤를 받쳐주는데 그 정도도 못하냐면 서 비난을 퍼붓소. 이래도 욕바가지, 저래도 욕바가지…… 힘이 드오. 그렇다고 이것도 저것도 아닌 맹물 같은 존재가 돼서는 안 되지 않겠소?"

부항이 말을 마치자마자 바로 행차할 차비를 하라고 가인들에게 명령을 내렸다. 당아가 그러자 황급히 말렸다.

"꼭 지금 나가셔야 해요? 날도 저물었는데……. 급한 일이 아니면 내일 보시죠."

부항이 옷을 갈아입으면서 대답했다.

"내친김에 장상을 만나봐야겠소. 어떤 말은 사적인 자리에서 할 수밖에 없어서 그러오. 정식으로 성지聖旨가 내려지면 눈코 뜰 새 없이 바빠질 텐데 오늘 저녁에 다녀오는 것이 좋을 것 같소."

부항의 뒷모습이 곧 어둠 속으로 멀어져 갔다. 그 모습을 바라보는 당아의 마음은 실타래가 엉킨 듯 복잡해졌다. 금과자를 안고 있는 가슴속에는 남편과 황후, 태후, 건륭에 대한 생각이 번갈아가면서 일어났다가 사라졌다. 딱히 뭐라고 형언할 수 없는 복잡한 감정이었다.

부항이 장정옥의 관저에 도착했을 때는 어둠이 짙게 깔린 시각이었다. 문전에는 황제가 하사한 두 개의 궁등이 걸려 있었다. 또 네 개의 백사등白紗燈이 밝은 빛을 내뿜고 있었다. 안팎이 그처럼 대낮처럼 밝은 가운데 대문 기둥에 적혀 있는 '황은춘호탕, 문치일광화'皇恩春浩蕩, 文治日光華라는 열 글자가 유난히 눈에 띄었다. 금박을 입힌 옹정의 친필 글씨였다. 몇몇 외성 관리들이 장정옥의 객실에서 조용히 담소하면서 차례를 기다리고 있었다. 그때 부항을 발견한 장정옥 관저의 가인이 황급히 달려와 인사를 올렸다.

"중당 대인께서는 손님을 맞고 계십니다. 여섯째어르신은 다른 사람들과 다르니 소인이 직접 안으로 모시겠습니다."

"그러지 말고 먼저 들어가 아뢰도록 하게. 장상께서 다른 일 때문에 짬을 내기 곤란하시면 나는 내일 다시 오겠네."

부항의 말이 끝나기도 전에 가인은 어느새 저만치 달려가고 있었다. 그로서는 그렇게 정중히 접견을 기다려보기는 처음이었다. 잠시 동안 이었으나 한없이 지루하게 느껴졌다. 객실로 들어가 사람들과 이야기를 나누고도 싶었으나 아는 얼굴이 하나도 없었다. 때문에 몇 번 주저한 끝에 포기하고 말았다. 얼마 지나지 않아 가인이 헐레벌떡 달려 나오는 모습이 보였다. 그는 먼저 객실로 들어가 몇몇 관리들에게 인사하고 양해를 구했다.

"대단히 죄송합니다. 장상께서는 아침도 거르신 채 하루 종일 관리들을 접견하고 계십니다. 그러나 아직 악선 대인과 유강 대인과의 대화가 끝나지를 않고 있습니다. 게다가 저기 부항 어르신께서도 오셔서 기다리고 계십니다. 장상께서는 여러분에게 일단 댁으로 돌아가시라고 하십니다. 내일 아침 조정에 나가셔서 제일 먼저 여러분을 만나주실 거라고 하셨습니다. 오늘 내로 꼭 처리해야 할 급한 용무가 있으신 분은 소인이 다시 들어가 아뢰겠습니다. 장상께서는 지금 바쁘셔서 경황이 없으시니 내일 직접 사과의 말씀을 전하겠다고 하십니다."

눈치 빠른 관리들이 가인의 말에 자리에서 일어서면서 괜찮다는 손짓을 했다.

"중당 대인께 전해드리게. 급한 일은 없으니 내일 우리가 다시 찾아뵙겠다고 말일세."

부항은 관리들이 물러가자 곧바로 가인을 따라 대문 안으로 들어갔다. 그가 말했다.

"장상께서 이 정도로 바쁘신 줄은 몰랐네."

가인이 부항의 말에 등불을 치켜들고 앞에서 안내하면서 대답했다.

"그래도 눌친 재상이 군기처로 들어오시면서 장상께서 많이 여유로워지신 편입니다. 소인이 장상을 모시면서 보니 하루에 서너 시간 이상

주무실 때가 없었습니다."

부항은 가인의 말에 내심 감탄을 금치 못했다. '역시 장정옥'이라는 소리가 절로 나올 것 같았다. 그가 가인을 따라 꼬불꼬불 돌고 돌아 도착한 곳은 전에 건륭이 왔을 때 설수로 차를 끓여마시던 서재였다. 변한 것이 있다면 문 앞에 강희에게 하사받은 '자지서옥'紫芝書屋이라는 편액이 걸려 있다는 점이었다. 그는 복도에서 잠시 멈췄다가 서재 안으로 성큼 들어섰다. 이어 읍을 하면서 평소보다 정중한 어조로 인사를 했다.

"중당 대인, 늦은 시각까지 대단히 다망하십니다!"

"여섯째어르신, 어서 자리에 앉으십시오. 어르신께서는 기다리실 필요 없이 편하게 이곳을 드나드시면 될텐데…… 오늘은 어쩐 일로 이리 격식을 갖추시는 겁니까? 아, 제가 소개해 올리겠습니다. 이 사람은 악선이라고……."

장정옥이 두 명의 관리와 대화를 나누다 황급히 자리에서 일어나 말했다. 장정옥이 그들을 소개하려하자 부항이 싱겁게 웃어보였다.

"잘 알고 있어요. 예부의 시랑으로 있죠?"

"전에는 그랬습니다만 지금은 병부의 시랑으로 있습니다."

장정옥이 빙그레 웃으며 다른 한 사람을 가리켰다.

"그리고 이 사람은 산동성 양저도로 있는 유강이라는 사람입니다. 그곳 순무 악준이 '산동제일청관'山東第一淸官이라고 극찬한 인물입니다. 폐하께서 북경에 남겨두고 싶다고 하셔서 병부의 원외랑 직을 맡게 됐습니다. 인사하게! 이분은 건청문의 이등 대도帶刀 시위 부항 어르신이시네. 이제 곧 흠차대신으로 지방 순시를 다녀오실 거네."

유강이 장정옥의 소개가 끝나기 무섭게 부항을 향해 허리를 굽혀 인사를 올렸다.

"지난번 이위 총독께서 산동성에 계실 때 성 아문에서 뵌 적이 있습니다. 여섯째어르신께서는 아마 관직이 미천한 소인을 몰라보실 겁니다."

부항이 유강을 아래위로 쓸어보더니 덤덤한 표정으로 말했다.

"아니, 나도 본 기억이 나네. 자네는 하로형 사건 때 덕주 지부로 있었던 사람이 아닌가?"

유강은 하로형이라는 말만 들어도 등골이 오싹해지는지 황급히 대답했다.

"여섯째어르신께서는 실로 기억력이 뛰어나십니다! 그해 여섯째어르신께서는 직접 산동으로 행차하시어 장대비 속에서 구제 양곡을 백성들에게 나눠주셨죠. 그 모습을 지켜본 산동 사람들은 지금도 여섯째어르신 얘기만 나오면 엄지를 내두르고는 한답니다. 하오나 일부 서리들은 조정 관리가 모두 이렇게 열심히 하면 자기네들은 숨이 막혀 못 산다면서 구석자리에서 불만을 토로한 모양입니다."

유강의 화술은 대단했다. 부항을 치켜세우는 척하다 은근히 깎아내리고 있었다. 그러나 부항은 그 화술에 깜빡 넘어간 듯 흡족한 표정으로 크게 웃었다.

"나는 수재 피해 지역의 백성들을 구제하러 갔지 서리들의 비위를 맞추러 간 것이 아니었으니 그들이야 뭐라고 하든 상관없네. 욕을 먹으면 오래 산다고, 그 사람들이 나를 한 번씩 욕할 때마다 하늘이 내 수명을 한 살씩 늘려주실 것 아닌가! 장상, 못 다한 얘기가 있으면 계속하세요. 나는 그다지 급한 일이 아닙니다."

"중요한 얘기는 이미 다 했습니다."

장정옥이 부항의 말에 짧게 대답했다. 이어 차 한 모금을 마시고 나서 화제를 원래대로 돌리겠다는 듯 좌중에 시선을 돌린 채 말을 이었다.

"조정에서 서남의 개토귀류를 정착시키기 위해 칠 년 동안 쏟아 부은 국은이 적어도 이천만 냥은 넘을 것이야. 아직 전사자 가족에 대한 보상금은 계산하지도 않았는데 말이지. 아무려나 그대들은 병부로 들어간 이상 군사들을 조련하는 데 총력을 기울여야겠어. 장조가 파면당하기 전에 올린 주장을 읽어보고 군사에 문외한인 나까지도 깜짝 놀랐다고. 아군 몇 천 명이 묘족들의 거점을 포위 공격한 적이 있었다고 하는데, 싸우다보니 묘족들은 고작 몇 십 명뿐이었다는군. 그 몇 십 명이 아군을 감쪽같이 혼란에 빠트려 아군을 자기들끼리 싸우게 함으로써 숱한 사상자를 냈다지 뭐야. 그야말로 울지도 웃지도 못할 일이 아닐 수 없어. 물론 지휘 능력이 없고 작전에 소홀한 사령관의 잘못이 무엇보다 크긴 하지. 그러나 내가 보기에는 병사들이 평소에 훈련을 게을리 한 것도 중요한 원인이야. 체력이 뒷받침되지 못하니 패배할 수밖에 없지 않겠어? 악선, 이번 사건을 계기로 우리 군은 각성해야겠어. 전군의 훈련을 강화하게. 고북구뿐만 아니라 각 성의 녹영綠營과 기영旗營도 소집해 훈련을 시켜야겠어. 무기고도 점검하고 인사배치에도 신경을 써가면서 상서에게 그대들의 의사를 적극 반영하도록 하게. 병부에서 처리하기 어려운 일은 즉각 군기처로 보고 올리도록 하고. 그렇게 하면 내가 주청을 올려 처리할 테니까.”

악선과 유강은 똑바로 앉은 채 장정옥의 말에 귀를 기울였다. 그러면서 연신 알겠노라고 대답하는 것을 잊지 않았다. 곧이어 유강이 입을 열었다.

“소인은 군무 처리 경험이 없습니다. 하지만 산동성 녹영과 기영의 군량미를 전담 공급하면서 군영의 비리를 얼마쯤 알게 됐습니다. 무엇보다 없는 이름을 걸어놓고 공짜로 급료를 착복하는 현상이 심각한 것 같더군요. 방금 장상께서도 말씀하셨지만 묘족들의 반란을 잠재운 것은 이제 겨우 첫 걸음을 떼놓은 것에 불과합니다. 앞으로 대금천大金川, 소금천小金川 지역에서도 전투가 벌어지는 것이 불가피합니다. 소인이 각 영방營房을 돌면서 공짜 급료를 착복하는 실태를 조사하도록 하겠습니다. 실사가 끝나는 대로 악선 대인, 병부 주관과 상의해 군사 정돈에 관한 건의 사항을 폐하께 올리도록 하겠습니다."

그러자 장정옥이 환한 표정을 지었다.

"좋은 생각이네. 그러나 자네들이 말한 것은 어디까지나 병부의 업무에 속하는 부분이니 자네들 상사에게 보고를 올리도록 하게. 아, 그리고 병영 실사를 한다고 했는데, 이위에게는 가지 말게. 지금 병세가 심각하니 차도가 보이면 그때 가서 조사를 하든지 하게."

장정옥이 말을 마치고 자리에서 일어나자 둘은 바로 읍을 하고 물러갔다. 부항은 두 사람이 물러가기를 기다렸다가 장정옥을 보고 고개를 내저으며 말했다.

"장상, 매사에 사사건건 이렇게 상세하게 따지고 가르쳐야 할 테니 몸이 어떻게 배겨내겠습니까? 나는 악이태, 눌친 대인에게도 자주 들르는 편인데 그분들은 이 정도까지 바쁜 것 같지는 않더군요. 장상은 혼자서 너무 많은 일을 한다고 생각되지 않습니까?"

"어쩔 수 없습니다. 요즘 워낙 제 구실을 못하는 관리가 많아 한 가지라도 빠트리면 큰 구멍이 뚫릴 수 있습니다."

장정옥이 말을 마치고는 길게 탄식을 터뜨렸다. 이어 다시 몇 마디를 덧붙였다.

"물론 조금 여유를 부리면서 일하는 방법도 있겠죠. 그러나 이렇게 극성을 부리면서 사는 데 이미 익숙해졌습니다. 아랫사람들도 내가 한가하면 오히려 이상하다고 생각하는 것 같습니다. 말에 오르기는 쉬워도 내리기는 힘들다는 말이 이래서 나온 것 같습니다!"

장정옥이 말을 마치고는 자조 섞인 표정을 지었다. 그리고는 책상 위에서 상주문 하나를 꺼내 부항에게 건네줬다.

"유통훈의 상주문입니다. 나하고 눌친을 탄핵한 내용이에요. 한번 살펴보십시오."

부항은 장정옥과 눌친을 탄핵한 내용이라는 말에 적이 놀라워하면서 장정옥이 건네는 상주문을 받아들었다. 커다란 제목이 한눈에 안겨왔다.

> 신 유통훈은 상서방대신 겸 군기처대신인 장정옥과 눌친의 일에 대해 상주합니다.

상주문은 장장 수천 자에 달하는 듯했다. 그 부피만 보아도 보통의 상주문과는 차원이 달랐다. 건륭이 이미 어람을 마친 듯 손톱으로 표시해놓은 부분도 있었다. 부항은 본문을 천천히 읽어 내려갔다.

> ……대학사 장정옥은 세 조대에 걸쳐 높은 업적을 쌓은 사람이옵니다. 이 시대의 거목이옵니다. 이는 모두가 다 아는 바이옵니다. 하오나 만년의 절조에 신중을 기해야겠사옵니다. 여론이 곱지 않사옵니다. 동성桐城 쪽에서는 그곳 관리의 반 이상이 장張씨와 요姚씨라는 말이 나오고 있사옵니다. 이 두 가문이 원래 동성의 명족인 데다 요즘 들어 관직을 얻는 사람이 많아지면서 그런 불만이 생겨나는 모양이옵니다. 동성의 안정을 도모하려면 필히 이 두 가문의 결탁을 근절시켜야 할 것이옵니다. 두 가문이 서로 비호하지 못하게 할 뿐 아니라 겸손한 덕목을 갖추도록 해야 할 것이옵니다. 앞으로 삼 년 내에는 특지特旨없이 이 두 가문 사람들에게 관직을 수여하지 않기를 주청 올리는 바이옵니다.

상주문의 밑에는 건륭의 주비가 적혀 있었다.

짐은 장정옥과 눌친이 진실로 권력을 남용해 사익을 꾀했다면 유통훈이 감히 이런 주장을 올리지 못했을 것이라고 생각한다. 이런 상소문이 올라왔다는 것 자체만으로 이 두 사람이 결백하다고 말할 수 있다. 두 관리가 결코 끄지 못할 불을 지피는 사람이 아니니 말이다. 오랜 세월 중책을 맡고 있다 보면 갖은 모략과 중상의 표적이 되는 것은 당연지사일 수 있다. 장정옥과 눌친 두 고관은 개의치 말고 이를 도약의 계기로 삼기를 바라노라. 항상 넓은 흉금으로 가슴속에 티끌만 한 미움도 담지 말도록 하라. 그것은 대신으로서의 풍모에 손상이 가는 일이 아닌가.

부항이 다 읽은 상주문을 장정옥에게 도로 넘겨주면서 말했다.

"유통훈이 장상의 뒤통수를 칠 줄은 꿈에도 몰랐네요. 결국 제 손으로 제 따귀를 때린 격이 됐지만 말이에요."

"절대 그렇게 생각하지 마십시오, 여섯째어르신."

장정옥이 깊이를 가늠할 수 없는 눈빛으로 부항을 바라보았다. 이어 천천히 다시 말을 이었다.

"이 주장을 통해 나는 유통훈이 진심으로 나를 위해주고 있다는 사실을 온몸으로 느꼈습니다. 유통훈은 나를 둘러싼 모든 의혹을 잠재워준 고마운 사람입니다. 진정으로 사람을 위하는 대인배이고 덕을 갖춘 신하입니다. 나는 오히려 그 사람의 용기에 감복하고 그 마음 씀씀이에 감동을 받았습니다."

부항이 그 말에 반박을 했다.

"할 말이 있으면 나처럼 직접 방문할 일이지 이렇게 주장을 올려버리면 관보를 통해 온 천하에 알려질 것이 아닙니까? 그렇게 되면 중당의 체면에 손상이 가지 않을 수 없죠."

장정옥이 부항의 말에 웃음 띤 얼굴로 대답했다.

"사실 순치제 때부터 지금까지 웅사리, 오배, 색액도, 명주, 고사기 등 보정대신들은 많았습니다. 그러나 충신, 간신의 구분을 떠나 나처럼 이 렇게 오랜 기간 버틴 사람은 없었습니다. 풍운을 만났을 때 헤쳐 나가 는 것도 물론 힘이 들겠으나 물러날 때를 알고 발을 빼는 일은 더 힘듭 니다. 장장 수천 자에 달하는 유통훈의 주장을 읽어보노라니 내가 하 고 싶었으나 감히 못했던 말들이 많았습니다. 유통훈 같은 친구는 유 종의 미를 거둘 수 있을지 모르나 나나 악이태, 이위 같은 사람들은 평 생 뼈가 으스러지도록 고생만 하고 물러날 때에는 온갖 비난만 받을지 도 모릅니다. 이제는 여섯째어르신처럼 젊고 유능한 관리들이 치고 나 와야 할 때입니다."

부항은 원래 가르침을 받기 위해 찾아온 터였다. 그런데 오히려 장정 옥으로부터 진심 어린 치하를 받고 있었다. 그는 장정옥의 말에 속으로 크게 감명 받았으나 일부러 농담조로 말했다.

"장상의 말씀을 들으니 꼭 주제를 알고 빨리 물러나라는 뜻으로 들 리네요."

장정옥이 허허 소리 내며 웃었다.

"그렇지 않아도 넘겨짚어 생각할까봐 걱정했습니다. 여섯째어르신은 대장부로서 한창 팔을 걷어붙이고 일에 목숨을 걸 좋은 나이입니다. 타 의 추종을 불허하는 재능과 학문을 지니셨으니 필히 실력으로 승부수 를 던져 공명을 이룩하셔야 합니다. 국척이라고는 하나 아무래도 외척에 불과합니다. 내가 알기로는 개국 이래 여섯째어르신처럼 젊은 관리에게 흠차의 중책을 내린 경우는 처음입니다. 이는 폐하께서 여섯째어르신을 중용하시려는 것으로 풀이할 수 있습니다. 그러니 어떤 일이 있어도 스

스로 포기해서는 안 됩니다. 농담이라도 그런 소리를 하실 줄 알았더라
면 유통훈의 주장을 보여드리지 않았을 겁니다."

부항이 진지한 어조로 받아들였다.

"걱정하지 마세요. 나는 아직 화친왕和親王 정도에 이르지는 않았으
니까요!"

화친왕은 다른 사람이 아니었다. 바로 홍주였다. 건륭은 기본적으로
형제간의 우애를 중히 여기는 사람이었다. 즉위 초에 홍주를 의정왕議政
王으로 봉한 것도 다 그 때문이었다고 할 수 있었다. 그러나 홍주는 언
제 한번 제대로 정무政務에 대해 진지하게 건륭이나 주변 사람들과 얘
기를 나눈 적이 없었다. 언제나 그렇듯 새를 조련시키고 곰방대 따위나
그리는 것이 그의 일상이었다. 건륭은 홍주가 그렇게 왕답지 못한 행실
을 밥 먹듯 하고 다녀도 번번이 '예나 지금이나 변한 것이 없는 사람'이
라면서 대수롭지 않게 넘기고는 했다. 장정옥은 부항이 그런 홍주에 본
인을 비유하자 화들짝 놀랐다.

"그건 다섯째마마를 잘 몰라서 하는 소리입니다. 다섯째마마는 똑똑
한 분입니다."

장정옥은 그러나 다섯째 홍주가 왜 똑똑한지에 대해서 언급하고 싶
지는 않은 모양이었다. 곧바로 화제를 돌렸다.

"여섯째어르신, 그렇지 않아도 폐하로부터 여섯째어르신이 곧 남방 순
시를 떠날 거라는 말씀을 듣고 내일 상서방에서 이런저런 얘기를 나누
려고 했었습니다. 이번 남행을 통해 어떤 성과를 얻어야 할지는 스스로
고민해보기 바랍니다."

장정옥의 말에 부항이 신중하게 대답했다.

"공물 납부를 독촉하는 것은 과거 관례가 있으니 어려운 일은 아닐
겁니다. 내무부에서 파견돼 현지에 가 있는 사람들이 공물 납부에는 선

수들일 테니 착오야 있겠습니까?"

부항이 그에 덧붙여 말했다.

"폐하께서는 아직 어떤 임무를 수행해야 하는지에 대해서는 명확히 언급하시지 않으셨어요. 태후마마 말씀으로는 각 지역 번고의 국은을 국고로 거둬들이라는 뜻도 있는 것 같고요. 올해는 전국의 전량 납부를 모두 면제한 해라 새로 납부되는 은자도 없을 테고요. 아마 폐하께서는 지방 번고에 은자가 얼마나 남아 있는지 알고 싶으신 것이 아닌가 생각되네요. 하지만 형부의 유통훈을 나의 부사副使로 딸려 보낸다니 폐하의 뜻을 종잡을 수가 없네요!"

장정옥이 부항의 말에 귀를 기울이면서 천천히 의견을 말했다.

"내가 알기로는 이는 모두 주된 임무가 아닙니다. 폐하께서 두 사람을 흠차로 파견하는 것은 민정을 고찰하기 위해서입니다. 관대한 정치를 실시한 지 일 년이 지났으니 그동안 지방관들이 국책을 어떻게 실행했는지가 아마 가장 궁금하실 겁니다. 민간에서는 새로운 정치에 대해 어떻게 생각하는지도 알고 싶으신 것이고요. 또한 빈민들이 어떤 혜택을 받고 있는지 그런 것도 알고 싶으실 겁니다. 이밖에 광동, 복건, 절강에서 개발한 광산과 관련한 일도 궁금하실 겁니다. 툭하면 항의와 농성, 휴업 사태가 벌어진다고 하니 혹시 배후에 다른 세력이나 음모가 있지 않은지 알고 싶으신 것이죠. 또 지난번 광동 총독이 올린 주장에 따르면 민간에 천생노모회天生老母會, 천지회天地會, 백양교白陽敎 등의 사교邪敎들이 창궐한다고 했습니다……. 물론 어떤 것은 꼭 사교라고 할 수는 없지요. 그러나 일부 배부르고 등 따뜻한 대호大戶들이 강호의 호객들을 불러들여 점을 보고 무예를 연마한답시고 붙어 다니면서 사달을 일으키는 것은 사실인 모양입니다. 아무튼 귀신놀음은 어느 지역에나 다 있는 것이나 일부 관리들이 개입된 이상 색출해내기 어렵지 않을까 생각됩니다.

순시를 떠나는 김에 이 부분에 대해서도 관심을 갖고 조사해 보도록 하는 것이 좋을 듯합니다. 폐하께서 대단히 궁금해 하시는 사안입니다."

부항은 그제야 건륭이 이번 순시에 딱히 이렇다 할 임무를 주지 않은 이유를 깨달았다. 건륭은 그냥 '고찰'考察만 하라고 별 의미 없이 말한 바 있었다. 하지만 장정옥의 말대로라면 부항은 이번 고찰만 잘하고 오면 크게 기용될 것이 분명했다. 그 생각을 하니 흥분을 억누를 수가 없었다. 그가 의자에 앉은 채로 장정옥을 향해 공수를 했다.

"장상, 오늘 많은 것을 배우고 갑니다. 지난번 폐하를 모시고 하남성을 순시할 때 폐하께서 유난히 강호의 일에 관심을 보이시기에 무림의 현능한 인재들을 물색하시느라 그런 줄로만 알았어요. 그런데 지금 보니 제가 식견이 너무 좁았네요. 그 당시 백련교白蓮敎라는 사교가 백성들을 부추겨 재해 때마다 난동을 일으킨다는 말을 들은 기억이 납니다. 군주로서 촉각을 곤두세울 법도 하죠."

장정옥이 부항의 준수한 얼굴을 한참 들여다봤다. 그리고는 길게 한숨을 내쉬었다.

"나와 악이태는 이제 한물갔습니다. 그런 일은 여섯째어르신처럼 젊고 유망한 관리들에게 기대하는 수밖에 없을 것 같습니다. 문무를 겸비하고 기마와 활솜씨가 뛰어난 여섯째어르신은 이 시대를 이끌 선봉장이 되기에 손색이 없습니다! 눌친은 직위가 여섯째어르신보다 더 높으나 끈기가 부족한 것이 아쉽습니다. 나도 나이 일흔을 넘기고 나니 가끔 별다른 이유 없이 서글퍼질 때가 있더군요……."

장정옥의 표정이 갑자기 우울해졌다. 곧 입에서 숨죽인 한숨도 새어나왔다. 장정옥은 '침묵은 곧 금'이라는 신조 하나로 30년 동안이나 재상 자리를 굳건히 지켜온 사람이었다. 역사에 명재상으로 기록되기에 손색 없는 정도라고 해도 좋았다. 부항은 그런 사람에게서 격려의 말을 듣자

홍분으로 가슴이 터질 것만 같았다. 급기야 '달리는 말에 채찍질하는' 마음가짐으로 반드시 장정옥 같은 재상으로 발돋움하리라는 결심을 굳게 다지고 또 다졌다. 이어 재상의 가르침에 꼭 보답하겠노라는 감사 인사를 구구절절이 늘어놓고는 자리에서 일어났다.

"절대 눌친을 따라 배우지 마십시오. 이 장정옥은 더더군다나 따라 배울 바가 못 됩니다."

장정옥이 말을 마치고는 부항을 문밖까지 배웅했다. 이어 별이 총총한 밤하늘을 향해 흰 입김을 토해낸 다음 다시 한마디, 한마디 힘을 줘 강조했다.

"나는 문무를 겸비하지 못했기에 일처리에 패기가 부족합니다. 게다가 안목이 틀에 박혀 있습니다. 창의력이라고는 없을 뿐 아니라 평생 살얼음 위를 걷는 심정으로 전전긍긍하면서 살아왔습니다. 다행히 신이 섬긴 군주들이 다 명군이었으니 망정이지 만약 혼군을 만났더라면 오늘날까지 버티지 못했을 것입니다. 어쩌면 악인의 충실한 주구로 하늘에 사무치는 죄를 지으면서 살았을 것입니다. 눌친은……, 소심한 사람입니다. 좋게 말하면 신중한 성격이라고 할 수 있죠. 나쁘게 말하면 자기주장이 없는 사람입니다. 뜻은 크나 재능이 미치지 못하는 사람이라고 폄하하고 싶지는 않습니다. 그의 단점은 폐하께서 결정을 하신 뒤 무조건 따르며 북 치고 장구 치는 것입니다. 문 앞에 망아지만 한 미친개 두 마리를 기르는 사람을 '재상'이라고 할 수 있겠습니까? 그런 소행은 그 사람 스스로가 자신의 인품에 자신이 없기 때문이라고 풀이할 수밖에 없습니다."

그야말로 정곡을 찌르는 말이었다. 장정옥의 깊은 흉금과 넓은 식견을 처음 접하는 부항은 그야말로 오체투지할 정도로 경외감을 느끼지 않을 수 없었다. 급기야 잠시 침묵한 끝에 진심으로 자신의 생각을 토로했다.

"정말 피가 되고 살이 되는 가르침이었습니다. 부디 몸조심하십시오!"

부항은 장정옥과 깊은 대화를 나눈 다음 날 정식으로 흠차대신으로 임명한다는 사령장을 받았다. 건륭은 부항에게 흠차양강순안사欽差兩江巡按使의 신분으로 수일 내에 출발해 현지의 국은 납부를 촉구하라는 어지를 내렸다.

당아는 부항과 결혼을 한 이래 한 번도 떨어져 지내본 적이 없었다. 때문에 마음이 심란하기 그지없었다. 그러나 일부러 밝은 얼굴로 주안상을 마련한다, 짐을 꾸린다 하면서 바쁘게 움직였다. 나중에는 먼 길 떠나는 남편이 걱정스러워 가인들 중에서 건장한 자들을 몇 명 딸려 보내려고 했다. 그러자 부항이 웃는 얼굴로 말렸다.

"차라리 나더러 집을 메고 가라고 하지 그래? 내가 밖에서 여자들 치마폭에 싸여 해롱대고 다닐까봐 그러는 거요? 아예 부인이 하녀로 변장해 따라나서는 게 어떻겠소? 오히려 걱정해야 할 사람은 나요. 이렇게 고운 마누라를 누가 훔쳐갈까 봐 발 뻗고 잠도 못 잘 것 같구면."

당아가 부항의 말에 얼굴에 살짝 홍조를 띠운 채 애교스럽게 눈을 흘겼다.

"이럴 때 속보인다고 하는 거죠? 나는 뭐라고 하지도 않았는데 그런 말을 왜 해요? 벌써부터 여자를 후릴 생각에 흥분이 돼 잠이 안 오나 보네요? 그런데 당신은 소속 아문이 없으니 흠차의 의장儀仗을 어디에서 책임지나요?"

"나는 병부의 감합勘合(흠차 신분을 확인해주는 공문서)을 소지하고 있으니 현지의 역관들에서 마중하고 배웅할 거요. 걱정하지 마오."

부항이 말을 마치고는 당아의 손등을 다독였다. 이어 천천히 다시 입을 열었다.

"흠차 신분이면 대접이 굉장한 것 같던데 내가 전부 거절했소. 나는 신분을 숨기고 길을 떠날 거요."

당아는 부항의 말이 믿기지 않는 듯 눈을 동그랗게 뜨면서 다그쳐 물었다.

"그게 사실이에요? 그냥 해보는 소리는 아니겠죠?"

부항이 대답했다.

"그냥 해보는 소리라니! 순시를 나가는 사람이 자기 정체를 알리고 다니면 북경에 있는 거나 다를 것이 뭐가 있소? 가는 곳마다 입에 발린 소리나 귀 아프게 듣고 비굴하고 간사한 면상들만 구역질나게 봐야 하지 않겠소?"

그러나 당아는 못내 불안한 듯 미간을 찌푸렸다.

"지난번에 아계 같은 경우는 섬서성의 부임지로 가는 길에 강도를 만나 하마터면 끌려갈 뻔했다지 않아요!"

"그러면 내가 아계보다 약해서 끌려가기라도 한다는 말인가? 그저 한 사람이라도 더 붙여 나를 감시하지 못해서 안달 아니오?"

부항이 찻잔을 내려놓으면서 웃음을 터뜨렸다.

"아휴! 마음대로 해요, 마음대로! 화류병에만 걸려오지 않으면 나는 상관없어요! 왜요? 어디 외출하려고요?"

당아가 갑자기 옷을 갈아입는 부항을 바라보면서 물었다. 부항이 눈을 찡긋하며 대답했다.

"이위에게 다녀와야겠소. 자네 말을 듣고 보니 비 오기 전에 우산을 준비해두는 것도 나쁘지 않을 것 같소. 이위의 측근 중에 장님 도사라고, 무공이 기가 막힌 인물이 있거든. 그 사람의 도움을 받아야겠소. 말이 씨가 된다고 부인 말이 맞아서 어디 끌려가 봉변이라도 당하면 어찌

겠소? 부인처럼 젊고 예쁜 여인이 이 멋진 남편을 다시 못 보고 과부가 되면 안 되지 않겠소?”

부항이 말을 마치고는 일부러 새침한 표정을 짓고 있는 당아에게 웃음을 보여주면서 밖으로 나갔다.

16장
흠차대신欽差大臣과 사교邪敎

8월은 춥지도 덥지도 않아 먼 길 떠나기에는 딱 안성맞춤인 계절이었다. 그러나 부항이 북경을 떠난 지 얼마 되지 않아 날씨가 갑자기 변덕을 부리기 시작했다. 바람이 거세지더니 가을구름이 하늘을 잿빛으로 덮어버린 것이다. 북경과 직예直隷 일대에서는 옥수수를 비롯해 키큰 농작물 추수가 이미 끝난 터라 들판은 텅 비어 있었다. 서풍은 끝이 보이지 않는 벌판에서 무섭게 기승을 부리면서 황사와 흙먼지를 마구 일으키고 있었다. 부항은 흙바람 때문에 숨이 막혔다. 얼굴도 순식간에 얼얼해졌다.

직예의 보정保定 일대를 지날 때는 다행히 바람이 다소 잦아들었다. 그러나 이번에는 비가 추적추적 내리기 시작했다. 마치 거대한 체로 물을 걸러 내듯 빗줄기는 굵었다 가늘었다 하기를 반복하면서 지칠 줄 모르고 쏟아졌다. 부항은 처음에는 복잡한 북경을 떠난 자체가 좋았기 때문에 가을비의 정취를 만끽하면서 주위 사람들과 즐겁게 담소를 나눴다. 그러나 연 며칠 동안 이어진 비와 모진 바람은 그가 생각했던 낭만과는 거리가 멀었다. 습기 찬 몸은 무겁고 힘겹기만 했다. 장님 도사 오할자를 비롯한 수행원들은 부항의 잔뜩 고조됐던 기분이 왜 그토록 가라앉았는지 이유를 알지 못했다. 그래도 그저 침묵할 수밖에 없었다. 얼마 후 인적이 드문 지역을 다 지나오자 획록獲鹿현이 보였다. 동으로 덕주부德州府 부두와 이어지고 남북으로 역로가 관통해 사람 사는 냄새가 물씬 풍기는 지역이었다. 앞으로 다가갈수록 인가가 오밀조밀 모여 앉은 것이 사람이 북적댈 만했다.

저녁 무렵이 되자 지겹게 내리던 빗줄기가 가늘어지기 시작했다. 말 잔등에 앉은 오할자가 옅은 어둠이 내려앉아 우중충한 꽤 큰 어느 진鎭의 번화가를 지나면서 웃음 띤 얼굴로 말했다.

"이놈의 비, 꼬박 이레 동안 밤낮을 가리지 않고 퍼붓더니 이제야 지쳤나 봅니다. 소인의 몸뚱이는 아무렇게나 굴려도 괜찮지만 여섯째어르신은 존귀한 몸이시니 쉬어가는 것이 좋겠습니다. 저 앞 석가장石家莊에서 추석인 오늘밤과 내일까지 푹 쉬고 모레 다시 길을 재촉하는 것이 어떻겠습니까?"

"그래……, 그러고 보니 벌써 추석이구나. 그것도 까맣게 잊고 있었군! 청명淸明의 비에 혼이 나간다더니 이제 보니 추석에 내리는 비도 사람의 넋을 나가게 만드는구먼. 안 그래도 힘들었는데 잘 됐네, 여기서 쉬어가지."

부항이 오할자의 권유에 서글픈 웃음을 지은 채 말했다. 순간 옆에 있던 소칠小七이라는 하인이 나섰다.

"강남으로 가실 거라면 수로로 가는 것이 제격이라고 소인이 권하지 않았습니까. 경치 구경도 하고 힘들면 뱃전에 기대 쉬어갈 수도 있다고 그렇게 말씀드렸잖아요. 그런데 기어이 이 길을 고집하시더니 얼마나 피곤하십니까! 덕분에 소인도 뼈가 내려앉는 것 같습니다."

부항이 소칠의 말에 밉지 않은 표정으로 핀잔을 주었다.

"네가 뭘 안다고 그래? 나는 하남에 먼저 들르려고 그런 거야. 그런데 수로로 가야겠어? 게다가 지금은 조운漕運 철인데 남북을 오가는 선박들이 오죽 많겠나. 한번 막히면 반나절이 지나도 빠져나오기 힘들걸. 그러면 어느 세월에 강남을 구경하겠어?"

오할자가 부항의 말에 고개를 갸웃거리면서 물었다.

"산동 덕주로 가신다고 하지 않으셨습니까? 하남은 무슨 일로 가시려는 겁니까?"

부항이 대답했다.

"신양信陽에서 찻잎을 좀 사고 싶어서 그러네."

그 사이 일행은 진鎭 한가운데로 들어섰다. 이어 말에서 내려 걸었다. 그러자 각자 객잔의 이름을 새긴 등롱을 치켜든 사람들이 우르르 몰려왔다. 그리고는 서로 자기네 객잔으로 끌어들이려고 귓전이 어지럽게 떠들어댔다. 정신이 어지러울 지경이었다. 그때 갑자기 우악스럽게 밀고 밀리는 사람들 틈에 끼지 못한 채 먼발치에 불쌍하게 서 있는 젊은이가 부항의 눈에 들어왔다. 그는 길게 생각할 겨를도 없이 그 젊은이를 손짓으로 불렀다.

"우리는 이 집…… 기紀씨의 객잔에 묵을 것이니 모두 물러가도록 하라!"

부항 일행은 젊은이를 따라갔다. 조금 걸어가자 그리 멀지 않은 곳에 공터가 있었다. 또 그 맞은편에는 북향으로 앉은 객잔 건물이 보였다. 문루門樓 앞에 희끄무레한 등불이 걸려 있었고 편액에는 객잔을 뜻하는 글자가 쓰여 있었다.

객잔의 대문 양 옆에는 크기가 일정하지 않은 돌사자들이 세워져 있었다. 큰 것은 웬만한 어른 키 정도로 높았다. 반면 작은 것은 웅크리고 앉은 원숭이만 했다. 정교한 꽃무늬가 조각된 석판石板으로 만들어진 문지방은 중간 부분이 닳을 대로 닳아 초승달 모양으로 패어 있었다. 돌사자의 발과 이빨, 그리고 목덜미는 지나다닌 사람들이 얼마나 만져댔는지 반들반들했다. 그런 것으로 볼 때 100년의 역사를 가진 객잔이 틀림없는 것 같았다. 오할자는 그런 객잔의 명성을 믿고 적이 안심하는 듯했다. 부항 역시 돌사자를 유심히 살펴보면서 젊은이에게 물었다.

"그런데 이 돌사자는 왜 크기가 일정하지 않지? 저쪽 공터가 넓은 걸 보니 집을 한 채 허문 것 같군. 그런데 무엇 때문에 공터에 천막을 쳐놓았나?"

젊은이가 기다렸다는 듯 즉각 대답했다.

"이 사자는 삼 대째 대물림 받아 내려온 사자라고 합니다. 이 사자를 조각하신 어르신은 석공 출신이었다고 합니다. 폐하의 보화전을 지을 때도 불려갔을 정도로 재주가 뛰어났다고 합니다. 그러나 어찌 됐든 우리는 관가官家는 아닙니다. 그런데 돌사자가 똑같이 크면 아문으로 착각해 오해를 받을 수 있지 않겠습니까? 그래서 크기가 다르게 만들어 놓았다고 합니다. 지나다니는 사람들이 많이 신기해하는 편입니다. 저쪽 공터는 석石 어르신의 집터입니다. 헐고 새 집을 짓는다고 합니다. 내일 추석날 석 어르신의 땅을 부치는 모든 소작농들이 다 모여 술 한잔 할 거라고 했습니다."

젊은이는 부항 일행을 윗방으로 안내했다. 이어 이부자리를 펴주고 세수하고 발 씻을 더운물을 부지런히 날랐다. 동시에 한시도 쉬지 않고 재잘거렸다.

"올해 여기는 대풍작이 들었답니다. 하지만 그러면 뭘 합니까? 소작료가 어찌나 비싼지 땅 한 무에 낟알 세 석을 거둬도 칠 할을 지주에게 바쳐야 하니 어디 입에 풀칠이나 하겠습니까? 아마 내일 다 모인 자리에서 큰 소란이 벌어질 것입니다. 제 말이 맞는지 내기를 하셔도 좋습니다!"

젊은이는 겉보기와는 달리 대단한 수다쟁이였다. 부항은 젊은이의 말을 들으며 발을 닦다가 절로 웃음이 났다.

"이제 보니 언변이 아주 좋은 친구로군. 그런데 아까 손님을 끌 때는 왜 그렇게 조용하게 한쪽에 물러나 있었는가?"

젊은이가 다시 즉각 웃음 띤 얼굴로 대답했다.

"돼지를 잡을 때 꼬리부터 치는 백정도 있듯이 손님 맞는 재주도 각양각색이랍니다. 제가 먼발치에 서 있었어도 어르신은 그 많은 사람들을 뿌리치고 저를 택하지 않으셨습니까? 연분이 있으니 말을 하지 않아도 끌리는 것이죠."

젊은이의 언변은 누구라도 말로는 당해낼 재간이 없을 정도였다. 그러면서도 자기가 할 일은 빈틈없이 순식간에 해냈다. 부항이 대야에서 발을 꺼내자 잽싸게 더운 물수건으로 발을 닦아주고는 미리 타놓았던 차도 권했다. 일을 마친 젊은이가 대야를 들고 나가려고 하자 부항이 뭔가 할 말이 더 있는 듯 그를 불러 세웠다.

"잠깐만 있어 보게. 말을 참 재미나게 하는 친구로군. 그런데 내일 공터에서 소란이 벌어질 거라는 것은 무슨 뜻인가?"

젊은이가 대답했다.

"해마다 이맘때면 어김없이 발생하는 일입니다. 지주와 소작농들이 소작료를 놓고 한 치의 양보도 없이 싸우죠. 서로 치고받고 하다보면 피를 보는 경우도 있습니다. 지주는 소작료를 올려 받겠다, 아니면 땅을 돌려달라는 입장이고 소작농들은 내려주지는 못할망정 올려 받다니 웬 말이냐면서 발끈하죠. 그래서 추석 명절이 피 보는 날로 변한 지도 오래됐습니다. 작년 추석 때도 호^解씨 집안의 소작농들이 그 집을 포위하고 난동을 부리다가 급기야 살인방화까지 했지 뭡니까? 결국 유 현령이 직접 친병들을 거느리고 나와 길길이 날뛰는 난동 주범 셋을 잡아 목을 치고 나서야 겨우 수습됐습니다. 이곳 소작농들은 한번 열 받으면 왕법도 안중에 없습니다!"

부항은 그제야 사태를 어렴풋하게나마 알 것 같았다. 8월 15일은 어떤 사람들에게는 교교한 달빛 아래에서 수박과 월병을 먹으면서 토끼 잡는 놀이를 하는 명절이지만 시골에서는 지주와 소작농들 간에 소작료 인상이라는 문제를 놓고 처절한 싸움이 벌어지는 날이기도 하다는 것을 말이다. 부항이 다시 뭔가 물으려고 할 때였다. 갑자기 밖에서 고함소리가 들려왔다.

"이봐! 나귀^{羅貴}, 어디 있는가? 서쪽 별채에 손님이 들었어!"

젊은이의 이름은 나귀인 모양이었다. 곧 나귀가 큰 소리로 대답하고는 부항에게 말했다.

"이제 그만 쉬십시오. 필요한 것이 있으면 분부만 내리십시오, 어르신!"

나귀는 부항이 발 씻은 물을 들고 밖으로 나갔다.

부항이 대충 저녁을 먹고 났을 때는 어느새 창밖에 달이 휘영청 밝았다. 뜰 밖에 있는 숲이 적은 나뭇가지 사이를 뚫고 부드러운 달빛이 방 안으로 은은히 비춰들고 있었다. 신발을 아무렇게나 꿰어 신고 가벼운 장포 차림으로 방을 나선 부항은 천천히 뜰을 거닐었다. 이어 고개를 들어 하염없이 달을 바라봤다. 그러자 그를 뒤따라 나온 오할자가 말을 걸었다.

"달을 보니 시흥이 북받쳐서 그러십니까? 아니면 가족 생각이 나십니까? 소인이 사람을 시켜 월병과 수박을 사오라고 했습니다. 올 추석은 조촐하게나마 우리끼리 보내야 할 것 같습니다."

"오늘은 이상하게 시흥이 메말라 버리고 말았네."

부항이 시무룩하게 대답했다. 그리고는 밖에서 시끄럽게 들려오는 소리에 호기심이 동하는지 말을 이었다.

"왜 저리 시끌벅적하지? 석씨 집안의 무협극이 벌써 시작됐나? 우리도 한번 눈요기나 하러 갈까?"

소칠이 그러자 복도에서 말했다.

"그런 것은 아닙니다. 방금 소인이 나가보니 한 무리의 유랑 재주꾼들이 외줄타기를 하고 있었습니다. 구경꾼들이 엄청납니다."

부항이 호기심이 동하는지 신발 뒤축을 잡아당겨 신었다.

"그래? 그런 구경거리가 있다면 우리도 빠져서는 안 되지."

부항이 말을 마치기 무섭게 무작정 뛰어 내려갔다. 오할자도 어쩔 수 없다는 표정으로 부항의 뒤를 따라갔다.

일행 여섯은 시끌벅적한 거리로 나왔다. 거리에는 사람들이 밤이 늦었음에도 불구하고 다들 구경을 나와 인산인해를 이루고 있었다. 맞은 편 공터에 있는 네 개의 등롱은 마침 사람들이 겹겹이 둘러선 한 가운데를 비추고 있었다. 그래서 그 안에서 어떤 일이 벌어지고 있는지 한눈에 알아볼 수 있었다.

그곳에는 쉰 살쯤 되어 보이는 긴 수염의 노인과 열댓 살 정도의 사내아이가 웃통을 벌겋게 드러낸 채 서 있었다. 또 그 옆에는 스무 살 정도로 보이는 처녀가 등롱을 등지고 서 있었다. 체구는 왜소한 편이었으나 허리춤에는 검 한 자루를 차고 있었다. 어둠 속이라 얼굴은 잘 보이지 않았다. 그러나 동서 방향으로 세워져 있는 긴 나무막대기 두 개는 너무나도 선명했다. 그 두 막대기 사이에는 가느다란 노끈이 걸려 있었다. 노인이 좌중을 향해 공수를 했다.

"표고도인飄高道人은 다시 한 번 여러분께 깊은 경의를 표합니다. 소생은 먹고살기 위해 이런 자리를 마련한 것이 아닙니다. 떼돈을 벌고자 하는 것은 더욱 아닙니다.《탄세경》嘆世經에는 '올해 나이 여든 하나, 수행한 지도 육십 년이 넘었으나 깨달은 것은 아무 것도 없네. 오히려 손녀를 스승으로 모시고 근본을 다시 찾아야겠네'라는 구절이 있습니다. 소생은 그저 훌륭한 인품의 사람들과 좋은 인연을 맺는 것을 보람되게 생각할 뿐입니다. 방금 어떤 선생이 소생이 타는 줄이 너무 굵어서 별다른 재주가 아니라고 하셨으니 이번에는 줄을 바꾸겠습니다. 이것은 소생의 제자인 연연娟娟이 머리댕기로 사용하는 붉은 실입니다. 누구든 나오셔서 한번 확인해 보시겠습니까?"

부항은 표고도인이라는 사람이 하는 말을 듣는 순간 가슴이 철렁했다.《탄세경》이란 것은 백련교도들이 외우고 다니는 경서라고 들은 적이 있었던 것이다.

'백련교는 강서성에서 성행한다고 하지 않았는가. 아직 직예도 벗어나지 못했는데 벌써 선교를 하는 사람을 만나다니……'

부항은 그렇게 생각하면서 어둠 속에서 오할자를 힐끔 쳐다봤다. 오할자가 부항의 속마음을 들여다 본 듯 슬며시 눈짓을 했다. 부항이 놀란 가슴을 진정시키면서 웃음 머금은 어조로 말했다.

"댕기 실을 밧줄 삼아 외줄타기를 한다니 도무지 믿어지지 않는구면!"

"믿지 못할 법도 하죠. 그러면 손님께서 직접 확인해 보십시오."

표고도인이 부항을 향해 읍을 했다. 부항이 그의 말대로 한가운데로 다가가가서는 실을 만져봤다. 진짜 대단히 가늘었다. 별로 힘을 줘서 당기지도 않았는데 실은 툭하고 끊어졌다.

"실례했소. 머리댕기 실이 맞네."

부항이 자못 멋쩍어하면서 실을 표고도인에게 넘겨줬다. 그러자 표고도인이 히죽 웃으면서 끊어진 줄을 잇는 시늉을 했다. 순간 무슨 수법을 썼는지 실은 전혀 끊어진 흔적 없이 다시 팽팽하게 이어졌다. 불과 몇 초 사이에 일어난 일이었다. 사람들은 와! 하고 박수갈채를 보내면서 함성을 질렀다.

그때 연연이라고 불린 처녀가 물 찬 제비처럼 허공으로 치솟았다. 이어 날렵하게 공중회전을 하더니 나비가 꽃잎에 내려앉듯 사뿐히 실 위에 내려섰다. 그리고는 두 손을 춤추듯 흔들면서 보검을 뽑아들었다. 처녀는 화려한 궁장宮裝 차림을 하고 있었다. 노란색 긴 치마는 발끝을 덮고 짧은 분홍 적삼의 소매 끝은 금실로 수놓은 듯 반짝거렸다. 수려한 얼굴에는 아무런 표정도 없었다. 곧이어 처녀가 입을 꼭 다물고 너무 가늘어서 잘 보이지도 않는 실 위에 서서 춤추듯 태극검太極劍을 돌리기 시작했다. 두 다리를 일자로 뺀 채 허공에 솟아올랐다가 사뿐히 줄 위에 내려섰다. 그리고는 가끔 줄 위에서 수십 번도 넘는 회전을 선보이기도 했다. 손에 땀을 쥐게 만드는 아슬아슬하면서도 현란한 동작들이 끊임없이 이어졌다. 그럼에도 무명실은 그저 미세하게 떨리기만 할 뿐이었다. 안팎으로 겹겹이 둘러선 구경꾼들은 저마다 눈이 휘둥그레져서 잔뜩 숨을 죽인 채 처녀를 주시했다. 얼마 후 처녀가 아스라이 높이 솟구쳤다가 연속 회전을 하면서 땅위에 가볍게 내려섰다. 그러자 사람들은 비로소 안도의 숨을 길게 토해내고는 떠나갈 듯 갈채를 보냈다.

"정말 탁월하고 비범한 실력이로군."

부항은 손바닥이 얼얼해질 정도로 박수를 치면서 찬탄을 금치 못했나. 그리고는 그들이 사교를 포교하러 다니는 사람들일 수 있다는 사실도 까맣게 잊은 채 옆에 있는 하인들에게 말했다.

"북경에서도 외줄을 타면서 갖가지 재주를 부리는 것을 많이 봤지만 이 같은 묘기는 처음이네!"

그때 연연이 허리춤에서 자그마한 쟁반 하나를 꺼냈다. 표고도인이 다시 좌중을 향해 넉살좋게 말했다.

"처음부터 얘기했지만 우리는 도인이지 무예를 팔아서 돈을 버는 사람들이 아닙니다. 이 자리에 모인 착한 형제자매들과 좋은 인연을 맺기 위해 부족한 기량이나마 조금 선보였을 뿐입니다. 쟁반 위에 능력이 되는 만큼 보시를 하십시오. 마음이 가는 만큼 하시라는 겁니다. 그러면 여러분 가정에 재화災禍가 사라지고 무한한 복이 깃들 것입니다."

표고도인이 말을 마치자마자 쟁반을 꺼냈다. 순간 눈치 빠른 구경꾼들이 뿔뿔이 흩어졌다. 순식간에 반 이상이나 되는 사람들이 그렇게 자리를 떠났다. 그러나 여자들은 달랐다. 재앙을 면하게 해준다는 말에 귀가 솔깃했는지 서슴없이 쟁반 위에 동전을 던져줬다. 머리에 꽂은 은비녀까지 서슴지 않고 뽑아 공손히 건네는 여자도 있었다. 드디어 부항의 차례가 왔다. 그는 기다렸다는 듯 황급히 소매 안을 만져봤다. 엽전은 없었다. 대신 스무 냥짜리 은자가 손에 만져졌다. 순간 그는 고민했다. 은자를 꺼내는 것이 사람들의 시선을 끌게 하지 않을까 부담스러웠던 것이다. 그렇다고 외면하기도 그랬다. 그건 열성껏 박수갈채를 보낸 사람이 할 일이 아니었다. 그가 그렇게 잠시 망설이는 동안 처녀는 부항의 앞을 지나쳐 쟁반을 그 옆자리로 옮겼다. 부항은 더욱 가까이에서 연연을 볼 수 있었다. 누가 봐도 미인이라고 단언할 만큼 아리따웠다. 아름다운 그녀에게 반한 것일까, 부항이 거의 충동적으로 묵직한 은자를 꺼내더니 한 사람 건너 저쪽으로 팔을 뻗어 쟁반 위에 내려놓았다. 이어 나직이 말했다.

"이 돈으로 더 아름답게 치장하시오."

부항이 꺼낸 돈은 사실 대단히 큰 액수였다. 표고도인이 '큰손' 부항의 등장에 깜짝 놀라는 표정을 짓더니 황급히 그에게 다가가서는 읍을 했다.

"귀인께서는 좋은 인연을 맺으시는 것에 이렇게 후사를 하시니 반드시 큰 복을 받으시고 장수를 하실 것입니다. 연연의 칼춤을 더 보고 싶으시면 말씀하십시오."

부항이 표고도인의 말에 화답했다.

"내가 무슨 '귀인'이라고 그러시오? 찻잎이나 도자기 등 돈 되는 것은 닥치는 대로 내다 파는 순 '장사꾼'에 불과하오. 연연 처녀는 외줄 위에서도 그처럼 현란한 동작을 선보였으니 맨땅에서 검무를 추면 더욱 장관일 것 같소. 괜찮다면 이 앞에서 칼춤을 보여주면 그 동안의 여독이 싹 가실 것 같소."

표고도인이 미처 대답하기 전이었다. 갑자기 저만치 동쪽에서 징소리, 북소리가 진동하기 시작했다. 이어 몇몇 아역 차림을 한 사람들이 등롱을 들고 길을 비키라면서 고함을 질러댔다. 동시에 그 뒤로 두 대의 가마가 모습을 드러냈다. 그러자 갑자기 석씨의 가인들이 아역들과 함께 고래고래 목청을 뽑으면서 그때까지 남아 있던 구경꾼들을 쫓았다.

"어서 가서 회의에 참석하지 않고 뭣들 하는 거야! 그까짓 거지새끼들 노는 것이 뭐가 재미있다고 죽치고 있어? 석 어르신께서 현령 나리를 모셔왔다고!"

석씨의 가인들과 아역들의 닦달에 대다수 사람들은 분분히 자리를 떴다. 그 자리에는 길 떠날 채비를 하는 사람들만 남았다. 그 기회를 놓치지 않고 부항이 표고도인에게 바로 다가가 물었다.

"혹시 어느 객잔에 묵고 있는지 가르쳐 줄 수 없겠소?"

표고도인이 시원스럽게 대답했다.

"출가인들은 발 닿는 곳이 거처입니다. 우리는 진내 동쪽에 있는 관제묘關帝廟에 머물고 있습니다. 연연의 검무를 조금 더 보고 싶다고 하셨으니 그리로 가십시다."

부항이 한참을 생각하더니 자신의 제안을 새로 제시했다.

"기왕 좋은 인연을 맺는 김에 내가 묵고 있는 객잔으로 가는 것이 어떻겠소. 거기 뜰 하나를 우리가 통째로 빌렸소. 빈방도 있고 뜰도 넓으니 그곳으로 옮기는 것이 낫겠소. 그대들에게 방값 내라는 소리는 하지 않을 테니 말이오."

표고도인은 사양하지 않았다. 곧 연연에게 짐을 꾸리라고 했다. 이어 사내아이에게 지시를 내렸다.

"얘, 요진姚秦아! 너는 관제묘에 가서 우리 이불을 가져오너라."

표고도인 일행은 그렇게 해서 부항을 따라 객잔으로 들어갔다. 부항은 미리 생각을 해두었던 듯 바로 서쪽 별채의 빈 방 세 칸을 표고도인 등에게 내줬다. 그리고는 윗방으로 올라가 점원에게 주안상을 차려오라고 주문했다. 또 검무를 제대로 보려면 안팎이 대낮처럼 밝아야 하니 초를 많이 사오라고도 했다. 그때 오할자가 표고도인이 아직 올라오지 않은 틈을 타서 부항의 귓전에 대고 낮은 소리로 말했다.

"여섯째어르신."

"왜?"

"조심하시는 것이 좋겠습니다."

"왜?"

"강호에서 이름을 들어본 적이 없는 사람입니다. 저자들의 재주는 제대로 된 무술이 아닙니다."

부항이 고개를 끄덕였다.

"나도 어느 정도는 짐작했네. 다만 저자들이 신봉하는 것에 대해 궁금해서 그러네. 우리하고 원수지간도 아니고 보시도 두둑이 했으니 속이거나 해칠 리는 없겠지……."

부항의 말이 다 끝나기도 전에 표고도인이 들어섰다. 그러자 부항이 하던 말을 멈추고 웃으면서 맞이했다.

"어서 앉으시오. 아무리 생각해 봐도 우리는 보통 인연이 아닌 것 같소. 오늘은 마침 추석이오. 달 밝은 처마 밑에서 술잔을 기울이면서 검무를 감상하는 느낌이 어떨지 몹시 궁금하구면."

표고도인은 부항의 말에 고개를 끄덕이더니 묵묵히 구석자리를 지키고 있는 오할자에게 눈길을 돌렸다. 이어 조심스럽게 물었다.

"외람되지만 두 분 귀인의 존성대명을 여쭤 봐도 되겠습니까?"

"무슨 존성대명씩이나 되겠소! 나는 성이 사師이고, 이름은 영永이오."

"나는 오량吳亮이오. 일명 오할자라 불리기도 하오."

부항이 미리 생각해둔 자신의 가명을 말하자 오할자도 내뱉듯 무뚝뚝하게 말했다. 그리고는 궁금한 듯 물었다.

"그런데 도인은 무엇 때문에 우리를 자꾸 귀인이라 칭하오?"

표고도인이 오할자의 물음에 약간 비웃는 듯한 표정으로 턱을 치켜들면서 말했다.

"오할자라면 당연히 호락호락한 인물이 아니죠. 필히 '제대로 된 무술'을 알고 있는 사람일 테죠. 아니면 어찌 온 천하의 표국과 흑백 양도兩道의 고수들이 모두 오할자라는 이름만 들어도 벌벌 떨겠소?"

하지만 이 표고도인이야말로 오히려 호락호락한 사람이 아닌 것 같았다. 오할자가 조금 전 부항에게 했던 귀엣말을 밖에서 모두 다 들었다는 것은 웬만한 고수가 아니고서는 어려운 일이기 때문이었다. 오할자가 잠시 표고도인을 노려보더니 입을 열었다.

"그러는 도인은 어느 '도'道의 도장인지?"

"나는 황도黃道요."

표고도인이 기다렸다는 듯 크게 답했다. 이어 천천히 자신의 신분을
또박또박 밝혔다.

"나는 정양교正陽敎의 선교사요. 온몸을 던져 세상을 구도하는 정양
교 말이오. 자신의 엉덩이 살을 베어내서라도 타인의 상처를 치료해주
고 심장을 떼어내 굶주린 독수리를 살려주는 정의의 사자使者요. 우리
가 어디서 나쁜 짓을 한 것도 아닌데 우리를 '조심'하라니, 그게 도대
체 웬 말이오?"

"도장은 과연 신기神技가 대단한 사람이군요! 방금 이 친구가 한 말은
속에 두지 말았으면 하오. 워낙 세태가 험한지라 밖에서 낯선 사람을 만
나면 주의를 줄 수도 있는 것 아니겠소? 방금 정양교라고 했는데, 혹시
백련교와 어떤 연관이 있는 것은 아니오? 유가, 불가, 도가 중 한 군데
에 속하는 것이오? 아니면 아무 데도 얽매이지 않은 독창적인 교파인
거요? 아, 내가 뭘 알아서가 아니라 그런 쪽에 대해서는 너무 문외한이
라 궁금해서 물어본 것일 뿐이오."

부항이 황급히 변명의 말을 건넸다. 그러자 표고도인이 수염을 쓸어
내리면서 한숨을 내쉬었다.

"대도大道를 추구하는 길은 수 없이 많습니다. 그런데 어찌 어떤 것이
라고 꼬집어 말할 수 있겠습니까? 하지만 우리 정양교는 귀인께서 말씀
하신 것과는 정반대입니다. 우리는 백련교를 반대하는 교파입니다. 우
리 구세가救世歌를 들어보시면 감이 바로 올 것입니다."

표고도인은 말을 마치자마자 바로 읊조리듯 조용히 노래를 흥얼거리
기 시작했다.

백련교, 지옥에 떨어져 생사고통을 받아 마땅한 백련교.

백련교, 현세에도 내세에도 영영 지옥에서 못 벗어날 백련교.

백련교, 사람을 현혹시키고 재물을 빼앗는 몹쓸 놈들.

왕법을 범하는 한이 있어도 내 반드시 너희들을 붙잡아 족치리라!

부항은 표고도인의 노래를 듣자 비로소 다소 안심이 됐다. 그러나 의심이 완전히 풀린 것은 아니었다. 그 사이 이불을 가지러 갔던 요진이라는 사내아이가 돌아왔다. 객잔의 일꾼들도 과일을 비롯해 맛깔스런 음식이 즐비한 주안상을 차려 처마 밑에 내놓았다. 부항이 웃음 띤 얼굴로 말했다.

"하기야 동네방네 발품 팔아 푼돈이나 만지는 우리 같은 장사꾼들이 이 敎교, 저 派파를 따져서 뭘 하겠소. 돈 되는 것도 아닌데. 자자, 어서 자리하시오."

부항이 도인을 객석에 앉혔다. 그리고는 직접 술을 따라 연연에게 건네면서 말했다.

"첫 잔은 신기에 가까운 묘기를 보여준 우리 연연 처녀에게 올리고 싶었소."

술잔을 받아든 연연이 표고도인을 바라봤다. 표고도인이 고개를 끄덕였다. 그러자 연연이 고개를 뒤로 젖히더니 단숨에 술잔을 비워버렸다. 이어 정중히 고맙다는 뜻을 표하고는 술잔을 부항에게 건넸다. 달빛 아래 술잔을 잡은 연연의 섬섬옥수가 눈부시게 희었다. 부항은 잠시 넋을 잃고 멍하니 그녀를 바라봤다. 그 사이 그녀의 앳된 고함소리가 귓전을 때렸다.

"그럼, 소녀의 검무를 보시지요!"

연언이 말을 마치기 무섭게 몸을 날렵하게 뒤로 젖혀 두어 번 공중회전을 하더니 바로 뜰 중앙으로 내려섰다. 하늘로 날아오르는 선녀의 몸짓이 따로 없었다. 어느새 은빛 보검 두 자루도 뽑아들었다. 그리고는 그것을 마치 장난감 다루듯 치고, 깎고, 찌르고, 휘둘렀다. 굵은 풍설風雪이 대지를 휩쓸 듯 뜰을 활보하는 모습이 우아하고 빈틈이 없었다. 오할자는 찻잔을 잡고 입을 꾹 다문 채 심각한 표정을 지었다. 강호의 내로라하는 사람들의 무예에 대해 누구보다 잘 알고 있는 그였기에 연연의 권법이 예사롭지 않다는 사실을 간파한 것이다. 더구나 그 권법은 태극太極, 아미峨嵋, 유운柔雲, 곤륜崑崙 등 각 문파의 정통 권법 중 어느 것에도 해당되지 않는 것이었다.

그 사이 연연은 또 다른 동작을 보여줬다. 은빛이 반짝이는 보검을 든 채 달팽이처럼 몸을 동그랗게 해서 회전하는 모습이 마치 은빛 공이 허공에서 날아가는 듯했다. 사람과 보검이 회전하면서 일어난 돌풍에 마당에 널려 있던 낙엽들이 저만치 휘말려 올라갔다. 오할자가 급기야 탁자를 두드리더니 엄지를 내둘렀다.

"대단하군. 이건 천수관음수법千手觀音手法이라는 것 아닌가. 그런데 힘을 너무 빼면 오래 버티지 못할 걸?"

"사 대인, 벼루가 있습니까?"

표고도인이 부항에게 물었다. 그러나 부항은 눈도 깜박거리지 않고 연연의 모습을 바라보고 있었다. 당연히 표고도인의 말소리도 듣지 못했다. 표고도인이 안 되겠다고 생각한 듯 조금 더 큰 소리로 다시 한 번 물었다. 그제야 부항이 깊은 잠에서 깬 듯 화들짝 놀라면서 말했다.

"어? 아, 지금 나에게 벼루가 있나 물었소?"

부항이 반문을 하고 난 다음 하인들에게 지시했다.

"말안장 주머니에 벼루와 지필묵이 있으니 가져오너라."

소칠이 부항의 명령이 떨어지자 바로 득달같이 달려가서 벼루와 먹을 가져왔다. 이어 물을 넣고 갈기 시작했다. 한참 후 커다란 벼루에 반쯤 찰 정도로 먹물이 마련됐다. 곧이어 표고도인이 말없이 그곳으로 다가 가서는 다짜고짜 벼루를 들었다. 그리고는 신들린 듯 칼 솜씨를 뽐내는 연연을 향해 힘껏 먹물을 뿌렸다.

순간 놀라움에 찬 사람들의 비명소리가 들려왔다. 표고도인이 뿌린 먹물이 장검에 맞아 사방으로 튀었던 것이다. 갑작스런 먹물소나기를 피 해 처마 밑에 숨어든 사람들의 옷을 비롯해 얼굴에는 먹물자국이 흉흉 했다. 연연은 경악에 찬 사람들의 비명소리를 신호로 검을 휘두르는 속 도를 서서히 줄였다. 이어 두 자루의 보검을 칼집에 밀어 넣었다. 그리고 는 먹물 벼락을 맞은 사람들을 향해 공손히 허리 굽혀 사죄를 표했다. 여전히 찬 서리가 내린 듯 무표정한 얼굴이었다. 그제야 무슨 영문인지 알아차린 사람들이 일제히 박수갈채를 보냈다.

그때 부항이 벌떡 일어나더니 빠른 걸음으로 연연에게 다가갔다. 이 어 아무렇지도 않은 듯 서 있는 연연의 주위를 돌면서 몸에 먹물이 튀 지 않았는지 유심히 살펴봤다. 신기하게도 연연의 몸에는 먹물이 단 한 점도 묻어 있지 않았다. 부항은 연신 고개를 끄덕이면서 감탄을 금치 못했다.

"참으로 신묘하군. 이런 신기한 재주를 가진 사람을 티끌 속에 묻혀 있게 둘 수는 없겠군."

표고도인이 부항의 말을 듣더니 오할자를 향해 말했다.

"오 대인, 내가 이 사 대인을 귀인이라 칭한 이유를 이제는 알겠죠? 찻 잎이나 도자기를 파는 장사꾼 입에서는 저런 말이 나올 수 없죠."

오할자는 술잔을 잡은 채 아무런 대꾸도 하지 않았다. 그러나 표고도 인은 그의 대답은 필요없다는 듯 곧바로 부항의 타는 듯한 눈빛을 못 이겨 고개를 살짝 숙이고 있는 연연에게 다가갔다. 이어 흡족한 표정으로 말했다.

"오늘은 기대 이상으로 실력을 발휘한 것 같다. 내가 본 것 중 가장 만족스럽구나."

"실로 감탄을 금할 수 없소."

부항이 희색이 만면한 얼굴을 한 채 다가가 칭찬을 했다. 그가 말을 이으려고 할 때였다. 갑자기 밖에서 시끌벅적한 소리가 들려왔다. 좌중의 사람들이 무슨 일이 일어났는지 몰라 잠시 말을 멈추고 귀를 기울이는 사이 한 무리의 거친 사내들이 고래고래 고함을 지르면서 앞뜰로 밀려들기 시작했다. 부항이 미간을 찌푸렸다.

"무슨 반란이라도 일어난 것인가? 소칠, 어서 나가봐!"

소칠이 대답과 함께 곧장 밖으로 뛰어나갔다. 그러나 그가 중문에 다다르기도 전에 횃불을 치켜든 열 몇 명의 아역들이 거세게 들이닥쳤다. 미처 뭐라고 말할 사이도 없이 소칠은 거구의 사내에 의해 저만치 내던져지고 말았다. 소칠의 비명소리를 들은 부항 일행 역시 부랴부랴 달려나왔다. 아역들 중 우두머리인 듯한 사내가 얼굴을 험악하게 구긴 채 부항을 바라봤다. 그리고는 같이 따라온 장정에게 말했다.

"이 중에 범인이 있는지 잘 살펴봐!"

"예, 장반두蔣班頭(반두는 우두머리를 일컫는 말임)!"

장정이 장반두의 명령에 따라 부항 등에게 가까이 다가와 실눈을 한 채 유심히 살펴보기 시작했다. 이어 갑자기 불에 덴 듯 흠칫하면서 뒷걸음을 쳤다. 표고도인이 데려온 사내아이 요진을 가리키면서 고함을 질렀다.

"여기 있습니다, 바로 이놈입니다!"

장반두가 소름 끼치는 목소리로 말했다.

"넓고도 좁은 세상이라더니, 네가 그런 큰 죄를 짓고도 내 손바닥을 벗어날 줄 알았어? 이 무리들을 전부 잡아들여!"

"누구 마음대로! 할 말이 있으면 조용조용히 할 것이지 왜 다짜고짜 사람을 치는 거요?"

부항의 등 뒤에서 쇳소리 나는 음성이 들려왔다. 오할자가 사태를 지켜보다 앞으로 튀어나온 것이다.

"지금 사람 친 것이 문제요? 지금 이 무리들 중에 살인범이 있다는 말이오!"

장반두가 냉소를 터트렸다. 오할자의 키가 자신의 어깨에도 못 미치는 것을 확인하고는 우습게 본 것이다. 아니나 다를까, 그는 거칠게 말을 내뱉자마자 다짜고짜 오할자의 가슴팍을 주먹으로 가격했다. 그러나 뒤이어 비명을 지른 쪽은 오할자가 아니라 장반두였다. 그는 손가락 마디마디가 끊어지는 것 같은 아픔을 느끼고 비명을 지르면서 한발 뒤로 물러섰다. 그의 주먹이 닿은 오할자의 가슴은 말 그대로 쇳덩이 같았던 것이다. 그러나 그는 그러고도 전혀 기가 죽지 않았다. 오만상을 찌푸리면서도 악에 받친 눈빛으로 열댓 명의 아역들에게 덤비라는 손짓을 보냈다.

아역들이 약속이나 한 듯 벌떼처럼 오할자에게 달려들었다. 그리고는 발로 차고 주먹으로 때렸다. 하지만 오할자는 꿈쩍도 하지 않았다. 그러자 당황한 아역들이 전부 달려들어 오할자의 두 다리를 껴안고 뒤로 넘어뜨리려 했다. 그러나 그는 여전히 미동도 없었다. 마치 땅에 뿌리를 박은 커다란 나무 같았다. 부항이 그쯤하면 장반두와 표고도인의 기를 꺾었다고 생각한 듯 흡족한 마음에 입을 열었다.

"오할자, 그만하면 오줌을 지릴 정도로 놀랐을 테니 이리 오게!"

오할자가 부항의 말을 듣자마자 아직도 애처롭게 사지에 매달려 있는 아역들을 향해 코웃음을 치면서 가볍게 몸을 움직였다. 그러자 그의 다리를 껴안고 낑낑대던 아역들이 순식간에 저만치 튕겨져 나가고 말았다. 그는 곧이어 뒤도 돌아보지 않고 탁자로 다가가더니 술 주전자 뚜껑을 집어 들었다. 그리고는 엄지와 식지로 엄지손가락만큼 굵은 뚜껑의 손잡이를 가볍게 움켜쥐었다가 폈다. 순간 손잡이가 가루가 돼 떨어지고 있었다. 그 모습을 지켜본 표고도인의 눈빛이 순간적으로 살짝 흔들렸다. 그제야 부항이 나섰다.

"우리는 법을 지키는 정직한 장사꾼들이오. 우리들 중 누군가 정말로 살인을 저질렀다면 나부터라도 비호해줄 생각이 추호도 없소."

부항은 이어 요진을 가리키면서 장정에게 말했다.

"……아직 이마에 피도 마르지 않은 이 아이가 사람을 죽였다고? 두 눈으로 똑똑히 봤는가?"

부항의 서늘한 눈빛에 겁을 집어먹은 장정이 잠시 망설이다가 대답했다.

"예…… 분명합니다."

"언제 어디에서 누구를 죽였다는 거야?"

"방금 연회석에서 저희 석 나리를 죽이고 달아났습니다."

부항이 장정의 말을 듣기 무섭게 고개를 뒤로 젖힌 채 크게 웃었다.

"이 아이는 여태 이 뜰 안에서 한 발자국도 움직이지 않고 우리하고 같이 있었어. 무슨 당치도 않은 소리야? 진짜 범인을 놓치고 아무나 대타로 끌어가려는 수작이 아니고 뭔가? 자네들의 현령을 불러오게. 내가 직접 얘기할 테니!"

〈2권에 계속〉